荒漠里有一条鱼

赵本夫 著

百花文艺出版社
天津出版传媒集团

图书在版编目（CIP）数据

荒漠里有一条鱼 / 赵本夫著. -- 天津 : 百花文艺出版社, 2020.6
ISBN 978-7-5306-7893-0

Ⅰ. ①荒… Ⅱ. ①赵… Ⅲ. ①长篇小说–中国–当代 Ⅳ. ①I247.5

中国版本图书馆 CIP 数据核字(2020)第 068007 号

荒漠里有一条鱼
HUANGMO LI YOU YITIAO YU
赵本夫 著

出版人：薛印胜
责任编辑：张 雪 装帧设计：任 彦
出版发行：百花文艺出版社
地址：天津市和平区西康路 35 号 邮编：300051
电话传真：+86-22-23332651（发行部）
+86-22-23332656（总编室）
+86-22-23332478（邮购部）
网址：http://www.baihuawenyi.com
印刷：山东临沂新华印刷物流集团有限责任公司
开本：900×1300 毫米 1/32
字数：260 千字
印张：11.125
印数：1—31 000 册
版次：2020 年 6 月第 1 版
印次：2020 年 6 月第 1 次印刷
定价：49.80元

如有印装质量问题，请与山东临沂新华印刷物流集团有限责任公司联系调换
地址：山东省临沂市高新技术产业开发区新华路 1 号
电话：(0539)2925659
邮编：276017

母亲曾告诉我，那是一条真实的鲤鱼，大得吓死人。黄河决口后，它搁浅在城北一片沼泽里。发现它时，已是遍体鳞伤，只在鳃边含一团泥浆，它不仅顽强地活着，而且身上剩下的鱼鳞依然金光闪闪……

那片沼泽就在母亲的村子附近。母亲说，很多年后，还有人在那里捡到过一片碗口大的鱼鳞……

那条鱼曾是我少年时代最难受也最感动的记忆。

——谨以此作献给那条不死的鱼！

第一章

天空蓝得澄澈，只几片白云浮在半空，像几缕悬挂的白绫。

无风。

无雨。

奇怪的是，河水却在一天天暴涨，满眼浊浪翻滚，奔腾咆哮。

河水挟裹着树木、杂物，还有人畜尸体，汹涌而来，一条宽阔的大河变得拥挤不堪。

明显，这是客水下来了。

就是说，上游某个地方，或者很多地方都在下暴雨。

这种情况以前也出现过，只是这次上游的雨下得有点大，持续时间也长。已经十几天了。河水已经涨到临界线。

还是没有引起人们足够的重视。

往年客水来时，也曾多次逼近临界线，紧张几天，并没有出事。人得过日子，天天呕着心，谁受得了？久了，就疲了。就算陪绑杀场，每次说砍头，每次又不砍，陪半年，也会打瞌睡。何况，前年刚加固大堤。自然是朝廷出钱，百姓出力。大家都还记得，当时来了很多官员，骑马的，坐轿的，都跟着随护，威风凛凛。那些随护不知刚吃了什么东西，都忙着剔牙。剔着牙看人干活，不时吆喝几声。

成千上万人蚂蚁样在河堤上滚动几个月，大堤修补齐了。用一排石桩标出临界线。大伙都懂，临界线就是水标，洪水过了水标就有危险。但水标一向留有余地，洪水超过二三尺，也不会有多大问题。

他们还记得，那天是个完工的日子，所以才来了那么多大小官员。正要放鞭炮庆祝时，突然不知从哪里跑来一个疯女人，瘦得像麻秆，至多三十多岁，赤身裸体，一丝不挂，浑身都是泥巴，两个奶子摇得像拨浪鼓。女人在众人惊愕中跑上大堤，一阵傻笑："嘻嘻嘻嘻……哈哈哈哈……"又蹦又跳。

大伙正盯着看热闹，突见一个武官打马冲来，直奔那个女人，反手抽出腰间的刀，大喝一声，挥刀砍去，女人竟被腰斩！齐齐被砍成两截。武官跳下马，飞起两脚，两截尸体骨碌碌滚下河去。

这几乎是一瞬间发生的事。众人大骇。

但接着山呼海啸般跺脚喝彩：

"好哇！"

"好快的刀！"

…………

事后听说，那武官是嫌那女人晦气，才杀她祭河的。历来的规矩，修筑大堤，女人是不能出现的，何况是个疯女人。所以只能杀。

百十条船都停靠在岸边码头，用缆索牢牢系在桩上。没人能开船打鱼，水太大了。

渔民们或蹲或站在自家船头，或聚在别家船上，三五一堆，很少说话，吸着烟袋往河里看。

河水吵得厉害。

一头牛冲过来了！一时露出肚皮，一时露一只角，从眼前翻滚而下。

一棵大树斜着顺过来，速度不如那头牛快，浮浮沉沉，悠悠地，也过去了。

一头大黑猪从上游过来了，居然没死！隐约能听到号叫，断断续续的，疲惫而绝望。突然被一块门板撞了一下，然后就不见影了。

一个小孩的尸体冲下来了！不细看几乎发现不了，只在浊浪中冒一下头就不见了。紧接着不远处，又下来一个大人，显见是个男人，好像还活着，两手无力地拨着水浪，不时冒头往前搜寻。不知道是不是孩子的爹。也许是。想救落水的孩子，一直坚持着。但看来没指望了。爷儿俩一前一后，从眼前过去了。

大伙看着，心里揪了一下。

还是没人说话。

都蹲在船头，直直地望着水面。

这些天，每天都能看到十几个人的尸体。如果在平时，他们肯定下河去捞，捞出来埋在堤外的废地上。可现在一点儿办法也没有，再好的水性也不行，只能看着那些尸体或活人被冲走，冲向几百里外的大海。

但也会有一些尸体离开河心，被冲到岸边。这些天，他们已经从岸边捞出二十多人的尸体，有男有女，全是赤裸的。翻卷的洪水剥光了他们身上所有的衣裳。

大河两岸的人穿衣裳本就简单。冬天穿光筒子棉袄棉裤，春秋天单衣单裤，都极肥大宽松，不论男女都无内裤。男人撒尿不用解裤带，把一条裤腿往上一撸，掏出来就尿。因此，男人总有一条裤腿是皱皱巴巴的。一般都是右腿皱巴。如果是左边裤腿皱巴，十有八九是左撇子。天太热时就更简单，男人光着脊梁，就穿一条大裤衩子。有时结过婚的女人也光着上身，两个奶子晃来晃去，小孩子要吃奶了，脚尖一踮，伸手就逮住一个。晚上睡觉，全都赤裸身子，一丝不挂。有人说，大河两岸的人不穿内裤，是因为贫穷，省一件是一件。有人说是为下河方便，洗澡、抓鱼、拉网、救人，衣裳一甩一蹬，赤条条就蹿下河了。大河里的水永远势大力沉，身上多一根布条就多一分牵绊和危险。不论男女，光身子下河没人笑话。有道是：有理的街道，无理的河道。还有人说，不穿内裤是为诱发情欲，方便交媾，所以船家孩子都一群群的。后来有人考证，说上面那些说法全是屁话。根本原因是，那个年代压根儿就没有内裤一说。连皇后娘娘也不穿内裤的，别看花团锦簇，都是光腚套裙子，内里没啥。

这时，有人在船头蹲得腿麻了，扶着船帮站起身，却突然大叫起来："女人！一个女人！"

所有人都站起来了，抬起下巴，顺着那人手指的方向看过去。上游方向正有一具尸体摇摇晃晃，沿河岸漂过来。看不清脸，只隐约看到散乱的头发，又黑又长，光着的身体一沉一浮的，闪着白色。

几乎与此同时，一个粗壮的汉子已呼地蹿入河中，奋臂向尸体游去。

"老八，小心！"

"老八，不要命啦！"

…………

老八从来都是第一个下河救人。

一阵喊叫惊呼中，又有两个渔民跳下河，往老八方向追去。

老八游到女人身边，从侧后一把抓住她胳膊，却发现她还牵着一只山羊。绳子一头拴在手腕上，又死死攥在手里；绳子另一头紧紧缠绕在山羊脖子上。老八试着把绳子从她手上拿开，却发现她五指攥成疙瘩，情况紧急，只好作罢。正好另两个渔民赶到，三人一齐动手，把女子和她的山羊一块弄到岸上。

所有渔民都跳下船，围了上来，瞪眼咧嘴，低头看躺在草地上的女子。

这女子不过十七八岁，赤裸着惨白的身子，两个乳房像笋娃，硬硬的。下体的毛发还挂着细碎的水珠。那只山羊已经死了，放在她身旁，一根绳子仍然牵着。

有人摇头叹息，眼睛却始终没有离开。

老八伏下身，试图解开她手里的绳子。他怕伤了她的手指，就一个指头一个指头小心轻轻掰开。可是刚刚掰开，女子五指又合拢了，更紧地攥住绳子。老八吃一惊，众人也都吃惊，纷纷叫起来："她还活着！活着呢！"

老八顾不上她疼痛了，抓住绳子猛地几下扯开，单膝跪地，抱起女子，让她头朝下吐水。几个人过来嘭嘭拍打她后背，还有人拍她屁股。老八横他一眼，那人立刻停手了。不一时，从女子嘴巴和鼻孔里流出几缕黄水和一些沙子，但并不多。老八又喊又叫，姑娘你醒醒！姑娘你醒醒！帮忙的人也是又喊又拍打，还是没用。女子的头软软地垂着，头发披了一地，毫无动静。老八把她翻过身，揽在怀里，伸出手指从她嘴里抠，又抠出一些水和沙子。之后又掐人中，好一阵，再试试鼻息，一丝气也没有。众人帮着，翻来覆去拍打喊叫掐人中，足足折腾了个把时辰，到底没能救活。

老八叹口气，小心地把她放在地上。正要起身，突然从人丛中伸出一只手，在女子胸前摸了一把，又迅速缩回去。

老八喝一声："你摸！"

那人讪讪道："我就是……想试试她身子……还热乎不。"

老八瞪他一眼："我看你邪性！"

这时，从船上下来一个胖大的中年女人，分开众人，拎一张草席盖住女子身体，斜着眼说：“别吵吵了！都圣人似的，早知救不活，还在这里摸弄半天，看上看下。我看你们全都邪性！要是个男人，早扛走埋了。甭瞪眼！我说得不对？”

一个男人说：“你要是脱光了躺这里，就不会有人摸弄！”引起一阵哄笑。女人作势要打他，男人赶紧跑走了。

几个人用草席卷上溺死的姑娘，又拎起她的山羊，一块埋在堤外的废地上。随后，其他人翻过大堤回船上去了。

老八一个人沿堤外一条小路往西走。这条小路是他和几个儿子踩出来的。前头有一片杂树林，林子里有三间草房，那是他的家。

渔民们家都安在船上，大人孩子吃住都在一起。

老八是个例外。

一般渔家都有六七个孩子，虽说住在船上有点挤，但还勉强住得下。老八就不同了。他居然有二十一个孩子。其中十三个男孩，八个女孩。实在住不下，就只好在堤外建了三间草房，让老婆带小一点儿的孩子们住在那里。平日，他只带几个大的儿子跟他在船上打鱼。

三间草房是老八偷偷搭建的。因为上千里大河下游，堤外五里以内都是官地，不许住人家，更不能有村庄。凡是既有的村庄人家，一律拆除搬迁，不容商量。这是朝廷律令。据说还是乾隆皇帝一次南巡过黄河时定下的。乾隆之所以颁布这条律令，是因为黄河屡次决口，五里之内不住人家，是万一决口时，让洪水有个缓冲带，让百姓有机会逃生。另一个原因是，五里之内划为官地，平时加固堤防时便于取土。修筑大堤，用土量大得难以想象。如果是私家土地，会有很多麻烦，误事。大堤有险情时，分秒必争，取土加固，一刻也不能耽误的。

这条大河官家叫黄河，外地人也这么叫。当地人知道的。不过他们很少这么叫，平日叫大河，或者只叫河。上河打鱼，上河洗澡，上河救人，很亲切，就像说家旁一条河沟。人们把去河里做事叫“上河”，不叫“下河”，是因为黄河在头顶上。黄河下游，有“石水六斗泥”之说。由于泥沙淤塞，下游河床年年升高，高出外头地面几丈，再加上数丈深的河水，一条大河浩浩荡荡横空而过，只能用更高的长堤锁住它。锁不住的时候就溃堤，每次溃堤都如天河倒悬，造成巨大灾难。但洪水过后，幸存的人又开始重建家园。爱恨都是这条大河，人们终于舍不得离开。

堤外的官地很辽阔，也很不平坦，因为经常取土修堤，到处坑坑洼洼。四野长满杂树野草，栖息着很多小兽和鸟类。官地外边的人家时常在这里放牧、打猎、割草，很少有人进来建房安家。大家都很自觉。主要还不是出于对律令的敬畏，而是距大河太近了，的确危险。离河几里地，都能听到大河像一头不堪重负的老牛，呼呼喘气。

这片官地不大有人管。上头委托地方管，层层委托，一直到保甲长。保甲长也不会来巡视，就派手下家丁之类不定期查看。这些家丁就好对付了。家丁隔些日子到老八草屋来一趟，也并不凶神恶煞催着老八拆屋。如果老八不在，和老八的女人打个招呼，转身就走。老八傍晚从河里回来，听说家丁来过，次日就拎一条鲤鱼送他家去，这次就算过去了。隔些日子，家丁想吃鱼了，就再来一趟。老八就再送一条鲤鱼过去。

说起来不过一条鲤鱼，对渔民来说不值什么。

其实礼很重。重也得送。不然女人和孩子们就没这个窝了。

黄河鲤鱼是当地最名贵的鱼，并不容易打到。婚丧嫁娶，不论席上还是祭祀供品，一定是用鲤鱼。这是千年不变的规矩。至于为什么一定要用鲤鱼，一般渔民百姓说不清，但王先生知道。

王先生也是个打鱼的，孤身一人。早年教过私塾。后来世风日下，读书人少了，只好弄条小船打鱼为生。大伙仍称他王先生。王先生脾气有点怪，对人爱理不理的。每晚在船上摇头晃脑背古书，或者对月吟唱诗词，或者自言自语讲《三国演义》《水浒传》《隋唐演义》《打渔杀家》。“死去元知万事空，但悲不见九州同……”一时没头没脑地涕泪双流。谁也不知道王先生伤的哪门子心。

大伙就悄悄到他船上听，围一圈人，也不打扰他。他知道他们来了，却视若无物，仍然自言自语。他讲故事只是讲给自己听的。讲到好笑处，大伙会笑，或冷不丁喊一声好。王先生就训斥说，嚷什么！一个个大字不识，乱笑。好笑吗？众人也不生气，还是笑。有人喊，王先生，赶明儿请你吃大鲤鱼！王先生说，欺我捕不到鲤鱼吗？我会捕到的。那人说，你捕不到的，你船太小，去不了河中心。鲤鱼不到岸边来，你在岸边只能捞点小鱼小虾。王先生说，知道鲤鱼为何不到岸边来吗？众人互相瞅瞅，这还真不知道，于是都摇头。王先生说，全是蠢人！你们只知其然不知其所以然。知道皇宫吗？众人又摇头。王先生说，皇宫里天子上殿，只走中间那条道。那叫王道。一众文武大臣只能走两边旁道。这大河也是一样，鱼有鱼路，虾有虾路，这里说的鱼就是鲤鱼。大河中心就是王道，而鲤鱼是鱼中之王，所以不会走岸边。自古有鱼化龙、鲤鱼跳龙门之说，说的都是黄河鲤鱼。鲤鱼体形美健，尾鳍金光闪闪，前有两对须子，虎虎有王者之气。古人说，过而为龙，唯鲤或然，就是这意思。众人就“噢”了一声，好像明白了。王先生说，你们“噢”个屁，关于鲤鱼的传说还多着呢，比如传书，比如富余，比如多子。自古以来，世人凡以鱼寄情的都是指鲤鱼。别的鱼虽然也有进入诗文的，但多是作为美味被赞美，比如“桃花流水鳜鱼肥”，比如“江上往来人,但爱鲈鱼美”，比如“扬州鲜笋趁鲥鱼”……算了，说了你们也不懂。反正唯有鲤鱼进入礼仪，赋予精神。你们懂吗？众人又摇头。王先生说，你们懂什么？只知道吃，还要请我吃鲤鱼，我有那么馋吗？

但数日后，王先生还是驾着小船去了河中心，大概是想捕一条鲤鱼。他说过他会捕到的。不料小船刚到河心就被浪打翻了。王先生不会水，掉到河里乱扑腾。等到大伙发现捞上来时，王先生已经死了，鼻孔里都是沙子。

有渔民说，别看王先生说得一套套的，其实还是想吃鲤鱼。鲤鱼是那么好捕的吗？咱们每年春天开河时，都会上供拜河拜鱼王，从不见他磕头。我看是鲤鱼王生他气呢，只是可惜了一肚子墨水。

老辈人说，大河里有一条巨鲤，是鲤鱼之王，大河里所有鲤鱼都是它的子孙。有说一条鲤鱼之王能活百年，有说能活千年。死了，会有新的鱼王出现。但极少有人能见到它。据说只有老八的爷爷见过，而且是两次。但也只看到它深色的脊背，像一条倒扣的小船。当时，那条巨鲤在河心正往下游去，快如飞舟。数日后又看到它从下游过来，逆水而上，往上游去了。似乎是在巡河。能两次见到鱼王，肯定是一件大吉祥的事。但老八爷爷以下几辈人，并没有科举入仕、飞黄腾达之类。倒是从此以后子孙众多，人丁格外兴旺。都说是鱼王赐子。老八和父亲两辈人，都是兄弟姐妹十几个。老八成人后，前妻为他生了三男二女，后来难产死了。老八再娶一女，每年都会生一胎，其中竟有六对是双胞胎。除去病死、难产夭折的，合起来还有二十一个孩子。大伙常开他玩笑，说老八厉害，快赶上鱼王撒子了。

这二十一个孩子是老八的骄傲，也是他的负担，一条船养这么多家小，日子过得清苦。老八戒了酒，又戒了烟。这两样都不易戒，特别是渔民。可老八硬是戒了，可见他的窘迫。别人打两网鱼，他得打三网、四网。每天傍晚翻过大堤走回草屋的时候，老八的脚步都显得格外沉重。

经年累月，他总是很累。

老八回到家，老婆正在门口唤鸡。这女人又怀孕了，挺个大肚子也不肯闲着。看光景又是双胞胎。她养了一群鸡，有几十只，倒不需要专门喂食，就是早晨赶到林子里吃虫子吃草籽。这群鸡白天一般不会走太远，就在草屋周围百十步之内活动，下蛋也在林子里。老八女人每天要去林子里捡鸡蛋，每次都能捡半篮子。那是她一天最高兴的时候。除了把鸡蛋卖了补贴家用，她舍不得给孩子们吃，自己就更舍不得。只在每次生孩子时吃一个鸡蛋。就吃一个鸡蛋。女人生完孩子吃鸡蛋，主要还不是补身子，而是求孕的意思，寓意会继续生下去。所以女人生完孩子，不论多少，鸡蛋总要吃的。老八女人知道家穷，舍不得多吃，一枚蛋足够。但她舍得给老八吃。老八每天从船上回来，晚饭总会有两个鸡蛋。有时老八也舍不得吃，就想拿给最小的孩子，女人会严厉制止，绝不允许孩子接受。时间一长，孩子们都习惯了：大大每天要吃两个鸡蛋。

这群鸡是女人的宝贝，每晚唤回来时都要清点。野地里有獾、兔、土狼、野狗、黄鼠狼和蛇等，每当鸡群被它们袭击时，会咯啦啦乱叫炸群，女人听到了就立即冲出屋子，摸个棍子赶过去驱赶保护："啾啾啾啾！……"大声而急切。就是这样，每隔些日子还是会少一只鸡。这让她心疼不已。春天的一个傍晚，女人清点时发现一次少了两只鸡，一公一母。母鸡是一只芦花鸡，才两岁多，特别能下蛋，有时一天能下两枚蛋。公鸡是一只大红公鸡，脊背上有一片黑羽毛，足有七八斤重，特别凶猛。虽然还有几只公鸡，但都不是它的对手。斗架时展开翅膀一跳两尺高，双腿利爪和尖利的喙直扑对方，要不了几个回合就斗得对手落荒而逃。毫无疑问，它是这群鸡的首领。有一次，鸡群又被袭击，女人听到惊叫急忙赶去，发现别的鸡已四散奔逃，只有这只大红公鸡在和两只狐狸对峙。大红公鸡稳稳站住，脖子伸出后，一圈羽毛奓起来，做俯冲状，突然腾空跃起，闪电般扑向一只大狐狸。大狐狸也同时跃起，却被大红公鸡抢先在脸上啄了一下，同时双腿猛蹬，利爪抓过去，大狐狸躲闪不及，瞬间倒地，尖叫一声，打个滚跑了。另一只小点的狐狸也赶紧逃走了。大红公鸡追了十几步才停下，拍打一阵翅膀，威风凛凛地昂起头，长长地叫了一声：“喔!”女人看到这一幕，一时激动得热泪盈眶，赶忙跑过去，抱起大红公鸡，看它受伤没有，却发现它两腿爪子上还挂着狐狸的细毛，而嘴上除了细毛还有一点儿血迹。女人忙用衣袖为它抹去血迹，所幸鸡嘴上并没有伤。显然是狐狸被它啄出了血。那一天，就是这一只大红公鸡和芦花鸡忽然不见了。女人真是心疼死了，赶忙抄起棍子去林子里找，找遍林子也没有找到。老八回来听说后也是心疼，提个马灯又去找，还是没有找到。第二天，老八没去打鱼，夫妻俩和孩子们分头去找，找遍草屋周围二三里的地方，终是没有找到。老八断定，两只鸡肯定是被凶猛的动物吃掉了。女人为此哭了一场。但一个多月后的一天傍晚，大红公鸡和芦花母鸡却突然回来了，昂首阔步，身后还跟着十几只毛茸茸的小鸡！这可把一家人乐坏了。女人抱起公鸡又抱母鸡，哭着说，乖乖你们去哪了乖乖你们没死啊乖乖你们还认得家呀！哭着说着放下它们，又去抱一群小鸡，一只一只捧起来放到衣襟里，又哭又笑。孩子们也在一旁又蹦又跳捉小鸡，老八事后说，肯定是芦花母鸡想孵小鸡了，天天到一个隐蔽的地方下蛋，攒够一窝了就隐藏在那里开始孵化。这事当然瞒不过大红公鸡，它是鸡王哎。它想到芦花母鸡孵化小鸡很辛苦，要昼夜不停卧在鸡蛋上，不仅孤单，还有危险，所以就去和它做伴了，不仅能保护芦花母鸡，还能为它找吃的。这一个多月，不但把小鸡都孵出来，还养得能到处跑了，才领回家来。差不多就是这样。别以为只是人有灵性，这河里的鱼、地上的鸡，万物都有灵性呢！一家人感慨不已。

平时，女人傍晚把鸡往家里赶，唤几声就回来了。今天却太奇怪。好像受到什么惊扰，所有公鸡母鸡都飞到树上去了。但似乎又不对，过去被黄鼠狼之类惊扰时，它们还会四处飞逃，一直惊叫不止。

今天却安静得很。

没有一只鸡叫唤，全都蔫头耷脑的。连平时威风凛凛的那只大红公鸡也没有了精气神。它就蹲在一枝树杈上，一副惶恐不安的样子，仿佛被一种巨大的恐惧攫住了。

老八往树上看了一阵，也很纳闷。见女人还在唤鸡，想让它们下来，就说算了，让它们待在树上吧。老八仍没想到，一场滔天大祸即将来临。

这一夜，夫妻俩睡得都不安稳。老八一直觉得胸闷，心口像压了一块巨石。上半夜，女人根本没睡着，还开门出去两趟，提着马灯往树上照，隐约能看到鸡还在树上，才渐渐安下心来。孩子们在屋里横躺竖卧。家里没那么多床，都睡在地铺上，你压着我，我压着你，乱七八糟。今夜只大儿子大船没回来，他平时也都睡在船上的，替父亲看船。大船已长成一个精壮的后生，能替父亲做很多事了。

黎明前，老八夫妻迷迷糊糊刚要睡去，黑夜里突然闪过一道白光，紧接着一声巨响，犹如天崩地裂！

老八猛然惊醒，诈尸般坐起，突觉一股阴风扑面，就听木门咔嚓一声扑倒在地。

老八暴喝一声："谁！"

开始，他以为有人撞门。但这一刹那间，他突然意识到，是大河又一次崩堤！洪水山一样压过来，瞬间碾过草屋，呼啸而去。

一家人几乎全在睡梦中就被洪水卷走了，像卷走一窝蚂蚁。

史载，这一年是清咸丰五年六月十八日。

傍晚，螃蟹走到一个村头时，有点走不动了。他得找个地方睡一夜。转头看到不远处两个麦秸垛，心里一喜。就是它了。麦秸垛是他时常借宿的地方。他喜欢。说不定还能看一出好戏。

麦秸垛常常栖息着乡村的浪漫。螃蟹就碰到过好多次男女偷情。大多是姑娘小伙子，也有中年男女，甚至还碰到过老年人。他藏在麦秸垛里偷窥，开始时不懂，不知他们在干什么，一时搂搂抱抱，一时亲嘴，一时压在麦草上，哼哼唧唧，欢快得很。见得多了，螃蟹渐渐明白了，也是耳热心跳。那一刻，他会想起杨八姐。但他更多的还是被眼前的场景所吸引。看着看着，又觉得好玩好笑。如果是明月夜，他会突然从麦秸垛里伸出一条腿。如果是漆黑的夜，他会突然学驴叫什么的。每一次都吓得对方狼狈逃窜。有一次，把一个六十多岁的老男人吓得心脏病发作，跑出没几步就跌倒了，再也没有爬起来。他看到跑在前头的女人，至多四十多岁，听到老男人咕咚摔倒，只回头张望一眼，提着裤子，转脸逃走了。那一次，螃蟹学的是村长的声音。

他并不认识这个村的村长，但他在这个村要过多次饭，经常听村长在大喇叭里讲话，声音有点尖细："社员大伙们！……"螃蟹就把双手卷成筒，也来了一句："社员大伙们！……"没想到把一个老头吓死了。螃蟹并没有逃走。他知道接下来三天，老头家人会出殡，招待前来吊丧的亲朋，会摆席。这就有他吃的了。

果然，一连三天，螃蟹都去帮忙，刷盘洗碗，拉桌扛凳，提水烧火，忙得团团转。当地风俗，逢婚丧嫁娶，有乞丐上门讨吃帮忙，是不能拒绝的。这也是一份善心。村里人当然不知道老头是被螃蟹吓死的。老头家人也不知道。甚至没弄清他怎么会死在麦秸垛前。村里不少人认识螃蟹，叫人口甜，又勤快，就由他忙前忙后，跟着帮办们吃了三天席。虽说因为贫穷，席面也薄，没什么肉，但起码可以吃顿饱饭。事实上，螃蟹在外讨饭多年，从不像别人那样，只会上门乞讨。他经常打听哪村有红白喜事，只要打听到了，一定会凑上去帮忙混吃。实在没办法了，他才会上门要吃的。

那天后晌，老头安葬完毕，所有人都走了，只剩螃蟹孤零零一个人在荒野上。他趴到坟前，给老头磕了一个头，说老头对不住了，不过你也真是太不正经，又胆小……哎，你家办的席真差！一片肉也没吃到。算了，我得走了。

有人远远看到他在坟前磕头，回村还给人说这孩子仁义。

后来，螃蟹有半年多没有去那个村庄讨饭。

螃蟹围着两个麦秸垛转了一圈。小麦秸垛还原封未动，大麦秸垛朝阳的方向被人掏了一个凹口，凹口处散乱着铺了一层麦秸，有人在上头滚压过。螃蟹一看就知道是怎么回事。那次老头被螃蟹吓死在麦秸垛前，其实也有人会猜到的，只是没人说破。因为凡能猜到的，都是去过的。

麦秸垛后头是一条大路，不知通向哪里。他知道这里距鱼王庄不远了，至多几十里路。他有点想老扁叔了。每次想得厉害了，就掏出怀里那张证明信看看。那是一张贫农身份证明信，是老扁叔让人给开的。就是靠着它，螃蟹走过无数地方，坐过轮船，扒过火车，即使被抓被收容，只要掏出证明就会放了他。这个天下是穷人的天下。

可他暂时还不想回鱼王庄。回鱼王庄吃什么呢？再说，现在是冬天，季节不到，冰天雪地，又不能栽树。

螃蟹决定先睡一觉再说。他从大麦秸垛凹口处，继续往里掏。掏出一个洞，刚好容得下身体。又滑出来撒了一泡尿，转身钻进洞里，双腿在洞口扑腾一阵，用脚从周围扒拉掉一些麦秸，虚虚地掩住洞口，然后趴倒身子，让自己尽量舒服一点儿。他喜欢趴着睡，这也是经常在麦秸垛里睡觉得到的经验。有一次睡麦秸垛，不知怎么回事，半夜里麦秸垛塌了，一下把他压在下面，没一点儿空间。当时他是面朝上睡的，胸口被麦秸垛压住，透不过气来，眼看就要被闷死。螃蟹当然不想死。他情急之下，向麦秸缝隙里深深吸了一口气，然后使劲扭动转身，一点点拧转，由面朝上变成面朝下。有脊背扛着上面塌下的麦秸垛，胸口压力顿时减轻，虽然仍呼吸困难，毕竟能喘气了。后来，螃蟹终于一点点拱了出来。从此，他每次再睡麦秸垛，都会趴下睡，睡前会在头下位置扒出一个小洞，便于喘气。

麦秸垛里真是暖和，浑身都在解冻，大腿麻酥酥的，光想笑。草窝里弥漫着麦秸发酵的气息，有点酒味。不大会儿，他就醉醺醺地睡沉了。

大约从后半夜开始，下雪了。

沿老黄河残堤刮来的北风卷着雪粒，沙啦沙啦打在草垛上，一部分落到麦秸缝隙里，大部分又滚落下去。草垛像镶了一圈又一圈银边。草垛旁边的小沟渐渐存满了白色的雪，只是后头的大路依然光溜溜的，雪粒还来不及停留，如鞭的长风便凶狠地抽过来，被打落到别处去了。

之后，雪粒变成雪花，漫天飘舞。

风似乎也停了。

整个世界静如荒漠，远处的村庄一派死寂，连一声狗叫也听不到。

大地好像凝固了。真冷。

螃蟹却睡得热气腾腾。他舒舒服服侧转身，忽然醒过来，往头上撸了一把，一撸一把汗。×你王孙！这比龙床还暖和。

外头有动静！

天到啥时候了？不知道。麦秸垛没有窗户。外头下雪，他也不知道。只知道这一觉睡得很沉。白天走了几十里路，又和人打了一架，实在太累了。螃蟹很少和人打架的，这么多年只有挨揍的份儿。老扁叔嘱咐过，别在外头惹事，有人欺负时就忍着，忍不住了就走开，咱们是去讨饭的，求人家。再说，真要打起来，没人帮着会吃亏。螃蟹也一直这么做的，没少受气，也没少挨打。多是一些少年欺负他。他忍着。他没把那些小屁孩放在眼里。但如果是大人欺负他，螃蟹就一定反抗。别人打他一巴掌，他会撂对方一砖头，反正摸到什么是什么。有一次，他甚至抢到一把镰刀，追着那个踢了他一脚的大人狂砍。那家伙吓得转身就逃。昨天和人打架，也是对方挑衅。那是个和他年龄差不多的少年，外号叫长腿。是五岔口的人。三年前，长腿就结伙欺负过他。当时螃蟹没理他。这次又碰上了。长腿和他偶然在一条乡间小路碰上，螃蟹一眼就认出他了，懒得理他，就侧过身子让他先走。这本是礼让，不想长腿认为螃蟹怕他，经过身旁时，用膀子一扛，把螃蟹扛到路边小沟里，弄得一身泥水，然后吹着口哨走了，头也不回。螃蟹从沟里爬起身，冲过去猛地弯腰抱住他一双大长腿，将对方摔倒在地。大长腿没想到螃蟹敢袭击自己，翻身爬起来说，小要饭的你敢摔我！螃蟹也不吭气，一头又撞上去，把长腿撞个四蹄朝天，接着一个饿虎扑食，摁住长腿就是几拳头。长腿不甘示弱，伸手抱住螃蟹脑袋，两人在地上翻滚扭打在一起。长腿身长体瘦，个头占便宜。螃蟹比他矮半个头，可螃蟹敦实，虽说时常半饥不饱，但他长年奔波，四肢有力。两人打得难分难解，口鼻都流出血来，谁也不肯住手。打架的地方在野外，又没个拉架的。两人就不停手，一直打到筋疲力竭，呼呼喘着气，瘫坐在地上不能动。两人用目光对峙了一阵，还是长腿避开目光先离开了。临走时他冲螃蟹恨恨地说，咱们没完！螃蟹眼皮眨了一下，没说话。显然，长腿心里很受伤。螃蟹却没当回事。以前挨揍都不当回事，这次还揍了对方，应当是一次胜利。

外头真的有动静！

车轱辘咯噔咯噔响，人喊马嘶，脚步杂沓。过队伍吗？螃蟹打个哈欠，想接着睡。昨天打那一架消耗了太多的体力。天兵天将下凡，和老子有啥关系。刚合上眼，又憋不住好奇。夜间过队伍一定很神秘，说不定能看到大炮。有一次扒火车，就在火车上看到了大炮，用厚厚的帆布盖着。他刚掀开看了一眼，就被一个战士揪住了。好在他有贫农证，被一个年长的解放军训一顿，就把他放了，临走时还送了他两个白馒头。这次过队伍会有大炮吗？想了想，就往外拱。使劲拱，拱得麦秸垛乱颤，却拱不出来。挨黑拱进来时，没这么费劲呀，咋就拱不动呢？肯定哪里不对头。他趴下来摸摸脑门，这才记起拱错了方向。头晚拱进麦秸垛是头朝里脚在外，洞口在屁股那边。现在要拱出去，就得调转身子，或者往后出溜。可是在麦秸垛里是无法转身的，窄窄的一个洞，没那么大空间。昨晚咋不调整好方向就睡了呢？还是太累，睡得匆忙了。现在只能往后出溜着退出去。可退出去似乎又太简单了一点儿。就是说，拱了半天白拱了。×你王孙，老子就这么个拱法—— 一直朝前，拱个通道出去！不信麦秸垛有地球大。杨八姐说地球是圆的。我不信。怎么会是圆的呢？我从七岁出来要饭，去的地方多啦，没看出哪里是圆的。杨八姐笑了，咯咯的，说你懂个屁！地球当然是圆的。好好好，你说圆的就是圆的，咋个圆法？像你的奶子那么圆吗？八姐，你的奶子可真圆，一走路还直动弹……话没说完，杨八姐就掴来一巴掌，再胡说就打死你！可你打得并不疼，就像在我脸上摸了一把，手掌软乎乎热乎乎的。还笑，还脸红，露出一嘴白牙，眉也扬起来。我知道你没真生气，你真生气不是这样的，不是，我见过。八姐你知道吗？我也想摸你的脸，就摸一下也行啊。我已经三年没摸你脸了。三年前，我只有十二岁，还是老扁叔告诉我的。那时候，我不想摸你的脸，哪里都不想摸。你老让我摸，拿起我的手，摸你的脸，摸你的耳朵，摸你的奶子。摸到你奶子的时候，吓我一跳，像被烫了一下。正要拿开，被你两只手按住了，死死按在你胸口上，还仰起头眯着眼哼哼了一阵子。那时候我不懂你怎么了，是很舒服还是很难受，好像是又舒服又难受。后来你松开我的手，流泪了。再后来你又瞪着眼叮嘱我，螃蟹你可不能对外人说，打死也别说，你要说出去就再不理你了！听见没有？我说听见了。你一下又拧住我耳朵，说保证不说！我说保证不说！你猛一使劲，说打死不说！我哎哟一声说打死不说！你放开我耳朵，又轻轻胡噜一下我的头，说这才是好孩子，以后我还让你摸，还会教你识字。我说识字就算了，我已经认识几百个字，差不多就够了。我说八姐你放心，我肯定不会对人说的。后来，我遵守了咱们的约定，从来没给人说过。有一次，一个外号叫破裤子的家伙，带了几个男人把我捉进一个小黑屋，七手八脚倒吊在梁上，说螃蟹问啥你老实回答就放你下来。那几个男人你都认识的，他们时常去你的茶馆骚扰你。我不知道他们要问什么，就憋红了脸说你们快问，我知道的一定说。他们就问我是不是和你睡过一张床上，是不是你搂住我睡的，是不是见过你光身子，是不是吃过你奶子，是不是……反正什么下流话都问了。我当时就知道坏了，落到这几个家伙手里，没有好果子吃。如果照实回答，就违背了我的诺言；如果不老实回答，就一定会挨揍。我想了想还是挨揍吧，反正不是第一回挨揍，我还是挺耐揍的。他们问完了要我回答，我说放下来我就回答，这么倒吊着太难受，好像一身血都聚到脑袋上了，涨得头疼。他们说你回答了才放你下来。我一再哀求放我下来，他们哈哈大笑，就是不放。我就骂他们了，说×你王孙！占不到八姐便宜，折腾我一个要饭的，丢人不？那个叫破裤子的家伙就扇了我一个耳光，一耳光就打出血来，血从鼻子里流出来，头上血太多了。然后又逼着我说。我说×你王孙，打死我都不会说的，你们打吧！我是贫农，你们敢打贫农，上级会法办你们！他们都笑起来，说老子还是雇农呢，不说还打！接着又扇我耳光，左一下右一下，噼啪噼啪，又重又响亮，鼻孔里血就往下流了，边打边问，血流了一地。我索性啥也不说了，想憋住一口气，让血少流一点儿，我靠要饭生活，身上攒点血容易吗？破裤子看我死不开口，就很恼怒，一拳打我脸上，一阵剧疼。我大叫起来，一张嘴掉出一颗门牙，喷出一口血。我真是恨死这几个王八蛋了，竟然打掉我一颗牙！就又哭又骂，双脚乱蹬。他们有点害怕了，一个人说破裤子别打了，快把他放下来吧，别弄出人命来。那个叫破裤子的家伙还要打，被另外的人拉住了，然后七手八脚地放下我来，又抬着扔到村外一条干河沟里，之后撒丫子全跑了。我躺在那里半天动弹不了，一双腿又疼又麻，嘴里血沫子直涌。我勉强抬起手，摸摸牙齿，一颗门牙真的没有了。那个王八蛋破裤子，我早晚要报复他，我没那么好惹的。八姐，你说我够意思吧，为了你的名誉，我遭了这么大的罪。后来见到你，我都没告诉你。还是你发现我少了一颗门牙，问我怎么回事，我才说是破裤子他们干的。当时你心疼得要命，那天晚上又让我上了你的床，抓住我的手在你身上到处摸，还摸到了以前没让摸的地方，湿漉漉的，好像有很多水。那会儿我浑身都在发烫，想干点什么，却不知道要干什么，想使劲也不知道怎么使劲。这时，你又把我拉到你身上，让我吃你奶子。我咬住奶头哭了。我不记得我吃过奶，从小没有吃过，我见过别的孩子吃奶，特别馋，特别羡慕人家。现在终于吃住了，准确地说是咬住了。我不知道是不是这样吃奶的，也许不对，因为我没有吃到奶水，却把你咬疼了。我能感觉到你哆嗦得厉害，你抽风一样全身都在抖动，可你没有推开我。这时我又觉得不是吃奶这么简单了，前头没有吃上奶水，下头却动起来了，感觉像一根棒子。你肯定感觉到了，你先是愣了一下，由那根棒子乱戳，却突然叫了一声，闪电般把两只手伸下去，一手抓住棒子，一手捂住自己，说这不行不行！然后一扭身把我摔下了床，接着就呜呜哭起来。我不知道刚才发生了什么，一切不都是你让我做的吗？你到底啥意思？究竟是同意还是不同意？那晚我重又爬上床，坐在床头不敢躺下，我怕惹你伤心，到底还是让你伤心了。可我真的不知道错在哪里了。终于，你停止了哭泣，坐起身，披上衣裳，伸手把我轻轻揽住，在黑暗中悄悄说，螃蟹不怪你，真的不怪你，怪我自己。我们不能做那事，真的不能，你还是个孩子，要是那样就是我在犯罪。一切都是我不好，太难熬了。也许……过几年……过几年吧，等你长大了，我教你怎么做。八姐，那天晚上，我真的一切都不明白，不明白你做的事，也不明白你说的话。现在不同了。我已经十五岁，长年龄了，长个头了，也长见识了。我什么都懂了，不仅在很多麦秸垛长了见识，还偷看过男人女人睡觉。×他王孙，原来是这么回事！这种事说半天说不明白，一看就全懂了。八姐，现在不用你教了，我懂得怎么做了。今晚在麦秸垛，我就先拱你的地球，拱你圆圆的白地球，感觉差不多，也是热乎乎的、软乎乎的，也是一颤一颤的。

螃蟹来了精神。这回他已经完全从睡梦中醒来，只是有点晨勃，晨勃让他更加冲动。他像一条发情的小公狗，疯狂地在里头撞来撞去，麦秸垛摇晃得更厉害了。他已经忘记了方向，也忘记了外头的动静，只是忘情地拱他心中的地球。麦草软柔柔的，头脸触碰之处，都有一种麻酥的感觉，一种发泄的快感。他觉得自己就是在杨八姐温暖的怀抱里。八姐，我已经很久没看到你了。你还不知道，那年离开你以后，我回了一趟鱼王庄。鱼王庄还是那么荒凉，村里还是一些老人、病人和更小的孩子。能出去的都出去了。老扁叔和梅子姑姑一直守着他们，守着大片大片的沙荒地和头年栽种的小树苗，还有那个疯掉的女人草儿。那是他老婆，已经疯了很多年。老扁叔全都守着。一条狗、一只猫，甚至一只老鼠，他都守着，因为它们是活物。鱼王庄珍视一切活着的东西。

看起来，老扁叔很累，又黑又瘦，他的大扁脑袋显得更扁了，像脖子上安了个蒲扇。只两只小眼还是那么亮，烁烁地闪着光。那天，老扁叔见我回来了，高兴得像个爹，像亲爹，一把将我举起来，就冲人喊快来看呀，螃蟹回来了！这小子长高了！后来就陆续围上来一些老人和孩子，大伙都围着我又说又笑又夸，问我在外头咋样，能不能要到吃的，外头有没有人欺负我。其实，鱼王庄外出的每一个人回来，老扁叔和大伙都是这样高兴。别看他带着大伙栽树时像个恶霸，村里人回来时就完全是另一副样子。只有一种情况例外，就是到年底都回来清点人数时，发现少了一个或者两个、三个，他的脸就特别难看。他知道他们不会无缘无故不回来，更不会嫌弃鱼王庄太穷不回来。这么多年，只有一个人是因为怕穷不回来的，别的都是因为饿死在外头，或者出了意外事故再也回不来了。只要有一个人不回来，老扁叔就会亲自或者派人外出去打听寻找。他曾亲自从河南、江西、新疆等地背回来十二具尸骨，然后埋在村外的沙丘上。

那次回到鱼王庄，我只住了十多天，就又走了。那次，老扁叔郑重交给我一个任务，就是做他的联络员。他知道我胆大机灵，跑的地方多，就说螃蟹，叔给你派个差。我说派啥差，你可不能把我留下，我喜欢在外头跑。老扁叔就笑了，说你以为我会留你在村里照顾那些老人呀，不是。有我和你梅子姑姑就够了。我知道你喜欢在外头跑，又机灵又胆大。你也不小了，十二岁了，应当担点事。当年罗成十二岁就挂帅印了呢。我要你做的事很简单，就是留心打听咱们鱼王庄在外讨饭、谋生的人，碰上了就问问情况，没啥事呢，就不要和我联系。如果有遇到大麻烦的，就赶紧给家里来封信。有紧急事情，就到邮电局发电报。说着掏出十块钱，说你拿着，就用这个钱写信打电报。我激动坏了，这么大的事，老扁叔居然交给我，他这是当大人使唤我呢。我没要他的钱，我说老扁叔你小瞧我了，这点花费好解决，我不缺钱。老扁叔说你可不能偷人家钱。我说老扁叔你想哪儿去了，咱鱼王庄的人能干这事吗？后来，我就走了。那趟出来时，我是抖着肩膀出来的。我成了老扁叔的联络员！八姐，这三年没回来见你，真想你了。可我已经不是我自己了，我多忙啊。这三年几乎跑遍全国，南到海南岛，北到黑龙江，东到大海边，西到大戈壁，凡是鱼王庄人可能到的地方，我都去过。打听到鱼王庄的人，我就去看看他们，有的是一个人，有的是几个人，都很难。能活着就行。这是咱们鱼王庄的信条，这话是老扁叔说的。老扁叔最爱说的一句话是，在外头再难，都得活着。活着回来！可是有的人却再也不能活着回来了。我到哪里，都用信或者电报和老扁叔保持着联系。我救过七次鱼王庄人，每次都很惊险，三天三夜都说不完。生生死死，咱也见得多了。八姐，你要是有兴趣，等见到你慢慢说。我这会儿最想做的事，还是拱你的圆圆的地球！

拱啊拱啊！

麦秸垛一直在摇晃。

外头的队伍看不到头，老牛车、马拉车、手推车，人们挑着条筐、绳子，扛着铁锨，一直往前走，很少有人说话。这是一支民工队伍，看样子是去挖河的。

一簇人在麦秸垛前站住了。

夜色朦胧中，他们发现这个巨大的麦秸垛在动弹，在摇晃，紧一阵慢一阵。

这太奇怪了。甚至有点恐怖。

站在前头的是五岔口民兵营营长姜冬生。他是这支民工队伍的头儿，右腿有点瘸，在朝鲜打过几年仗，胆子很大。他并不相信有鬼。

先是怀疑地震，可是不对，另一个麦秸垛怎么不晃呢？脚下也没动静，站得稳稳的。于是断定麦秸垛里有一头野猪在拱，就从身后取下枪。这是一支三八大盖。这支枪是他在朝鲜打仗时用的，他用这支枪打死过美国人、英国人、土耳其人，打死很多，立下大功，得到过英雄勋章。复员时，部队把这支枪奖励给他了，可以带回家。这是他的荣誉，走到哪里都背在身上。睡觉时就放在床头，没事时就坐在门口擦枪。

麦秸垛又一阵猛烈摇晃，几个人惊叫起来："快看，要倒了！"说着就散开了。

姜冬生把枪抓在手里，哗啦一声把子弹推上膛，指向麦秸垛，只要野猪一露头，就开枪射击。民兵营营长枪法准，在黄河滩上打死过野猪、狐狸，也打死过野兔之类。他估计，这头猪起码有两百斤，不然不能把这么大麦秸垛拱成这样。他对身后的民工说，闪开！这下有肉吃啦，拉到工地上给大伙解馋！有人舔舔嘴唇，说半年没吃肉了。

七八双眼睛直直盯着麦秸垛。

这时，姜冬生的心情是放松的、愉快的。他已经十几天没放枪了，连手指头都馋。他要在民工面前，近距离展示一下自己的枪法，不仅快，而且准。他知道野猪是很凶猛的，一枪不中，不仅会逃掉，弄不好还会伤人。他必须在野猪拱出头的一刹那搂动扳机，一枪毙命。

突然，随着麦秸垛一阵剧烈摇晃，一个黑影从里头蹿出来。姜冬生在搂动扳机前的瞬间，猛然发现不像野猪，但食指已压了下去，电光石火之间，他把枪口抬了一下："砰！"一颗子弹射出去，打在距螃蟹脑袋二指近的地方。螃蟹吓得一声尖叫，双手抱头趴在地上，一动不敢动了，头上身上全是麦草。

前头正在行进的民工队伍骤然听到枪响，全停住了，不知发生了什么事。但没人喊停，大伙呆了一下，又继续往前走。

姜冬生几步冲上前，一脚踩住他头，厉声喝问："什么鸟人！"

螃蟹忙答：“我，是我！螃蟹！”他吓尿了，裤裆里又湿又热。

姜冬生放开脚，弯腰问：“你是螃蟹？”

螃蟹翻过身，转脸朝上：“是是，我是螃蟹！你是……姜营长？”

姜冬生打开手电照住他，真是螃蟹！头上正热气直冒，便恼怒地踢了他一脚：“小王八羔子！我还以为是头野猪，差点打死你！”他认识螃蟹，很多村庄的人都认识螃蟹，他是吃千家饭长大的。

螃蟹惊魂未定，也很气恼，翻身坐起来：“你犯枪瘾了咋的？我是螃蟹，不是野猪！”

姜冬生生气道：“我宁愿你是头野猪！打死了还能给我民工改善伙食。刚才幸亏老子反应快，不然打死你。老子还得做检讨，弄不好会把我的枪收回去！”

螃蟹嘟囔道：“我的命还不如你的枪重要？”

姜冬生说：“还敢和我顶嘴？捆起来！”

立刻上来几个民兵，按倒螃蟹就捆，眨眼间捆得像个粽子一样。一股北风扫来，螃蟹打个寒战，一身汗水都凉下来，裤裆里冷冰冰的。“你们×啥蛋！”他使劲挣扎着，什么也看不清。营长的手电仍照在他脸上。螃蟹眯缝着眼，吃力地抬起头：“我不偷不抢，拿我开啥心？”

姜冬生笑了，说：“开心！我看你才是穷开心，半夜三更拱麦秸垛，有力气没处使对吧？几年不见，长成个儿了。这么着吧，跟我去挖大河，说不定能当个治河英雄呢！OK?”营长在朝鲜时，学过几句英语，抓俘虏用的。回来后时不时蹦出一句，大家就很佩服。他最常说的一句英语是：“Don′t move, lie down!”就是：“不许动，趴下！”他揍人时总叫人趴下，用皮带抽。事后，挨揍的人说，今儿又让营长用英语揍了一顿。

“我可不当英雄！”螃蟹被捆得双手反剪，就摇了一下肩膀，“我不是你们五岔口的人，你不能抓我的差！”

“嗬！你倒有理？”营长慢慢从腰里抽出皮带，“你不是俺们村上的人，为啥总来俺村要饭？”

“我是借饭！俺鱼王庄给开了证明的，不信你看，证明信在我怀里，我是贫农！”

营长知道他怀里有一张盖有红印的证明信。他们不知看过多少遍了。每次拿他开心，他总要一本正经掏出来，证明信已经皱巴破旧得不成样子。“我不看，知道你是贫农。你来借饭，俺们借你干活，这才公道。对吧，儿子！”

螃蟹是公共儿子，就像公共厕所一样，只要高兴，谁都可以这么叫他。

“我不去！”

营长说：“不去不行，这事由不得你！”

两个民兵拉起螃蟹就走：“老老实实跟着，不然营长揍你！”

营长抽出皮带在空中甩了一下：“唰！”

一股冷风在脸上闪过去，像一柄冰凉的剑。

螃蟹脑袋缩了一下。他知道营长真会用皮带抽他。他见过他揍人。也是用皮带抽。他腰上的皮带也是从朝鲜带来的。

就在这时，从前头队伍里跑过来一个人，正是那个外号叫长腿的少年。头天刚和螃蟹打过一架。刚才在前头听说螃蟹被捉住了，赶紧跑过来。他还记着仇，大声对营长说：“营长，你狠狠揍他！昨天他和我打架的，偷袭我，把我摔倒在地，弄了一身泥，还打了我很多拳头。”

营长看着螃蟹，又看看长腿：“你是说螃蟹揍了你？”

长腿犹豫了一下，如果承认被螃蟹揍了，这么大个子有点丢人，但他还是“嗯”了一声。他希望营长为他报仇。

不料，营长瞪着他说：“要是螃蟹揍了你，就说明你一定该揍！

是你欺负人家的吧?”

长腿不吱声了，局促地看了营长一眼，又低下头。

营长暴喝一声：“滚!”同时扬起皮带。

长腿吓得赶紧逃走了。

螃蟹看到这一幕，一直没说话。他有点想跟营长去挖河了。反正也逃不脱。

营长收起皮带，走近螃蟹，挤挤眼说：“儿子，跟我走，有你的亏吃吗?挖大河累是累点，可饭也白吃。公家补助洋面，三天能吃一顿白发馍呢!”他真想让螃蟹吃几顿饱饭。小时候，他也要过饭，知道要饭的滋味。平时有乞丐上门要饭，他都会给。有时一碗饭刚端到门前，乞丐上门了，他就拿过乞丐的脏碗，把自己的一碗饭兜底倒进去。他心眼儿不错，就是爱揍人。他有英雄癖。

螃蟹加入了浩浩荡荡的民工队伍。

营长让他拉一辆装满柴草木板棍子的胶轮平板车，足有几百斤，是到工地上为民工架工棚用的。肩上的绳子勒得骨头茬吱吱响。这时天已亮了。营长看他咬牙切齿的样子，也不帮忙，只随着走。一边走一边教导说，不学会干活哪行?总不能当一辈子乞丐。你们鱼王庄那个老扁也是个浑蛋，骑匹瘦马，像个将军似的，我呸!有这样的将军吗?一村子人撒出去要饭，全像大爷似的，不祸害人吗?三个月前，我见到你们老扁时还说过他，他说俺鱼王庄不是穷嘛，净是沙滩，根本种不了庄稼。我说你们穷，别的村庄也好不到哪儿去，都在老黄河沿上。老扁说你们好歹还能收些粮食，俺们的人就是借点饭吃，以后会还你们，别那么小气。我说老扁你太无耻了，明明是要饭，偏偏说借饭，还开在介绍信上。你们借饭有还的时候吗?老扁说你放心，一辈子还不上两辈子还，两辈子还不上三辈子还，祖祖辈辈都记着。我说你这就是耍赖皮的话，没个指望。老扁说咋没指望，朱元璋曾经是乞丐，后来还当皇上呢。你听听，螃蟹，你们这个老扁当的什么狗屁村长！

营长姜冬生对老扁一肚子意见，叽里咕噜说了半天，完全忘了螃蟹是个孩子，根本不会理会他说什么。事实上，螃蟹一声不吭，心里却在笑话他：你和老扁叔较量，早着呢。他暗中一直在想的是怎么逃走。先前在麦秸垛前，营长对长腿的训斥让他一时冲动，想跟营长去挖河，可现在一旦拉上平板车，才知道这活不是那么好干了。长这么大，还是头一次上套，像一头没经过调教的驴驹子。他真不甘心。他准备伺机逃跑。对于脱逃，螃蟹有足够的经验。这么几年，他曾好几次身处险境、绝境，最终都逃了出来。这次被营长抓差，根本就不算什么。

在他看来，世界上没有比乞丐更好的职业了。不用操心，不用干活，只要装出一副可怜相，吃的穿的全要得来。现在身上的破棉袄、破棉裤全是要来的。只里头那个护胸是偷来的。他戴了一副护胸，空荡荡吊在胸前，实际上就是一件半截紧身小褂子，是杨八姐的。这样的护胸，杨八姐足有七八件。杨八姐穿衣本就讲究，对于护胸好像又特别讲究，每一件都会绣不同的花样，牡丹、芍药、桃花、干枝梅、柳枝儿、野草、蝴蝶什么的，绣什么像什么。螃蟹见她戴过，也见她绣过，绣起花来神态专注，两只手上下翻飞，一根线穿来穿去。螃蟹都看得呆了。有一次说，八姐，这小衣服又不穿外头，没人看到，干吗这么精细？八姐笑笑，说我不是穿给别人看的，就图个自己舒服，自个儿美。螃蟹真是服了。八姐是个从外美到里的女人，连心也是美的。他崇拜八姐，喜欢八姐，连她身上的物件也喜欢。他偷拿了八姐一件护胸挂在脖子上，就能闻到八姐的气息，感受到八姐的温暖，心里就会热乎乎的。

他永远忘不了四年前早春那个夜晚。他要了一天的饭，跑了三个村庄，几乎跑断腿，也没要到几口吃的。晚上来到三岔口一个茶棚下睡着了。这里稍微能避点风寒。以前，他远远见到过这个茶棚，看到有个女人在这里卖大碗茶，有些来往的路人在这里歇歇脚，喝一碗茶。客人并不多，很长时间才会有一个，螃蟹看到过几次，但都没走近过。他知道那不是自己去的地方。渴了找个水沟或坑塘，捧上水喝几口就解决了。夜晚茶棚就没人了，只一个用砖泥垒的土台子，土台子周围有几个树桩木墩。螃蟹慢慢靠近，茶棚下的确没有人。茶棚后头是一个低矮的篱笆院墙，从院墙上可以看到三间草房，就是那个卖茶女人住的地方。螃蟹蜷缩在茶台下的洞洞里，又冷又饿，但还是渐渐睡着了。一个十多岁的孩子，困意袭来时，什么也挡不住。天又下起小雨，雨水打在棚子上，发出嘭嘭啪啪的声响，冷硬而单调。夜风并不大，气温却一直在下降。螃蟹睡梦中一直在哆嗦，喉咙里哼哼唧唧，像在梦呓，又像在呻吟。半夜里，院门突然悄悄打开了，一个黑影快步走过来，用手电在草棚里照了一下，发现了正拱在茶台洞里发抖呻吟的螃蟹。黑影稍微有点吃惊，但还是毫不犹豫急步上前，弯腰从洞里扯出螃蟹，踉踉跄跄拉他进了院子又进了屋。杨八姐反身又关好院门屋门，一句话没问，就脱下他已经被打湿的棉袄棉裤，把他塞进自己热乎乎的被窝。螃蟹晕晕乎乎，似乎还没有完全醒过来，杨八姐已把他紧紧搂在怀里，用滚烫的身体为他取暖。螃蟹像在梦中，拱在杨八姐怀里，泪水止不住地流。

从此，这个茶棚成了他的圣地，杨八姐成了他的亲人。后来，他曾多次回忆，那天夜里，如果不是杨八姐，自己也许会被冻死。

相处一段时间后，他才发现杨八姐不仅是个善良温柔的女人，也是个厉害的女人。有男人趁喝茶时碰一下她的奶子，或摸一下她的屁股，她会甩手一巴掌，又快又重。或者端起一碗开水泼过去。夜间有男人敲门，杨八姐会在屋里说："滚！"如果那人不识趣，继续敲门，杨八姐会打着手电，拎一把明晃晃的菜刀，突然打开门说：“想进来呀？进来吧！”那人赶忙在黑暗中跑走了。那些男人只是想占她便宜，可不想闹出人命。她不给那些男人任何机会。但在夜间睡觉时，螃蟹不止一次听到杨八姐偷偷哭泣。她曾告诉螃蟹，她丈夫在监狱里，但没说犯了什么事。她在这里卖茶，其实不想赚什么钱，只是为了方便路人的，也给自己解个闷，有人说说话，不然一个人在这荒郊野外会疯掉的。

一个如此漂亮的年轻女人单独住在荒郊野外，危险还是经常会发生。周围村庄的男人都在议论她，都在等待第一个能睡她的人出现。但几年过去了，没有一个人能够得手。那个叫破裤子的男人最想成为第一个吃天鹅肉的人。为此，他曾无数次去骚扰。一天夜里，他终于敲开了杨八姐的门，杨八姐握着一把菜刀请他进屋，威风凛凛的样子。他没有逃跑，警惕着进了屋。可他进屋的一刹那，还是看出了这个女人的惊慌，她大概没想到他真敢进屋，或者没想好进屋后怎么办，真要用菜刀砍杀一个男人，她大概还没这个胆量。就在杨八姐犹豫的当口，破裤子突然转身，抓住她拿刀的手，一把夺了过去，扔出门外。杨八姐猝不及防，已被破裤子拦腰抱起，紧走几步扔在床上，然后扑了上去。不料杨八姐一个翻滚，从枕下抽出一把匕首，朝着破裤子一阵乱刺。破裤子手上、胳膊上、大腿上连中数刀。如果说先前她手持菜刀时还有些胆怯和惊慌，现在则完全没了犹豫，一刀刀扎下去时毫不手软。破裤子连连躲闪着跳下床，夺门而逃。他发现这个女人疯了，再不逃真会要他的命。螃蟹后来发现，杨八姐的床上藏了四五把匕首，分布在床上的每个角落。就是说你把她按在床的任何地方，她都能抽出一把刀子来。

破裤子被刺了七八刀，血流了很多，好在没有致命伤，当夜逃回家，一个多月没有出门。后来，他告诉别人说，他差点就得手了。别人不信，说你这个泼皮无赖，也就吹吹牛罢了。破裤子是个光棍，平时净干些下三烂的事。破裤子看别人不信，当即掀起衣服让人看他伤疤，说这都是那个女人用刀扎的。众人就嘲笑他，说你到底还是没得手，还差点丢了命。破裤子恨恨地说，我会得手的！那次螃蟹被破裤子几个人吊打，就在这件事之后。破裤子不甘心，一直在寻找机会。

杨八姐为了生活，会常年养一头猪，从小猪养起，大约养一年半，长到两百斤左右时卖掉，再买一头小猪重新养。养猪就得割猪草，她没有别的东西喂它。同时，她还养了两只羊，一公一母，至少每年生一窝小羊，一窝能生两三只，生下来就卖给供销社，叫卖寒羊。尽快卖掉是为让母羊恢复健康，好怀下一窝。杨八姐的猪是圈养的，是为了攒膘，一大早割来猪草喂。两只青山羊是放养的，有时候八姐跟着看护，有时茶棚来客人了，就由两只羊自己吃草，反正院前院后有不少草地，它们也认得家，傍晚会自己回来。但有一段时间，母羊在生完两只小羊后，不仅不再怀孕了，还瘟头瘟脑的，时常有惊恐之状。开始时，杨八姐以为母羊生病了，可看来看去也看不出名堂，忽然有一天，一个放羊的老头告诉杨八姐，说你的羊让破裤子祸害了，光我看见就有七八次。杨八姐开始没听懂，说老人家他咋祸害我家的羊啦？老头看着杨八姐，脸憋得发涨，还是没说出来，一跺脚说畜生啊！转脸走了。杨八姐就犯了疑。之后一连几天都把两只羊放出去，自己躲在沟坎后偷偷观察。那天午后，果然破裤子来了，观察一下周围没什么人，就直奔两只羊走去，一手抓住母羊，一手解下裤子……杨八姐离得不太远，看得清清楚楚，她手持一把镰刀，大喊一声畜生！就跃出沟坎奔了过去。破裤子听到了，回头看是杨八姐手持一把镰刀正飞奔而来，吓得放下母羊，提着裤子就跑。杨八姐追了半里地，终是没有追上。杨八姐累得喘吁吁，重新走回，抱住母羊就哭起来。

后来，杨八姐把两只羊都送给那个放羊的老头了。不是她嫌弃母羊，而是觉得自己保护不了它们。对那个王八蛋防不胜防啊。再说，把羊牵回家里，看到它们就会难过。她知道破裤子是冲她来的，在自己身上无法得逞，就拿她的羊当了替代品。她同样知道，打她主意的不止破裤子一个人。他们像黑夜里的一群狼，已把她团团包围，眼睛里闪着绿光，随时会扑上来把自己撕碎。

其实，杨八姐最初来这里时，对这些陌生的男人曾经很有好感。当时，这三间草房不知什么人废弃的，只是房顶破了，有几处漏雨，屋墙也有几个破洞，到处漏风。她决定就在这里住下来。她已无处可去。天正好下着雨，她把随身行李打开，躲在一个角落里住了几个晚上，也弄清了哪里漏雨。白天，她割来一些干草，围着屋子打转，想着怎么上到房顶把漏雨处修补一下。但没有梯子没法上房，而且她也不会修补，心里就很着急，盼着能有人帮助。没想到还真来了人。这天下午，突然过来六七个男人，扛着梯子，担着麦草、石灰，拎着铁锨一应工具，什么也没问，什么也没说，就分头忙开了。和泥苫草，竖梯上房。至于这个女人是谁，从哪里来，为啥要住这里，全都没有人问。事实上，古黄河两岸荒僻空旷，历来是落难、避难、逃难人落脚之地，他们见得多了。说不定这些人或这些人的祖辈也是这么来的。所以，他们不打听，也不好奇，只要看见需要帮助的人，就一定出手相助。这几个男人中，就有那个叫破裤子的家伙。他当时比谁都干得欢实，只是时不时偷看杨八姐一眼。这中间，又有几个过路的男人也停下脚步，走过来帮忙。而且看起来，他们之间并不熟悉，显然是周围不同村庄的人。到天黑前，这帮素不相识的男人，不仅帮杨八姐修好了房顶、补好了墙洞，还帮她重新粉刷了屋内墙壁，新砌了一个灶台。第二天，他们又来了，拉来很多树枝杂木，帮她围了一个篱笆院子，然后一口热水没喝就走了。那时，杨八姐真是感激涕零。这也是她后来开茶棚方便路人的一个直接动因。她想回报那些陌生人。她没想到自己会在这里碰到这么多好心的男人。她相信他们每一个人都心存善意，她同样知道在这些心存善意的男人中，有几个同时也存了非分之想。她是个女人，能从他们的表现和眼神中看得出来。那时，她并没有什么反感，一个男人对一个年轻女人有隐秘的想法，是一件再正常不过的事情。尤其当她在后来的日子里，一个人独处荒野、寂寞难熬的时候，也会想要一个男人有力的怀抱，哪怕那是个陌生的男人。那时，她的内心会更加宽容。但她终于还是拒绝了所有的男人。她知道这个口子不能开，欲望是会传染的。如果让他们知道这个女人愿意和一个陌生男人上床，他们会排成一溜长队在门外等候，包括那些原本对她没有非分之想的男人。那会是什么景象、什么后果？真是不堪设想！

事实证明，那些男人无尽的纠缠是多么可怕。破裤子居然对她的羊下手，更让她没有想到。于是更坚定了要守住自己的信念。杨八姐并不是为那个在监狱的男人才守住自己的。她不知道值不值得为他守住什么，更不知道他的未来。她只是怕自己遇到更大的伤害，害怕无法预知的生活。生活已经够糟的了，她不想变得更糟。

但清苦和寂寞的日子毕竟太难熬了。她不知道这样的日子何时是个尽头。

螃蟹的出现，让杨八姐的生活有了些许活气。

那天夜晚也是长夜难熬，辗转无法入睡，听到外头断断续续的呻吟，才大着胆子开门救下他的。没想到收留了一个精灵古怪。

她太喜欢他了。

她相信这是命中的缘分。

螃蟹知恩图报。

有一段日子，每隔几天，螃蟹就会回来一趟。每次回来，他都会背来半褡裢吃的，有烂窝头、红芋干、菜团子，还有粮食，什么都有。

他把这些要饭吃剩的东西背回来，是让她喂猪。能帮她一点儿也是好的。这对杨八姐的猪来说，几乎就是过年，平日它吃的全是草。一日，螃蟹把背来的剩饭倒进猪槽，转身就走。出了大门，无意间一回头，见杨八姐赶开正在大吃大嚼的那头花猪，弯腰从槽里拣出几块烂窝头，用毛巾包起来，匆匆跑进屋去了。螃蟹明白了，也心酸了。这么好一个人儿，竟然和猪争食，还不如我呢。从此以后，螃蟹再背来剩饭剩菜，就不往猪槽倒了。屋门前挂一只空篮子，是平时杨八姐割猪草用的。他取下来，把背来的乱七八糟的东西都倒进去。他知道杨八姐会去挑拣。可他装作不知道，心里却有点自豪。他觉得自己在养着杨八姐。

他本来可以有点积蓄。把要来的百家饭吃剩了，每天存起来晒干再卖给一户人家养猪，就能得到一点儿钱，或一毛，或两毛。久而久之，会是一笔可观的收入。事实上，他也卖过。乞丐都是这么做的。庄户人家都乐意买乞丐的东西，便宜。一位要饭的老太太，积蓄十年，居然给儿子盖了三间瓦房。外人以为她发了横财，其实不是。螃蟹认识那个老太太，有点邪恶，她去哪个村庄要饭时，就不许别的乞丐进村，只要看见了就骂，什么脏话都骂。你如果不走，她会跟着你，一路跟一路骂，让你要不成饭。即使要成了，她也会呸呸往你碗里乱吐。别的乞丐只好走开。

在乞丐行里，螃蟹朋友很多，其中不少已经洗手不干了。他们都有家，日积月累攒一笔钱，回家过日子去了。螃蟹没打算攒钱。老家鱼王庄没任何亲人，无牵无挂。隔些日子回去一趟，也是因为想念老扁叔和梅子姑姑了。看过他们，然后就住鱼王庙里，那座庙离庄子还有几里远。那是他的祖居地。他祖上都是看庙的。后来，娘跑了，爹死了，他成了孤儿。他不愿意再看庙。庙里太冷清，又没人供着，他就跑出来要饭了。一旦跑出那座庙，他才知道外头的世界有多么大，多么美妙。

螃蟹是个快乐的小乞丐。他活得无忧无虑。

当然，要饭得厚着脸皮。可脸皮值几个钱？肚皮才最当紧。上门讨饭，甜甜地喊点什么，见人低三辈，一转脸，我是你小爷！又捞回来啦。老扁叔说得对呢，人得活着，人得想开！那次外出讨饭前开全村大会，男女老少一两千人集合起来，老扁事先用扫帚蘸着石灰水，在墙上刷了几个大字：“誓师大会!”

有识字的一念，会场一片笑声，说村长你真会×蛋，要饭也能开誓师大会啊？会计捅捅老扁，说村长这不合适，太猖狂了。这让王县长知道，你会挨批评的。改一改吧。老扁说咋改？会计说，我看不如改成“异地谋生动员会”。老扁说还不是要饭！别遮遮掩掩了，要饭就是要饭，没啥丢人的！在鱼王庄，咱得给大伙说明白。现在不是时兴誓师大会吗？还是叫誓师大会，多气派！这叫壮行、壮胆、壮精神！鱼王庄再穷，心气不能泄了！对不？王县长不是常夸咱们有志气吗？至于到外地，过会儿开介绍信再另说。会计吃惊道：“还要开介绍信啊？”老扁说：“当然要开。还要以党支部的名义开!”老扁是村长兼支部书记，因他从二十来岁就当村长，所以大伙平时还是习惯喊他村长。他也轻易不用支部书记或者党支部的名义干什么事，一旦要用时就一定是特别重大的事情。

老扁两个肩膀夹个扁头，挥挥手让大伙静下来。这时已经有人开始哭了。出外逃荒要饭，村长再怎么日弄，也是个伤心的事。老扁当然知道大伙的感受，但他不想让大伙哭哭啼啼离开鱼王庄。他想站在高处给大伙讲话，做一些动员。可是左右看看，没有可站的东西。一转身却发现一个两米多高的沙丘，于是吃惊道：“这里咋多出个沙丘？昨天还没有呢!”这里风沙太大，沙丘时常滚动聚散，一夜之间进村堵门的事经常发生。老扁当然知道，一村人都知道。老扁只是吃惊刚才没注意到。老扁爬上沙丘，稳稳地站住了，用鹰隼一样锐利的目光扫视一遍会场，挥了一下手，大声说："别像出老殡似的，哭啥哭！我脚下的沙丘告诉咱们，鱼王庄不治住风沙，就永无出头之日！治住风沙就得栽树！想栽树人就得活着！活着就得出去要饭！到这地步，没啥丢人的！衣食足而知荣辱，脸皮不如肚皮当紧！人都有背时的时候，韩信受过胯下之辱，越王勾践卧薪尝胆十年，朱元璋也要过饭，后来都成了大气候！我就不信咱鱼王庄的日头老黑着！这会儿谁给咱一个菜窝头，就记他一份情。以后，咱们还种果树呢，等鱼王庄的果树长起来，咱还他一筐鲜苹果！挨村送，挨门送。开完这个会，都出去，都出去！走得动的都出去！能打工挣点钱的就挣点钱，不能挣钱的就要饭！只要不犯大法，干啥都行。以前大伙出去，村里支持不力，这次，我要动用大红印了！大伙不要怕在外头遇到麻烦，党支部给开个证明信揣上！"

老扁讲得理直气壮，还给开证明信，大伙心里好受一点儿了。特别一些年轻人都盼着出去，不想在鱼王庄等死，就有点摩拳擦掌的样子。

老扁看见了，虎起脸说："大伙记住了！不管你外出干啥，也不管你走多远，到腊月里都一定赶回来，赶回鱼王庄栽树！大年初一开始，栽一春天树，而后再出去。这是咱鱼王庄的律令，谁都不能违反！否则，我扒了你的房子，从鱼王庄除名！有人会嘀咕，除名就除名，鱼王庄穷得两个蛋碰得叮当响，没啥留恋的，到外地落脚更好。浑蛋！告诉你，鱼王庄的人只许村里除名，不能擅自脱离！凡擅自脱离不归的，视为叛逃！我走遍天涯海角，也会把你缉拿归案！鱼王庄立村百年，都是四面八方自愿聚来的，自从我管事，只许进人，不许出人，这也是鱼王庄的律令！大伙记住了吗？"

会场上立即响应："记住啦！记住啦！"

近两千人的回应如雷滚动。

老扁笑了，说这有点誓师大会的意思了。他知道鱼王庄人虽然穷，但同命相怜，心还是齐的。

这时，会计已搬来一张三条腿的破桌子，上面铺好纸墨，打开印盒。

老扁跳下沙丘，说："开证明信吧！"

会计说："村长，这信咋写？"

老扁沉吟片刻，边走边口述："兹证明我村社员某某某，是贫农成分……忠厚老实……热爱国家……反对苏修和美帝……因生活困难，出外打工或借饭。请沿途乡村……城镇……车站码头……给予方便为盼。鱼王庄党支部。"

满会场千把号人都在静听，听着听着哄笑起来。有人正在流泪，也都破涕为笑了。要饭成了借饭，还反对苏修、美帝，冠冕堂皇开个信，老扁真会日弄人。但他们还是很感激老扁。不管遇多大事，这个家伙总会有办法。

会计正写着，忽然撂笔停下来，抬头说："村长，这么写行吗？都写成忠厚老实什么的，问题不大，都写成贫农怕不妥。"说着往人群里扫了一眼。人群里坐着几个地主富农和他们的子女，听到这话都低下头。鱼王庄向来贫穷，本没有这号人的。这几个地主富农家庭都是之前逃来的，逃到这里被老扁收留了。他们都曾告诉老扁自己的真实身份，但是老扁警告他们，家庭成分的事，只我知道就行了，想在鱼王庄待着，就不要再告诉任何人。这么些年，他们和鱼王庄人一样，全都破衣烂衫，面黄肌瘦。老扁向他们扫了一眼，突然冲会计发火："你啰唆个屌！我刚才说了，都写成贫农！"

几个地主富农和他们的子女，听到这话都慢慢抬起头来，面露尴尬和感激的表情。

会场上响起一片掌声。

连梅子都鼓掌了。

要说地主家庭，鱼王庄真正够格的就是梅子的家，而且称得上大地主。梅子的爹梅三洞不仅曾拥有一两万亩土地、几十个长工，还是一代名医，城里开着大药房，赚钱无数。只是没等到“土改”，梅三洞就死了，梅家的土地早已归鱼王庄。所以，梅家并没有被划为地主成分，严格讲只能说曾是财主。梅子是梅三洞的女儿，一向高冷，不大和人打交道，凡事独来独往。她不曾在家产万贯时飞扬跋扈，也从未在家道败落后自卑自贱。梅子穿戴也和人不同，一向收拾得有点洋气，一身青布裤褂，剪裁得体，上衣有点紧，勾勒出胸脯两座丘。方圆脸略显清瘦，白得像雪，两眼有点凹，像两潭深水，冷冷的。她很少对什么事表示态度。在一些公共场合，她几乎就是个哑巴。当老扁让会计把所有人都写成贫农时，她却鼓掌了。当时螃蟹就在她旁边，一边鼓掌，一边说梅子姑姑，大家为啥鼓掌？那时螃蟹还小，并不懂得鼓掌的含义，更不懂地主富农是什么意思。他只是看到大伙都鼓掌，也就跟着鼓掌。梅子没有回答他，却摸了一下他的头。

但这时，一个汉子站了起来，大声说：“我反对！”

全场的掌声都陆续停下了。大伙立刻把目光投向他。

此人叫泥鳅，之前曾长期跟着梅子的爷爷梅云游干事，后来在鱼王庄为集体放羊。他和老扁历来不睦。老扁做任何事，他几乎都要反对，动不动就说：“我反对！”或者说：“我要告你！”

老扁直视着他：“你反对啥？”

泥鳅说：“我反对你把所有人都写成贫农！”

老扁环视一遍会场：“他们哪个不是贫农？人都饿成这样了，瘦得皮包骨，家里没一粒粮食，还不是贫农吗？”

泥鳅说：“我是说成分！那几户逃来的人家，全是地主富农成分！”

老扁说：“放屁！他们就是逃难的人家。鱼王庄哪一家不是逃难来的？逃难来的都是地主富农吗？”

泥鳅说：“你别乱扯，我没说别人，就说那几家！”

老扁说：“你有凭据吗？”

泥鳅说：“你应当去调查！”

老扁说：“老子没那工夫！我不管他们过去是什么，现在就是贫农！”

泥鳅说：“我要去王县长那里告你！你这是胡作非为！”

老扁说：“去吧去吧！告不赢我弄死你！”

老扁看会计还愣在那里，大声说：“别理他！你只管开信，出了问题我负责！”看来，他并没有把泥鳅放在眼里。

几户地主富农和他们的子女都松了一口气。其他人也松了一口气，纷纷站起来，拍拍屁股上的尘土，拥到会计那里领证明信。

这时，就有许多人互相招呼：“牛四叔，你啥时走？让我家花花跟你出去吧？”一个女人的声音，手里正牵着一个十四五岁的女孩。

“抗战，咱们还是结伙走吧！”二十几个小伙子呼啦围上一个外表清瘦却十分精神的后生。

抗战说：“晚上到我家来，咱们商量商量去哪儿！”

“好嘞！”大伙一阵雀跃，仿佛是出征。

这时，一个叫鲁明的后生看了他们一眼。抗战就喊了一声：“鲁明！和俺们一块走吧？”鲁明摇摇头，转身走了。抗战摸摸头，自语道：“这家伙就是爱单干！”

那边，两个十七八岁的姑娘躲在一旁嘀咕，手拉着手，一个叫秋月，一个叫小菊。秋月是个丰满的圆脸姑娘，个头也高。小菊就瘦小一些，兴奋而又胆怯的样子。她拉着秋月的手说：“月姐，咱们还是结伴走吧，也好有个照应。”她们从八九岁就经常结伴外出要饭。秋月说：“昨天抗战碰到我，问我愿不愿意跟他外出呢。”小菊一怔：“抗战是不是想和你那个……就是喜欢你？你咋说？”就有点急。秋月笑道：“你急啥？我又没答应他。他说可能要带一群男孩子一块走。多不方便，连撒尿都得避着他们。他要是单独带我出去，说不定我会答应。”小菊笑说：“你脸皮真厚，跟着他撒尿就不要避着啦？”秋月也捂嘴笑起来，说：“我会让他转过身去。”小菊说：“你以为他会听你的？抗战犟着呢！”秋月说：“反正，我不会跟他走。抗战就是喜欢当头儿，一大帮男孩子一块出去，我看他们干不了好事。”小菊吃惊道：“你认为他们出去会干坏事？”秋月撇了一下嘴：“难说。在家有老扁叔管着，外出就是脱缰的野马。”小菊试探着说：“今年，咱们……还是一块出去？”秋月点点头：“当然。我带着你。”小菊笑了，说：“太好了。月姐，不知为啥，小时候外出，啥都不怕。今年出去，心里老有点慌慌的，想三想四。”秋月说：“怕啥？往年没有证明信都不怕，今年有了证明信带身上，就更不怕了。”小菊吞吞吐吐说：“我是说，以前……咱们是小女孩，没人注意。不知怎么搞的，今年就大半年时间，身体呼呼长，连奶子都长大了，怪吓人的。现在，咱们都……成大姑娘了……会不会碰上坏人……”秋月往自己胸前看了看，又看看小菊，小菊胸前没自己大，却也明显鼓凸出来，就沉吟了一下，说：“咱们走前用布条把胸前勒紧，不让人看出来。”小菊点点头：“嗯。”秋月说：“身上再藏一把小刀子什么的。”小菊紧张起来：“藏刀子……干什么？”秋月说：“傻瓜！你不是怕碰上坏人吗？碰上了就亮刀子！”小菊开始发抖：“我家没有……小刀子，只有一把菜刀，还断了半截。”秋月说：“纳鞋底的锥子有吧？一把锥子也行！”小菊差点哭出来：“月姐……我害怕。”秋月一想到说不定要和人拼刀子，也有点害怕，脸色就收紧了，想想又说：“要不，咱们和冉爷爷结伴吧。冉爷爷也要出去的。”小菊说：“那怎么行？冉爷爷是个瞎子，咱们带上他，会很麻烦的。”秋月说：“冉爷爷一只右眼还能看到一点儿，只是有点模糊，走路没问题。况且，冉爷爷胆子大，打过日本人的。”小菊想了想，点点头：“好！今晚咱们去冉爷爷家，问他愿不愿意跟咱们一块走。”

两人正说着，螃蟹扬着证明信从人缝里钻出来，高兴得又蹦又跳。秋月喊道：“螃蟹！拿到信啦？跟我们走吧？”

螃蟹说：“我才不跟你们走！你们是女人，我是男人！”

秋月说：“螃蟹，你懂个屁！你知道啥是女人，啥是男人？”

螃蟹说：“你当我不懂啊？蹲着尿的是女人，站着尿的是男人！”说着跑走了。

秋月和小菊都哈哈大笑起来。

梅子没有去领证明信，正弯腰低头在会场捡拾东西。一两千人开会，每次散会，都会弄得狼藉一片。有小孩的衣服、鞋子、自造的玩具、小孩拉的屎，还有垫屁股的废纸、砖头块。每次开完会，大家一哄散了，梅子都会收拾半天。把垃圾清除，把遗落有用的东西归拢一堆，过会儿就有人来找。今天遗落地上的居然还有几只大人的鞋子，都是单只，明显是开会时脱一只鞋垫屁股的，散会时忙着去会计那里取证明信，起身就跑，连鞋子都忘了。没人让梅子收拾会场，但她每次都会收拾。她不能容忍脏乱。村子再穷，也不能脏乱。尤其夏天，狗羊鸡粪，孩子大小便，都会招来苍蝇，会传染疾病。梅子一直担负着村里老人孩子的护理工作，对卫生格外看重。整个鱼王庄就是因为梅子而变得干干净净。梅子也不向老扁提什么建议，她极少和他说话，见面也是冷个脸。她就是每天早起，拿一把扫帚一把锨，再拎个粪筐，在村里转悠清扫。老扁看见了，咂咂嘴，如果没有别的事，也回家拿个家伙，在村里到处打扫。两人碰上了，梅子低着头走开，老扁想说点什么都没有机会。他知道梅子瞧不起他，知道梅子为什么事瞧不起他。已经多少年了，他已经习惯她对自己的冷淡和鄙视。他不怪她，自己做的事连自己都瞧不起，他愿意一辈子背负那个罪责。

梅子正打扫收拾会场，螃蟹跑过来，向她扬扬手里的证明信，说："梅子姑姑，你也去开个证明信吧！"

梅子摇摇头，说："螃蟹，你哪天出去？走前到我家来一趟。"

螃蟹说："梅子姑姑，有啥事吗？你尽管支使我！"

梅子说："你来就知道了。"

三天后，螃蟹要走了。他没忘了去梅子姑姑家。他喜欢梅子姑姑，又有点怕她。连泥鳅、老扁叔都怕她。他不知道他们为什么怕她。是因为她从来不笑吗？螃蟹不懂大人的事。可他敬佩梅子姑姑，她总在默默做事。他以为梅子姑姑要他帮着做什么事。那一年他只有九岁，九岁的螃蟹已经很乖巧了。他没想到，梅子姑姑并没有让他做任何事，却送了他一双新鞋和一个结实的布褡裢。褡裢可以搭在肩上，前后各有两个口袋。口袋上还用红线绣了"鱼王庄"三个字。一双鞋子穿在脚上正好。螃蟹高兴地走了一圈，说梅子姑姑，你又没量我的脚，咋就正好呢？梅子说不用量，我看一眼就行了。

螃蟹背着褡裢走了。他把那双新鞋放在褡裢里，舍不得穿，赤着脚走了。

梅子一直送到村口，看着螃蟹小小的身影，渐渐消失在茫茫荒滩上，眼睛里蓄满的泪水终于滚落下来。

又起风了，刹那间黄尘蔽日，飞沙走石。

她真的无从猜测，今夜这个孩子会睡在哪里，会不会被沙尘埋上。

第二章

那场毁灭性的大河决堤过后，这一带所有的村庄一夜之间都不见了，放眼望去，到处是无边的沼泽和烂泥滩，仿佛大地重回洪荒时期。野苇、蒲子、水草长得簇簇丛丛，在水洼里半浸半露，散发出浓稠的草腥味。

这里已无人迹，却充溢着生命的疯狂。

叫不上名字的各种鸟，在野苇、蒲草间掠来掠去，喳喳欢叫。密密的草丛中，鸟蛋一窝一窝的，俯拾皆是。蜻蜓在草尖上一荡一荡的，自由地滑翔交尾，战栗着幸福。一只巫婆样的老蛤蟆，从水里伸出头，鬼鬼祟祟向外窥探，突然不怀好意地叫了一声："呱——"两只交尾的蜻蜓吓得赶忙飞走了，而身体还连在一起。老蛤蟆阴沉地瞪着它们飞去的身影，有些愤然，一转头又叫了两声："呱呱——"似在召唤它的同类一起鼓噪。很快，蛙声四起，此起彼伏，疾风一样蔓延开去，整个沼泽顿时成了蛙的世界。

一条水蛇悄悄游出苇丛，看准老蛤蟆，突然箭一般射出去，一口咬住，老蛤蟆挣扎着试图逃脱，水蛇甩头咬得更紧，眨眼间拖入水底去了。

“呱——！”不远处，一棵枯朽的歪歪扭扭的老柏树上，一只乌鸦看到了，不屑地叫了一声：“呱——！”尽量显出清高和某种对杀戮的鄙视。这不祥的叫声使沼泽的空气凝滞而压抑。就在这时，一只凶猛的鹰从半空俯冲下来，噗一声大响，乌鸦一阵徒劳地抖动后，被那只灰色的鹰腾空带走了。

土狼、野狐、狸猫、獾、蛇、鼠、野狗、黄鼠狼……成群结队游来荡去，互相追杀，互相躲避。突然在一片沙丘上相遇，然后是一场生死大战。

日头依然懒懒地照着。潮湿。昏暗。

沼泽上笼罩着终年不散的雾气，毒霾一样在这里弥漫。雾气中浮一道变幻莫测的彩虹。这道彩虹并不明亮，却一直悬了很多年。很近，仿佛一伸手就能抓住；很远，深藏在无边的雾气中，扑朔迷离，永远可望而不可即。

傍晚，亿万只蚊虻从芦苇草丛中飞出，铺天盖地，一疙瘩一团团，充斥着这里的每一寸空间。任何有生命的东西胆敢此时进来，立刻就会落荒而逃。

每一种生命都参与着时间和空间的割据。

沼泽、沙滩，成了生命的赌场。

夜幕四合。

风来了（主角终于登场了），似乎带着上帝的旨意，从天外来。气势汹汹，排山倒海，恣肆践踏着芦苇、蒲草、泥淖。鸟儿们缩在草窠里呻吟。蛤蟆深藏入洞。四脚兽们伏地颤抖。雄鹰不再威风，狂风中像一只翻毛鸡，牢牢抓住枝丫，惊恐地瞪着黑夜。密如稠粥的蚊虫被一片片打落地上、水中……

唰——唰——唰——！

噗——噗——噗——！

大量的水汽无影无踪被风带走。这才是最可怕的。

阴森。恐怖。

一瞬间，沼泽变成地狱，生命成为儿戏。

不知过了多少年，洪水过后残存的一洼洼水沼，越来越小，越来越少，越来越浅。一座座沙丘、一片片沙滩从沼泽中凸显出来。很多植物不见了，曾经的片片绿色变成无边的黄沙。天上飞的、地上爬的、水里游的动物不见了。有的干渴而死，有的逃往别处。留下的都是动物和植物的残骸。

这片广袤的地区几乎成了生命的禁区。

天地交汇，如一张浑天大簸箕，泼下满地黄沙。

无边无际，犹如瀚海。

日头照在上头，沙滩像有无数反光镜，折射出五彩缤纷的光，明晃晃的，耀得人睁不开眼。

一座座沙丘。

一道道沙浪。

天沙滚滚，尘土飞扬。

一座沙丘上蹲一条高大壮实的汉子，像蹲着一头熊。他身下的这座沙丘是最大的，这里最大的沙丘永远属于他，没人敢和他争。他也并没有和人争，最大的沙丘天然就属于他了。汉子肩上搭一根粗壮的缰绳。缰绳盘折起来，如一条盘着的蟒。他默默地蹲在沙丘顶端，不动不摇，仿佛铸在那里，随着一阵风掠过，不时有细沙从肩头流下。两只眼珠偶尔转动时，才知是个活物。他专注地盯着前面很远的地方。蹲在这座山包样的大沙丘上，能看到最远处有没有来人。

沙滩上看不到一个人。和他干一样营生的人都距他很远。

各有各的地盘。

汉子在等待。十分耐心地等待。

他的每一天都是这么度过的。

终于，在他的视野里出现一辆独轮车。是叫车子。他一眼就看出来了。这种车架子宽，轮子大，推车人两膀的力量主要用在驾车把上，技巧也在驾车把上。只要架住了不歪倒，推车不用太使劲，只管架住车把往前走，车子便发出啾啾的叫声。装载越重，叫声越响：“啾啾啾啾!”

叫车子的名字就是这么来的。

蹲在沙丘上的壮汉知道活儿来了。可他仍蹲在原地不动，很沉着地看着远处的男人。那人推着叫车子越来越近。这时，车子还在硬土路上，是个高岗。看起来，车子载货很重，那人推得也快。要下高岗了，车子更快地往下滚动，男人架着车把，身子便往后仰：“啾啾啾啾啾啾!”像赶一群小鸟。

车子一路冲下岗，一头栽进沙窝里，不动了。

汉子放下车把，抬手抹一把汗，左右附近寻找，又往前看，忽见远处一座大沙丘上蹲着那头熊一样的壮汉。于是举起双手卷成筒，大声呼唤：“喂……伙计……”又使劲招手。

熊一样的壮汉当然看见他了。他知道对方会叫他。他就是专干这个的。这叫拉旱纤。和河边拉纤不同。河边拉纤是拉船，这里是拉车。

一样叫纤夫。

沙滩无路。即便踩出一条路径，一场风沙就把路掩埋了。到处是沙窝，几尺深的沙窝。沙窝地又有沙丘，高高低低，大大小小，而且不断随风移动，随时改变大小形状。车子拉过去，留一道深深的辙印，但不久弥合平复。

有辙。但永远没有路。

上百年都是如此。

便有人来此谋生。见天背个缰绳，蹲在沙滩上等车子。这一带曾是南北交通必经之地，想绕也绕不过去。只是因为年景太差，才路断人稀。但还是会有人经过。纤夫帮人拉过沙窝去，不论轻重，按趟计价。

沙滩里零零星星还有几个纤夫。但多在一些沙丘背阴处，或倚在一棵枯树下等待。他们不敢和壮汉抢生意。这家伙个头太大了，人们天然畏惧大的东西。只能等他先拿到生意，拉车走了，再出来拿下一单生意。壮汉不怕晒，一身油光，乌黑发亮。他蹲在大沙丘上，过路人容易发现他，他也容易发现过路人。

壮汉其实是个温和的人，只是平日不说话。他没人说话。只在揽到活儿时，回答过路人几个字："中!""不沉。""你甭慌!"

过路人常惊慌。因为沙滩里有蟊贼打劫。或一个，或三五成群。藏在沙滩深处的沙丘后头。甚至伪装成纤夫。单等客商经过，冷不防蹿出去，一棍把人打昏。也有打死的。抢了东西就逃。

壮汉拉纤时就多次遇到过蟊贼，客商吓得丢下车子就想跑。逢这时，壮汉就说："你甭慌!"他有一条槐木棍，疙疙瘩瘩，丢下缰绳，提棍迎上去，一棍打倒一个，三棍打倒三个。他不会武艺，只凭一身蛮力。他力气太大，打翻一个人就像打翻一捆草："噗!"

就那么一下，那人就倒了。如果不小心被对方围上，扭住，他也不慌，丢下木棍，用双手抓住对方，一抓一扔，像扔兔子。再扑上来，再扔，一个一个扔出去，能扔十几步远。如是三番，蟊贼被扔晕了，一头一脸全是沙，趴在地上翻白眼，恨得咬牙："日升，你等着瞧！"几个人艰难爬起身，一瘸一拐地走了。日升也不追，回身对吓得发呆的客商说："没事了，走吧。"摸起缰绳，又背到肩上。几百斤重的车子，只要客商架得住把手，日升就拉得动。沙窝里拉车，死沉。硬路上百斤，沙窝里千斤。吃这碗饭不易。也赚钱。如果遇上一个商队，十辆八辆车结伴来，日升就一辆车一辆车地拉，拉过沙滩会赚一笔大钱。当然，也会累个半死。一辆一辆车，几乎是他背过沙滩的。

日升生意好，因为他有信誉。别的纤夫只管拉车，不管安全。蟊贼太厉害了。蟊贼多是远处村庄的穷人，穷极了就做贼，为一两个窝头，能要人一条命。纤夫多认得他们，甚至是同一村的，就不敢得罪。常常蟊贼一出来，纤夫先跑了，客商也只好跑了。逃命当紧，货就丢了。但日升不同，不仅管拉纤，而且保平安。蟊贼虽然多是亡命之徒，但都惧怕日升。这家伙力大无比，六亲不认。只要敢有人劫道，他绝不答应，更不会丢下客商不管。常走这条道的客商，专爱找日升拉纤。他们并不知道日升的名字，江湖上只称"黑骡子"。说只要"黑骡子"在，这条道就不会出事。通常，日升都有空闲，一天过不了几辆车子。某一天会突然忙起来，不仅有车子要拉，还有富家公子小姐什么的要护送，日升提个槐木棍跟在一旁，威风凛凛。来来往往很多趟，就累坏了。不知内情的客商随便叫个纤夫拉车，说不定半路上就被抢了。熟客就专门等"黑骡子"。如果东西贵点，这一天日升又特别忙，客商宁肯回头下店，等上一天两天。

车过黄河滩，如过鬼门关。闹着玩的？一不小心，货没了，命也没了。

却让日升成了金刚。

日升从沙丘上站起来，顺手抄起槐木棍，缰绳在肩上盘着，一摇一摆地走下沙丘，朝远处客商走去。

是个生客。贩红枣的。

客商捧出一捧大红枣："尝尝?"

日升闷闷地回："不吃!"这是他的规矩，从来不吃不拿客商的一点儿东西。弯腰把缰绳铁钩挂在车身前头横轴上，转身上肩："起!"客商架起车把，上路了："沙沙沙沙沙!"

是一辆叫车子，在沙窝里却不叫了。只有沙沙的声音。车轮在沙窝里切开一道深深的沟槽。两人的腿都陷进沙子里，像蹚水："沙沙沙沙!"

除了喘息，并无人语。

两个瘦瘦的饿鬼样的纤夫，对肩倚在一棵枯树上。两个人的眼里流着冷漠又妒忌的光，看着车子从面前缓缓过去。

"沙沙沙沙沙沙沙!"

一直入滩去了。

头上飞过一只雀鹰，叫了一声："啵!"也入滩去了。

黄昏时分，日升从沙滩深处返回。左手提绳，右手提棍。耳朵在流血，脸上几道血痕。他用手掌抹一把，继续走。有些踉跄。血还在流。弯腰抓一把细沙，往伤口处胡噜一阵，提起棍又走。他走得很慢，像跋山涉水。

看来，像是刚经历了一场恶斗。

七八里外的那个村庄，已经模糊一片。

又起风了。

日升拐个弯，朝那个村庄走去。

那是鱼王庄。

这段路，他没有碰到一个人。只碰到一些鸟雀归巢，叫得急切切让人心疼。

风越刮越大，到处飞沙走石，天地一片混沌，空气里弥漫着呛人的沙尘。所幸，日升距村口不到二里地了。

突然，一辆马车飞驰而来，一个稚嫩的声音连喊：“闪开！闪开！”

日升连忙躲开，马车差点撞到他身上。日升喝一声：“能啊！”

赶车的是个十多岁的少年，猛勒马缰，两匹马咴咴乱叫，前蹄腾空而起。少年一伸头：“日升叔，没碰到你吧？”

日升黑着脸没吭声，绕过马车走了。

马车又飞驰着扑入黑夜，往远处奔去。

少年加一鞭：“啪！”空旷的河滩里，尽可以放马奔驰。他喜欢马，也喜欢这么赶车，何况情况紧急。看得出，少年驭马的技术十分了得，对这一带的道路环境也很熟悉。马车奔驰约三里地，少年把缰绳一拉，车速稍微慢了下来，拐入另一条道。两匹马小跑一阵，少年加一鞭，又让马车飞驰起来。

车篷里坐着两个男人。一个破衣烂衫，两眼死盯着前方的黑暗，不时唉声叹气。马车已经跑得很快了，他仍嫌慢，但不敢说，只小心转头向另一个男人说：“梅先生，真是麻烦您……这么晚了。”

梅先生扶扶礼帽，又赶紧搂住怀里的药箱，淡淡地笑笑，说：“你抓牢了，别摔下去。”

这是一段戈壁样的路。

马车在沙石上奔跑，颠得有些坐不住，屁股不断撞击车厢。梅先生伸头对坐在车辕上赶车的少年说：“老扁，稳一点儿。”

被称为老扁的少年说：“好！”却依然跃马扬鞭，车速一点儿也没减。他知道车厢里汉子急，女人难产，生了一天一夜还没生出来，血流一地，已经奄奄一息。

二更天时，马车摸黑进了一个村庄，在两间低矮的草房前停住。梅先生跳下车，跟着男子直奔屋里。老扁提个药箱紧跟后头，刚到门口就闻到一股刺鼻的血腥味。屋里围了几个男女，女人躺在床上，油灯下死了一般，脸白得像一张纸。显然是失血过多。梅先生伸手拉开破被单，更浓的腥臭味扩散开来。老扁赶紧捏住鼻子，梅先生却无事一样。那女人肚皮放亮，鼓得很大，大腿根杂着毛丛，一片血肉模糊。老扁看到了，一阵恶心。他想不到一个生孩子的女人会如此肮脏丑陋，会遭这么大的罪。直到多少年后，一想起来仍想呕吐，仍会心悸。他一生对女人没有兴趣，大约就是从这个夜晚开始的。也是从这个夜晚开始，他渐渐不恨自己的母亲了。母亲也是这样把自己生出来的吧。一个人来到世上，太不容易了。

梅先生把一只手放在女人肚皮上，静静地停了一会儿，又为女人把脉。为女人把脉时，吩咐说："快烧些热水！"一个女人说："有烧好的热水！"说着赶忙盛水去了。

梅先生眯起眼细细把着脉，突然睁眼说："不咋！"一屋人都松一口气。

梅先生给人看病，最爱说的话就是"不咋"。他从来不吓唬病人，总是尽力安抚。

一个女人已端来半盆热腾腾的水，梅先生脱去长袍，卷卷袖口，仔细洗手又洗胳膊。怎么，他要用手掏吗？

老扁打开药箱，转脸出了屋门。这太惨！他不敢看。

不大会儿，屋里传出一阵女人的惨叫，惨得无法听。很快又传出婴儿的啼哭，只是弱得像小猫的叫声。但老扁听到了。老扁哭了。他觉得是自己被掏出来了。

女人和孩子都得救了。

女人的丈夫和几个男女邻居，跪在门外地上，送梅先生上了马车。

回去的路上，梅先生很快打起了瞌睡。

这次，是梅先生到鱼王庄为人看病时，被孕妇家人辗转找到的。他平日并不住在鱼王庄。家在县城，却很多时候奔波在为人治病的路上。

老扁把马车赶得很平稳，不再奔跑。他知道梅先生总会利用出诊回来的路上打盹休息。因为说不定家里已有求医的人在等他，也说不定还会连夜再次出诊。一夜不睡觉是常有的事。在这片无边的荒滩上，梅先生是唯一的医生。

老扁不老。只是头是扁的。大伙都叫他老扁，他并不反感这个名字。还有人叫大狗、二狗呢。

老扁是个弃儿。

是梅先生一次出诊时，半路上捡到的。当时路边一个沙丘上围了三条野狗，正在打架。其中一条黑色的野狗不断攻击另外两只花狗。两只花狗一直想冲过来，黑狗便突然扑过去，一阵狂吠撕咬，然后又返回原地，看守沙丘上一个什么东西。看来，它是在保护着什么。

梅先生赶着马车慢慢靠近，终于看清沙丘上是个婴儿，身上还有血迹，一丝不挂躺在那里，居然一声不哭，只睁着两只小眼睛，好像知道会有人来救他。梅先生赶忙跳下马车，用鞭子赶开那两只花狗，那只护着婴儿的黑狗却站立不动，只警惕地看着梅先生。梅先生没有用鞭子赶它，而是弯下腰对它说，你很了不起，很仁义。如果不是你，这孩子就没命了。你看这样行不行，我碰上了，就是和这孩子有缘，我要把他抱走，我要养着他，我会把他养活养大。你看行吗？黑狗似乎听懂了他的话，往后退了两步。梅先生慢慢走过去，弯腰抱起婴儿，随即揣进怀里，向黑狗恭恭敬敬鞠了一躬，然后转身上了马车。

马车跑了一段路，梅先生回头看，那条黑狗还在路中间站着，远远看着马车，似乎不放心，又有点不舍的样子。

梅先生是大财主梅云游唯一的儿子，叫梅三洞。其时，梅三洞不过二十多岁，正在法国留学期间，攻读医学博士学位。这次短暂回国，是回来实习的。他本来也可以在欧洲实习，实习结束就可以拿到医学博士学位了，但他决定还是回国实习，因为他知道自己最终还是要回到中国的。国人生病太多，寿命太短，他想做一个悬壶济世的好大夫。何况，他从小学的本是中医，去欧洲留学，只是想让自己有更大的济世本领。

他半路上捡个野孩子，却不敢带回家。家里不缺钱，却没人能带。他还没成亲，母亲又死得早，父亲四处浪荡，从小连自己都没带过，是决计不会收留这个弃儿的。爷爷奶奶把自己从小带大，已经老迈，不能再塞给他们一个负担。

梅三洞赶着马车回城时，忽然想到几天前曾给南关城门外一个中年男子看过病，看起来夫妇都很和善，女人怀里还奶着个孩子，也不避他，奶水喷溅，差点呛了孩子。也许他们能收留这个弃儿。他很快找到那户人家，说明来意，答应给他们一百大洋。夫妻俩很爽快答应下来。这一百大洋太有吸引力，男人干三年苦力也挣不了这笔钱。何况，他们知道这是城里南北大药房的梅家公子。当时，他们认定这个孩子是梅大夫的私生子，不敢带回家才送人的。但梅三洞说，我是寄养，不是送人。每年让人送一百大洋来，希望你们好生把他养着。过几年，我会把他接走。

没想到，直到八年后，梅三洞才来接这个孩子。梅三洞问他叫什么名字，这孩子也不怯场，说我叫老扁。梅三洞哈哈大笑，说你怎么叫老扁呢。老扁说小时候睡太多了，把脑袋睡扁了，邻居都这么叫我。

梅三洞拉过老扁，这才发现他脑袋确实是扁的，显见这孩子小时候缺少照顾。夫妇俩很尴尬。梅三洞很生气，但他没有说什么，带上老扁就走了。心里却在想，给他们那么多钱，怎么把孩子养成这样！

梅家除了有七千亩土地，在凤城还开了一个很大的南北大药房。铺面很多，几乎占了半条街。批发生意遍及苏鲁豫皖边界几十个县。甚至西安、洛阳、商丘、徐州、济南，也有人来，批发药材。梅家其实是先有药材店，后有土地的。梅家药材店就是在梅三洞的爹梅云游手上做大的。梅云游本来叫梅云儒，是父亲给起的名字。他长大后又给自己取了个号：云游。他喜欢云游四方，喜欢冒险。梅家药材店已有一百多年，到梅云游是第四代。以前店面很小，生意主要在凤城本县范围内。虽然一向信誉很好，生意却一直没有做大。梅家药材店有几家固定的供应商，但因为这个药材店需求量有限，供应商也就有些轻慢，发货不及时，甚至以次充好的事，也是时有发生。梅家药材店就一直求着人家，生意也越做越难。店里主要精力就放在推销药品上。梅云游的父亲、爷爷辈掌店时，个个都操碎了心。到梅云游接手的时候，药材店已到难以为继、面临倒闭的危局。梅云游接手半个月，就立即做出一个重大改变，把药材店改名为南北大药房。以前店里只有一个采办，其实更多的任务是和药材商拉关系，轮番到几个供应商家里死缠烂磨，送礼求情，央求人家及时发货，发些上等药材。梅云游却断然断绝了和他们的关系，一下子雇了二十多个采办，培训之后，直接去全国各地药材市场采购药材，后来又逐步扩大到五十人、八十多人外出采购，并且都带上银票，还有的直接带上银子。除了去各地药材市场选购上等药材，还让他们去药农、山民家里直接订购，价格比别人高出二到三成。有些上好药材甚至可以翻倍，不惜成本，采办可以按药材品质自主给价。结果几个月的时间，就把梅家几辈子积蓄的钱都花光，还借了不少钱。梅云游的爹大发雷霆，捡一根棍子追打梅云游，骂他是个败家子。梅云游索性带着采办也外出了。凤城几乎所有人都认定，梅家这个百年老店要毁了。但三个月之后，梅云游回来了，带了一个车队，载的全是上等药材，还披红戴花，亲自捧了一支千年老参。车队一进城，梅云游就让伙计放鞭炮，一直放到药材店大门外。全城不知多少人都跑来看热闹。那支千年老参，从进城就一直在托盘上用红布盖着，只露一缕长长的根茎。大家只觉神秘，却没人见到参。只是到了店门外，他才掀开一角，也只是惊鸿一瞥，引得众人一片惊呼，就立即收回店里去了。俗话说，七两为参，八两为宝，这支参是九两七钱。他认为，这支老参已是精灵，让更多人当热闹看，是对它的亵渎。收起来，保留它的神秘，也是出于商业目的。人们会把它当成一个美丽故事，口口相传，四处扩散，这会把梅家药材店的知名度和档次无限放大。这样的店还需要花费唇舌去推销药材吗？之后，每隔数日，就会有一个采办押送药材，从天南海北回来。每次回来人，他都亲自迎到城门外，一路鞭炮接回店里，弄得凤城连续数月惊惊乍乍，药材店的名气却如雷滚动，传遍周边十几个县，接着如波浪一样再往外传，以至一年不到，四省交界几十个县，都来他这里进药材了。梅家的药材不只多、真、全，而且价格合理，信誉依然。不用说，梅云游赚回的钱比之以往，以百倍增长。梅云游的爹惊得大张嘴巴，再不过问药材店的事。他没想到，儿子是个做生意的奇才。

后来，中原各大城市也来凤城进货。有人劝梅云游把店开到西安、洛阳、徐州、济南这些大城市去，梅云游也的确去转了一圈。但他回来后，还是决定把店留在凤城。他说道理很简单，这些大城市藏龙卧虎，藏污纳垢，有权有势的人太多，白道黑道红道花道，完全搞不清，有人讹上你，根本无力反抗。那里到处是坑，一步不慎，就会栽里头。而凤城只是个小县城，不过几千人，几乎所有人都是熟人，知根知底。

凭梅家几代人的声誉为人，没人敢欺负他。即使有点小麻烦，也好排解，知道秧子在哪儿根在哪儿。梅云游有雄心把家族生意做大，却又不会内心膨胀，这是他的精明之处。大城市人想买药材，请到凤城来，也可以派伙计去送货，但绝不把店开到那些大城市去。他不想去那些地方攀高结贵，要那些表面的风光。他有自己的生活方式，就是享受日常。比如吃，比如喝，比如玩，比如嫖。但他绝不抽大烟，也绝不赌博，这两样东西是会败家的。他不想做一个没钱的人。而且他认为抽和赌都太低俗，吃喝玩嫖才是雅事。

果然，药材店一切走上正轨后，梅云游就去云游了。他可不想像老爹一样，一天到晚死守在店里。守店是伙计的事，进货是采办的事，钱物进出是管账先生的事，保护家财和店铺是护院的事。

自己只负责谋划。

为了进一步笼络人心，不让凤城人嫉妒他的生意财产，也让自己外出更安心，他不是增加更多的护院，而是请了两个大夫坐堂行医。其中一位姓范的大夫是用重金从济南府请来的。此人曾是御医，后来因为老母病重，被皇上恩准回家侍母。在他精心医治照料下，重病的老母亲又活两年多。梅云游找到他时，其母去世刚好满三年。范先生父亲早年过世，自己没有妻妾，已经了无牵挂。他看梅云游诚心，自己也想换个环境，就随他来到凤城。加上当地一位大夫，两人一块坐堂行医，当然以范先生为主。梅云游嘱咐他们，坐堂行医不必收钱，穷富都是义诊。至于用药，凡病人自诉买不起药的，一律免费。这事很快传开，凤城人皆夸梅云游是个大善人。每天来看病的人络绎不绝。

梅云游终于上路了。身边只带一个叫小毛的随护。

这时，他唯一的儿子梅三洞已经三岁。妻子在生梅三洞时难产死了，家里一直劝他赶快再娶一室，他却一直拖着。儿子平日跟着爷爷奶奶，家里还有两个女佣帮着。梅云游平日不太关注儿子，儿子也不和他亲近。

梅云游带着随从小毛，到处游山玩水，看遍天下美景，尝遍天下美味，也阅尽人间春色，其中有妓女，也有良家女子，反正他有的是钱。如此潇洒度日，就更不愿再讨妻室了。这中间，他当然也没忘了他的生意，留心各地奇花异草、名贵药材，但凡发现，就立即购买了，往家里发货，或直接让小毛送回家。有时，他也会在各地见见他派出的采办，交流一些信息，做一些指导。当然，他也时常回凤城，或一两个月，或三五个月。老爹对梅云游又有了疑惑，成天不见影儿，从不守住药材店，这不像个做生意的样子。可他又不得不承认，眼见药材店生意越来越大，大得让他害怕。但他又实在不能接受儿子的生活方式。

一次，梅云游刚回凤城，老爹就发了火："你就不能在家安安稳稳住几天吗？守住店铺能憋死你？"

梅云游说："我不是在做生意吗？老在家待着怎么做生意？"

老爹说："你以为我不知道你在外头干啥？吃喝嫖赌，什么做生意！"

梅云游说："错了。我是吃喝玩嫖，不抽不赌，也没耽误做生意呀。您都看到了，生意已经这么大，您老人家还不满意？"

老爹说："我就是嫌你生意做得太大！"

梅云游说："爹，还有怕生意做大的？"

老爹说："树大招风！你懂不懂？我每天夜里都睡不着觉。"

梅云游笑说："爹，您尽管放心睡觉，就凭咱家名声，没人敢跟咱们过不去。这样，您不是怕钱多吗？我正打算捐一笔钱给教会，请他们办个洋学堂，让穷人的孩子免费入学。我在北京、天津看到过教会办的学堂，还学洋文呢，叽里咕噜听着特别好玩。"

老爹一听就不乐意了，说："你是说办洋学堂？还学洋文？那些洋鬼子尽欺负人，你没听说？不行！”

梅云游说：“爹，洋人欺负中国人，我在外头听说的、见到的比您多。可是咱不懂洋文，连洋人骂咱都听不懂。让中国孩子学了洋文，只要听洋人骂中国人了，立马就给他骂回去，用洋文骂他！”

老爹一脸错愕，说：“敢情学洋文是为了和洋人骂架的？”

梅云游笑道：“当然不是。我去过很多地方，听人家谈论国家大事，我没兴趣参与，但也听出这里头名堂很多。让孩子们懂点洋文，说不定以后会有大用处！”

老爹似乎有点犹豫了，就问：“办个学堂，盖房子，桌椅板凳，请先生，可得不少钱呢！”他又心疼钱了。

梅云游笑道：“咱不就是要花钱嘛！我还打算捐一笔钱给县衙，让他们修桥修路。您看凤城到处坑坑洼洼，一下雨满地积水，人车都无法过了。”当年黄河决口，大半房屋都被冲垮，侥幸存下来的，至今能在一丈多高的墙上看到水渍。整个凤城道路也毁了。仅把路桥修好，也是一笔相当大的开支。

老爹张大嘴巴：“你这么撒钱，手也太大了！县衙那些当官的，哪个不贪？钱到他们手上，能用到正道上？”

梅云游笑道：“爹，您放心好了，我心里有数。”

其实，梅云游明知县衙多贪官。交他们一笔钱，路桥总会修的，从中贪污一些也是预料中的事。这么做，就是让他们得些好处，却又不露行迹。小地方官员好打发。但如果梅家药材店真的遇到麻烦，他们就会以官府的名义进行保护。

两笔钱捐出后不到一年，县城不仅修好了路桥，教会学堂也办起来了。凤城天主堂有一个英国神甫，两个法国修女，义务教授学生洋文。国学老师在县城就可聘到。两百多穷苦人家的孩子，不用花钱都有学上了。果然，这两笔钱花出去，官府民间齐声喝彩，梅家声望如日中天。

四省交界处本有很多股土匪，杀人放火，打家劫舍，绑票索钱。以梅家之巨富，当属首要目标。多路土匪也确实动过这个心思，却迟迟无人下手。并不是因为梅家有什么势力，不敢动手，实在是因为梅家善名太大，从官府到平民百姓，有口皆碑。盗亦有道，稍明事理的土匪都不会干这傻事，让所有人都骂你不仁不义。

但土匪中又不乏颟顸之人。

就在教会学堂开张不久，一个绰号“枣木棍”的土匪头子，派人给南北大药房送来一封信，索要五千两银子，如果不给，就会绑架梅云游的儿子梅三洞，然后撕票。当时梅云游正好还没外出，看到这封信后，一点儿也没惊慌。他把这封讹诈信交给账房先生，又叮嘱了几句什么，就收拾行李去了。他又想女人了，准备外出。

临行前，梅云游的爹拦着家门不让他走，说：“你也太不把你儿子当回事了，人家要绑票，你倒出去玩！”

梅云游说：“您让我去和‘枣木棍’打架吗？那样，您连儿子、孙子都会失去。”

老爹说：“我没说让你去和土匪打架，可你总得想点办法吧！”

梅云游说：“爹，我已经想了办法，保证不会有事。”

老爹赶忙问：“啥办法？让账房付钱？”

梅云游指指外头：“我已经安排好，您去外头看看。”

老爹疑惑出门，只见药材店外人山人海，好像都在咒骂土匪“枣木棍”。大家义愤填膺，纷纷表示要成立义勇队，保护梅家。老爹越发糊涂，大伙怎么知道这事的？抬头间，看到一面墙那里挤了很多人，都在翘首看什么，忙也挤过去，却见几个县衙捕快正守着一张布告。老爹仔细看看，却是土匪“枣木棍”的讹诈信，被人用大字抄出来贴在墙上的。凤城百姓正是看到这封讹诈信，才越聚越多的。

梅云游不是付不起这笔钱，但他不能开这个先例。一旦开了口子，别的土匪也会效仿而来，那就真的成灾难了。他没有力量和土匪硬抗，又不想报官，就想了这么个主意，让账房先生把讹诈信抄出去告示百姓，一定会激起众怒。县衙官府因为暗中得过梅家好处，大概也会闻风而至。他料定，“枣木棍”必定会派人暗中前来凤城打探消息，看梅家是个什么态度。

一切正如梅云游所料。

“枣木棍”的探子看到这个场面，真的吓坏了，赶忙出城报告“枣木棍”，如此这般一说，“枣木棍”也是目瞪口呆。他没想到梅云游会来这一手。“枣木棍”并不是一个大的土匪帮派，手下不过几十号人。他原本就是单身一人，靠一条枣木棍起家的，也曾在黄河滩里混过，后来慢慢发展了几十个人，在各路土匪中没什么地位，平日里只在乡下干些抢夺偷盗的勾当，连大财主家也不敢去的。大财主家都有精壮护院，有炮楼，有火铳、土炮，有的还有洋枪，根本近身不得。有一次贸然攻打一家大财主，被人一炮轰死五个人。“枣木棍”也中了炮，侥幸逃得一命，却浑身上下被打进几十粒铁砂，请土大夫拔了几天才拔干净，弄得一身子血洞。“枣木棍”所以对凤城梅家动了念头，也是打听到梅云游并不设防，无枪无炮，只有几个护院巡逻。没想到会弄出这么大动静。连同官府百姓都惊动了，本想放个闷屁，却弄成了串子雷。这事闹的!

“枣木棍”没想到，更不称心的事还在后头。

第二天傍晚，一个外号“一剑飘飘”的人骑一匹白马，找到“枣木棍”驻地。“一剑飘飘”在江湖上很有盛名。他出生富家，自幼学习武功，尤长剑术，一心想当一名侠客，做行侠仗义之事。他的第一件惊世之举，就是一剑把他爹杀了。家里有户佃农，因为欠债太多，无法偿还。佃农老婆三十五六岁，颇有些姿色，他爹就把人家老婆叫来睡了，又把佃农十六岁的女儿抢到家里，要收为第五房小妾。婚礼当天，“一剑飘飘”当着众亲朋的面，一剑刺入老爹咽喉，血溅七步，当场毙命。这件事大得穷人激赏，但毕竟犯了弑父之罪，官府要拿他问罪。“一剑飘飘”从此走入江湖，独来独往，来去无踪，专干行侠仗义之事，被民间传得神乎其神。对“枣木棍”一类土匪，他非常鄙视，单是他们用的家伙就让他瞧不起，什么菜刀、棍子、鬼头铡，一看就是些不入流的鸡鸣狗盗之徒。如他当侠客，只能佩剑，没听说哪个侠客拎一把菜刀的。这次闻听“枣木棍”要绑架凤城梅家，就骑马仗剑找上门来。“枣木棍”听说“一剑飘飘”来访，吃了一惊。他也只是江湖上听说，从未见过此人，慌忙出来迎接，拱手赔笑，说：“不知大侠光临，有失远迎！”“一剑飘飘”也不搭话，一脚将他踹倒，拔剑指住他咽喉，训斥道：“梅家悬壶济世，修桥铺路，捐立学堂，全是善举。你却去讹诈绑票，单是有这念头，就该杀你！”“枣木棍”赶忙磕头求饶。手下虽有几十个人，却没人敢动，都知“一剑飘飘”武功了得，下手又黑又快，连自己亲爹都敢杀，和他动手不是找死吗？“一剑飘飘”说：“念你到底没有实施绑架，今天饶你一命，往下再敢动这念头，绝不饶你！”说完一脚踢翻“枣木棍”，转身上马而去。“枣木棍”一头大汗，爬起身，望着“一剑飘飘”远去的背影，浑身还在哆嗦。

“枣木棍”的窝囊还不止于此。

芒砀山上有个大土匪，上千人占山为王，为首的土匪头子自封为“草木皇帝”，忽然有一天，派人给“枣木棍”下了一道“圣旨”，“圣旨”曰：“奉天承运，皇帝诏曰：‘枣木棍’我日你娘，什么玩意儿！凤城梅家是你动的吗？呸！老子还没动呢，你倒先打主意。就凭你那几个鸟人？哪天我割了你鸡巴！王八蛋，气死我了，哼哼！钦此！”

“枣木棍”跪着听完“圣旨”，脑袋里嗡嗡响，又委屈又害怕，我干什么了？这些大爷至于吗？

梅云游把家里安顿好，还是外出了。

老爹很生气，但知道管不住他。说他是个浪荡子，可他把生意打理得这么大，又能不费吹灰之力，保住家中平安。但他显然又不是什么好鸟，不要妻室，不管儿子，吃喝玩乐，美景美食美酒美女，才是他最喜爱的。老爹阻挡不住，只好由他，还能怎么办？

数年之内，梅云游已玩遍国内各地。

这一次，他玩性大发，索性去了外国。

梅云游带着随从小毛，又在天津重金请了一个精通多国语言的翻译，先到俄罗斯，又到法、意、德、奥、英等十几个国家，然后又去了非洲。这一趟，历时将近一年，几次死里逃生，差点就回不来。对外国的食品和酒水，他很不喜欢，但出去了没办法，只能凑合吃喝。外国的美景倒是让他大呼过瘾，美不胜收。什么圣彼得堡、克里姆林宫、巴黎卢浮宫、罗马角斗场、英吉利海峡……全让他着迷。在非洲，最让他着迷的则是非洲动物和大沙漠，动物群体的迁移和无边无际的大沙漠，壮观得让人绝望。在欧洲期间，有过两次车祸，有过三次因为女人遭遇敲诈和打斗。幸亏小毛舍命保护，才脱离险境。但真正的危险却发生在非洲的撒哈拉大沙漠。

本来，他准备得相当仔细，雇了一支十几匹骆驼的驼队，带上充足的干粮和水，一路行进。无边的沙漠让梅云游如梦如幻，彻底陶醉了。连绵起伏的沙丘、沙海在太阳下闪着粼粼的光，像遍地都是金子、银子、珠宝。他快活得像个孩子，时常跳下骆驼，一会儿把自己埋进沙丘，一会儿又从沙丘上滚落而下，一头一脸一身全是沙子。十几匹骆驼由三个黑人牵着跟在后头，打头的汉子叫金。金看他快乐的样子，一边摇头，一边笑。翻译告诉他，撒哈拉沙漠很大很大，要节省体力。

他本来说要穿越沙漠的，但金摇头说，这不可能。几千里路，这十几匹骆驼带的干粮和水远远不够用。梅云游只好放弃穿越沙漠的打算，但他决定还是尽量走得远一点儿。他想看看沙漠腹地是什么样子。

这天晚上，一行人安营扎寨。

梅云游和随从小毛、翻译三人睡一顶小帐篷里。这是他们从欧洲一路带来的。金和他的另两个伙伴靠在骆驼旁露天宿营。本来进沙漠前，梅云游也让金准备一顶帐篷的，可他们不要，还觉得很奇怪，并且嘲笑他们旅行还带一个小屋子。

他们已在沙漠里走了五六天，估计深入沙漠有三百多里了。翻译劝说梅云游，不要再往前走了，越往前走越会有危险。他的确有点害怕。他无法理解这个药材商人怎么对玩有这么大兴趣。虽说自己得到一笔丰厚的佣金，可他还是有点后悔。原以为这家伙不过是到国外寻欢作乐，看看山水，玩玩女人，是件很轻松的事。没想到这个药材商人往死里玩。他可不想出点什么事，死在沙漠里。沙漠里有什么好玩？这就是死亡之海，当地人也不敢轻易进来的。何况这三个拉骆驼的黑人那么强壮，根本不知他们心里在想什么。梅云游和他的随护带了很多金银钱财，几个黑人是知道的，万一动了心思，根本不是他们的对手。打死了往沙漠里一丢，神鬼不知。

这天夜里刚睡到二更多天时，突然起了沙尘暴。这沙尘暴太厉害了，本来满天星光灿烂，骤然黑云突至，像一堵半天高的长城压过来，接着风沙弥漫，伸手不见五指。帐篷剧烈摇动着，发出咯吱咯吱的响声。三人都被惊醒了。梅云游忙起身钻出帐篷，呼喊三个黑人到帐篷里躲避一下。此时天黑得像锅底一样，根本看不见人，也看不见骆驼。随护小毛和翻译也跟了出来。三人摸索着找到三个黑人，拉他们快进帐篷，三个人都执意不肯。他们正忙着收拢骆驼。十几匹骆驼似乎也被这么大的沙尘暴吓住了，一阵阵恐惧地低叫。翻译和小毛把梅云游重新拖回帐篷，说别叫他们了，他们要照看骆驼，不会进来的。这十几匹骆驼是他们的命根子。梅云游只好作罢。此时，沙尘如疾风骤雨，把帐篷打得东倒西歪，嘭嘭大响，随时都可能把帐篷刮走或压垮。小毛拎一把锹又赶紧跑出去，踉踉跄跄加固帐篷。梅云游不放心，也随后跟出来帮忙。翻译又气又惊。这么大的沙尘暴，他当然从未见过，甚至都没听说过，感觉像世界末日一样。可是气归气，还是保命当紧。犹豫一下，也随后跟出来帮着固定帐篷。三个人东倒西歪忙了好一阵，总算把帐篷稳住了。正要进去时，梅云游还是不放心三个黑人向导，就对着黑暗中大声喊："金！你们怎么样？要不还是到帐篷来吧！"可是连喊几遍，都没人回答，看又看不见骆驼和人的影子。梅云游忙摸过去，原也不过相距二三十步，凭感觉也找得到。这时小毛和翻译也跟了过来。可是那里空空如也，既不见人，也不见骆驼。三人连忙大声呼叫，除了风沙的呼啸声，没有任何回音。这下三个人全慌了，互相牵着手在附近边找边喊，还是没人回应。小毛担心迷路，急忙拉着梅云游往回走，还好很快找到帐篷。三人一进帐篷，翻译就冲梅云游大喊："为什么到这个鬼地方来？你想死我还不想死呢！"

梅云游和小毛都没有吭气。

小毛心想，这种时候说这种话真没意思。

梅云游根本就没把翻译的话听进去，他在想三个黑人和驼队去了哪里。难道他们是偷偷离开了吗？应当不会啊，想离开尽可以选个好天气，没人能阻挡住的。一路上感觉领头的黑人金是个厚道人，况且给了他们一大笔酬金，他们不会不辞而别，抛下他们不管的。剩下的只有一种可能，就是他们被沙尘暴驱散了！第一次喊他们时，就发现十几匹骆驼躁动惊慌，肯定是骆驼炸群跑散了，几个黑人去追赶骆驼，然后全都失踪了。

现在，他更担心三个黑人兄弟的安危。

这么大的沙尘暴，一定会迷路，万一力竭摔倒，会被沙尘埋住的。自己贪玩，死在这里也是活该，连累别人死在这里就是造孽了。

但梅云游还是抱着很大的希望。三个黑人兄弟的小村在沙漠边上，对沙漠是熟悉的，应该知道该怎么对付沙尘暴。也许，等沙尘暴过去，他们还能找回来？

现在能做的，只能是原地等待。

梅云游厘清自己的思路，心里稍微轻松一些。抬头感觉小毛和翻译两个黑影，都站在面前，就说刚才都累坏了，赶紧躺下歇会儿吧。

小毛说，不知他们去了哪里，怪担心的。

翻译气冲冲说，还是担心担心自己吧！

小毛说，你这人怎么这么自私？

翻译气恼道，他们才是自私！这么大沙尘暴，撂下咱们跑了，连干粮和水都带走了！咱们吃什么？喝什么？这里已是沙漠深处，又不知东西南北，没吃的没喝的，走不出沙漠，等死吧！

梅云游和小毛都没吭气。

翻译说得没错，如果黑人三兄弟不回来找他们，就是死路一条。

停了一阵，梅云游说，一定是骆驼惊得跑散了，他们找到骆驼会回来的。他们很老实的，不会抛下咱们不管。

翻译说，闯进这么大沙尘暴里，他们能不能活还难说呢！

梅云游安慰说，他们在沙漠边生活，对沙尘暴是熟悉的，应当知道怎么对付。咱们每人随身都还有点水和吃的，省着点用。等明天沙尘暴一过，说不定他们就会来找咱们的。

梅云游从来就是个乐天派。他真的没觉得这事有多严重，他真的相信三个黑人兄弟会回来。

翻译没有再说什么，咕咚躺倒在地上，又把身上的水囊食囊往怀里拉了拉，却大睁眼无法入睡。沙尘暴一阵紧似一阵，完全没有停歇的迹象，帐篷外似有千军万马在奔腾厮杀，叫人心惊胆战。不知不觉，泪水流了下来。他不像那个药材商人那么乐观。他认定那三个黑人不会找回来了。摆在眼前的只有死路一条，他没想到自己会死在这个鬼地方。

小毛也没睡。他摸到梅云游的那根拐杖，这根拐杖还是进沙漠前，小毛为他准备的一根棍子，为的是帮助主人在沙漠里走路。此时，帐篷顶上噼啪噼啪响个不停，小毛怕落下的沙子把帐篷压垮，不时举起那根棍子，这里捅捅，那里投投，好让沙子流下去。翻译虽然心烦意乱，却没有制止他。他知道这么做是必须的。总得有人干这活。

梅云游倒头就睡着了。

他几乎每天晚上都是倒头就能睡着。累了一天，不睡干啥呢？即便这么大的沙尘暴，即便面临未知的风险，该睡也得睡。想那么多有用吗？

梅云游不仅很快进入梦乡，而且做起了美梦。他梦到自己和一个当地姑娘在做爱。

事实上，一到非洲，他就喜欢上了这里的姑娘。她们挺拔的身材，结实丰满的体型，特别是黑得发亮而又细腻的皮肤，当然还有那两排雪白的牙齿，都是如此惊艳！她们简直就是天外飞来的魔女，降落在这片大陆上。在梅云游看来，在他接触过的女人中，没有比黑人姑娘更美的姑娘了，也没有什么女人更能燃烧他的激情。在到达沙漠之前的三个多月里，他们骑着马或骆驼，去过非洲不少城镇，见到过许多漂亮姑娘。每到一处，梅云游都会单独外出。小毛就很担心。这里大多都是黑人，也有少数白人，从来看不到黄种人。在这里，黑人是没有地位的，虽然人多，但显然少数白人才是主人。白人总是趾高气扬，黑人碰到了会赶忙躲开让道，实在躲不开要弯腰低头，等白人走过去才敢走动。小毛还有几次看到白人用手杖抽打黑人，打得很重，像打牲口一样。小毛就很气愤，这里怎么会这样？梅云游也是自己的主人，可他把自己当成小兄弟，一句重话都没说过，更不要说打骂。小毛唯一对梅云游不满的是他太喜欢女人，到哪里都要找女人，招来太多麻烦。在非洲这地方，他们三个的出现，常引起围观，像看稀有动物一样。黑人的目光纯粹是好奇，他们的目光是温和的。而白人的目光除了好奇，更多的是敌意，好像外人闯入他们的领地。后来，翻译告诉小毛和梅云游，白人就是这里的占领者，黑人只是他们的臣民和奴隶。任何外人来到这里，他们都很警惕。好在梅云游摆的谱很大，每到一地，除了拜访当地部落酋长，送上礼物，比如一块丝绸、一包茶叶，还租用豪华马车，骑骏马、大骆驼，住最好的店。有白人打听他们从哪里来、干什么的，梅云游就让翻译告诉他们，从东方古国中国来，做丝绸、茶叶、瓷器生意的。先是到欧洲，然后到这边考察来了。这么摆谱，花钱阔绰，还带着翻译，一看还真像做大生意的。那些白人将信将疑。对于这个古国，不少白人还是知道的。这些白人大都是从欧洲来的，而欧洲人对中国的丝绸、茶叶、瓷器之类并不陌生，但凡有身份的家庭，都会有几件中国瓷器。女人会用中国的丝绸做衣服围巾，男人会用中国的茶叶招待客人。那是高贵的象征。如果说连中国都不知道，或者家里没有一两件中国的东西，那是很丢人的。但他们对那个东方神秘的国家，实在知道得很少。只大约知道，那个据说曾经是世界上最强盛富裕的国家被欧洲人打败了，衰落了。这几个来自中国的商人，居然还能跑到非洲来做生意，总是让人有点生疑。他们还有这个心劲吗？但尽管有些疑惑，那些白人也没敢贸然欺负、刁难。毕竟白人面子上还是讲绅士风度的。梅云游在和白人打交道时，总是板着面孔，一副凛然不可侵犯的神态。倒也不全是在装，他确实不喜欢他们。他在北京、天津各地，曾听到太多关于欧洲人如何欺负中国的事。看到非洲的景象，让他知道他们欺负的不仅是中国。看到他们那种傲慢的嘴脸，梅云游自然不会有好脸色。但梅云游又清楚，这里是人家的地盘，他们不惹自己，自己也别惹人家。他不会主动挑衅。他有自己感兴趣的事，就是去找姑娘。他有时带上翻译和小毛，但更喜欢单独外出。从国内出发后，他一路上让翻译教了一些简单的英语、法语、西班牙语，都是有关女人的。梅云游有惊人的记忆力，加上是个风月老手，用眼神和动作，加上几句蹩脚的外语，差不多每次都能得手，回来时心满意足。在小毛和翻译面前，他从来不掩饰自己对女人的兴趣。两个人时常嘲笑他，他也毫不在意。梅云游一次回来，炫耀说他找了一个十六岁的姑娘，还是个雏儿。翻译说你就是个畜生。梅云游点点头，说我觉得也是。

这场沙尘暴直到第三天上午才停下来。

现在三个人面临严峻的选择：一是原地不动，等待三个黑人向导找回来；二是拔寨起营，按原路返回去。

翻译要么低头沉默，要么就是抱怨，且言辞激烈，斥责梅云游不该把他们都带上绝路，说姓梅的你不仅是个畜生，还是个灾星，自己把自己玩死，还拉上两个垫背的。

梅云游倒也不生气，笑着劝慰道，现在说这些没用，咱们得定下来下一步怎么办。

这件事的确要尽快定下来。

但要定下来并不那么简单。

如果原地等待黑人三兄弟，就是拿生命赌博。首要的问题是他们是不是还活着？其次是即使还活着，在沙尘暴中走散，还能不能找回原地？如果他们回不来，等上三五天，身上的干粮和水即使节省用，也会用光，就真正是死路一条了。

不能等。

那么，拔寨起营往回走怎么样？三百多里沙漠，来时主要骑在骆驼上，回去要靠步行，吃得消吗？最大的问题是不知方位。在沙漠里没有任何地标，很容易迷路。如果迷了路也是死路一条。

三人讨论的结果是发生了分歧。

梅云游主张等下去。他还是相信黑人三兄弟的沙漠经验。他相信他们还活着，而只要活着，就一定能找回来。这里有顶帐篷，而且是搭在一座沙丘上的，在沙漠里算很高的地标了，几里外就能看到。小毛当然听梅云游的。他说掌柜的，我听你的，你说留下就留下。

翻译却认为还是往回走。依靠别人不如自救，身上的干粮和水省着用，还能凑合几天。至于方位，转身往来的方向走就是了，不信走不出去。

两人争得很激烈，还是意见相反。

翻译恼火了，起身说你们不走，我走！别恨我无情，你们留下只是等死，很愚蠢的。然后把干粮和水往肩上一挎，转身出帐篷，大步走了。

梅云游追到门外，抬头看着大太阳，火辣辣的。茫茫沙漠一望无际，翻译的身影越来越小。心里也是折腾得厉害。因为实在无法判断，走和留下，哪一条是生路。

翻译走得很坚决，一路头也不回，只是不断抬头看天，看太阳，努力回忆来时的方向。一开始，他心急如焚，走得很快，这和进沙漠时的悠然完全不同。但走出几里路以后，渐渐感到吃力了。脚下是软软的沙窝沙丘沙滩，每走一步，都要耗费很大的力气。更主要的是，越往前走，越感到心慌意乱。他开始怀疑方向了。他已不能确定方向是对的。但他还在坚持，强烈的求生欲望，让他心里像燃了一团火。这团火也同时消耗着他的精力和体力。他一边走一边在盘算，方向完全对头已不可能，找到来时的路更不可能，来时的脚印都已被沙尘暴掩埋。沿着已有偏差的方向走下去会怎样呢？前面还有那么远的路，这样盲目走下去会完全迷失方向，所谓差之毫厘，谬之千里。

大概走到十多里路时，翻译不敢走了。

他站在一座沙丘上，四野环顾。此时太阳已落下去，暮色正悄然四合。到处是死一样的寂静，除了一座座沙丘，看不到任何活物，连一只鸟儿也看不到。绝望让他浑身发抖。他感到自己是如此无助和渺小，就像这沙漠里一粒沙子。这时，他已经意识到，一个人这么走下去，是无法走出沙漠的。少吃无喝，单是体力也跟不上。他已经后悔不该离开他们。也许，那个该死的药材商人说得对，那三个黑人会找回来，骑着骆驼把他们轻松带出沙漠。

那么，再重新返回去？

他看看四周，已是黑蒙蒙的。毕竟已走出这么远，摸黑走回去能找到他们吗？看来，只好在这沙丘上睡一晚再说了。

他并不是一个胆大的人，一个人睡在渺无人迹的沙漠里，仅孤独感就让他无比恐惧了。

翻译哭起来。

正在这时，忽然传来一个人的叫声："翻译大哥！翻译大哥！……"

翻译一激动，是小毛！

翻译连忙大声应答："是小毛吗？我在这里！我在这里！"

不大会儿，果然是小毛跑来了，跑得喘吁吁。

翻译冲下沙丘，一把抱住小毛，哭得呜呜的，说小毛兄弟，你怎么来啦？

原来翻译走后，梅云游和小毛都不放心。小毛主动说我去跟他一段路，看他怎么样，如果不行就把他带回来。于是小毛就远远跟随着，翻译也从未回过头，一路并没有察觉。直到翻译在一座沙丘停下徘徊，小毛知道他已迷路，才连忙现身赶来。

当晚半夜里，两人重又回到帐篷。幸亏梅云游用一件衣服做了一个火把，站在沙丘上用拐棍高高举着。这个火把在空旷的沙漠里，七八里都能看到，不然两人根本找不回来。

之后，三个人只能原地等待，所有的希望都在三个黑人兄弟身上了。

每人身上携带的水和肉干并不多。平日每天早上出发时，每人领取大约两天用的水和肉干带在身上，以防万一。这是在沙漠里行走的规矩。身上剩下的水和肉干，按平时用量，还可食用一天。显然，后面要节省用了。尽量不吃不喝，实在饿极渴极，才能用一点儿。梅云游懂得，一个人不吃不喝，至多能维持六七天生命。用这一天的水、食，维持十天八天还是有可能的。但愿黑人兄弟能尽快找回来。

等待的日子是煎熬的。

在最初的三天，三个人几乎都没吃东西，也没喝水，就是躺在帐篷里节省体力，只小毛偶尔出来向四野打量一番。他多么希望三个黑人能赶着驼队突然出现在地平线上。

但每天都是空等。

三个人的焦虑一天天加剧。

特别是翻译，头一二天经常流泪，时不时抱怨几句。后来不知身上严重缺水还是什么原因，泪也流不出了，只是一脸憔悴，两眼红肿。显然，他没睡好。

倒是梅云游每天大睡，虽然三天不吃不喝，还是精神很好。第四天早晨醒来，说今天吃点东西吧。于是每人拿出各自的肉干和水囊，吃了几块肉干，喝了一小口水。嘴里顿觉清爽许多。前三天，他们其实都喝了自己的尿，只是没吃东西，现在尿没有了，嘴里还有一股尿味。这是没办法的事。

三天、五天过去了，没有任何黑人兄弟的影子。

死亡正一天天逼近。

梅云游心里也觉得没指望了。但他没说。如果说出来，小毛和翻译会一下崩溃。他倒不害怕死，这一生已死而无憾，只是觉得对不起他们两个。所以，翻译怎么抱怨诅咒，他都不会恼火。人家拿命陪你走向死亡，你还能说什么？小毛倒还显得平静，他甚至不吃东西，只每天用水湿湿嘴唇。梅云游还在心里感叹，到底年轻，能扛。他一直都喜欢这个少言寡语的小伙子。小毛原是梅云游的爹收留的一个流浪儿，他说自己有家，但出来多年，四处流浪，不记得家在哪里了，肯定在几千里之外。那年他十四岁。梅云游的爹就让他在药房里提茶倒水，干些杂活。这孩子勤快话少。稍大一些，就跟着值更守夜。梅云游在欧洲时，曾帮他找过一个女人，开过一次洋荤。也给翻译找过一个，但翻译不要，很清高的样子。他说我不能对不起老婆，一脸鄙视的神情。梅云游没觉难堪，说我没有老婆，老婆死了。翻译说你不再续弦，就是为了寻花问柳方便吧？梅云游说看你说的，我有老婆也一样会找女人。翻译翻个白眼，倒无话可说了。

眼下的局面明摆着，已没有任何希望。

翻译也不说什么了，不哭不闹，就是睡觉。他希望在沉睡中死去，也许这是命中注定。

梅云游还没放弃。

每天夜晚，他都会在帐篷外的大沙丘上烧一件衣服。那晚用火光为小毛和翻译引路，让他受到启发。万一三个黑人兄弟夜晚回来，看到火光就很容易找到。烧完衣服，他会看一会儿夜空。沙漠的夜空真是美极了。这几天没有月亮，但更显得星光灿烂，满天繁星密得像粥，天空格外高远空旷深邃。没有风的夜晚，空气特别纯净，让你舍不得喘气，唯恐污了它。星空下的沙漠如大海平静的水面，幽深而神秘；而一座座沙丘则如群山叠影，变幻莫测。梅云游突然发现，在他见过的所有风景中，星光下的撒哈拉大沙漠，是没有风景的风景，才是最美的，也是最适合死亡和埋葬的地方。走不出去又如何，死在这里真是再好不过了。

第七日夜间，梅云游站在沙丘上，朝着星光下的大沙漠庄重地拱拱手，说撒哈拉，咱们有缘，你就像一个神秘美丽的女人，躺在你怀里死去，是福气啊！

这一晚，他睡得特别香甜。

但第八日早上醒来时，一转脸却让他惊得跳起来："啊！啊啊！"

他发现翻译和小毛都死了。

他首先闻到刺鼻的血腥味，看到两个人都躺在那里，脖子周围全是血迹。忙跳过来弯腰查看，两人都是被杀死的，喉管都被人割开了，伤口很深，一刀毙命！他在无比惊骇的瞬间，闪出一连串疑问：夜间来人了！什么人？是那三个黑人？还是另外的强盗？为了抢劫？可为啥把自己留下？为啥没有一点儿动静？自己睡得再死，也会惊醒的，杀死两个人可没那么容易。不要说翻译了，就小毛这血气方刚的身体，没有几个人是扳不倒他的。何况两个人都是被准确割了喉管，而他们身上的衣服却没有半点凌乱，怎么看也不像被人杀死的。除非他们和自己一样睡得太死，在毫无觉察的情况下，被人割了喉咙。可他们杀人的目的是什么呢？这里不会有仇人，只能是谋财害命。梅云游检查了一遍两人的行囊，什么东西也没少，甚至没有翻动的痕迹。这说明，夜里根本没有外人进入帐篷。

梅云游下一个念头，就是想到了自杀。两人已彻底绝望，自杀是有可能的。但似乎又不像。小毛并没有那么悲观，即使明知已没有希望走出沙漠，他也并没有悲悲切切，言行举止一切正常，好像死亡并不是一件可怕的事。他不会因绝望而自杀。翻译倒是有可能，他一直十分悲观，眼睛里都是绝望。但凭梅云游对他的了解，他不会有自杀的勇气，即使有了必死的准备，也只会选择躺在那里，让生命慢慢消失，没有痛苦地死去。

梅云游继续仔细查看，两人都被割了喉管，应当有一把刀子。这时，他已经有了预感，这个预感让他的心都在颤抖。果然，掰开小毛紧握的右手，发现一把匕首，匕首已深深插进沙子里，他手里只攥住一个把。现在，梅云游大体明白了。是小毛趁翻译睡着时，先把他杀了，并且在确信翻译死亡后，把他的尸体摆放好，然后又自杀身亡。因为疼痛，就握住那把匕首深深地扎进沙土里。可是小毛为什么这么干？他和翻译并无明显的矛盾，更说不上仇恨，何以会动了杀心？并且杀了翻译，还杀了自己？梅云游只剩下一种解释，就是他想把两人的水和肉干都省下来，留给主人。怪不得这么多天，小毛几乎不吃东西不喝水了。原来这小子早就存了此心！

梅云游呆坐一阵，有一点儿感动，但更多的是生气。你小子犯浑啊！纵然留下你们的肉干和水，我也撑不了几天的。要死咱们一块死，何必挨此一刀！特别是翻译，太无辜，太对不起人家了！

梅云游呆呆地守了他们大半天，终于还是把两具尸体背出帐篷，就近挖出两个沙坑，把他们掩埋了。埋完他们，梅云游歇了一阵子，在两人旁边又挖一个坑，留给自己。他想哪天不行了，就往里一躺。

梅云游回到帐篷，把两人的肉干和水找出来看了看，由自己一个人食用，的确还能撑几天。他叹口气，再次走出帐篷，往远处瞭望，仍是天高云淡，渺无人迹。

现在就剩他一个人，顿时感到了孤独。

孤独好像比死还难受。

但既然还有吃的喝的，就再活几天，不然就辜负了小毛，他们就白死了。自己万一能活着出去，起码还能给翻译的家人一些补偿。

他仍然坚持每天夜间烧一件衣服。小毛和翻译都留下一些替换衣服，加上自己的衣物，还能烧几天。梅云游坚持到第十二天，弹尽粮绝，终于不行了。这天下午，他坐在帐篷外的沙丘上，虚弱地看着远方，他想辨别一下家乡的方向。这一刻，他有点想家了。可他再也回不去了，眼里流出一点儿泪水。抬头擦了一下，拿开手时，却突然惊得跳了起来，以致差点摔倒。前方大约一里多的地方，突然出现两匹骆驼！是黑人三兄弟找回来啦？他惊喜地往前迎了几步，却发现两匹骆驼后面又出现大群骆驼，起码有六七十匹。这群骆驼没有停，奔跑着往远处去，很快又消失了。现在，他明白了，这只是一群野骆驼！

梅云游彻底绝望了。此时已经一无所有。他已烧光了所有的衣服，连自己身上的衣服也烧光了，只剩下一具枯瘦的裸体。吃的喝的也光了，头一天就舔光了最后一滴水，吃下最后一块肉干。他曾想过自己要不要坚持下去，如果想坚持还有办法，就是扒出小毛和翻译的尸体，一天割一小块肉，怎么还能撑一些日子。当他想到这一层时，并没有觉得是一件很难做的事。在大饥荒年代，人吃人的事是经常发生的，甚至父子相食，母女相食，邻里相食。梅云游没吃过人肉，但他小时体弱，父亲给他吃过“紫河车”，就是女人的胎盘，家里药材店不缺这个，是烘干过的，好像并无异味。梅云游很想试一试，他已拿着那把小圆头锨，站到了掩埋翻译和小毛的地方。

可他犹豫好久，终于放弃了。

不是因为受到良心的责备。此时此刻，在这个大沙漠里谈良心是件很可笑的事。活下去才是最重要的。梅云游不会被这些虚头巴脑的东西束缚。

他最后之所以放弃，是因为突然觉得恶心。他们已死去多日，那东西一定不好吃。而且还得生吃，说不定已经腐烂了。我梅云游一生钟情美食，临了不能败了胃口，别死得那么下贱。

就这样吧，赤条条来，赤条条去，一了百了。

那天夜晚，梅云游赤条条挪到帐篷外，用火镰打着火，把帐篷烧了。这是唯一能烧的东西了。这最后一把火，不再是为了召唤三个黑人兄弟，而是当成自己葬礼上的烟花。在这个黑沉沉的大漠之夜，这朵烟花腾空而起，壮观而绚丽。梅云游躺进事先为自己挖好的沙坑，调整到一个最舒服的姿势，一只胳膊枕到头下，侧身看着熊熊燃烧的帐篷，虽然已无比虚弱，心里还是美极了。帐篷是用油布做的，能燃烧很长时间。死也能庆贺一番，这真不错。又想到三个黑人兄弟，如果他们在就好了，还可以跳跳舞。黑人兄弟跳的舞那么热烈奔放，他们好像干什么都要跳舞，不论生死，不论悲喜，都喜欢用舞蹈来表达。舞蹈在咚咚的鼓声和毕毕剥剥的篝火的火光中，那么撼人心魄。在那样的场景中死去，才叫美妙呢。

梅云游闭上眼睛，却看到黑人兄弟金正向他走来。

金真的来了！

同来的还有他的妻子。

那夜沙尘暴太大了。一般情况下，有沙尘暴来临时，骆驼会有预感，会跪倒地上准备躲避风沙。但那夜的沙尘暴却像千军万马奔腾而至，先是一匹骆驼被惊得跑了，然后十几匹骆驼炸了群，在风沙弥漫中狂奔而去。三个黑人兄弟赶忙追赶，驼群跑散了，他们也跑散了。幸亏黑人同样善于奔跑，不知过了多久，金终于抓到一匹骆驼，正好是一匹叫“高峰”的单峰骆驼。驼队是由三个黑人兄弟家的骆驼凑起来的，这匹叫“高峰”的骆驼恰好是金的，已经十二岁，正是壮年，曾经跟随金多次进入沙漠深处，即使金迷路了，它也能把金带回家。当时，沙尘暴正在凶猛之际，金趴在“高峰”身上，双手抱住驼峰，眼睛也睁不开，更是无法辨别方向，任由“高峰”带着他走。“高峰”是顺风而行的，跨着大步，一路小跑，速度很快。它似乎想摆脱风沙，风沙却紧追不舍。第三天中午沙尘暴停息时，金忽然看到一片野海枣树，顿时明白过来。这里距家只有一百多里了。这是一片独一无二的海枣林，金曾多次经过这里。这次进沙漠也曾经过的。金牵着骆驼走进海枣林，让它补充一些食物。自己却在担心着那三个黄皮肤的人。其实他一路上都在担心。他知道他们被抛弃在沙漠里，只有死路一条。可他又觉得这是沙尘暴造成的，和自己无关。那两个黑人兄弟不也生死不明吗？即使现在回去也是无能为力，靠自己一人一驼是救不了他们的。这匹叫“高峰”的骆驼原是当脚力，供梅云游一路骑乘的，水和食物在另外的骆驼身上。就是说，没有食物和水，就是找到他们也没用。那么就只能回家。

又经过一天多的跋涉，金终于回家了。第二天，另一个黑人也回家了，带回三匹骆驼。还有一个黑人兄弟和九匹骆驼没有回来。

金的妻子知道他们遇上了沙尘暴。人和骆驼回不来的事时常发生。

她并没有多问什么。

金一直沉默不语。

他的内心一直受着煎熬。

到第七天时，他忽然对妻子说：“他们也许还活着。”

妻子一惊：“你说谁还活着？”

金说：“就是那几个黄皮肤的人。”

妻子大叫一声：“你就是一头猪！那还等什么？”

当天下午，金和妻子就上路了，总共带上五匹骆驼，和足够的水及食物。

有金和骆驼“高峰”带路，他们在五天后找到了那一带。本来大方向没错，只在到达附近时出现一点儿偏差，往右偏了七八里路。那天晚上，夫妻俩正要露营时，突然发现左前方一片火光，正是梅云游烧掉的帐篷。

那最后一把火，梅云游把自己救了。

从非洲回来后，梅云游稍事休整，很快去了天津。老爹已经知道儿子一行在非洲的遭遇，小毛的死让他非常心疼，把儿子大骂一顿。儿子去天津处理翻译的后事，又让他十分担心。人家死了人，老爹也心疼，可他又担心儿子会被翻译的家人刁难，除了安危，说不定对方还会在赔偿上狮子大开口。但二十多天后，梅云游安全回来了。老爹松一口气，问他赔了多少钱，梅云游没告诉他，只说爹您别管了，我都处理好了。老爹猜想，数目肯定不会少，由他去吧。人家是一条命，多少钱也换不来的。他只希望儿子往后收敛一点儿。

梅云游果然很长时间没再外出，见天在药房里。很长时间不在家，药房生意还算正常，只是势头弱了，主要表现在外头需求依然旺盛，但药材供量不足。原因是采办们有些消极怠工。梅云游说，大伙待遇不低啊！不论年龄大小、资历长短，都是一样年薪，我公平对待每一个采办，咋就消极了呢？账房说问题就出在年薪上。干多干少一个样，谁还多干？外出采办，能不去就不去，收购药材，差不多就行了。因为不去现场检验，人家发货难免就会以次充好，缺斤短两。梅云游哦了一声说我明白了。数日后，他把所有采办都召集来，说大伙辛苦了。南北大药房能办到今天这个规模，就靠咱们货源充足，品质上乘，童叟无欺。为了保证今后货源更加充足，从今往后，每位采办的年薪不再一律相同，而是按照采购药材的数量、品种、品质计算，数量越多，品种越全，品质越好，进价越低，年薪就越高。如能采购到珍稀药材，另行有赏。店里会有一套完整的验证计算方法。如果进的药材缺斤短两、以次充好，或者和供货方暗中勾结，弄虚作假，坑害本店，发现一次，扣发全年薪酬，发现两次，立即开除！过去的事既往不咎，今天开始实行新规！梅云游这么一宣布，大伙愣了一下神，立刻欢呼起来，只有少数几个能力差、暗中做过手脚的采办脸色很不好看，但也跟着鼓起掌来。他们只能鼓掌，因为谁也不想失去这个美差。南北大药房的采办和职员收入高，是尽人皆知的，多少人求之不得，今后只能按掌柜的新规要求尽力做好。

果然，几个月后，大药房的生意又红火起来。

一日，梅云游去晒药场察看，忽然发现儿子梅三洞在这里，正和工人一起翻弄药材，忙得一头汗水，就走上去说三洞你怎么在这里，三洞头也不抬，说我喜欢。一旁的工人有些尴尬，忙说我们不让少爷干的，可他一有空就来，说是喜欢这些药味。梅云游并未生气，笑笑说喜欢就好，转一圈就走了。三洞从来没喊过他一声爹，父子俩太生疏了。梅云游似乎也并不在意。

这时的梅三洞已经十二岁了。

以前，家里有私塾先生教他，后来就一直在教会学堂上学。经过几年的发展，教会学堂已经很有模样，学堂又聘请了一些外籍老师，英语、法语、葡萄牙语都有，还教授西方文学、数学、物理、几何、天文、地理等，完全是一个现代学校了。梅三洞聪明灵慧，继承了梅云游的基因，学什么都灵光。除了在校学习好，他还有一个最重要的爱好，就是对中药和医学的兴趣，简直可以用着迷来形容。放学后只要有空，就会和店员、工人混在一起摆弄药材。他能叫出所有药材的名字，也知道这些药材的功用。这还要归功于坐堂行医的那位范先生。

范先生看到三洞小小年纪就对药材感兴趣，并时常静静地站在一旁，看他为病人把脉治病，心中暗暗称奇，这个曾经的御医相信，一个人能不能成就一番大事业，首先要看天分，然后再看勤奋。人的天分在哪里，常常表现在对某一事物的浓厚兴趣上。三洞也许是医药方面的天才？他决定试一试，就从自己保存的医书中，首先找出《汤头歌诀》让三洞背诵。三洞接过书只翻了翻，立刻就喜欢上了。之后不出三天，居然都会背诵了。这让范先生大吃一惊。要知道这部《汤头歌诀》虽为中医入门之书，却有三百多处方，文字繁杂枯燥生僻佶屈聱牙，在还不懂内容的情况下背诵牢记，如果没有天分和对医药的痴迷，决然做不到。后来，范先生又找出自己珍藏的各类医药书，如《本草纲目》《医典》《温热论》等给他看。特别又拿出医药四大经典《黄帝内经》《难经》《伤寒杂病论》《神农百草经》，逐一让他阅读，三洞无不痴迷如斯。在几年的时间里，不仅很多篇章皆能倒背如流，而且随着范先生的讲解，能逐步领悟其中奥妙。范先生万分欣喜。他无妻无子，终生绝学正愁无人继承，不想在这里找到传人，真乃天意！

梅三洞的爷爷看到孙子如此用心医药，又听范先生说这孩子如何有天赋，也是欣慰异常。这一切，梅云游几乎全然无知。他在儿子身上太不用心，就连儿子已长成一个少年，于他也是一件诧然的事。

范先生在教授梅三洞大量医药理论的同时，亦不断让他学习医术。为人看病时，总让他在一旁观察，并让他参与其中。比如把脉，那完全是靠感觉，只靠讲解是说不清的，必须上手。梅三洞悟性极高，很快掌握了脉象的细微差别，以及不同脉象所反映的不同疾病。范先生第一次试着让他开方，梅三洞的方子居然全对。这个方子有二十几味中药，范先生看了一遍，只把其中一味药由三钱改成二钱，其余一点儿未动。范先生从不当面夸他，心里却暗暗称奇，断定这小子日后必成一代名医。三洞的爷爷听说后，更是庆幸孙子能有这么大出息。当初为孙子起名三洞，本也取自道教经典：洞真、洞玄、洞神。言通幽达妙之意。而中医药博大精深，正合三洞之意。

梅三洞十二岁就能为人治病开方，一时传为神童。

他背后站着一位御医，没人怀疑这小子的真才实学。

梅三洞十七岁时，去了法国。

是教会学堂一位法语女老师建议他去的。这位三十多岁的法国女教师叫玛丽亚，她看三洞学业突出，不仅会说法语、英语、葡萄牙语，而且精通中医，就告诉他应当去欧洲学习西医。她告诉梅三洞西医的诸多长处，说你既然有志治病救人，就应当多学一些医术。西医和中医可以互补。梅三洞动心了，回来一说，范先生也支持他去。范先生并不是一个保守的人，过去在宫中也时常看到一些洋人出没，他们那些洋玩意儿比如钟表之类，曾让他惊叹不已。他知道三洞早晚会离开自己，世界之大，无奇不有，让他出去开开眼界，应当是一件好事。爷爷有点不舍。但梅云游很支持。他去过欧洲，知道那是个繁华的地方，即便学不到什么医术，去见见世面也是好的。

那位漂亮的女教师玛丽亚亲自带着梅三洞去了法国。经过她的大力推荐，梅三洞半年后顺利考入巴黎医科大学。

玛丽亚也留在巴黎，再没有回来。

她在给凤城教会学校的来信中说，她打算照顾梅三洞在巴黎完成学业。

消息传到梅家，爷爷就担心了，说这外国女子啥意思？不会把三洞带坏吧？

这时候，梅云游早已在黄河故道两岸买下七千多亩荒滩。

这是他又一疯狂的举动。

从撒哈拉大沙漠死里逃生，让他对沙漠有了一种极为复杂的情感。恐惧，敬畏，还有迷恋。那里有天堂一样的美丽，又有地狱般的恐怖。小毛和翻译永远留在那里，又让他心神不定，总觉这事还没完。

回来后，梅云游的性情有了一些变化，他不再外出旅游，除了打理生意，就时常在店里闷坐，还时常走神。他平生去过那么多地方，见过那么大世面，经历过无数事，可是一闭眼，脑子里闪现的还是撒哈拉沙漠的日日夜夜。那是他最无法忘记的一段经历。他知道自己仍然没有走出沙漠。

一次，梅云游独自骑马出城散心，想到黄河故道去看看。他知道那里已经没有黄河。黄河走了，只留下东西上千里荒滩。凤城距故道一百多里，骑马半下午就到了。当他牵着马爬上黄河残坝观察时，突然怦然心动！眼前无边无际的沙滩和沙丘，其规模虽然无法和撒哈拉大沙漠相比，却也足够浩大和壮阔。

他几乎立刻就决定了，要买下大片荒滩。

那一刻，他脑子里其实是混乱的，并没有想明白买这些毫无用处的荒滩干什么，但他就是想买。那是一种无法言说的冲动，比当年花重金买下那棵千年老参还要冲动得多。

后来，他很快就买下七千多亩荒滩。他的行事风格一向是果断的。

老爹知道了他买沙滩的事，气得吐血。他早知道儿子无法控制。这个家成也是他，败也是他。梅云游让范先生为爹调理，并劝他说，爹您别生气。生意做得再大，有地才有根基。您看城里那些富户，哪家在乡下没地？您看那些做官的，不论县官、府官还是京官，不管多显赫，总要在家乡置买几顷地，心里才踏实。老爹说想买地也应当买些好地，你看你买的啥？听说全是沙滩废地，不是白糟蹋钱吗？梅云游说，这些沙滩便宜，我会把这些地改造成良田，一本万利。您老人家放心！

梅云游也是话赶在这里，顺嘴一说，说出来才猛然醒悟。是啊，这些沙滩地不是可以改造吗？

其实，买这七千亩沙滩地，梅云游没花多少钱，因为这一带既无人烟，更无村庄。他只是找到县衙，送上一笔钱，县衙派人和他一起跑马圈地，然后由县衙出具一份地契，这事就成了。事实上，说是七千亩地，也是粗估，圈下的地足可翻倍。

只是梅云游在跑马圈地的时候，没想到竟然在荒滩深处发现了人迹！

那天，几个人正骑马前行，突然发现远处一个几乎裸体的女人，披散着长长的头发，手拿一根棍子，正弯腰在一片沙滩上扒拉什么。因为头发太长了，她不断直起腰把头发甩到身后，然后弯下腰继续扒拉。看得出，女人很瘦，肋骨的轮廓都能看出来。她上半身一丝不挂，两个奶子像布袋一样吊着，下半身只吊一块布片，风一刮便露出尖削的屁股。女人皮肤呈棕黑色，像被日头晒干的腌肉束。

梅云游大吃一惊！

他没想到在这渺无人迹的荒原上会有一个活人，而且是个女人。

她在干什么？

梅云游忍不住喊了一声："喂！"

那女人似乎听到了，疑惑地直起腰往侧看，突然发现一队人马正向她靠近，显然是被骇到了，慌忙中退后几步，然后举起棍子，冲梅云游他们挥舞着一阵狂叫："呀——咿——！"叫声像一头母兽，尖厉而恐怖。

正在这时，突然从旁边的沙丘后又跳出一个赤裸的男人，也是手拿一根棍子，这个男人同样黑瘦，同样头发很长。他显然是被女人的尖叫声唤来，不知发生了什么事。抬头的瞬间，他明白了。可他没有向梅云游一行示威，而是冲过来抓住女人一只胳膊，转身逃走了。他们奔跑的速度之快超乎想象，几乎转眼间就不见影了。

这是野人吗？

怎么会！

在这种地方，他们怎么生存？

梅云游下马走到刚才女人待过的地方，想看看她扒出了什么。有半个铁锅，已锈得不成样子，几件衣裳碎片，还有一个土车轱辘，几根朽木。

梅云游又是吃了一惊。就是说，在这片沙滩下，埋着一个曾经的人家，甚至是一个村庄！

梅云游心里一阵悸动。他是该想到的。

他缓缓抬起头，向两个野人消失的方向看了一眼。他忽然意识到，这片广袤的沙滩并不贫瘠，这里曾经有过湮灭的辉煌。这里曾有稠密的村庄和人家，是那场洪水把它们全埋在了地下。但生命是如此顽强。不管现在多么荒凉，仍有自己的同类在这里艰难生存。

数日后，梅云游一个人骑马，重又来到故道。他想碰碰运气，看能不能再见到他们。他一个人来，就是怕像几天前一样，人太多会吓到他们。

梅云游凭记忆，大体找到那天的方位，并没有发现任何人迹。也没找到那天看到的半个铁锅、车轱辘之类。就是说，他们又来过这里，把东西取走了。

他们会有一个居所吗？

这引起梅云游更大的好奇心。

这时天色已晚。梅云游决定在沙滩上过一夜，天明继续寻找。早上动身时，他给马带了草料和饮用水，也给自己准备了吃的喝的。他知道事情不会那么顺利。

他有过在撒哈拉大沙漠的生存经验，现在睡在这片荒漠里，对他来说，实在不算什么。

又是满天星斗。

又是万籁俱寂。

梅云游斜躺在一座沙丘上，仿佛又回到撒哈拉。撒哈拉的生死经历已成为他生命中最深的记忆。所不同的是，撒哈拉是人家的，而这片荒滩，起码有一小部分属于自己。这时候，他已经完全忘记自己是一个药材商人。此时此刻，他只属于这片星空，这片荒漠。

第二天一大早，梅云游就上路了，沿着那天两个野人跑去的方向追踪过去，一直向荒漠深处。

梅云游仅仅走了十多里路，突然发现荒漠中出现一片低矮的建筑，就像一座村庄。这让他毛骨悚然！在这个东西上千里的无人区，怎么会出现一座村庄？他怀疑自己出现了幻觉，就像看见了地狱一样。但擦擦眼再看，没错，就是一座村庄！梅云游牵着马慢慢靠近，渐渐看得更加清晰。那是一片庵棚一样的建筑，十分简陋和杂乱，更像是一个原始部落。但从密密麻麻的庵棚看，这里起码应能容得下一二百人住宿。那天发现的一男一女应当也是住在这里的。

接着，梅云游有了更大的发现，远远看到村头出现走动的人影，开始是两三个，后来聚集了十几个，大多是女人，也有几个老人。差不多都是裸体或半裸体。几乎每个女人怀里都抱着一个小孩，每个小孩都抱着一个或饱满或干瘪的乳房，像一群受惊的鼹鼠，都在盯着他看。

显然，他的出现惊动了他们。

男人们呢？

全都外出去沙滩扒拉东西去了？

这么说，这里住着的并不是什么野人。

而是一个拾荒人聚居的村落，虽然过于简陋和寒酸。

看样子，他们早就住在这里了，只是没有人知道。

但显然，这是一个充满生机的地方。

他们不仅活在荒漠里，找到生存之道，而且还生出这么多孩子。生命在这里有着无比的韧性，就像沼泽中的芦苇蓬蓬勃勃。

看样子，他们并没有临时观念，而是一群志同道合者，打算在这里永久生活下去。他们把这片外人眼里的生命禁区，看成了一块安身立命的福宝之地！

梅云游呆呆地望着那些女人和孩子，瞬间热泪盈眶！突然扑通一声跪倒在沙滩上！

他所有的人生经验，都在这一刹那崩塌了。

第三章

太阳日复一日升起，像灼热的火球悬在荒原上。几棵草芽从沙砾间喘息着，艰难地钻出来。一阵狂风（又是狂风）过后，草芽被埋上了。沙砾间裸出一个碾盘，一堆残砖烂瓦，一簇白骨，一绺女人的柔软的长发……

忽然，远处出现一头健壮的黑色公牛，两只粗壮的角像焊在头顶的两把利剑，闪闪发光，威风凛凛。大黑牛一阵狂奔，又一阵小跑，渐渐近了。这头公牛实在太雄健了，身高体壮，足有三千斤。乌黑的毛色油光发亮。它在一片沙滩上站住了，定定地看往远方，眼睛有些空茫。那是一种很孤独的眼神。之后，大黑牛又转动身体，往四下观望，似乎在寻找什么，等待什么。

在这片渺无人迹的荒原上，怎么会出现这么大一头公牛？显然，它不会是野牛。因为这片东部荒原是黄河决口造成的。这里不像西部地区，那里有山区，有森林，有草原，有沙漠，有真正的野牛群。这里却只有这么一头孤零零的大黑牛。事实上，它在这里已经游荡几年了。这头大黑牛自己记得，它原本是一个大户人家的家牛。这个大户人家曾有众多牛马。这头大黑牛既是驾车犁田的好手，又是一头种牛，很得主人喜爱。但那场滔天洪水过后，一切都被毁了。村庄、主人、牛马同伴，一瞬间都没了踪影，只有它在洪水中漂荡了几天几夜，终于幸存下来。从此它成了一头没有主人的野牛。在这片荒原上，它是名副其实的王者，虽然也有许多的飞禽走兽，但没有谁能威胁到它。连土狼也不敢靠近。它可以到处觅食，到处游荡，可以撒蹄狂奔，可以打着喷鼻向所有动物示威。它的旺盛的精力无处发泄，会对着太阳，对着荒原大地，对着星月昂头吼叫："哞——！"它的叫声像沉雷一样，低沉而强劲，可以传出很远很远。当大黑牛发出它强劲的叫声时，荒原上所有的动物都会侧耳倾听。它们知道，那头大黑牛又在发威了。其实，大黑牛是孤独的、烦躁的。它不知道为什么会发生这样的事，一夜之间，一切都变了。熟悉的村庄、田野，熟悉的牛马伙伴都不见了，只剩它自己在荒原上晃荡。它想念它的牛马伙伴们。它们大多数时候是友好的，大家一同吃草，一同下地耕种。但有时也会打架，特别是牛和马会打架。马在打架时很可笑，是转过屁股用后腿踢，力量很大，踢在身上会很疼。牛则主要用角顶，低头冲过去，顶在马身上能顶断肋骨。每次和马打架，这头大黑牛一定会冲在前头，它的庞大身躯和尖利的双角，没有任何一匹马敢和它正面冲突。一次，一匹调皮的小红马欺负一头母牛，转身跳起，踢在母牛脸上，牛负痛一声惨叫。一旁吃草的大黑牛看到了，冲过去用头顶向小红马，小红马一下被顶翻在地，连忙打个滚逃走了。大黑牛没有追赶，它并没有太用力，只是小小教训它一下。但多数时候，牛马还是相安无事。毕竟，它们都属于同一个主人，主人是不允许它们之间发生大规模冲突的。它不能让它们受伤。主人是个富有却吝啬的老头。他很会算计，除了让大黑牛给自己家的母牛配种，也允许大黑牛和其他人家的母牛配种，只是配种一次，他要收人家三十斤粮食。村里所有人都瞧不起他，可他毫不在意。他说我卖的可是牛精！老实说，大黑牛也不太喜欢这个主人，不喜欢他的原因只是因为他过于干瘦。它实在想不通，家里有那么多粮食，为什么不吃得胖大健壮一点儿呢？他不仅对别人小气，对自己也小气，对自己一家人也小气。他从来不允许一家人吃饱饭，只让吃六七成饱。只要听到谁打嗝儿，下顿饭就不让吃了。弄得一家人都很瘦。大黑牛就不喜欢。大黑牛喜欢健壮的东西。

但现在，大黑牛怀念他们了，怀念那些牲畜伙伴，怀念那些快活配种的日子，怀念那种拉犁耕田的生活，也怀念那个干瘦的主人。毕竟，主人并没有亏待过自己。主人很怪，一家人很瘦，却把牛马喂得膘肥体壮。

现在自由了，可自由只是无所事事。每当看到一大片土地荒在这里，它都会痛心不已。它很想套上犁子，把整个荒原都翻过来，撒上种子，让大地长满庄稼。就像看到母牛就想配种一样，看到荒地，它就想耕翻。它相信自己的力气。当初在主人家，别的犁耙都是双马、双牛一套，大黑牛从来都是自己拉一套犁耙，一点儿不觉得吃力。它相信只要有一套上好的犁具，它自己就能把整个荒原耕翻一遍。

年复一年，大黑牛一直在焦急地等待、寻找。

荒原上，到处都是它的蹄印。

风沙吹过，蹄印消失了。

但过不几天，蹄印又出现了，杂乱无序。

它总是很烦躁。是精力无处发泄的烦躁。

它希望出现一个人，不管是不是原先的主人。

是个人就行。

因为它知道，人类都是一个德行，在看到荒原时的直接冲动一定是犁田播种！而人和牛在犁田播种时，自古以来都是最佳搭档，这是大黑牛血液遗传中最深刻的记忆。

可是，人呢？

不会都死绝了吧？

秋月和小菊终于说服冉爷爷一块外出讨饭了。

冉爷爷本来要一个人外出的。

他已经七十多岁，身上有旧伤，好像有弹壳在腰里藏着，时常隐隐作痛，走几步就气喘。他还左眼失明，右眼仅有一点儿视力，只能看到前面三四步远的地方。所以，他总是一个人外出，不愿拖累别人。按他这个年龄和身体，可以留在村里。上级每年都会拨一点儿救济粮，老扁从不分配，全部扣在手上，给村里老弱病残和孩子专用。凡能动的都赶出去要饭。冉爷爷当然在照顾之列。老扁也一再说，老冉哥你走不动，眼又看不见，就别外出了。可是冉爷爷还是坚持每年都外出。老扁知道，老冉不会说啥好听的话，但他是为减轻自己压力才外出的。村里那点救济粮加上野菜，也只能勉强维持留下的人活着。

老冉脾气有点怪，平日不爱说话，也不合群，就是老扁和他说话，也是爱搭不理的。他从来都是一个人独来独往，只做他认为该做的事。当年和日本斗时，他也是不声不响。他并没有参加过游击队，可他却有几次在游击队最需要的时候突然出现。

一天凌晨，游击队和日伪军发生一次遭遇战，就在离鱼王庄几里远的沙滩上。游击队只有十几个人，日伪军却有六七十人。那时，老扁就已经是村长了。枪声响起时，老扁知道坏了，因为从枪声就能听出来，日伪军比游击队员多几倍。那些天，日伪军正到处围剿、搜捕游击队，游击队东躲西藏，在整个黄河滩上无处可藏。老扁索性让人暗中送信，让十几个游击队员趁夜潜进鱼王庄藏了起来。鱼王庄附近就是一座孤零零的城堡，还是当年梅云游修建的，被日本人抢占做了据点。可以说，鱼王庄就在日本人眼皮子底下。这是一步险棋。日本人没想到游击队会藏在眼前。

第三天黎明前，游击队休息得差不多了，决定撤走，毕竟这里距日军据点太近，万一走漏了风声，就没有回旋余地。没想到，游击队刚走出三里多路，突然碰上一队日伪军。这支日伪军正是驻守城堡的队伍。这些天，他们一直昼夜在黄河滩里转悠搜寻游击队，一无所获，正打算回据点休息，恰好撞上游击队，立刻包围上来，双方打成一团。游击队人少枪破，很快被压制在几座沙丘后头，眼看要陷入绝境。

村长老扁听到枪声后，立刻从墙洞里拿出一把短枪揣进怀里，飞奔出村子，朝枪响处奔去。这把枪是游击队送他的，还从未放过一枪。他一人一枪，不知道能不能帮上忙。可他必须得去，即使暴露身份也得去。他不能等着游击队被日本人干掉。

正在老扁奔跑的时候，突然发现前头有个人影，也在飞快向枪响处奔去。那人跑得比老扁还快。老扁有点纳闷，这是谁呢？看他跑步的姿势，有点像老冉。老冉平常走路，都是右胳膊甩来甩去，左胳膊几乎不动，往前一拱一拱的。没错，肯定是老冉！这几天游击队潜藏在鱼王庄，光在老冉家就藏了四个人。他家有个地窨子。

老冉也是听到枪声赶来的。因为住在村头，反应比老扁还快。

老冉跑到交火地附近，看清情况后，悄悄绕到日伪军后头，瞅准日军人多的地方，一连扔出去两颗手榴弹，炸翻十几个人。日伪军突然遭袭，慌忙转头射击，但射击很盲目，因为没看到人。游击队就趁这个短暂的机会，转眼间消失了。

老扁喘吁吁赶到时，枪声已经停了下来。

他伏在一座沙丘后头窥探，游击队不见了，老冉也不见了。

他相信老冉会没事，他是鱼王庄的飞毛腿。他只是纳闷，老冉的手榴弹哪儿来的？

事后，老扁问他，老冉也不说，只从墙缝里又掏出两颗手榴弹，说："送你两颗。"

老扁吃一惊："你哪儿来这么多手榴弹？还都是日式！"

老冉说："还能哪里来？"然后指了指炮楼的方向。

老扁愣了愣，忽然明白了："你是说，是从……咱们鱼王庄当皇协军的那些人手里要来的？"

老冉点点头，有些得意的样子。

老扁忽然发火："胡闹！给你说老冉，以后再不要为这点小便宜去烦他们，你会坏了我的大事！"

老冉也火了，一挥拳头吼道："你有屁的大事！让他们和你一样当汉奸？"

老扁反而平静下来，眯眼看着老冉说："我像汉奸吗？"

老冉愣了一下，狠狠吐出一个字："像！"

老扁点点头："这就对了。"然后转身走向门外。

老冉却呆了。他没想到老扁会这么爽快承认，这么没有廉耻！

老扁做过的许多事，太叫人生气。比如他主动报名当伪村长，三天两头提只野兔去据点，和日本小队长龟田喝酒。比如他从村里选派十几个青壮年去据点里当皇协军。日军兵力不够，急需中国人为他们卖命。老扁选去这么多人，大得龟田欢心。老扁干的最无耻的一件事，还是把他的新婚妻子送给日本小队长龟田糟蹋，把一个好端端的女子弄成了疯子。这还算个男人吗？就连泥鳅那种人都骂老扁是王八蛋。平时，日本人到村里找女人，老扁也从不阻止。

可他又把游击队藏在鱼王庄，游击队居然这么信任他！

老冉真是不明白，这家伙到底算个什么东西。

日军小队长龟田和游击队打了一场遭遇战，死了三个日本兵，伤了八九个，皇协军也伤了三个。虽然很恼火，但他并没有怀疑游击队和鱼王庄有什么瓜葛。他们不可能是藏在鱼王庄的。虽然他也知道最危险的地方也是最安全的地方这句话，但也只是说说而已，和屁话差不多。这种情况几乎不可能发生。最危险的地方就是最危险的地方，怎么会是最安全的地方呢？游击队绝不敢藏在鱼王庄。他只怀疑游击队是趁据点空虚来偷袭的，正好被他们撞上了。他没有怀疑鱼王庄。

在龟田眼里，鱼王庄完全是一个归化之地，这里全是顺民。村长老扁就是个典型代表。这个村长很好玩，头扁扁的，两只小眼珠骨碌碌乱转，像抹了太多润滑油。他不仅选派了十几个青壮年当皇协军，还允许日本人在庄子里随便找女人。有日本人进村时，男人会躲开，女人就更不反抗。整个过程很安静。她们既无喜悦，也无愤怒，一句话不说，只是面无表情地自己拉开裤子躺下。这当然有些无趣。但总比强奸时弄得惊天动地好得多。日本人完事后，还可以放心地躺下休息一会儿。让女人烧一碗米汤端上来。米是日本人带来的。他们知道鱼王庄不产粮食，全是以要饭为生。每次来时，都会带上一两斤米和几颗糖，作为礼物。在日本人看来，这差不多像是会情人了。女人烧出的米汤是寡淡的，碗里总共也没几粒米，但热腾腾的。当日本人接过热腾腾的米汤碗时，甚至有一种回家的感觉。离家太远太久了。有的日本士兵会突然哭起来，哭得哇哇的。

每次日本人进村找女人，老扁都知道。他的确从来没出面阻止过，只佯装不知。有时碰上了，还会木木地点点头。

对他的表情，龟田表示理解。

他不能要求老扁欢天喜地。

龟田知道，在中国别的地方，日本人强奸妇女的事每天都在发生。日本人强奸时，反抗是徒劳的，否则就是先奸后杀。如果丈夫或父亲反抗，就杀掉丈夫和父亲；如果一村人反抗，会毫不犹豫杀掉一村人。尽管如此，那些中国人还是会选择反抗。于是丈夫或父亲甚至一村人就被杀光了。

其实老扁并非熟视无睹，更不是麻木不仁。每一次碰到日本人进村，他回到家都会抽自己耳光，恨自己无能为力。他当然想过带领大伙反抗，可他还是强压愤怒，让自己冷静下来。他知道那会让鱼王庄毁灭。他也曾私下一个一个对村里女人说，躲出去不要回来。开始时，女人们躲了一阵子，村里几乎看不到四十岁以下的女人。但家里有老人、孩子，在外放心不下，还是偷偷回来。何况，日本人在这里不是一天两天、一年两年，总不能永远不回来。再说，她们还要回来栽树。于是就形成了后来的局面。

鱼王庄选择了忍受。

这是一个屈辱的选择。老扁会时常在夜间拿出那把短枪，压上子弹，心里默默地说，早晚有一天，我会把这一梭子弹打出去！

龟田很庆幸自己的治下有这样一个村子。

龟田知道，忍受不是忠诚。忍受是武力胁迫下的无奈选择。

对这一点，龟田心里很清楚。

龟田没参军前，曾是一名小学老师，因为校长多次猥亵诱奸女学生，被他暴打一顿，然后辞职当了一个渔民。他的家在北海道一个很大的湖边，周围全是森林。当一个普通百姓很适合他，日子过得散淡而自在。空闲时，他喜欢在森林里转悠，采点蘑菇什么的。他喜欢森林里各种树木，也喜欢森林里各种小鸟和动物。他从不毁坏树木，也从不打猎。

那时候，龟田是个正直的人。

那时，他最自豪的一件事，就是把校长打得鼻青脸肿，以至校长每次碰到他，都会绕开走。

但当兵来到中国后，一切都变了。

环境真的能改变人。

凡是日本军队到过的地方，他看到的都是暴力和血腥，杀人放火是日常，强奸女人居然可以当着许多人的面，连起码的廉耻都没有了。那已经是一场又一场兽性的表演。刚开始看到这种场景时，他还觉得日本军队真是丢人。那时他认为，蒙羞的不是中国人，而是整个日本军队。

但看得多了，就变得麻木了。

他的上级不断告诉他们，这是“圣战”，是为了大东亚共荣。日本人是怀抱着大慈悲心的，是为了拯救他们摆脱西方列强。可是这些中国人迂腐而固执，完全不理解日本人的善意。别看这个国家现在破破烂烂，却曾是世界上最强大的帝国，在这个世界上领先了几千年。虽然现在衰落了，可它的臣民在骨子里仍是破落贵族的心态，你从中国人的步态就能看出来，走路慢慢腾腾，不慌不忙，好像没什么事让他们着急。他们自以为比谁都高贵，根本就瞧不起西方人，更瞧不起日本人，认为一个小小的岛国只是蛮夷之地，只会干些杀人放火的勾当。那么，当劝说不能让他们明白时，就要用暴力征服他们，用各种方法摧毁他们的虚荣、尊严和早已不存在的什么高贵。这叫大善大恶，大恶大善。这个道理还是当年中国人教给我们的。现在只是以其人之道还治其人之身。上级还告诉他们，日军打下南京，连士兵加平民，杀了几十万，血流成河，这叫屠城。为什么在南京杀那么多人，强奸那么多女人？因为南京是他们的首都，就是为了彻底摧毁中国人的意志和尊严。

龟田听得目瞪口呆："哦，哦。"

那时他想，征战杀伐，亡国灭种，大概都是这样的。

他知道自己改变不了什么。

既然是大势所趋，你就只能随波逐流。

但龟田到底是一个普通人，并没有什么建功立业的野心。他依然怀念他的渔民生活，怀念他的湖，怀念他的森林。他只求自己能活着回家。上级讲的那些征服中国的道理，老实说，他不是很懂。但从一个普通百姓最朴素的认知，他心里是虚的。他觉得这有点说不通。侵入人家国家，占领人家土地，夺取人家矿山、森林以及所有能运回日本的资源，杀死那么多平民，强奸人家女人，还怨人家迂腐固执想不明白。这些行为和那些冠冕堂皇的理由根本就不搭界。

如果是中国军队占领日本，也做同样的事，将心比心，日本人会做何感想？日本人会想得通吗？

那是奇耻大辱！

但老扁和村民忍了。

老扁和草儿成亲那天，当他提出让老扁把新婚妻子的初夜让给他时，老扁居然也忍了！

那天，老扁提着两只野兔来炮楼，并没有告诉龟田说自己要成亲了。成亲这事，村里也没有几个人知道。他不想张扬。这没啥好张扬的。

但不知怎么，龟田还是知道了。

两人刚喝了两杯酒，龟田就说："老扁，听说你要成亲了？"

老扁吃了一惊："你怎么知道的？"

龟田笑笑："这不重要。听说你未婚妻很美，应当还是处女吧？"

老扁的腮帮子动了一下，说："我不在意那些，只知道她是个苦命人，两个人有个照应。"

龟田微微一笑："既然你不在意，那就……送给我如何？"

老扁吃了一惊，眯起眼睛，说："你啥意思？"

龟田哈哈大笑："老扁，装糊涂是吧？就一夜！"

老扁猛一下站起身，身体有点发抖，脸涨得发紫，双手握拳。可他盯了龟田一眼，又慢慢坐下了。

老扁努力让自己冷静下来，问："为啥？"

龟田说："这是一次交换。"

老扁说："交换？"

龟田说："上级又在催问鱼王庄能出多少木材。"

老扁一惊："你咋说？"

龟田说："我回答上级，这里都是些杂木，不成材的，砍了只能当柴烧。当然，我本也可以换一种说法的。比如说，如果把这片荒滩上的树全砍光了，送到煤矿上，还是有用的。比如做支架。"

老扁鄙视着他："所以，你又加价了。"

龟田又是一阵大笑，说："没关系，你可以不同意。我只是和你开个玩笑，我不会强迫你的。你看，我的士兵进村，从没有强迫过任何女人。我本人就从来没进村找过女人。咱们和睦相处，上级已经把这里当成日中亲善模范区，大力宣传推广。来，不说这事了，咱们继续喝酒，祝你新婚快乐！"

当时，龟田的确是半开玩笑提这要求的。

他知道这个要求，对一个男人来说是一种极大的羞辱。用老百姓的话说叫欺负人，很卑鄙的。

如果在当兵前，甚至在当兵之初，他断然不会有这念头。

但现在不同了。对杀人强奸，他已经司空见惯。何况，他现在已是中尉小队长。由士兵到中尉，真的很不同。虽然官不大，却操有生杀大权。当你手中有点权力的时候，就总想摆弄摆弄它。权力就像男人卵子里的精虫，蠢蠢欲动，有时很难控制。他现在有点理解当年自己任职的小学的校长了。他是校长，就有了很多权力，就可以为所欲为，任意把女生抱在怀里到处乱摸。就像现在他和他的士兵，可以任意进村找女人。他之所以从未去过，只是因为灵魂里还残存着一点儿什么。每次想进村时，总会想起自己曾经痛打校长的一幕，那件事曾为他赢得很多赞誉。但对他的士兵，他不能过分约束。他们都是年轻人。不然会影响士气。他的责任是带好队伍，保持士气。自己时常也有冲动，很多次看到士兵心满意足归来，就会心旌摇荡，很想也进村去发泄一通。有一天晚上，他甚至已经走出炮楼，走到鱼王庄村口，却终于停下脚步。这个村庄太安静了，就像什么事也不曾发生过。这个黑黝黝的村庄像一个巨大的坟场，这里的人全像行尸走肉。他们的灵魂、他们的羞耻感都去哪里了？这让他难以琢磨，又让他感到莫名的不安。显然，夜色加重了这种感觉。夜幕总会把一些事情复杂化，让人心神不宁。

那晚没有月亮，只有满天繁星。

龟田抬头朝遥远的星空看了一眼，反身又回去了。

他觉得他看到了北海道。

北海道也有同一片星空。

然后，龟田对着黑黝黝的鱼王庄，用手做了一件事。他感到心里安定多了。之后，龟田走回炮楼，就像完成了一次星光下的散步。

当他回来时，他的士兵以为他只是去散步了。

他认为自己已经很理性、很文明、很克制了。

但他没想到，当老扁告诉他成亲的消息时，自己会脱口提出那个荒唐的要求。

尽管是用开玩笑的口吻说的，但仍然是侮辱人的，并且明显是在胁迫。他心里当然希望能成真。老扁的新婚妻子应当还是个处女。这对他是个极大的诱惑。他记得当年那个被他打过的校长曾向自己炫耀，他起码玩过十几个处女。

他猜老扁不会同意。

但出乎意料的是，老扁同意了。因为在老扁看来，这玩笑和命令没什么区别，是必须执行的。一头是草儿，一头是几十万棵树木，怎么选择？老扁一头大汗。当他终于做出这个艰难的决定时，他觉得自己和龟田一样无耻。

老扁在又一次确认龟田会信守自己的承诺后，放下酒杯，站起身来，说："傍晚，我会让人送她来。"但走两步又转回身，阴沉着脸说："龟田，如果我的林子保不住，你会死无葬身之地！"然后下炮楼走了。

龟田居高临下站在炮楼上，看到老扁离开城堡。他的身体摇晃得厉害。龟田知道他并没有喝多少酒。

老扁惊人的忍受力让他吃惊。

老扁回到鱼王庄，第一件事就是满村吼叫："我要拜堂成亲喽！请大伙去我家做个见证！"

这在鱼王庄的确是个稀罕事。

他本来不打算张扬成亲的，可现在，他决定要张扬一下了。

在漫长的岁月里，鱼王庄都是流浪拾荒人口，来来去去，男女结合皆是凑合搭伴，所谓露水夫妻。老夫少妻，老妻少夫，也是常见。常常今天是夫妻，隔些日离开就是路人了。也有两人结合后，过些天性格不合，日子不顺，就很快分手，但并未离开鱼王庄，不久又和邻家男人或女人重组搭伴。同在鱼王庄生活，大家见面也不尴尬，照样有事互相帮忙。甚至有男女除了相对固定的伴，还有另外的相好，双方明知，却并不在意，生下孩子是谁的，也无人计较。

村长老扁正式拜堂成亲，让大伙有点诧异，又分外惊喜。鱼王庄已经好久没有值得高兴的事了。这种男女结合的方式，对他们来说，有点生疏了。这说明老扁对那女子看得很重。

他们都见过那一对父女，老人已经七十多岁，病得很厉害。女儿叫草儿，虽然穿得破破烂烂，却十分俊俏。这对父女并无血缘关系，是十多年前在讨饭时认识的。那时草儿还小，老人看她可怜，就带上她并收为养女。父女感情很深，一年四季到处漂泊乞讨，居无定所。老人身体一日不如一日，就想找个地方安顿下来。偶然听说荒滩深处有个村庄叫鱼王庄，专门收留无家可归的流浪人，就动了心思。父女二人搀扶着在荒滩里找了十几天，也没找到鱼王庄，举目所至，渺无人烟。这时，带的食物早吃完了。正在绝望时，正巧被外出归来的老扁发现。当时，老扁骑一匹瘦马，远远看到这对父女，忙策马赶来。老扁问清缘由，当即带着草儿，把老人扶到马上驮到鱼王庄。不料，第三天夜间，老人就去世了。老人去世前，已把草儿托付给老扁，希望他能娶了她。草儿已是十八九岁的大姑娘，不能再一个人去流浪乞讨。如果有个家，自己死也瞑目了。

草儿大哭一场。

老扁喊来几个人帮忙，埋葬了老人。

这些都不过十几天前的事。

事后，老扁问过草儿，是否愿意嫁给他。他怕草儿嫌他年纪大。

草儿使劲点点头。她太乐意了。

她觉得自己命真好，小时候碰上义父收养自己。义父死了，又碰上这位大哥。人虽然丑了点，年纪比自己大很多，但看起来心眼儿不错，还是个村长，嫁给他再也不会受人欺负了。

她哪里知道，一场从天而降的灾祸正等着她。

当天，老扁几乎喊来鱼王庄所有在家的男女老少，见证了他和草儿拜堂。

那天，大伙先是纳闷，老扁一向对女人没兴趣，也从未提起过娶媳妇的事，怎么突然要成亲？老扁似乎太过激动，脸涨得通红，脖子上的青筋都暴出来。拜堂之后，大声向众人说："请大伙记住了，草儿从今往后就是我妻子了！不管遇到天大的事，这一辈子都是我妻子！我永远不会再找别的女人！"

这话让大伙感动，都鼓起掌来，连连喊好！

草儿更是激动得双手捂脸，泪水从指缝间流出来。

但接下来的一幕却让所有人大吃一惊！

只见老扁往人群里扫视一遍，发现了泥鳅。泥鳅也在鼓掌喊好，只是眼睛并未看向老扁，而是直直地盯着草儿看。草儿真是太漂亮了，虽然穿着破烂，还是无法掩饰她的天然之美。因为缺乏营养，清瘦的瓜子脸略显苍白，此时因为激动而泛出红润。高挑的个头亭亭玉立，胸前鼓凸着，能想到那一对乳房一定是饱满的。泥鳅心里痒痒的，心想我整天在荒滩上转悠，咋没让我碰上呢？

正在他贪婪盯着草儿的时候，老扁突然冲他喊："泥鳅，派你个差，你去把草儿送到炮楼去！"

所有人都愣了，好像没听清他说的话。

泥鳅还没回过神，转脸道："你说啥？"

老扁一字一顿说："你把草儿送到炮楼去，交给龟田！"

众人都是不解的眼神。

草儿更是惊诧地瞪大了眼睛看着老扁。

泥鳅疑惑道："为啥？"

老扁不耐烦地说："别问那么多，让你送你就送！"

众人互相瞅瞅，开始窃窃私语：

"老扁啥意思？"

“把草儿送给龟田当礼物吗?”

“老扁疯了吧?”

“草儿还不委屈死!”

“别是老扁有啥事被龟田拿住了吧?”

“那也不能这么干啊！他有啥权力这么干!”

“我早看他不是好东西，不把咱们鱼王庄的女人当人，任凭日本人糟蹋。”

…………

老扁听不清，但知道他们在说什么，脸涨得像猪肝。可他还是大喊一声：“泥鳅！你磨蹭个鬼？赶快去!”

泥鳅颤抖着声音：“老扁，你真要把草儿……送给日本人?”

这时，草儿已明白了，一时泪流满面，突然转身，砰一声闷响，一头撞到墙上，栽倒在地。

这一下撞得太重了。

草儿是往死里撞的。

众人一片惊呼，忙跑过去救助。

草儿已昏迷过去，额头上流出很多血来。

这是老扁用泥巴糊的草屋，四角用几根木头撑着。草儿就是撞在一根立木上的。

有女人跑进屋里，急忙从灶底抓一把草木灰出来，按在草儿额头上，连声呼唤：“草儿！草儿!”

老扁也是吃了一惊。可他只是皱了皱眉头，又大声呵斥泥鳅：“泥鳅！快去!”他知道这会儿不能有任何犹豫和动摇。

此刻，他面目狰狞，就像一个红眼魔鬼。

泥鳅一声不响走过来，站在老扁对面，和他对视了许久，突然一拳打过去。老扁踉跄着退后几步，又重新站住了，鼻子里却喷出血来。

老扁抹了一把，狠狠看了泥鳅一眼，一脸残忍的表情，却没有冲过去还手。

泥鳅跺脚怒吼：“你到底为啥这么做！”

老扁用手一指野外，声嘶力竭：“为了鱼王庄三十万棵树木！还不明白吗？”

所有人都向野外看去。

此时，太阳已经落山，夜色朦胧中能看到大片浓重的阴影。他们知道那是他们的树林子。

是的，荒滩上有三十万棵树木，还是老扁一棵棵数过告诉大伙的。那时，老扁多骄傲啊！几十年来，为了栽活这三十万棵树木，鱼王庄人流血流汗，在饥寒交迫中挖坑、栽树、浇水。一年又一年，因为栽树，直接累死饿死的不下数百人。这是他们用命换来的。

栽树栽树栽树栽树！

这是鱼王庄存在的全部理由，也是鱼王庄全部的希望。

泥鳅把目光从野外收回来，似乎猜到鬼子又要砍树，老扁就是这件事被龟田拿住了。但他还是追问一句：“在你心里，这些树木……真的比人还重要吗？”

老扁血红了眼：“是的！树木比人重要！鱼王庄可以放弃所有一切，就是不能放弃树木！”

泥鳅咬牙切齿：“你以为大伙会感激你吗？会给你树碑立传？”

老扁也咬牙切齿：“树碑立传？笑话！那是想恶心我！”

泥鳅大吼一声：“你该千刀万剐！”

老扁说：“从今天起，我夜里睡觉不关门，永远不关门！我这条命不值啥，你们可以随时来取！”

泥鳅摇摇头，他知道老扁的嘴又臭又硬，自己永远说不过老扁，更无法改变他的决定。老扁已经不可理喻。于是转身分开人群，抱起仍在昏迷的草儿，怒冲冲扛在肩上，大步出村向东。那是炮楼的方向。

几百人目送他们远去，消失在暮色中。

这一幕将永远留在鱼王庄人的记忆中。

这时，一个女人走到老扁面前，朝他脸上狠狠啐了一口，转身走了。

这个女人就是梅子。当年，正是她的爷爷梅云游带领鱼王庄人栽下第一棵树。她当然珍爱这片林子，可她不能容忍老扁为了保住林子而把新婚妻子送给日本人当礼物。他没有这个权力决定这个女人的命运！

现场没人说话，一片死寂。

接着，所有人都哭了。

只有老扁例外。

梅子吐他脸上的唾沫，他没有擦，只转身离开，朝相反的方向走出村子，走向村外的树林子。他的身影有点孤单。他没有流泪，也没有回头看。

这一刻，他的心肠比铁还硬。

在此后的漫长岁月里，老扁的心一直比铁石还硬，也一直被人诅咒。

但奇怪的是，鱼王庄人又一直在服从他。

他没有食言，一直是大敞门睡觉的，连冬天也是。那时，他蜷缩在一床又烂又破的薄被里，像一条狗一样冻得瑟瑟发抖，间或发出一串呻吟。有时半夜突然被冻醒，他会听听外头有没有脚步声，甚至希望有个人影拿把刀进来，把自己杀了。他不会反抗。那对自己是一种解脱。但一直没有人来杀他。于是天亮后，他又精神抖擞出门去了。

当一个人连任何尊严都不要的时候，这个人一定是可怕的。

他一定怀有一个可怕的目的。

但在龟田看来，老扁并没有那么可怕。

他和他的村民屈从日本人，只有一个可笑的目的，就是不要毁了他们的树林子。

在龟田看来，这根本不算什么要求。

他本可以随口答应的。

但既然他们把树木看得这么重，甚至比尊严比生命还重要，就要好好利用一下了。

于是，他得到了所有想得到的。

龟田没有付出任何代价，他只是利用本属于鱼王庄的东西，换取更多鱼王庄的东西。

他觉得他在和一群蠢人打交道。

他们所看重的所谓树林子几乎什么也不是。不要说和北海道家乡的森林相比，就是和中国其他地方的森林、树林相比，也根本不值什么。

鱼王庄人总说他们的树林子如何如何，那也叫树林子吗？只是从远处看有点像，走进去简直惨不忍睹。

鱼王庄周围的大片荒滩上，的确有不少树木，但分布面积太大，到处稀稀拉拉，有的相隔几十米，有的相隔一里多路，甚至有的几十亩荒滩上只有一棵歪歪扭扭的小树，那树却有几十年了，才只有胳膊粗细，它几乎从来就没有长过，倒是树身上长了很多疙瘩瘤，一看而知是个侏儒样的老树，形状古怪可笑。这样的树木还有很多。

当然，也有一些真正的大树，最大的已经两人合抱粗，就像城堡前的几十棵槐树，每一棵都十分茂盛，主干如虬龙盘绕，苍劲有力，枝叶下的浓荫可以坐几十个人乘凉。

但这样粗大的树木太少了。

在整个荒沙滩上，几十万棵树木，不仅稀稀拉拉，高矮不齐，而且品种混杂，几乎什么树种都有。可见他们当初栽种这些树木时，就是弄到什么树苗就栽什么树，就像一个饥不择食的饿汉。

龟田很瞧不上这些树木，心想，这有什么值得爱惜的?

他的确不知道，为栽活这些树木，鱼王庄人曾付出怎样的代价。

冉爷爷带上秋月和小菊上路了。

上路不久，就出现了分歧。冉爷爷想在乡下讨饭，或者去山区。那些地方虽也贫穷，而且要跑很远的路，但乡下人和山民对讨饭人比较友善，不会用鄙视的目光看你，更不会数落你斥责你。他们会尽其可能，自己吃什么，就会给你什么，一个窝头，一个菜团，一碗青菜汤，或一碗糊糊。他们会搬个板凳让你坐下，和你拉家常，问你家在哪里，年景咋样，家里遭了啥灾，出来多少天了。就像来了一个远路的亲戚。如果是在山区，还可以到山上摘些野果充饥。总之，冉爷爷希望去那些人烟稀少的地方。他怕见到更多的人。四处乞讨，对他来说，是件痛苦的事情。冉爷爷脾气倔强，自尊心强。他上门讨饭，从来不喊不叫，就是挎个要饭篮子，拄个要饭棍，往人家院门口一站，面无表情，一动不动。常常是这家的狗先发现他，凶凶地叫起来，才惊动主人。主人看是个讨饭的老人，急忙赶开自家的狗，回屋拿些吃的送他。这时，冉爷爷才会向对方点点头，然后走开。如果这户人家看见他站在院门口，却装作没看见，冉爷爷会转脸就走。好在乡下和山区，这种情况极少。冉爷爷过度的自尊，让他几乎每天都生活在郁闷中。可他从来不说，每年还是出来讨饭，因为他得活着，活着才能栽树。对于村长老扁，冉爷爷是很鄙视的，但对他几十年领着大伙栽树，又是倾力支持的。尽管他知道，到他这个年龄，活不了几年了，不定哪天就会倒下，自己根本享受不到以后的好日子，但这根本不重要。鱼王庄人一辈辈就是这么活过来的，栽树是唯一的事情，一切都是为了栽树，栽树才能治住风沙。对鱼王庄人来说，这个信念已深入骨髓。

秋月和小菊主张去城市讨饭。

冉爷爷咂咂嘴，说城里人太多。

两个姑娘笑起来，说冉爷爷，人多的地方才好讨饭呀。

冉爷爷说，还是人少的地方好。乡下、山区，都是好地方。

两个姑娘不解，说乡下山区人烟稀少，从一个村子到另一个村子，要跑很远的路，时间都耗在路上了。还是去城市吧。

冉爷爷喃喃道，城里的饭不好要。

冉爷爷并不是没去过城市。上门讨饭，城市人大多都会给你吃的，而且城市的饭食要比乡下好，甚至还会给你一点儿钱。但有的城里人在给你东西之前，会用眼睛斜着看你，会对你批评教育一通，比如说现在是新社会了，你们这些要饭的就是丢政府的人。比如说你不会是“地富反坏右”吧，出来逃避斗争的？我要是给你东西吃，就是帮助坏分子了！还有的警惕性更高，会喊来街道戴红袖箍的治安人员，进行更仔细的盘问，登记籍贯、姓名、家庭成分、婚姻状况、几个子女，以及近亲属姓名、职业、婚否等相关情况。

村长老扁就是听说村民们的这些遭遇后，才断然决定开介绍信的。

冉爷爷去过城里讨饭，有点受不了。一次羞辱就会让他记一辈子。

但秋月和小菊就不同，她们从七八岁就开始出来要饭了，很少去乡下山区，多是在城市里。她们觉得在城市里很好要饭，那些爷爷奶奶阿姨很同情，往街边上一坐，就会不断有人丢钱给她们，还有的会买来几个大发馍送她们。再大一点儿，十三四岁的时候，就更好要饭了，不仅老人会格外关照，还叮嘱她们要小心坏人。这时，会有不少年轻男子更关心她们。他们常常用色眯眯的眼光打量她们的身体，偶尔会贴近了爱抚一下她们的头，在她们的小屁股小乳房上捏一把，然后丢下一点儿钱匆匆走开。待他们慌慌张张走开后，秋月和小菊便对视一眼，然后牵手大笑着跑开。她们觉得这些男人很可笑，摸一把捏一下，有什么意思呢？有时，她们会躲在墙角，往自己胸前屁股上摸一摸，捏一捏，然后问对方有啥感觉？没。你呢？也没。于是两人又大笑起来。她们没觉得这是个多么大的事，身上没少一点儿肉。她们还是喜欢在城市晃荡要饭要钱。她们甚至还看过好多次电影。这是最让她们迷恋城市的地方。工作人员看她们脏兮兮的，低着头在人群里挤，以为是想逃票混进去，就抓住了往外推，说出去出去！可她们拿出了电影票。工作人员反复检看，没有问题，只好放她们进去。

当然，大多数时候，她们还是逃票，多是在露天电影院。这种电影院多用围墙挡着，墙上有好多洞，可以踩住洞爬过墙去。城里的孩子也逃票，秋月和小菊就是跟他们学的。

她们看过不少电影，《铁道游击队》《战火中的青春》《狼牙山五壮士》《一江春水向东流》《永不消失的电波》《上甘岭》，等等。经常会看得热血沸腾。一次出了电影院，秋月很庄重地对小菊说："我想去革命！"小菊脸直发烫，说："我也想革命！"两人并肩走了好一阵，秋月叹口气，说："就是不知道去哪里革命。"小菊说："现在好像不革命了。电影上说的都是以前的事。"为这事，她们激动了好多天，又讨论了好多天。到底因为不知道怎么革命而作罢。

那晚，她们睡在一个桥洞下。她们已在这里睡了十几天了。可是刚躺下，就被四五个少年拎起来打了一顿。他们说你们看电影逃票，我们一直跟着你们的！

秋月认出一个小男孩，说我看到你们也是逃票的！

小菊吓得发抖，一句话也不敢说，但还是被另一个男孩一脚踹倒在地上。

秋月拼命和他们厮打。可是根本打不过他们，对方都有十四五岁的样子，而且是一群。很快，秋月也被他们打倒在地上，一阵拳打脚踢。

正在这时，一个中年男人骑自行车路过，看到这场面，忙跳下自行车赶来拉架，并且扶起秋月和小菊。

但几个少年根本不听，反而怪罪中年男人多管闲事，一直追着秋月和小菊打。秋月一直没哭，就是和他们对打。小菊却不断哭叫求饶，还是不能让他们停手。

中年男人发怒了。

他冲过去一把抓住为首的那个少年，甩手就是一巴掌："啪！"这一巴掌打得很重，少年一下跌倒地上。

中年男人大吼一声："都滚！再闹我拍死你们！"

几个少年赶紧爬起来跑了。

那次遇袭之后，秋月和小菊很长时间没敢再去电影院，她们怕再遇上那帮小子。但对城市的好感并没有从根本上动摇。那个救助她们的大叔不也是城里人吗？

冉爷爷最终还是妥协了。

他这趟出来，毕竟是和她们做伴的。

这是一座中原古城。

据说，这座古城有三千多年历史了，街巷交错，人口稠密，只是破烂得厉害。人们的衣着也很破旧，一个个面色灰暗，全都木木的，没有表情。你猜不透他们心里在想什么，或者压根什么也没想。

冉爷爷一进城，就觉得这座城市有点怪怪的，有点神秘。

秋月笑道，别的城市不也这样吗？

秋月和小菊很快把冉爷爷领到一座破庙里。

这座庙在一条小河边，有两进院，但因为年久失修，有的房间已经塌了。庙里只有一个和尚，六十多岁的样子，慈眉善目的。

三年前，秋月和小菊曾经到过这座古城。一天晚上，被一个男人跟踪，两人穿街走巷，那人也穿街走巷，一路尾随不舍。两人害怕了，一头撞进这座庙里。当时老和尚正要关门，看见两个女孩子匆匆跑进来，又看到不远处路灯下，一个男人正鬼头鬼脑地跟踪，就放她们进来，随即关上庙门。

老和尚收留了她们，就让她们住在庙里。

秋月和小菊很感激。白天外出要饭，晚上就来庙里住宿。老和尚在后院为她们打扫收拾了一个房间，还给了她们一套被褥。当时已是秋天，夜晚有凉意了。有时晚上回来，老和尚会给她们留两碗米汤，再烧热让她们喝下。

老和尚和这座古城的人一样，也是面无表情。

但秋月和小菊把他看成亲人。

一天傍晚，忽然两个警察上门，说有人反映庙里住了两个女人。寺庙乃清静之地，这很不合适，怀疑老和尚是个花和尚。

老和尚纠正说：“不能叫两个女人，应当叫两个小女孩。都只有十几岁，是讨饭的。她们是被人跟踪，才逃进庙里来的。出家人以慈悲为怀，收留她们是一件善事。罪过，请莫要污名本寺。”

警察听老和尚不卑不亢，说得在理，就放缓了语气，说有人举报，才过来看看的。但还是有些疑惑，目光四处搜寻。

正在这时，恰好秋月和小菊回来了。

警察问，就是她们两个吗？

老和尚点点头。

警察看到，的确是两个小女孩，看上去只有十三四岁，不仅衣衫褴褛，而且头发脏乱，面黄肌瘦。看到两个警察，都是一副惊恐不安的神态，作势要往外逃。

警察马上换上一副笑容，说你们不要怕，有几句话要问你们。说着上前，把她们拉到一旁。

老和尚依旧面无表情，转身去了后院。

警察问了她们一些话，无非家住哪里，叫什么名字，为啥出来讨饭，怎么住进庙里的，老和尚对她们好不好，有没有对她们做过什么不好的事。秋月和小菊一一做了回答，并说和尚爷爷对她们很好，就像亲爷爷一样，就是不爱说话。

后来，两个警察就走了。从此再没有人过问。

她们在这座古城看过三次电影。

秋月和小菊在庙里住了一个多月，直到初冬，才离开古城往家赶。她们必须要回鱼王庄了。这里距家有一千多里，一路讨饭回去，大体要两个月，再休息一段，正好过年。每年的大年初一开始栽树，这是老扁叔定的规矩。鱼王庄人不论大人小孩，每个人都记得这个日子，不管天南海北，都会在这一天赶回家。

秋月和小菊走时，老和尚给了她们两块钱，说路上要不到饭时，可以买点吃的。秋月和小菊都哭了。

老冉三人走进这座破庙时，老和尚只是愣了一下神，很快就认出秋月和小菊，略显诧异道："你们是秋月和小菊？"

秋月高兴道："和尚爷爷，你还记得俺们呀？"

老和尚微笑道：“记得，记得。你和小菊都长高了，成大姑娘了。”

小菊上前说：“和尚爷爷，这次俺们是冉爷爷陪着来的。”一把把冉爷爷拉到老和尚面前，“这是冉爷爷，俺们一个村的。他眼睛不大好使。”

老和尚躬身合十：“施主辛苦了。”

冉爷爷看老和尚彬彬有礼，心里的那点戒备也就放下了，忙说：“路上听两个孩子讲，三年前住你这里，她们给你添了不少麻烦。我代表俺们鱼王庄村长谢谢你了！”

老和尚说：“不谢不谢，我也没帮啥。年景差，出来讨饭不易，我这里是个小庙，只能让她们有个睡觉的地方。”

冉爷爷说：“这就很不易了。”

秋月说：“和尚爷爷，俺们这次来，还住你这里行不？”

冉爷爷忙拉了秋月一把：“这孩子，这么不生分的。不要再给师父添麻烦了！”

老和尚说：“不麻烦，庙里有的是空房，你们只管住好了。”

小菊高兴地跳起来，上去揽住老和尚胳膊，说：“我就知道和尚爷爷会收留咱们！”

老和尚轻轻拿开小菊的手，说：“我马上让人给你们收拾两间房。”

原来，老和尚年岁渐大，身体也不大好，前后几十间房，两个院子，每日打扫，有些力不从心，就在外请了一个杂役，四十多岁，是个哑巴，父母双亡，只一个人过日子，过得苦巴巴的。老和尚先试着让他干了十多天，看他勤快，就正式让他来庙里帮忙了。哑巴大部分时间住在庙里，每隔十天八天，也会回家住一宿，收拾一下自家小院和房间。哑巴极爱干净，庙里落一片树叶，他也会捡起来。有人进庙上香，随手丢个纸团，哑巴会哇哇大叫着冲上去，吓得人扭头就跑。老和尚批评他几次，不可对施主无礼。哑巴才改了许多。但外人进庙，他仍会紧紧盯着。如果有人乱丢东西，待人走后，他会走过去，立刻捡拾起来。

哑巴对秋月一行倒不排斥，按照老和尚的要求，收拾了两间房屋，还冲秋月和小菊笑了笑，露出一嘴黄牙。这一次，冉爷爷三个人都背了一个薄薄的铺盖卷。两间房挨着，两个姑娘住一间，冉爷爷住一间。

当天晚上，老和尚主动到冉爷爷住的房间看望叙话。冉爷爷就有点感动，心想这个和尚心眼儿真是不错，没有看不起人。三说两说，就主动说起鱼王庄怎么成为乞丐村，说起鱼王庄上百年栽树的事。当然也说到村长老扁，说到当年老扁为了保住树林子，任由日本人进村欺负女人，还把自己新婚妻子送给日本人糟蹋，那个可怜的女人从此疯掉。说到动情处，冉爷爷老泪纵横。老和尚一直在静静地听，从不打断。

冉爷爷也是在心里憋屈了很多年，心里话从不与外人道。他一直认为这是鱼王庄的丑事，鱼王庄人为了那片树林子活得像狗一样。但老扁坚持几十年，领着大伙栽树护林，又让他觉得是个了不起的事。在老扁身上，有多少光芒，就有多少丑恶；有多少丑恶，就有多少光芒。他无法对村长老扁有一个准确的评价。当他憎恶他的时候，又想到他的好处和不易；当想到他的好处和不易的时候，又想到他的丑恶。老和尚是世外之人，对凡尘定有高见。他向老和尚倾诉，既是一种宣泄，又希望老和尚给他一个答案。他已经被煎熬了几十年。

但老和尚却让他失望了。

老和尚起身告辞时，只双手合十，说了一句："善哉善哉。夜深了，施主早点歇息吧。"

冉爷爷两眼本就模糊，看他走出房间时，就像一个鬼影。心想这老和尚只会说善哉善哉，也是个没见识的，真后悔给他说了那么多。

此后十多天，冉爷爷三个人白天分头外出乞讨，晚上回来就住在这座破庙里。冉爷爷依然抑郁，也不再搭理老和尚，晚上倒头就睡。毕竟这把年纪，白天跑一天够累的。但睡又睡不着，只迷迷糊糊的，不时听到隔壁两个姑娘说说笑笑。心里就感慨，她们到底年轻，没心没肺，这么离乡背井，低三下四，以乞讨度日，居然还能笑得出来。但听到她们的笑声，心里又是踏实的。这趟出来，本就是为她们做伴的，只要没事就好。秋月和小菊的说笑声，常常又成了催眠曲，冉爷爷竟慢慢进入梦乡。

这天中午，小菊和冉爷爷正转过一条巷子，忽然发现前头一群人正在围观什么。小菊喜欢看热闹，就快步走过去，却很快跑回来，惊喜道："冉爷爷，你猜我看到谁啦?"

冉爷爷说："是秋月吗?"

小菊摇摇头，大声说："是武二哥!"

冉爷爷不相信似的："你说是咱们鱼王庄的武二?"

小菊高兴地说："就是就是!"

冉爷爷也高兴起来："走，咱们去看看!"他没想到，在这么遥远的古城，会碰上一个同村的人。

其实，冉爷爷平时并不喜欢武二。因为武二脾气暴躁，在村里动不动就和人打架。据说，外出要饭也常和人打架斗殴，证据是身上、脸上、额头上刀伤累累。每次回鱼王庄，大伙就取笑他，让他讲和人打架的事，怎么会被人打成这样。只是武二从来不说外头的事，大概羞于出口。但有一件事，大伙是佩服的：武二每年外出讨饭，都会带上三五个人，有时甚至七八个，而且多是瞎子、瘸子、寡妇。都说武二虽然莽撞，做事却仁义。但也有人说，武二没那么好，每次都带几个女人，老少通吃，在外头快活得很。

不管怎么说，能在异乡碰上同村的人，冉爷爷还是真的高兴。小菊扶着冉爷爷踉踉跄跄赶到时，围观的人正大声喝彩：

“好！”

“再来一刀！”

…………

小菊和冉爷爷听到了，有点心惊，不知发生了什么事，忙挤进去看，只见武二正在一家饭店门口，手拿一把刀子，往脸上比画，已经划出几道口子，鲜血直流。饭店里人已经送出一小篮杂面馍，看上去也有十几个，还有围观的人丢了一些钱在地上。可是武二还是不肯罢手。在众人一阵起哄之后，武二抱拳大声吆喝道：“我武二还有一招狠的！你们想不想看？”

众人大叫：“想看！”

“快表演吧！”

武二也不客气，大声说：“想看就丢钱！”

有些人就开始向场内丢钱。

武二在场子中间看了一圈，有些不满意，说：“老少爷们儿，我武二是拿命换钱啊，能不能再给点？”

于是又有一些钱丢进来。

武二一边说着谢谢，一边弯腰把钱逐一捡起收好。然后走到场子中间，把手中刀子向周围亮了亮，果然寒光闪闪，突然举起，躬身往大腿上扎了下去！

周围一阵惊呼声，有女人吓得捂住脸。

武二并没有立即拔出刀子，而是松开手，用手指拨了几下，那刀子便在大腿上一阵弹动摇摆，血便从刀口渗出来。他是以此向众人展示，刀是真刀，血是鲜血。

小菊吓得哭起来，紧紧抱住冉爷爷一只胳膊，再不敢看。

冉爷爷一言不发，看着场内的武二，嘴唇一直在哆嗦。

众人渐渐散去。

武二从怀里掏出一个布包，取出一把草木灰，这才拔出刀子，把草木灰按在刀口上，用一根布带把伤口扎上，转身拎起篮子，要走时，却余光发现两个人仍站在那里没走，先还没太在意，可走了几步，突然意识到什么，猛转身定睛细看，一时高兴得大叫起来："冉爷爷！小菊！"一瘸一拐跑来。

小菊冲上前，一下抱住他的胳膊，哭道："武二哥哥！"

当天，武二带冉爷爷和小菊穿过几条街巷，来到一座桥下，在桥洞里看到了鱼王庄另外的人。除了武二，还有两个瞎子，一个哑巴，一个瘸子，三个女人。大家相见，都亲热得不行，问了一些彼此的情况。

武二高兴道："可惜今天没见到秋月妹妹。"

小菊说："武二哥哥，想见秋月容易，我明天就带她过来！"

武二就拿出篮子里的杂面馍分给大伙，也给冉爷爷和小菊一人拿了一个，说："都快吃吧！今天收获很大，还挣了不少钱。"

冉爷爷没有吃，他心里还在难过，吃不下去，接过来又放到篮子里。

武二说："冉爷爷，你咋不吃？这个饭店我是头一趟去，人家看我玩刀子，很大方，一下就给了这么多！"

冉爷爷问："每次都这么容易？"

武二摸摸头："哪能？有时我往身上捅几刀子，人家也不理不睬的，刀子就白捅了。"

冉爷爷摸摸他身上脸上一道道伤疤："这些，都是你自己用刀子划的？"

武二点点头，回头看了一眼几个瞎子、瘸子和女人，说："这么多人要吃饭，要活着，我不这么干不行。”

小菊说：“你们可以上门讨要呀。”

武二说：“你看我们这些人，瞎的瞎，瘸的瘸，上门不容易。我倒是能上门，可是张不开口，五大三粗一个男人讨饭，要不到还会挨骂。”

冉爷爷说：“你回鱼王庄时，大伙都说你在外头整天打架斗殴，才落得一身刀疤，你咋不辩白呢？”

武二摸头笑笑：“辩白啥？还不如说我打架斗殴呢。我现在这么讨吃的，说好听是表演花刀，说难听就是讹人家。”

冉爷爷叹口气，没再说啥。他知道乞丐历来有两种：一种是文乞丐，就是可怜巴巴上门乞讨。另一种是武乞丐，像武二这样，到店铺前、集市、住户家门前，用刀子自残，一刀子下去，要么划脸上，要么扎在身上，鲜血直流，或者拿块砖头往脑袋上拍，拍碎砖头，拍出血来，对方不忍心，只好拿吃的或拿钱打发走。当然，也有武乞丐是假的，耍花刀并不真的往脸上或身上用刀，而是备有红药水或鸡血之类，趁人不注意抹在脸上身上，但也容易被人识破。武二就从不弄虚作假，全是真枪真刀。

冉爷爷带小菊告辞时，想给武二叮嘱一下，可是张张嘴却没说出来。

他能说啥呢？

第三天晚上，武二腿上的伤还没好，就找到冉爷爷他们住的破庙，还带来一把散碎钱，大约有七八块。冉爷爷坚辞不要，说二子你不容易，带那么多人。我们爷儿仨能顾上自己，你不用担心。

秋月看到武二身上脸上的伤，也哭了，说武二哥哥，你别这么自残了，长了会吃不消的。你要是觉得上门乞讨张不开口，不如去打工吧，也能挣一份钱。

武二说我也试过，都是国营、集体单位，哪进得去？没有私人雇工的地方。没事！我身体好得很，七八天放一回血，就当献血了。你们信不信？我还真的献过一回血。有一天，我正在一家医院门口要花刀，忽然一群人抬着一个人往医院里跑，大呼小叫地让大伙闪开路。也不知那人咋受了伤，反正血头血脸的，就从我面前过去了。可是不大会儿，就有人跑出来大喊："刚才伤的人失血过多，急需输血！可是医院没血浆了，哪位行行好，快进来献血救命！我求求大伙了！"说着扑通跪下了。我一听，二话没说，就跑进去了，一检查，我的血型正好符合。我对护士说你多抽点，我身体好！一家伙抽了多少？说是六百 CC。抽完血我就出来了，有点晕，就在墙根坐了一阵子，才慢慢走回桥洞里。

秋月惊呼："天爷！他们真是不把你当外人了。事后也没人奖赏你？"

武二说："咱又不图那个，救命当紧。"

老和尚在一旁听到，双手合十道："阿弥陀佛！这事传得很广，听说公家到处找你呢。"

武二忙摆手："和尚，你可别把我出卖了！要是找到我，就不能要花刀了。"

这时，哑巴正在院子里打扫。十聋九哑，他不知道他们在说什么，但庙里突然来一个五大三粗的汉子，到处是刀伤的疤痕，让他心里生疑，就不时探头朝屋里看。

武二看到了，对老和尚说："你这个伙计爱打听事呢，可别让他说出去！"

老和尚笑笑，起身离去。

之后，日子如常。冉爷爷三人依然每天外出乞讨。

但忽然有一天，秋月出事了！

这趟冉爷爷三人结伴出来，其实已不能结伴上门，毕竟都是大人了。一路走来，都是各要各的，然后在哪里会合。到了古城也是这样。但秋月担心古城街巷复杂，怕冉爷爷眼神不好，走迷了路，就让小菊和冉爷爷做伴，牵着一根要饭棍走街串巷，倒也博得不少同情，没觉得要饭有多难。每天晚上回到庙里，秋月和小菊还会交流一下，遇到什么好玩的事就笑一阵子。

可是这天傍晚，秋月却迟迟没有回来。

小菊和冉爷爷等到半夜，秋月还是没有回来。

两人就有点慌了。

老和尚闻讯过来，也是非常着急，陪着冉爷爷和小菊来到庙门外张望等候。

可巧这几天哑巴也生病回家了，不在庙里，不然可以让他出去找一找。

小菊急得哭了，要去外头寻找。冉爷爷不让她去，深更半夜的，他不能再放小菊出去。

冉爷爷头皮一阵紧似一阵，他有个不好的预感，秋月一定是出大事了，不然不会平白无故不回来。

老和尚陪着一直等了一夜，秋月还是没有回来。

天才蒙蒙亮，冉爷爷和小菊就分头外出寻找了。小菊按冉爷爷的吩咐，先去找到武二，告诉他秋月失踪的消息。武二立刻带人四处寻找。

老和尚也赶忙去找哑巴，哑巴却不在家。问他邻居，邻居说这两天哑巴家一直锁着门，没见他人影。

老和尚就有点纳闷，哑巴一直拉肚子，原说回家休息几天的，却不在家，能去哪里？莫不是在医院？有那么严重吗？但他顾不上去寻找哑巴，急忙去找了几个常来寺庙里的香客，大体说了一下秋月失踪的情况和年龄长相，让他们帮忙外出寻找。然后又匆匆赶回庙里，他怕万一秋月回来进不了庙门。

之后两天三夜，不仅冉爷爷、小菊和武二等人在寻找，香客们也发动越来越多的人参加寻找。老和尚还去派出所报了案。

还是没有任何消息。

稍感安慰的是，据派出所的警察说，这几天古城没有因交通事故死人，也没有发生凶杀案，城中河道也无溺死人员。

就是说，秋月应当还没有生命危险。

但秋月去了哪里？究竟发生了什么事？

第四天，派出所立案了。

第五天，几个警察来到庙里，详细了解冉爷爷三个人的情况，并分别和老和尚、冉爷爷、小菊三人谈话，做了笔录。他们甚至把哑巴也找来了。

原来哑巴没有住院，而是去了城郊姐姐家。病中会思念亲人，又想有人照顾，也在情理之中。警察找到他时，哑巴已回到家中。

警察已经意识到，秋月一定出了意外。

按照冉爷爷和小菊的说法，他们首先排除了秋月独自回老家的可能。她不会招呼不打就回鱼王庄的。

那么，她会去哪里？会不会被什么人扣留在什么地方？毕竟秋月是一个漂亮的少女。

警察初步判断，这个案子应和情色有关。其中和情有关又不太可能。刚来古城不久，秋月又是个乞丐，不大可能和人发生恋情。但有人看上她的美色年少，又是外来乞丐，动了色心欺负她是完全可能的。古城人口稠密，什么人都有，从这方面入手，或许会有头绪。

派出所向市公安局汇报后，市局立即通知各派出所，调查监控各自辖区地痞流氓动向。

一个星期过去了，仍然没发现任何线索。

冉爷爷和小菊度日如年，坚持每天外出寻找。尽管他们知道已不可能在街上找到秋月了，但还是希望能利用讨饭的机会打听到一些有关线索。

小菊一天哭几次，既担心又害怕，常常浑身哆嗦。她感到这座古城突然变得面目狰狞，随时能把一个活人吞噬而无声无息。

的确，古城一切如常，并没有因为失踪一个女孩而改变什么。

冉爷爷心里更急。不仅急，而且懊恼无比，直后悔不该带孩子们到城里来。万一秋月被害，回去怎么向老扁交代，怎么向鱼王庄交代！

武二一刻也没有停。他不仅让带来的人也外出寻找，还发动古城很多乞丐去找。武二因是要花刀的，又知他带了一些老弱残疾出来讨饭，古城乞丐早就传开了，说武二不但有种，还仁义，因此都敬服他。秋月的事一传开，在古城乞丐中一呼百应，大家结伙成群，提着要饭棍，大街小巷到处找，咋咋呼呼，愤怒无比，有些兔死狐悲的意思。平日乞讨，受了不少窝囊气，这时候都借机爆发了，好像古城人都欠了他们一条命。为此发生了不少争吵打骂，有几个商店还在夜间被砸了。一时间到处鸡飞狗跳。古城人原本没觉得是多大事，不就是失踪一个女孩吗？说不定跟人偷偷跑了呢。古城曾是几朝帝都，家国兴衰，生死存亡，稀奇古怪，见得太多了，一向遇事冷静乃至冷漠。现在突然被几百个叫花子搅得有点烦，火气也上来了。

公安机关不敢大意，连忙会同各居委会，一面安抚市民，让大家少安毋躁，不要和乞丐一般见识，更不能发生群体斗殴事件；一面加紧破案。他们知道只有案子破了，才能让古城平静下来。

武二倒是出奇的冷静，他并没有伙同乞丐到处吆喝咋呼，无事生非。而是一边在大街小巷无声无息地溜达，一边动脑筋，分析各种可能，试图找到这件事的入口。

有时，他会蹲在街口久久不动，观察来来往往的行人。街上行人居多，也有一部分骑着老旧的自行车，还有三轮、马车等。看着他们一个个从眼前过去，就想这些人有谁会知道秋月在哪里吗？

这天，武二又蹲在另一个街口，对面是一家小医院。因为他无端想到，秋月会不会被人囚禁起来，挨了打受了伤，会不会逃出来，到医院来包扎？

这当然是一个渺茫的希望。

但这时，他看到一个人。

这个人就是在破庙里打扫卫生的哑巴。

武二几乎天天去破庙，和冉爷爷交流分析情况，老和尚每次都参加，却没见到哑巴。

武二问，哑巴呢？

老和尚说，我把哑巴辞了。

冉爷爷说，为啥？

老和尚说，哑巴本来拉肚子生病，我让他回家休息几天，到医院看一看。没想到第四天回来时，脸上有几道抓痕。我问他怎么回事，他说去医院看病，出门后在马路上和人发生争执。那人碰了他，却不讲理，两人就打了起来，那人被他打倒在马路上，自己也被抓伤了。我很生气，庙里出去的人，怎么能打人呢，就把他辞了。

当时，冉爷爷和武二都没在意。

但现在，武二突然觉得这家伙有点可疑。

他并没有什么证据，只是灵光一现。

他实在太没有头绪了。你总得怀疑个什么人，何况哑巴是认识秋月的。

武二决定跟踪哑巴。

虽然武二和哑巴见面不多，但对他的印象并不好。

武二很快穿过马路，悄悄尾随在哑巴身后。

哑巴一只胳膊被绷带缠着，挂在脖子上。看来，他受的是外伤，还比较重。

这家伙又和人打架了？

武二和他保持在几十步的距离，把破帽子往下拉了拉，遮住半个脸。

事实证明是必要的。

哑巴不时往周围看，有时还转头往后看，似乎怕人跟踪。

武二对他的疑心更重了。

这家伙是怕人报复，还是心里藏着什么事？

哑巴走得很快。转过两条马路，拐进一条小巷里，又往里走了两百多步，在一个小院门前站住了。他左右看看，掏出钥匙打开院门，迅速反身关上。

武二低头走过哑巴门前，偷偷往院墙打量。院墙只一人多高，能看到院内是三间瓦房。院子里还有两间西厢房，有个烟囱竖在外头，看来是厨房。

武二没敢太停，匆匆走过去，在一百多步远的地方，停在一处水泥电线杆后头，旁边有个垃圾箱。他装作翻拣垃圾的样子，心里在飞速盘算，下一步该怎么办。

很快，他决定返回去。

武二拎着一只捡来的破纸箱，重新来到哑巴门前。

小巷很安静，几乎没什么人，只在远处有两个老头坐在门前低头下棋。

武二悄悄走到门前，从门缝里往院里看。大门是榆木做的两扇对开门，有些年岁了，即使关紧，还是有半指宽的缝隙。

院子里很干净，地面铺着一层青砖，院子角落放两盆花木，另有一棵石榴树。各样杂物摆放有序。看来，哑巴的确是爱干净的。

堂屋门也是两扇门，一扇掩着，一扇开着，隐约能看到当门有一张八仙桌。不像在隐藏什么。

没有任何动静。

也看不到哑巴的身影。他受了伤，也许正躺在里间床上休息。

看不出有什么异常。

武二稍稍有些失望，转身离开，来到巷口，一时又陷入迷茫。

巷口街对面有卖茶水的。武二出来一整天几乎没吃没喝，加上心里焦躁，觉得又饥又渴。他身上带着刀子的，只要拿出来在哪个店门前耍几下花刀，就能要到吃的喝的。但他这会儿没有心情，也不想暴露自己的身份。他还是放不下哑巴，就走过去在茶摊旁买了一碗茶水，坐在一条长凳上，咕咚咕咚一气喝光。

卖茶水的是个六十多岁的老女人，看上去很和善。武二就向她打听，有没有见过一个讨饭的女孩，就把秋月的年龄、长相、身高、衣着描绘了一番。没想到卖茶的女人说，以前见过的，那姑娘常在这一带转悠。她还给过那个姑娘钱，只是这些天不见了。

武二心里怦怦直跳。总算打听到一点儿影子了。

老女人问武二，那姑娘是你啥人？

武二说是我妹妹，失踪好多天了，正到处找她。

老女人吃惊道，有这种事！你得赶紧找她，你妹妹俊俏呢！你就不该放她一个人出来讨饭，万一出了事就不是小事！

武二愈发心焦，忙点头说是咧是咧，都怪我这个哥哥。

老女人摇摇头，说可怜啊。说着又端过一碗茶水放武二面前，说这位小哥，你再喝碗茶吧，不收你钱。

武二说谢谢大娘，端起碗正要喝，却无意间发现哑巴正从巷口走出来，急忙又放下碗，把脸侧转了，用眼睛斜着盯住哑巴。

哑巴出了巷口，往右一拐，沿大街一侧快步走去。

此时，天已傍晚，路上行人也多起来，大多是下班回家的人。

武二心里一动，顾不上和老女人告别，猛起身追了上去。

哑巴沿大街一直走，却是朝城外的方向。这让武二一时摸不着头脑，但更增添了他的疑惑，就在哑巴身后几十米的地方紧紧跟着。好在天色已渐渐暗下来，哑巴即便回头，也不容易认出他。

如此走了近两个小时，两人已相跟着出了城，拐到一条土路上。路上只偶尔有人经过。虽说天已黑下来，武二却不敢靠近，仍然保持着几十米的距离，却又怕跟丢了，一直弯腰轻走，两眼死死盯住哑巴的身影。他不知道哑巴这么晚出城干什么，要去哪里，会不会和失踪的秋月有关系。猛然想起老和尚好像说过，哑巴在城郊有个姐姐，生病时曾去姐姐家住过。他是去姐姐家吗？

自己无论如何也要弄个明白。就算和秋月无关也是值得的，起码可以排除对哑巴的怀疑。

前头出现一个村庄，暮色中朦朦胧胧的。

很快有了狗叫声。

哑巴似乎走累了，在村口歇息了一会儿，并转头看着来路的方向。

武二赶忙躲在一棵树后。

哑巴似乎很警惕。一路上不时回头看，到村口了，还是回头观望。显然，他不希望有人知道他的行踪。

哑巴稍停之后，继续往前走。奇怪的是，他并没有直接进村，而是绕着村子边缘走。难道这个村子还不是目的地？

武二紧跟不舍，一身都是虚汗。

但他并没有觉得，只是全神贯注跟紧哑巴。

现在，他可以跟得更紧一些了。因为有村边的树木、草垛、院墙做掩护。

哑巴终于在村子最南端一个孤零零的农家院落前停下脚步。

他仍然没忘了往周围观望一遍，然后轻轻推开院门，闪身进去了。

随后，大门又立即关闭。

武二隐身在二十多米外的一个草垛后头，重重地喘了一口气。看来，这里也许就是哑巴姐姐家了，不然不会这么熟络。

武二猜想，如果这里就是哑巴姐姐家，就可以断定这里头一定有鬼，一定有什么见不得人的事！

哑巴鬼鬼祟祟，他在害怕什么呢？

武二决定蹲守。

这时，武二的肚子咕咕响了一阵。他赶忙捂住肚子，怕再有声音发出。他知道饿一天，又走了一晚上，必须弄点什么吃的了。如果去村里讨要吃的，应能讨到的，可他不敢，怕暴露目标。这时，他忽然感到脚下一滑，似乎踩到了什么。借着星光往周围看看，好像是一片菜地，就蹲下身，心想拔几棵青菜也能充饥的。他伸手摸住刚才踩滑的东西，好像是个大萝卜，心里一喜，抓住了使劲一拔，放到眼前看看，果然是个大萝卜！武二忙用双手撸巴几下，又往身上擦了擦，就大口大口吃起来。只是在咀嚼的时候小心翼翼，尽量不要发出声音。

武二也是累了，倚在草垛上，一边啃萝卜，一边歇息，耳朵听着动静，眼睛看着周围。回想刚才绕村行走，好像全是菜地，这让他怀疑这里全是古城郊区的菜农。

菜农算不上城里人，但和古城有千丝万缕的联系。他们生产的蔬菜供应着这座城市，时常有进城的机会，也时常和城里人打交道，甚至有的成了朋友和亲戚。

哑巴的姐姐嫁到郊区来，算是下嫁。看来哑巴家在古城的日子过得并不好。哑巴四十多岁了，还是独身。这家伙会不会熬急了，暗中盯上秋月，把她劫持或骗到郊区姐姐家藏了起来？

武二想起哑巴的外伤，会不会是被秋月反抗时抓破或打破的？如果真是这样，可见秋月反抗的激烈。但愿秋月还没有被祸害。

但她一个十几岁的女孩子，想逃脱魔掌太难了。

武二猛地站起身，悄悄往小院走近。

他一想到秋月身处险境，一点儿也不敢耽搁了，争取一分一秒也是好的。

但就在这时，只听院子里哑巴一声惨烈的号叫，接着是一个女孩子愤怒的斥骂："王八蛋！你们一家人全都该死！"

好像是秋月的声音！

武二立即踹门而入。黑暗中只见秋月手里拿着一个什么东西，在挥舞着追赶。哑巴抱着头在院子里团团转，躲避着秋月的攻击。

武二冲上去，一脚踢倒哑巴，又转身抱住秋月，大叫道："秋月妹妹，我是你武二哥，快住手！"

秋月仍在挣扎，边骂边喊："我要杀了他们全家！"

武二夺过她手里的东西，是一把菜刀，咣当扔到地上，说秋月妹妹，他们把你怎么了？

几乎在武二冲进院子的同时，另有两个便衣也冲进院子，大声喝道："别动！都别动！我们是警察！"

原来，公安人员也早已盯上了哑巴，今晚一直尾随在武二身后。武二只顾盯紧哑巴，并未注意到身后有人跟踪。

很快，哑巴和秋月都被戴上手铐。

两个公安人员内外搜查一遍，很快发现屋内两张床上分别躺着两具尸体，一个五十多岁的男人，一个五十多岁的女人，脑袋全都血肉模糊。屋子内外，弥漫着一股刺鼻的血腥味。

武二惊得张大了嘴巴，说："秋月妹妹，他们……都是你杀的？"

秋月是被反手铐上扔在地上的，整个身子扭曲变形。此时，秋月衣衫破碎，头发凌乱。直到这时，她好像才发现武二的存在，于是对着武二大声哭叫道：“二哥……你去杀了哑巴！……他们强奸了我……呜呜……”

第四章

大黑牛在荒原上远远看到一个人出现时，只是稍微愣了一下，便哞地叫了一声，立即狂奔而去！

大黑牛四蹄生风，尘烟滚滚。

一头牛居然能跑出排山倒海的气势！

那个人稳稳地站在一座沙丘上，心生感叹，并且立刻心生欢喜。好大一头牛！

很多飞禽走兽看到，都被惊呆了，这头傻牛又在发疯了。它们无数次看到过它在荒原上狂奔，看到过它在沼泽泥塘里打滚，看到过它用粗壮的牛角一头撞断一棵枯树。甚至看到过，它用硕大的脑袋顶着一个几百斤重的石磙，在沙滩上来回滚动。它把石磙顶上一座沙丘，石磙滚落下来，它重又把它顶上去，如此反反复复，直到口吐白沫，喘吁吁，才缓缓离开。但过不了几天，大黑牛又回来了，再次把石磙顶上顶下。

它有太多过剩的精力，却无处可用，只能把这个石磙当成玩物。

这会儿，它又去干什么？

不似平日漫无目标的狂奔，更像冲着一个明确的物体。

冲着大黑牛狂奔的方向，飞禽走兽们终于看到了，远处的沙丘上，居然站着一个人！是一个人！

这对它们来说，同样是很吃惊的，因为它们在这个荒原上，和大黑牛一样从来没见过一个人。它们还曾为此而骄傲，为此瞧不起人类。在这种险恶的自然条件下，人类是无法生存的，只有飞禽走兽、飞蚊鱼虫才可以绝处求生，无处不在。

但现在，人来了。

他是自从黄河决口后，来到这片荒原上的第一个人！

这家伙是个什么角色？

是不小心误闯进来的？

还是人类的使者？

莫非人类要重回这片土地了吗？

老实说，它们是不欢迎的。

短短几年时间里，生活在这片荒原上的万千生物，鹰鸦燕雀，狐獾狼狗，蛇鼠鱼虫……都已经有了各自的领地，虽然有争斗，有残杀，有险恶的风沙肆虐，但仍然可以生存，而且很多时候是自由快乐的。

但人来就不一样了。

人类是要占领一切的。

他们一定会做这片荒原的主人。

他们总是要改变什么。

比如把大片的荒滩耕翻出来，撒上种子，让它变成庄稼地。然后用鸟枪，用纸人，用铜锣驱赶威吓鸟兽，不让它们靠近。鸟类和鼠蛇要是想吃点粮食，得偷偷摸摸的，人类会说你是偷，是糟蹋粮食。

这很荒唐。

人吃粮食不也拉屎吗？

怎么鸟类鼠蛇吃了粮食就是糟蹋?

人类不受欢迎!

现在，它们知道那头傻牛去干什么了。它一定是驱赶那个被称作人的东西去了。

荒原不要任何主人。

他站立的那座沙丘，正是大黑牛经常把石磙顶上顶下的大沙丘，沙丘旁不远处，围着一个山头，是一片浩大的水域和沼泽地，里头长满了蒲草和芦苇，那是大黑牛时常来喝水的地方，时常在泥水中打滚玩耍的地方。

那是大黑牛的领地。

它不会容忍任何人占领它的地盘。

如果它用坚硬的双角挑起那个人，足能把他扔向半空。

很多鸟兽鼓噪着赶来，这下有热闹好看了。

大黑牛中途没有停歇，二里多的距离转眼间就跑到了。

没错，是一个人!

而且是一个独臂汉子!

这个人少一只左胳膊，并未影响他的凛凛威风。

这是一个健壮得令它吃惊的汉子。古铜色的皮肤，鼓凸的肌肉，头发和胡须都蓬松着，一张方圆脸上，两眼炯炯有神。他看着大黑牛的目光是吃惊的、欢喜的，也是居高临下的。

大黑牛在距他几十步的沙丘下收势站住了。

大黑牛这时才意识到，他脚下站着的这座大沙丘，正是自己推顶石磙的那座沙丘，再熟悉不过。

那一瞬间，它有点恼怒。因为他占领了它的地盘。

但很快，它发现了一件更让它吃惊的事。

那个几百斤重的石磙居然在沙丘上，在那个人身旁稳稳地立住了。

这是它从来没做成的事。

它从来都是只能把石磙顶上沙丘，可是刚一松开脑袋，石磙就会立刻滚落下来，一次也没能让它停留过。

它当然记得，几天前离开时，石磙刚从沙丘上滚落下来，还差点滚到近旁的沼泽里。对于把石磙推上沙丘并让它停在上头，大黑牛早已绝望了，它知道自己无论如何也做不到，就只能顶上滚下。可现在，石磙就立在那个人的身边。他比自己力气还要大吗？况且他只有一只胳膊！

这个石磙是大黑牛发现的。

一次狂风过后，石磙从沙滩里露出半截身子。大黑牛把它用蹄子刨出来时，几乎热泪盈眶。它太熟悉这个东西了，主人家就有两个石磙，都在打谷场上，它时常拉着它碾轧收割来的庄稼，有麦子、大豆、谷子、高粱，当金灿灿、红彤彤的籽粒从穗头脱落时，大黑牛和主人一样高兴。那是丰收的喜悦。不要以为牛马不懂，其实它们什么都懂。

大黑牛不知道这个石磙是不是主人家的，是不是它曾经拉过的，但这已经不重要了。能在这遍地黄沙里重新发现一个石磙，就足够它激动了。于是它把石磙推来推去。别的小鸟小兽们以为大黑牛只是无聊，只是精力无处发泄，才把石磙顶来顶去。它们根本不懂得大黑牛摆弄石磙是在找回记忆，重温和怀念过去的日子。

现在，大黑牛和那条汉子终于面对面了。

一个站在沙丘上。

一个站在沙丘下。

彼此都能更清晰地看到对方。

双方都是威风凛凛。

但双方的神态并无敌意。而是充满惊奇、喜悦和欣赏。

就像两个英雄陌路相逢。

突然，汉子一阵大笑，一屁股坐在石磙上，石磙就像他屁股下的一个绣墩。他指着大黑牛大声说，哈哈，伙计你太壮了，我喜欢！

大黑牛说，我也喜欢你！你比我以前的主人壮多了，我喜欢强壮的东西。

汉子说，这荒原上就你一头牛吗？

大黑牛说，就我一头牛。我以前有伙伴的，光主人家就有十几匹骡马和七八头牛，那场洪水过后，它们和主人都不见了。你呢？怎么也是一个人？

汉子说，和你一样，我本来有二十一个孩子，还有老婆，都在黄河决堤时失踪了。我找了他们好多年，希望能有几个活下来，到现在也没找到一个。

大黑牛摇摇头，他们都是你的骨肉，这太惨了，可是你好像并不怎么悲伤？

汉子说，我悲伤的时候你没看到。过后想想，这么大的灾难，不是我一家。你看这片荒原，原先村庄稠密，人烟兴旺，千家万户，如今都在哪里？都被洪水吞噬，被黄沙埋上了。这是一个劫，逃不掉的。

大黑牛说，我和你都是幸运的。

汉子说，既然活着，就得活下去。对吧？

大黑牛问，你打算在荒原上待下去？

汉子说，对！我不打算走了。我想在这里等着，看看能不能有个儿子活下来找我。有一个也好啊。

大黑牛转头看看荒原，说那就等吧。不过，咱们应当干点什么，不能天天这么晃荡。我早就烦了。闲着不是个好事情。

汉子眼睛一亮，说是啊，应当干点什么，不然老想那些难受的事。可是，能干啥呢？

大黑牛的提议得到响应，就很高兴，说咱们耕地！

汉子疑惑道，耕地？

大黑牛显得胸有成竹，说对，咱们耕地！你看这大片荒原，原先都是上好的良田，五谷飘香，现在都荒了，被黄沙埋住了，咱们可以把荒地重新耕翻，种上庄稼五谷，会吸引更多人来这里垦荒，要不了多少年，这里会重新有人烟，有村庄。如果你有亲人活着，他们就会找来。

汉子吃惊道，大黑牛，你真了不起，没想到你还有这么大个雄心，佩服佩服！

大黑牛有点羞涩地摇摇头，说牛和人类都是一个毛病，看到荒地就想耕翻开垦，在这件事上，自古以来，牛和人一直是最佳搭档，很容易就想到一块了。你不想开垦荒地吗？

汉子摇摇头，我的确没想到过这事。我没有种过地，我以前是个渔民，在黄河里打鱼，祖祖辈辈都是。

大黑牛哦了一声，似乎明白了。但它很快就说，你不要再想打鱼的事了，黄河决口后就改道走了。我去看过，老河道里只有一洼一洼死水，很浅，我在热天时去洗过澡，打几个滚就成了泥浆，根本就没鱼了。

汉子点点头，说知道，我也去看过。

大黑牛说死了那条心吧，以后咱们就合伙开垦这片荒原，咋样？

汉子说我不会弄地，很麻烦吗？

大黑牛说一点儿都不麻烦，你不会我会呀，我教你！先把荒地犁起来，耙碎了，再撒上种子。中间要是勤快一点儿，再拔拔草啥的，就等收获吧。你想一想都觉得神奇，有一天，这片荒原重新变成良田，满眼都是庄稼，那该是多么美好的图景，笑都要笑醒呢！

汉子真的被大黑牛感染了，说中！咱就这么干。

大黑牛高兴道，从今天起，你就是我的新主人了！

汉子连忙摆手，说别别！我不能当你的主人，往后你还是师傅呢。咱们是伙计、搭档！

大黑牛很诚恳地说，我是真心的。这么多年，我在荒原上跑来跑去，就是想等待人的出现，寻找一个新的主人，唯一的希望就是这个人要健壮一点儿。你不知道，我原先的主人太瘦了，他其实一直对我不错，可我对他有意见。家里放着那么多粮食，就是不肯吃饱饭，不仅他瘦，一家人都瘦，倒是把牛马都养得膘肥体壮。这人也是想不开。所以呀，我看见你第一眼就认准了你是我的新主人！你这块头多健壮，快赶上我了。咱们以后干活归干活，一定得吃饱饭。哎，我在荒原上这几年，可以吃草，你来这荒原上咋活的？

汉子笑了，说这还不简单，到处有水洼、沼泽，里头有鱼虾，有青蛙水蛇，很容易就能抓到。再说岸上还有野兔啥的，抓到也不难。草荡里还有鸟蛋，全是美味！

大黑牛说，这我就放心了。哎呀扯远了，还是那句话，你就做我的新主人。没个主人，我心里不踏实。这几年在荒原上跑来跑去，就是心慌。

但独臂汉子很肯定地大声说，这几年，你没有主人，不是也活下来啦？你很了不起！再说了，我没当过主人，不知道主人怎么当，我以前只是个渔夫。大黑牛，我不会当你的主人的，以后咱们就是兄弟，一块搭伙开荒。就这么说定了！

大黑牛惊诧之余，抽抽鼻孔，有点惶恐，又有点感动。

因为它从来没有想过自己可以没有主人，即使已经独立在荒原上活了几年，仍没有想过原来自己是可以独立的。几千年下来，耕牛不都是有主人的吗？它们在主人的管理下，耕耙驮运，任劳任怨。当它们病了老了，不能再干活时，会被主人宰杀。那时它们都会流下悲伤的泪水，但没有任何一头牛反抗。反抗有用吗？历来都是这个结局，主人有这个权力。

但现在，这个独臂汉子不愿做主人，只愿做兄弟。

大黑牛感动了。

尽管心里还是有些惶然，但还是感动了。

大黑牛抬头试探着问，你真的要和我做兄弟？

独臂汉子起身走下沙丘，拍拍它的浑厚的肩膀，又指指天，说兄弟，我说过的话，苍天可以做证！

突然，大黑牛撒开四蹄，昂首向着荒原一声大叫："哞——！"

浑厚洪亮的叫声如雷滚滚，震动四野八荒。

到处都在回响："哞——！"

"哞——！"

"哞——！"

…………

整个荒原都在抖动。

在远处围观的鸟兽们吃惊不小，大黑牛简直是疯了！

这家伙就是个傻子！

居然死乞白赖求人当它的主人。

居然相信那人的鬼话。

什么兄弟？全是骗人的把戏。它竟然激动成那个样子。这家伙太叫人失望了。它们原本指望它赶走那个残疾人呢。这下好，他们要联手开垦这片荒原了。

这家伙天生就是个贱命，不干活浑身难受，只有肩上套上绳套才舒坦。

鸟兽们用各种语言对大黑牛叽叽喳喳辱骂一通后，纷纷离开了。

大黑牛没有任何还击，还冲它们咧嘴直笑，笑得又憨又蠢。

一只乌鸦实在气不过，飞到大黑牛上面的空中，盘旋一圈，一个俯冲，对准大黑牛的脑袋拉了一泡屎才飞走。

独臂汉子哈哈大笑，说大黑牛，你人缘不错啊！

大黑牛笑笑，它们和我开玩笑呢。忽然想起什么，说兄弟，你还没告诉我你名字呢。

独臂汉子忙说，当年，我兄弟姐妹多，我排行第八，都叫我老八，你也叫我老八吧。

大黑牛说，就叫你老八哥吧。看来，你们家族曾经人丁兴旺啊，可惜你那么多孩子都死了。

老八叹口气，不说这些伤心事了。

大黑牛说，你不知道吧，我也有过很多子女呢，比你还多！

老八吃一惊，说真的？

大黑牛抖一下肩膀，说当初我在主人家，不仅耕田耙地，还是一头种牛，十里八村的人家都找我去给牛配种，一年总有几十次，多年下来，你说我有多少后代？

老八笑起来，说咱们真是有缘啊。

大黑牛咧开嘴，瓮声瓮气说，这几年，我都快憋疯了。咱们以后还得想办法配种。

老八不解道，配种？

大黑牛说，你还不明白吗？咱们都有强壮的身体，应该想办法多生些后代，这荒原上才有生气呀。

独臂汉子哈哈大笑，说黑牛兄弟，没想到你能想那么长远，好，就听你的！

大黑牛看着汉子空荡荡的左臂，有点担心道，老八哥，你怎么会丢一只胳膊？天生的吗？

老八说，还不是那场洪水，太凶猛了。我那么好的水性，居然毫无办法，不大会儿就呛得晕过去了。不知过了多久，也许一天一夜，也许两天两夜，醒过来时，才发现左臂没有了，不知撞了什么东西，竟然齐崭崭把左臂切走了。我是被一排冲倒的大树挡住的，不然早就死了。

大黑牛哦了一声，说我担心你还能不能上得去。

老八没听懂，说上得去？啥意思？

大黑牛突然腾空，扬起两条前腿，做了一个和母牛交配的姿势，说就是这个……做那事，懂了？

老八大笑起来，说没关系的，人类和你们牲畜不一样，你们少一条腿就做不了，人不是这样的，不碍不碍。

大黑牛好奇道，你们人类不是这样？那怎么做？

老八摇摇头，说这个不能告诉你。这是人类的秘密。

大黑牛憨憨地笑了，说你们人类到底心眼儿多，啥事都会留一手。

老八大笑了，说放心吧黑牛兄弟，我不会耍你的。咱们现在走吧。

大黑牛说去哪儿。

老八说，咱们先要走出荒原，去有人烟的村镇打工干活，挣些钱买来犁耙耕具，才能回来开荒啊！

大黑牛高兴道，好嘞老八哥！快爬我背上，我驮着你！

差不多半年后，老八和大黑牛重新回到这片荒原上。

这一次，几乎可以用浩浩荡荡来形容。

这应当算得上一支队伍了。

队伍里不仅增加了一个女人、三头母牛，还拉着三挂形似雪橇的拖车，第一辆拖车上放着犁耙农具、粮食种子和各种生产生活用品。

第二辆拖车上，坐着一个女人，大约三十几岁，皮肤白净，只是有点瘦弱，两只眼睛很大，一路上都在东张西望，充满好奇和兴奋。

老八随在拖车旁，说枣儿，你看啥呢？

枣儿说，这荒原这么空荡，怎么连个人影也不见？

老八说，你不会是后悔了吧？

枣儿说，我才不会后悔。没有人才好呢，省得有人骂我是不会下蛋的鸡。

老八笑道，放心吧，跟着我，会让你生一个又一个，生一大群孩子。

枣儿白了他一眼，说你吹牛吧！

老八说不信你等着瞧。我最大的本领就是让女人生孩子！

老八和枣儿是在一个叫界首镇的地方认识的。这是一个很大的镇子。枣儿是个寡妇，准确地说是个弃妇。奇怪得很，她曾四次嫁人，都是因为不能生孩子被男人休掉的，常被人指指点点，说她空长一副好模样，只是一块沙碱地，播下种子不长庄稼。枣儿又是个要强的人，心里憋着一股气，却无处说。她想不明白，自己咋就不能生孩子。老八带着大黑牛来镇子上打工挣钱，拉脚犁地，什么活儿都干，一天也不肯闲着。镇上人都知道老八带大黑牛打工，是为了挣钱买犁耙种子去荒原开荒。这个独臂男人在镇子上很快赢得好名声。

一天，枣儿在井台打水，一桶水太满了，往上提时却提不动，憋得脸通红，又不敢松手，就僵在井台上摇摇欲坠。这期间，来来往往好几个男人，都看到了，可是没一个人过来帮她，都怕沾上晦气。枣儿噙着两眼泪，她想真不如死了。正想着往井里跳，恰在这时，老八赶着大黑牛拉一车砖从旁经过，看到井台上的女人有危险，赶忙停车跑过来一把抓住井绳，让枣儿松手，自己用一只手往上提，提一节用脚踩住井绳，接着再提，轻轻松松就把一桶水提上井台。

当时枣儿就感动了。

她曾多次见过这个独臂男人和他的大黑牛，也听说过他要去荒原开荒的事，心里早就佩服得不行，只是没有说过话。

当天晚上，枣儿找到老八和大黑牛临时住处，说你真的要去荒原开荒？

老八指指大黑牛，说俺们兄弟俩一定会回到荒原。俺们就是从荒原里出来的。

枣儿哧一下笑了，说你这个人咋和一头牛称兄道弟？

老八说，这个你不懂，大黑牛是我最好的兄弟。

枣儿说，它就是一头畜生呀。

老八生气了，说你这个女人咋回事？这么多废话！

枣儿笑起来，说好好，你这人还怪有脾气。

大黑牛听得懂枣儿的话，可它没有发声。它不太喜欢这个女人，不仅饶舌，而且太瘦。

枣儿问老八，你们啥时候去荒原？

老八说，你问这干啥？

枣儿说，我也想去荒原看看，能不能带我一起去？

老八说，荒原上没有人烟，没啥看头。你会受不了的。

枣儿说，我就是要去没人的地方，才能耳根子清净。人太坏了。

老八说，有人欺负你了？

枣儿就哭了，向老八说了自己的遭遇。她也是太没人诉说了。

老八见不得女人哭，就说你回家想清楚了，再来告诉我。

自此，枣儿三天两头往老八住处跑，也不说去不去荒原的事，只是帮老八打扫、洗刷、做饭、缝补、喂大黑牛。她在用行动告诉老八，她跟定这个男人了。

镇子上议论纷纷，说枣儿肯定是熬急了，这女人也是水性杨花。说她咋下功夫也没用，男人讨老婆总要传宗接代，枣儿不能生孩子，要不多久，老八就会把她蹬了。还有人当街调笑她："喂，枣儿，怀上没有？看你这肚子还是薄薄的，不像有崽呀。"引得一群人大笑。

正好又是老八经过，他拉开人群，大声说你们这么欺负一个女人有意思吗？从今天起，枣儿就是我的女人了！你们信不信，我能让枣儿生一群孩子！说着上前问正在抹泪的枣儿，说：“枣儿，你同意给我当老婆不？”

枣儿含着泪使劲点点头。

老八用他仅有的一只胳膊，拦腰把枣儿抱起，横着夹到胳肢窝里，像夹着一捆草，大踏步走了。

现在，枣儿坐在去荒原的拖车上，心里高兴极了。

她不仅再不用被镇子上人笑话，还在离开镇子头天夜里，就领教了老八的厉害。这家伙太壮了，壮得像他的大黑牛。两人都是久渴逢雨，几乎一夜未停歇。枣儿像个面团被老八揉得变了形，叫得那个惨，惊得四邻起床察看，还以为枣儿正在被老八凌迟。

枣儿不管不顾。要离开界首镇了，她要用她的畅快的叫声，向镇上所有人示威。

大黑牛拉着第一辆拖车，走在前头，一直笑眯眯的。

它知道，后头跟着三头母牛。

这三头母牛都很年轻。

梅云游向着那片破烂的棚子和破烂的人群跪下时，觉得一股热血直冲脑门，两腿的骨头都酥了。

他觉得自己一下子被这些贫贱而顽强的生命击倒了。

他觉得自己是在向什么致敬！

哦，是向卑贱致敬！

向这些真正称得上高贵的生命致敬！

他在看到他们的一瞬间，突然觉得高贵不是财富，不是地位，不是无忧无虑优雅地生活，那活得太舒服太轻松太容易了。高贵就应当像他们这样，在绝境中顽强地活着，这才是真正生命的高贵！

这一跪，让梅云游灵魂出窍，脱胎换骨！

过去，他从吃喝玩嫖中得到过无数快乐。

但此时，他心里充满对自己的厌恶。他觉得自己比他们矮了半截。衣食无忧地活着，算不得本领；饥寒交迫地活着，才真正了不起。

他想乞求他们，允许自己和他们在一起。

他要和他们一起干点什么！

可是干什么呢？

在这片荒原上又能干什么？

反正不能让这破破烂烂的人群，仅仅靠拾荒为生。这样的日子太过艰难。要帮着他们改变，开拓一种新的生活，从而能永远在这里生活下去，而且要生活得好一些！

要永远生活下去，就必须改造沙滩。

改造沙滩就要防风固沙。

防风固沙就只能植树造林。

天哪，这得多久？这将是一个漫长的过程！

也许要十年、二十年、一百年，但只要坚持，总归会实现的吧？

梅云游被自己瑰丽的想象激动了！眼前甚至幻化出几十年上百年后，这里已是大片大片郁郁葱葱的大森林。

那将是多么壮观的景象啊！

梅云游一生干过很多天马行空的事，他确信，唯有这一次的突发奇想才是最有意义的！

此时此刻，梅云游心中汹涌的是无以名状的憧憬。

那将是以往任何快乐都无法比拟的大快乐、大欢喜呀！

梅云游被一股浩然之气笼罩了，突然一跃而起，丢下他的马，几乎连滚带爬大叫着向那些破破烂烂的男女奔去：“哇哇哇哇哇！哈哈哈哈！”

他急切地想告诉他们自己的宏伟计划！

他为自己瞬间能勾勒出这么宏大的计划而激动不已。梅云游呀梅云游，你终于把你的机灵归置到正经地方了，你咋这么聪明呢？你是天才啊！

他的马也是一愣，随后就跟着跑去。它不知道它的主人怎么突然疯了。

梅云游的突然出现和怪诞举动，把庵棚前的人全部吓坏了，纷纷掉头就跑。

梅云游大叫着冲到庵棚区，已经不见一个人影。

他环顾四周，发现每一个庵棚前都堆满杂物，都还带着泥土，显然是从沙滩里挖出来的。枯骨、头发、生了锈的铁锅、散架的犁耙、扁担、朽烂的条筐，还有个巨大的石碾子。

就是不见一个活人。

只一条瘦瘦的黑狗围着他叫，显得很英勇的样子。

梅云游意识到自己吓到那些人了。

于是他大声喊叫：“出来吧！我不是坏人，我想帮助你们！我想和你们共同干一件大事，千秋万代……”

但突然，嘭的一声，一根木棒呼啸着重重地击在他头上。大棒断成几截。

梅云游一头栽倒地上。

梅云游醒过来时，已是深夜。

他发现自己仍躺在地上，身边却多了一堆篝火，篝火边围着一群男人。他们也几乎赤裸着身体，正用警惕的目光看着他。还有人手里拿着木棒，好像随时准备向他发起攻击。

梅云游知道自己侵犯了他们的领地。

他动了动，双手撑地爬起身，又坐到地上。

头还在疼。

他记得自己挨了一棍。这一棍打得不轻。

他不知道是谁打的，一个男人还是一个剽悍的女人？

他不想查问。

他知道这一棍反倒拉近了和他们的距离。因为他们欠了他一棍。打断的木棍还在他身边，梅云游捡起一截，凑着火光看了看，又把玩了一下，笑道："幸亏这棍子朽了，也是从地下扒出来的吧？"

没人理他。

周围的人都把目光聚在他身上。

这时，又陆续围上来一些女人。她们站得稍远一点儿。夜深了，她们怀里的孩子大概都睡了，就跑出来看稀罕。也许是因为荒漠的夜有点冷，也许是在陌生人面前怕羞，她们尽可能穿上能穿的衣服，把自己包裹起来。她们实在没什么好衣服，仍是破破烂烂，五花八门，有的衣服还是用苇叶、草绳之类编织的。但总算遮住了身体。

梅云游被一群男女围着，并且没有一个人说话，就那么直瞪瞪地看着你，说不定一句话说错，就会遭到群殴。

梅云游有点尴尬了。

他一时不知道下一句话该怎么说。

他摸了一下头，想缓解一下紧张的氛围。

却摸到头上缠着一块布。大概是那一棍打破了头，流出不少血，是谁在他昏迷时用布给包上了。

这么说，他们并没有打算弄死他。这让梅云游稍稍宽心。

就在这时，他发现，火光映照下，一个十七八岁有点斜眼的姑娘，一直从人缝里偷偷瞅他。

是偷偷瞅他。

这和别人直瞪瞪地看他不同。

闪烁的火光照得那姑娘脸上有点斑驳，有点好奇，有点惊恐，似乎还有点期待。

当梅云游摸到头上的布块且有点困惑时，姑娘却抿嘴一笑，转身跑走了。

梅云游瞬间猜到了什么。

但他没心思多想。他知道得赶快打破僵持的场面，就先说了一声："谢谢!"然后咳了一阵。不知是因为受凉了，还是被一棍打出的后遗症。

一群人互相望了望，好像在说，这个人刚才说"谢谢"!

梅云游看到了，知道气氛在缓和，就朝大伙拱拱手，说："对不起，我冒冒失失闯到你们这里来，惊扰了大伙，我向你们赔罪了!"说罢又低下头鞠了一躬。

还是没人说话。

但他们又互相看了看，似乎在交流，说这个人在给咱们鞠躬。被打了一棍还鞠躬，真有意思。

篝火发出毕剥的响声，几点火花跳出来，又瞬间熄灭了。

紧接着，梅云游向大伙做了自我介绍，报上姓名，来自何处，当然也介绍了他的南北大药房，自己有很多很多钱，还买了七千多亩荒滩地，实际上有一万几千亩。他说，我敬佩你们！真的，能在这种地方谋生，真的了不起！我几十年锦衣玉食，挥霍无度，可是看到你们能在这种地方活着，还生了那么多孩子，才突然意识到自己活得像个畜生，你们才活得是人样。

可是突然有人暴喝：“放屁！你说反了吧？”

人群一阵哄笑。

梅云游倒没有吃惊，因为连他自己都觉得奇怪，自己活得花天酒地，倒像畜生，人家活得衣不蔽体，反倒更像是人样？怎么说也是屁话。

可他就是这么觉得的，只是没办法解释清楚。

梅云游等他们笑完了，又拱拱手，请大伙听我说完，我来这里不是嘲笑你们的，真的是向你们表达敬意。另外，更重要的是，我想和你们共同干一件大事。我手上有一万几千亩荒滩，其实买不买都一样，整个荒滩都是无主的土地。我想倾家荡产，和你们一起改造这片荒滩。要压住风沙，就只能栽树，等树木长起来了，荒滩就能变成良田，你们就能永远在这里活下去，祖祖辈辈活下去！你们眼下靠拾荒生活，那些破破烂烂的东西卖不了几个钱。你们应当过上更好的日子。我买下这大片荒滩的时候，还不明白要干什么，是稀里糊涂买下的，看到你们，看到你们的庵棚，看到你们的孩子，我才突然明白要干啥了。是你们启发了我。我和你们一起干！我有钱，你们有人，我会买很多树苗。我还会建一个很大的苗圃，再向四乡购买树苗，可以源源不断供应树苗。当然，这不是一件容易的事。看样子，在这片荒滩上栽树很难成活，就算能栽活树木，让树木成林，把沙滩改造好，也要很多年，也许要几十年，也许要上百年，不知道你们愿意不愿意和我一起干。这可是百年大计呀！

梅云游说得急切，有些语无伦次，可他动了真情。

众人依然木木地站着，好久没人说话。

但这时，又有一个人突然喊道：“梅先生！你是吃饱了撑的吧？”

大伙又笑起来："嘎嘎嘎嘎！哈哈哈哈！"

这次笑声比上一次还要响亮。

显然，他们被梅云游的话弄晕了。

这怎么可能！

梅云游说，我真的不骗你们。我会倾尽全力做这件事！也许，我这一辈，你们这一辈，都做不到。但只要一辈辈干下去，就一定会成功！到那时候，这无边无际的沙滩，会变成无边无际的森林，到处都绿油油的，树木一棵连着一棵，树间的空地上可以种上庄稼，可以放牧牛羊，孩子们在林子里玩耍，到处追赶小鸟、兔子，那才是真正的好日子！咋样？咱们一起干吧！

还是没人说话。

只是不再有人嘲笑他。

但没人相信他的话。

这太突然了。

一个富得流油的家伙，突然闯进他们的领地，说要给他们一个天堂，而且要和他们一块吃苦，倾家荡产干这件事。这人要么脑袋坏了，要么是个疯子。

夜已经很深。

不少人在打哈欠，有的已经陆陆续续回庵棚睡觉去了。

他们不想再听这个人扯淡。

篝火已渐渐熄灭，但还有一堆余火，发出殷红的光。

篝火边还剩几个老人，他们都翻着眼皮看他。

这是一些饱经沧桑、阅事无数的老人。

他们还是无法相信他的话。

但他们确认这个人无害。

也许，他是受了什么刺激，在和家人或什么人赌气，想把家业败光，来这里说些没头没脑的话。

这时，一个长胡子老人终于说话了，说梅先生你回去吧。你的好意，俺们领了。可这事做不得。这件事做起来真的会让你倾家荡产。谁的家业都不是容易置来的。你家的善名，我听说过，不容易，做过无数好事、善事。可你刚才说的这件事太大，要几辈人才能做成，你就是倾家荡产，也未必干得成。还是算了。如果是因为遇上啥不顺心的事了，赌气做这件事，就更不能干。你会后悔的……你消消气就好了。

梅云游突然哈哈大笑起来，说老人家，你们放心，我既不是脑袋坏了，也不是和谁赌气，我就是想干这件事！反正，我这会儿说啥你们也不信，过几日我还来，到时你们就知道了。好了，打扰你们这么长时间，眼看也快天亮了，你们都回去歇息吧。

长胡子老人说，要不，你去……我庵子里睡一会儿？

梅云游捡一根柴棒拨拨火堆，笑道，你看，这有不少余火呢，靠着这堆火不冷，我眯一会儿，天一亮就走。

几个老人互相看着，都起身散去了。

几个老人刚走，那个斜眼姑娘又出现了。她从一个庵棚里探出头，往梅云游这里看一眼，又慌慌张张缩了回去。

梅云游心想，这姑娘一直没睡呢。但他实在也累了，没有精力再去招惹她，就把身子往火堆旁又靠了靠，抬头看见他的马一直站在不远处的空地上，不时向他探望，好像随时准备上路。梅云游有些感动，起身走过去，抚抚马背，说伙计，往后咱们就搭伴来回了。我知道你喜欢奔跑，不想总被拴在厩里，来回两百多里，你就撒开蹄子跑吧！

马似乎听懂了他的话，打个喷鼻，又倒腾一下四蹄，表示自己已经准备好了。

这是一匹青骢马，只有四岁，正是最好的年龄，是梅云游花重金买下的。也是缘分，那日去骡马市场闲逛，正见几个马贩子赶几十匹马来到，引得许多人围观。梅云游也走过去，动了买一匹坐骑的心思。但看了一遍，虽个个都好，却看不出差别，一时不知选哪匹。正在这时，却见赶马的头人骑一匹青骢马过来，看着梅云游说掌柜的，挑花眼了吧？要不，我帮你挑一匹，保你满意。梅云游也不吭气，围着头人坐骑转了一圈，说："我就买你骑的这一匹！"

头人哈哈大笑，说："果然好眼力！不过，我这匹马是不卖的。"

梅云游却认准了这匹马，不仅雄健威风，而且身材修长，浑身毛色发亮，一看就是一匹宝驹，就说："你开个价。"

头人摇摇头："我真的不卖。"

梅云游坚持，说："你开个价。"

这时已围上许多人，大家都认识梅云游，也都帮着说话：

"卖了吧！"

"不就一匹马吗？"

"这是一匹良马呢。看得出，一天跑几百里没问题！"

"有伯乐才有千里马，既然梅先生识得好马，也算这匹马有福气了！"

大家七嘴八舌好一阵，头人终于松口，叹口气说："不瞒你说，贩马三十年，这是我在蒙古草原上发现的第一匹千里驹。真舍不得卖。"

梅云游说："你开个价。我不会亏待它。"

众人就起哄："卖了卖了！"

头人竟开出十匹马的价格。

众人目瞪口呆："这也太贵了吧！"

"天价啊！"

"伙计，你还是去当土匪吧！"

但梅云游没有还价，上前拍拍马的肩头，说："成交。"

头人跳下马，吃惊道："你还真买?"

梅云游抑住内心的激动，说："可不。"

头人一把抱住梅云游，说："掌柜的，你是识家，和这马有缘，它天生就是你的。这样，我减半价，你带走!"

众人都鼓起掌来，一片喊好声。

梅云游笑道："不必。这马值这个钱。以后，你要是想它了，随时来，咱们交个朋友！请问尊姓大名?"

头人说："行里都叫我龙老三。"

梅云游说："在下梅云游，就在凤城开一家药材店，便时可到小店茶叙。"

自此，青骢马就成了梅云游的坐骑。这马好动，跑起来快如疾风，一日不出来奔跑几十里，就会烦躁不安。往来凤城和黄河滩，是它最乐意的事。

十天之后，梅云游果然重回荒原。

这一次，他带了一个车队，马车上不仅有米面，还有很多锅碗瓢盆。上次来，他看这些拾荒人日子太过清苦，就先带了些吃的和基本生活用品，先让他们有个温饱。

上次离开时，几个老人送他。梅云游说这么多人住在这里，已经是个村庄，应当有个名字。长胡子老人说，俺们村庄有名，叫鱼王庄，已经五六十年了。又往远处一指，那边有个鱼王庙呢。

当时，梅云游也是吃一惊，这村庄居然有几十年了，真是没想到。还有个和荒漠不搭界的名字：鱼王庄。这里和鱼王有什么关系？还有个鱼王庙？也许是盼水的意思吧。但当时急着走，就没有细问。

现在，他重回鱼王庄，引起巨大的轰动，一村两百多口人全出来了。看到他带来的米面和炊具，许多人做梦一样。这个人没说假话，说到做到。他真的想在这里干一件大事。但也有人怀疑，梅先生只是一时动了善念，接济一下大伙，真要按他说的做，真会倾家荡产，说不定把命都要搭上。往下的事多着呢，比如树苗哪里来？有了树苗怎么栽活？栽活树苗必须有水，光是水就成问题。除了鱼王庙周围有一片水荡，整个荒原几乎看不到一洼水了。而鱼王庙水荡里的水是不能动用的，因为那里头有他们的神灵。他们平日吃水，就靠一口手挖的土井。这口土井很浅，时常断水，有时几天几夜都是干涸的，他们就忍着，等井里蓄了水再打来吃用。就是这样，也没有任何人去鱼王庙周围水荡里取水。那片水是鱼王庄的圣水，鱼王庙是他们的圣地。那是鱼王庄人几十年赖以生存的精神源泉，容不得一点点损坏。

但鱼王庄人显然低估了梅云游的决心。

不久，梅云游又派人运来大批砖瓦木料，带来大批工匠，并让鱼王庄人参与搬砖和泥，做些粗活，一样照开工钱。谁也不知道他要干什么。半年之后，在离鱼王庄不远的地方，在荒漠一个高台上，一座城堡已经初见规模。这让鱼王庄人莫名惊诧！

看来，这位梅先生真要在这里落户了。

梅云游对这座庄园很满意，俨然一座欧洲城堡的气派。那次去欧洲旅行，他就喜欢上了欧洲城堡。在德国时，偶然发现一座城堡，喜欢至极，当时就让翻译从远处为他画了几张图纸，他不甚满意，又动手修改。但他和翻译到底不懂建筑，只能画个大概。不过以他的聪明，已算画得很不错，起码外部轮廓有了，至于内部结构就一无所知了。当时，他也只是喜欢，并没有明确日后回国要建什么城堡。那次撒哈拉沙漠遇险，幸亏黑人金之外的另一个黑人，赶着三匹骆驼逃了出来，几张图纸恰好就在其中一匹骆驼上。没想到现在派上了用场。只是在建造施工时遇到了大麻烦，因为所有工匠都没有见过欧洲城堡，不知道怎么建造。这难不倒梅云游。他又一次去了天津，他知道天津是个大码头，藏龙卧虎，什么人都有。果然不久，他就打听到一位建筑师。这位建筑师本来去欧洲学西点面包制作技术的，却迷上了欧洲建筑，于是改行在欧洲学习建筑技术多年，回国后却无用武之地，非常苦闷。梅云游找到他时，这位建筑师和他彻夜长谈，从古埃及建筑、古希腊建筑，一直说到哥特式风格、巴洛克风格、洛可可风格。他仿佛遇到了知音，兴奋异常，一直滔滔不绝。梅云游听得没头没脑，云里雾里，既佩服又头大，因为他根本听不懂。天亮时，梅云游搓搓手，又撸了一把脸，说先生我不需要知道这么多，我就是想建一座城堡式建筑，不知道你能否帮我？建筑师说，那还不简单？你想建个什么样的城堡？梅云游就拿出当初他和翻译画的图纸，说就照这个建！建筑师接过来一看，不由得笑起来，说一看就是外行人画的，不过还是能认出这是德国的一座城堡！

梅云游忙点头："是的是的，这是在德国画的！"

建筑师夸赞道："梅先生还真是有眼光，你知道这座城堡的名字吗？"

梅云游摇摇头："不知道，当时看了就是觉得好，像是幻觉一样的。"

建筑师哎呀一声叫，说："梅先生你是个了不得的人，虽然是外行，却有艺术天赋，能感受到这座城堡特有的气质！"

梅云游被夸得有些不好意思："我也就是瞎说说。"

建筑师说："这可不是瞎说。我告诉你，这座城堡的名字叫新天鹅城堡，是德国两座最著名的城堡中的一座，最具童话色彩，亦梦亦幻，有欧洲城堡皇冠的美誉，是路德维希二世的杰作。知道路德维希二世吗？"

梅云游茫然摇摇头。

建筑师说："这个人是维特尔斯巴赫王朝的巴伐利亚国王。绰号童话国王、天鹅国王、疯王路德维希。这个人是艺术疯子，好好的国王不做，整日沉浸在艺术幻想中。他不仅兴建了包括这座天鹅城堡在内的数座城堡，还资助兴建了拜罗伊特节日剧院，专门上演瓦格纳的歌剧。瓦格纳也是一位很有争议的天才音乐大师。路德维希二世一天到晚沉浸于个人幻想中，引起皇室不满，后来以有精神病为由被废黜，数日后外出散步时，神秘落湖而死。"

梅云游摇头叹息，说："太可惜了。"

建筑师却笑了。他之前已听梅云游向他介绍过自己这么多年的经历，就说："梅先生，我看你和路德维希二世有相通之处，生活在自己的幻想中，到处吃喝玩嫖，去欧洲旅行，去撒哈拉冒险，回来在荒漠上建欧洲城堡，购买万亩沙滩种树，想一出是一出，周围人是不是也说你有精神病？"

梅云游笑道："不少人都说，我脑袋坏了。"

建筑师说："所有天才的艺术家都有精神病，都是疯子。你不是艺术家，可你是世间的疯子，信马由缰，为所欲为。一个药材商人净干些不靠谱的事，算得上天下顽主了。不过你放心吧，你的城堡就由我来建，我一块钱都不会要你的！"

梅云游笑道："看来，你也是个疯子！"

建筑师愕然："我疯吗？"

梅云游笑道："疯子都不认为自己是疯子，可你也够疯的。其一，中国的美食那么丰富多彩，你偏去欧洲学做西点面包，这是一疯；其二，本来是学厨师的，却迷上了毫不搭界的建筑，这是二疯；其三，中国的建筑艺术博大精深，你却喜欢欧洲建筑，完全不顾学成归来，在中国会失业，这是三疯；其四，为我建一座城堡，居然不收钱，这是四疯……"

建筑师突然站起来，高声喊道："我不收钱，是因为你帮我圆了梦想，让我学有所用，让我有机会证明自己的艺术天才！"

梅云游也站起来，激动地抓住他的手："老弟，让我们一起疯一次！"

二人仰天大笑："哈哈哈哈！"

建筑师跟梅云游来到凤城，只住一夜，第二天就去了百里之外的荒漠。看到城堡的选址，建筑师赞道，你选了个最好的地方！欧洲城堡大多选择在高处，或者空旷的地方，你选在荒漠里，到处空空荡荡，正好可以突显它的高大威严。我喜欢这里！

有这位建筑师牵头，工期大大加快，最多时招募了八百多劳工。大半年时间，就完成了主体工程。远远看去，一座异域风情的城堡拔地而起，在荒原上威风八面。消息传开，凤城和周围城乡许多人进入荒漠参观，纷纷称奇。

几乎所有人都说梅云游疯了。

这家伙是钱多得没处花了吗？在荒漠建这么个劳什子，就是个怪物，没有人能够理解。还听说他要把整个荒漠改造成树林子，这简直就是异想天开！

但梅云游并不理会这些，他有自己的行动计划。

早在城堡开工的同时，他已在荒漠边缘界首镇一带，租了三百多亩良田，一半用来种庄稼，让鱼王庄人有饭吃，另一半用来收集种子培育各种树苗，为来年春天开始栽树做准备。

这一切，花去了梅家的巨额资金。

而能支撑他的，只有他的南北大药房。

他知道，要继续他的计划，必须继续扩大药材生意。于是他打破之前定规，派出多路人马，相继在周围徐州、济南、洛阳、西安等大城市都开了药材分店，并断然实行股份制，让各药材店掌柜、店员、采购等人，都有自己的股份。短短几个月，梅家药材生意在整个中原及周边全面铺开。梅云游相信，财源会滚滚而来。其实，他的股份制还是从欧洲学来的。他去欧洲旅行，除了吃喝玩嫖，还顺带考察了几家西方企业，第一次听说了股份制，这让他大受启发，有活大家干，有险大家担，有财大家发，人人尽心尽力。他不必像过去那么操心药材店，可以专心荒原的事了。

老爹已是风烛残年，对儿子的所作所为，已经完全放任不管，连说都懒得说了。他知道对儿子已经完全失控，老天爷也管不住他了。老夫妻俩唯一的念想就是远在法国留学的孙子梅三洞。三洞倒是不时有书信寄来，对爷爷奶奶十分牵挂。老夫妻时常捧着孙子的书信默默流泪。

就在梅云游基本建成城堡外形时，老夫妻仅隔一天，猝然去世。

梅云游送完葬，在爹娘坟前跪了整整一天。

这一天，谁也不知道他在想什么。

但第二天，他就骑上青骢马去了荒原。

城堡整体工程完工，但内部更精细的工程还有很多。建筑师说：“要完全竣工，起码还得三年。我要把它搞成一个艺术品。”

梅云游说：“你慢慢弄吧，一切都交给你了。”

那天，梅云游一个人在荒漠上转悠了很久，又望着远方站立了很久。然后，他回到城堡，亲手制作了两个牌位，一个是翻译的，一个是小毛的。之后，他拎一把锨，在城堡附近的一片荒滩上筑了两座坟，把两个牌位分别埋了进去。他始终没有忘记在撒哈拉大沙漠的日日夜夜。没有他们的死，就没有自己的生。他在心里说，兄弟，是我对不起你们，不管你们的灵魂在哪里，现在都回来吧，看着我做的一切，等我做不动了，等我死了，也埋在这里，咱们还在一起做伴。

当时，鱼王庄不少人远远看到了，很疑惑的样子。他们不知梅先生筑两座坟干什么，就觉得有点吓人。

之后，梅云游又做了一件让鱼王庄人吃惊的事，就是娶那个斜眼睛姑娘为妻。他对鱼王庄人说："我娶一个鱼王庄女子，就是鱼王庄人了。现在，你们可以踏踏实实相信我了。"

长胡子老人说："梅先生，你不必这样的。"

梅云游说："我已经决定了。"

长胡子老人咂咂嘴，一时不知该说什么好。他相信只要梅云游愿意，可以在城里迎娶任何一位大家闺秀，而在鱼王庄找一个女子成亲，等于是娶了一个乞丐，这也太不门当户对了，就说："梅先生，你不要委屈自己，也不必证明什么，大伙都相信了，你是真心要干一件大事！"

梅云游笑笑说："我没有委屈自己。我喜欢七月。"

七月就是那个斜眼姑娘。

梅云游第一天找到鱼王庄，被人一棍打昏，就是七月为他包扎的。这是个胆小又善良的姑娘，可惜父母死得早。她从六岁开始，就跟着鱼王庄的大人捡拾垃圾，像个肮脏的小猫一样活着。她常被大人呵斥、打骂，在鱼王庄是最没有地位的，谁都能欺负她。梅云游逐渐了解到她的遭遇，生出无限同情。他喜欢这个善良的女孩子。虽然她长得丑，斜眼，脸上还有雀斑，可她眼里是一潭清水。梅云游第一次拉来米面时，大家都在争抢，很多人打了起来。可七月没有。她只是远远地站在人群外，仿佛这件事和她无关。当时，梅云游看到了，他为她留下一袋面，一口新锅。在建造城堡的半年时间里，梅云游安排她参与做饭，每天都可以吃得上饱饭。几个月下来，七月像是换了一个人，不仅白了，高了，原来单薄得像树枝样的身体也丰满起来。七月知道是梅先生在关照自己，可她不会说感激的话，只是拼命做事，一刻也不肯闲着。她不懂梅先生的规划，特别不懂得建立这座城堡干什么，只知道他在做一件大事。可是有一天晚上，梅云游拉住她，说要娶她，说要把这座城堡送给她时，七月身体晃了晃，差一点儿昏过去。梅云游忙扶住她说，我不是开玩笑，只要你愿意。七月一下蹲在地上捂住脸哭起来。梅云游让她哭了个够。他知道这件事吓住她了。好一阵，七月站起身猛地扑到他怀里。

长胡子老人并不知这些。他看梅云游决心要娶鱼王庄的姑娘，就说："鱼王庄不大，漂亮姑娘还是有几个，别看都脏得不见形，只要洗干净了，换一身好衣裳，立马就光鲜了。梅先生你别客气，你挑一个，我去说，不能太亏了你！"

梅云游笑道："谢谢老人家好意。老实说，我睡过的漂亮女人数不胜数。现在，我想换个口味，行吗？再说十八无丑女，在鱼王庄，我就看上七月了。我三天后成亲，就在城堡里，拜托您，给大伙说一下，都来吃杯喜酒。"说罢转身就走。

长胡子老人目瞪口呆。

他这才忽然意识到，这个梅先生是厉害的角色，居然睡过无数漂亮女人。回想几个月来，在城堡施工的过程中，他的胸有成竹，他的呼喝指挥，数百人干起活来秩序井然，一切都在他的掌控之中。他又回想起梅云游第一次给鱼王庄拉来米面时，大伙一阵哄抢争斗。那时，梅云游脸色铁青。也许是为了赢得大家的信任，当时他一言未发。但他看到了他的腮帮子抽搐了几下。现在，他明确意识到，今后鱼王庄散漫的日子到头了。这是个强人，一切正在进入他的轨道。可是，会那么容易吗？

梅云游和七月的婚礼如期举办。建筑师早就为他们单独收拾了三间房。大部分劳工都已遣散，剩下的一百多劳工，加上鱼王庄两百多人，都应邀参加。但没有那么多桌椅，没法办宴席。梅云游让人宰了十几头猪，分割煮好，又从凤城拉来几车馒头。凡参加婚礼的，每人分四个馒头，一大块熟肉，自己找地方吃去。酒水在一旁坛子里，喜欢喝酒的自取自饮。虽说办得粗放，大伙都很开心，一簇簇席地而坐，大块吃肉，大碗喝酒，欢声笑语不断。梅云游和七月在长胡子老人主持下，正式拜堂成亲。七月红衣彩裙，脸上涂了粉，雀斑不见了，眼也不斜了。鱼王庄人忽然发现，七月原来是很漂亮的。她的斜眼就是从小不敢正眼看人造成的。梅云游告诉她，从今后不要再怕，要学会正眼看人，慢慢就会矫正过来。七月做梦都没想过自己会有这样的命运，梅云游就是她的天。拜堂时，七月笑着笑着还是忍不住又哭起来。

婚礼过后没几天，已近腊月。

此时，北风如锉，天冷得撒尿成冰。

梅云游准备组织鱼王庄人到荒漠边境一带，大张旗鼓收购树苗，以备春节开始栽种。他苗圃里树苗还太小，起码两年才能栽种。

但意想不到的情况发生了。

鱼王庄人不愿出门。天太冷了，说这么出去会被冻死的。有人开始嘀咕，说就不该让这个姓梅的到鱼王庄来，咱们怎么活着，不能由他说了算。他这是瞎折腾，往后有罪受了。鱼王庄几十年没栽树，咱不也活下来了？

梅云游一家一家去动员说服。

一天一夜，没人愿去。

梅云游第二趟挨家上门动员，说得口干舌燥，还是没用。

长胡子老人看不下去了，跟着梅云游第三趟去动员，好歹把鱼王庄人都召集起来，说梅先生这是为咱们子孙后代着想。这冰天雪地，人家图啥呀？梅先生家有万贯，楼堂瓦舍，陪着咱们受罪，你们咋就不通人性呢？

大伙袖着手，一言不发，都冷得瑟瑟发抖，不停倒腾两只脚，好像地上很烫。

梅云游大声问："还是没人愿意干吗？"

突然一个十多岁的男孩举手问："有肉吃吗？"

有人笑出来："嘿嘿！"

长胡子老人呵斥："泥鳅，你那天吃油嘴了吧！"梅云游婚礼那天，他排了两次队，领了两块肉。

梅云游说："没肉吃，但有饭吃。"

泥鳅又问："能吃饱吗？"

梅云游说："干得多就能吃饱！"

泥鳅走出来，说："我干！"

梅云游说："好！有出息。还有谁干？"

还是没人吭气。

其实，他们长年累月，也就是一天吃一顿饭，永远处在饥饿状态，加之风吹日晒，所以都黑瘦黑瘦的。他们从秋天就开始储备食物，到了冬天，鱼王庄人是很少出门的。天太冷了，一天吃一顿饭不至于被饿死，但出门干活会被冻死。冬天的大部分时间，他们都是静卧，像冬眠一样，几十年都是这么过来的。

长胡子老人无奈地摇摇头，又叹气，转身对梅云游说："梅先生，我看还是算了……"

梅云游说："不！这毛病得治，沉疴得用重药！"

长胡子老人疑惑道："用啥重药？"

梅云游转身一挥手，大喊一声："点火！"突然不知从哪里冒出来一群壮汉，蹿进鱼王庄到处放火，火借风势，几乎眨巴眼工夫，鱼王庄所有的庵棚房屋都起火了，顿时烈焰腾腾，一座座庵棚很快都塌了下去。

鱼王庄人好像一时都被惊呆了，开始站立不动，脚下像被焊住一样。

就在这时，突然有个女人一声尖厉的号叫：“我的孩子！”拔腿就往火场里冲。紧接着都醒悟过来，纷纷喊叫着往火场里冲：

“我的孩子还在屋里！”

“俺娘还躺在床上！”

“俺爹瘫了……”

现场一片混乱。

但放火的一群壮汉，很快拦住发疯的人们：“不要进村！会烧死你们的！”

梅云游大喝一声：“都别动！你们的老人、孩子一个都不会被烧死！”

大伙呆呆地站住了。

果然，在火光冲天的鱼王庄一侧，烟火缭绕中隐现一群老人、孩子。正被十几个壮汉照料着，有几个幼小的婴儿被揣在怀里。

很多鱼王庄人冲过去查看老人孩子，一片哭叫声。

长胡子老人看看被毁灭的庄子，气得浑身发抖，转脸冲梅云游跺脚呵斥：“姓梅的，你太过分了！”

这时，鱼王庄很多男人迅速围拢过来，一步步逼近梅云游。极度的愤怒已让他们说不出话，他们要打死这个王八蛋！

十几个壮汉一下把梅云游围在中间保护起来。鱼王庄人很快认出，这些人正是修建城堡的雇工。梅云游不知用什么法子收买了这些人充当打手。

终于有人喊：“打死他！”

“他毁了俺们的庄子！”

“你就是个王八蛋！”

…………

梅云游拨开围着他的雇工，大步迎上去，厉声说：“对，我就是个王八蛋！我就是要烧得你们无家可归！”

梅云游一副凶神恶煞的样子，一时把大伙镇住了。

“你们知道我为什么把你们的家都烧了吗？”梅云游厉声追问。

大家呆着，面面相觑。

“这叫破釜沉舟！只有烧了你们的家，你们没地方冬眠，才会跟着我去收购树苗，才能春节开始栽树治沙！”

搞出这么大动静，原来还是为了栽树！

长胡子老人生气地说：“梅先生，你可以和大伙说明白嘛，干吗非要放火呢？这可是大伙几十年的家呀！”

梅云游说：“我挨家挨户登门造访，苦口婆心，劝了你们三天，除了泥鳅一个孩子，你们没有任何人愿意干！”说完指向鱼王庄众人。“你们这些人，只知像狗熊一样冬眠，睡出一身贱骨头、软骨头！”

一个人高声道：“你第一次来，不是说敬佩俺们的吗？原来是骗人的！”

众人呼应说：“你就是个骗子！”

“他烧了咱们的家，咱去烧了他的城堡！”

“还是先把他打死吧！打呀！”

一阵狂呼喊叫，大伙已拥上来。但被十几个壮汉挡在前头，很容易被推倒一片。

他们太瘦弱，太没力气了。

梅云游制止了身边的壮汉，走前一步说：“是！我说过我敬佩你们，现在仍然敬佩你们！因为你们在如此穷困的环境里生存、繁衍，在大漠中建立了自己的村庄。可是你们就打算永远这么贫困下去，让自己的孩子一辈辈在饥寒交迫中生活得狗都不如吗？看看你们都瘦弱成什么了，一阵风就能吹倒!”

众人互相看看，全都面黄肌瘦。

梅云游突然高声问：“你们冷吗?”

没人应答。屁话！这还用问吗？全都冻得浑身哆嗦。

“冷吗?”梅云游又一次厉声追问。

有人犹犹豫豫吐出一个字：“冷……”

梅云游大声说：“因为你们闲!”

众人抱着膀子缩头缩脑。

梅云游又问：“饿吗?”

众人抬头望着他，怎么，又要发馒头吗?

有人嗫嚅：“饿……”

梅云游说：“饿？知道为什么饿吗？因为你们懒！俗话说，冻的是闲人，饿的是懒人！我今天烧了你们的家——这也叫家吗？是狗窝！就是要烧掉你们身上的死皮懒肉，露出你们的钢筋铁骨!”

鱼王庄人终于安静下来，有人挺了挺身子。

梅云游接着说：“这大冷的天，哈气成冰，我也想待在屋里生着炉火喝酒。那多舒服！我在凤城的家可比你们的狗窝强多了。可我这辈子就是个不肯安分的人，想一出是一出，游山玩水，吃喝玩嫖，去过欧洲，去过非洲，还玩过很多外国女人。我在非洲撒哈拉大沙漠里还差点丢了命。你们看到了，前些日子，我在城堡附近筑了两座坟，那里头埋的就是我两个兄弟的牌位，他们为了救我，死在非洲大沙漠里了。我要把他们的魂唤回来，看着我干一件惊天动地的事，就是把荒漠变成绿洲！别以为我只是个浪荡子，只会吃喝玩嫖，我还会做生意，梅家南北大药房就是在我手上发起来的！我一辈子不赌不抽，否则会败家的。现在，我要赌一把了，用我全部的家业赌一把！我要和七月在鱼王庄生一群孩子，我死了让我的孩子和你们的孩子接着干，就是在沙漠上栽树！什么？我疯了？对，我现在就是个疯子！所以你们别给我闹别扭，老老实实跟我去收购树苗，凡能走动的都得去！至于老人和婴儿，我已安排好，让他们就吃住在城堡里，既饿不着也冻不着。至于你们，别指望我无偿供你们吃喝，老子不是慈善家！现在，我再问一句，你们去不去？”

众人互相观望着，稀稀拉拉说：“去就去吧，反正家也没了……”

有人问：“俺们回来住哪里？”

梅云游生气道：“还没去就想着回来？”

一个多月后，当鱼王庄人从荒漠边境回来时，突然发现鱼王庄在废墟上又出现了。这里重建了木板房，每个家庭都有，生活用品一应俱全。虽然仍然简陋，却比他们原来的家好多了。

建筑师曾问梅云游：“既然你有这个财力，为什么不把他们的房子建得好一点儿呢？”

梅云游摇摇头：“这就行了，凑合住吧。我不是慈善家。生于忧患，死于安乐。不能让他们太舒服了。我当年就是太舒服了。”

但这一年的栽树是失败的。

鱼王庙有一片浩大的水荡，但那里的水不能取。梅云游已经听了鱼王庙的故事，他也觉得太神奇，那片水真的不能动。那就只能打土井。

梅云游虽然叫人打了很多土井，每一棵都是浇水栽植，可是千辛万苦栽上的上万棵树苗，最后却只活了七棵，都在城堡周围。

风沙太大了。

所有的辛苦劳累都白费了。

看着满荒滩枯死的树苗，鱼王庄许多人都哭了。

梅云游却又蹦又跳，哈哈大笑："你们只看到死的，不是还活了七棵吗？这说明荒滩上是能栽树的！"

鱼王庄人转头看着这个和大伙一样又黑又瘦蓬头垢面的家伙，突然也哈哈大笑起来。许多人冲过来，七手八脚地把梅云游抬起抛向空中。

就在他们笑成一团的时候，突然有人大喊一声："你们看！"

所有人都停止笑闹，转头看去，正见一辆马车飞驰而来，转眼间在城堡前停了下来。

大家很快看清了，赶车的居然是一位大约十岁的少年，长得有点奇怪，头扁扁的，两只眼睛很小。他率先跳下马车，两眼骨碌碌看着眼前这座雄伟的城堡，看着这群破衣烂衫的人，又很快发现几棵长着绿叶的小树，一时露出惊喜之色。

马车上坐着两个人，一个是一位身着长衫的青年，三十岁上下，一个是只有六七岁的小女孩。青年先跳下马车，又转身把小女孩抱下来。扁头少年很快上前，牵住小女孩的手。青年人对眼前的一切似乎也有些吃惊。他在仔细巡视一遍后，把目光投向前头破衣烂衫的一群人身上，似乎在搜寻什么人。但他们几乎没什么区别。

前头这群人也一直打量这几位不速之客。

忽然，梅云游慢慢走了出来，迟疑着走到青年面前，露出惊喜的表情，嘴唇哆嗦了一阵："三洞……是你？……你……回来啦？"

梅三洞盯着他破烂的衣裳，黑瘦如刀的脸："你是谁？"

梅云游结巴起来："我我……是是……你爹呀！"

梅三洞又仔细看看，终于认出来："哦。"

梅云游尴尬地笑了："这才一年多，我变化这么大吗？"梅云游变化真的很大。如果不是自己走出来，他和那些人几乎没什么区别。

梅三洞回国实习后，一年半前又去了法国，最后完成博士论文。现在学成归来，的确没想到梅云游会发生这么大变化。其实在回国实习期间，爷儿俩也很少碰面，一是因为他们素来关系淡漠，二来各忙各的事，只偶尔在家中碰上，也几乎从不说话。捡拾老扁的事，他就从来没说过，连爷爷奶奶都不知道。临回法国前，他原本打算把他领回家，安排到药材店当一名药童，学些药材知识，日后为自己做帮手。可老扁对医药没有兴趣，他说我想学习驭马，日后为先生赶马车了。梅三洞就通过一个熟人，把他送到一个马车店去了。没想到仅仅一年多时间，十岁的老扁竟能熟练驾驶马车了，连马车店掌柜都觉不可思议，说这小子有驭马之才，连最烈的马都敢骑。梅三洞自然高兴。可他最不高兴的是爷爷、奶奶突然去世，爹居然没写信告诉他，好像忘了爷爷奶奶还有个孙子。这让梅三洞非常生气。他在凤城已听范先生大略讲述，说你爹一直在荒漠里建一个什么城堡，还要在荒漠里栽树，大药房的事很少过问了。梅三洞在爷爷奶奶的坟上祭拜后，决定到荒漠里看看。他实在不明白爹在干什么。

现在，他看到了。

他看到的是一个乞丐，一个疯子。

梅三洞吃惊了，却并没有太吃惊。

梅三洞知道任何想不到的事情，爹都能干得出来。

梅云游看着儿子，表情很不自然，指指周围的一切，讪笑着说："我……建了个城堡。我喜欢……城堡，这是德国的……路德维希……天鹅城堡，建筑师改了一下，还挺美的。"

梅三洞看着这座足有十多丈高的城堡，没说话。他在心里承认，真的壮观，特别是矗立在这片荒原上。

梅云游又指指那群破破烂烂的鱼王庄人："我想……和他们一块

栽树……这是第一年，只活了七棵……少了点……”梅云游用巴结的目光看着儿子。他知道做这些事，是一次真正的败家，以前的吃喝玩嫖都不算什么，那花不了几个钱。他觉得有点对不住儿子。而在过去，他从未想过这些，只是为所欲为。现在，当儿子从一个遥远的国度归来，并且冷冷地站在面前时，他有些心虚，似乎才突然记起来，自己还有个儿子。这么干下去，会一个子儿也剩不下的。

他等着儿子冲他大发脾气。

儿子有太多理由，冲他发脾气。

但奇怪的是，儿子并没有发脾气。

梅三洞只用喉咙发出一点儿声音：“哦。”

梅三洞又看看城堡。这座城堡太突兀了，他怎么想起来的，会在中国的一片荒漠上建一座德国城堡？他久久地望着，还是一言不发。

梅云游喃喃道：“你要不要……进去看看？”

梅三洞摇摇头。他对参观这座城堡毫无兴趣。

但他忽然意识到，这座城堡也许是一个隐喻或象征，是这个疯子人生的一个巨大转折。不管这个疯子有意还是无意，都说明他收心了。他的心不再到处漂泊，而是像这座城堡一样牢牢固定在这片荒原上了。听说，他在这里娶了一个乞丐样的女孩，他真的把这里当成家了。爷爷奶奶在世时，曾无数次劝他再娶一房，他理也不理。现在他却娶了一个乞丐样的女孩。

最重要的是，他要栽树！

这可不是一件容易的事。把这个风沙弥漫的荒原变成绿洲，不是单凭一己之力能完成的，更不是一代两代人能完成的。但看来，他要把余生都砸进去，把梅家的钱都砸进去了。梅家败落已是早晚的事。

梅三洞并没有心疼。

梅家大药房的钱都是他自己挣的，他有权决定怎么花。

梅三洞没有任何疼惜财产或继承财产的想法。他有自己的事要做。

他在心里是赞赏他做这件事的，甚至还有些激动。世上做大事的人，都有一个天马行空的脑袋。他这趟来，本来是为爷爷奶奶的事责怪他的，可现在他看着这个形同乞丐的爹，很想说，爹，你很了不起！

可他说不出口。

从小到大，父子如同路人，梅三洞已经习惯了。他甚至觉得这就是父子正常的状态。

这时，梅三洞看到一棵栽活的小树，就慢慢走过去，心里是惊喜的。看得出，这是一棵小槐树，树身只有大拇指粗，枝丫细细的，上头已长成一排排嫩嫩的树叶。他刚想弯腰摸一摸，突然听到梅云游一声断喝："别碰它！"梅三洞吓一跳，赶紧停住已伸出的手，重新站起来。

梅云游似乎意识到刚才一声断喝太猛了，就搓了搓手，弯腰向儿子赔笑："它……太小了。"

梅三洞点点头："它很漂亮。"

这是他来到之后说的第一句完整的话，还是夸小树的。

梅三洞重新回到马车旁，对少年说："咱们回。"

少年答应了一声，把小女孩扶上马车。梅三洞也随即跳上去。

梅云游仿佛这才注意到两个孩子的存在，忙跑过来说："等一下！这两个孩子是……"

少年抢先回答："我叫老扁，很多……年前，梅先生在一座沙丘上赶开野狗救了我……"

一直在一旁傻看的鱼王庄人，此时哄地笑起来。有人喊："这小子人小鬼大，很多年前？有一百年不？"

这时，泥鳅指着老扁的脑袋，大声说："老扁，你真丑！"

老扁并不示弱，大声说："你是谁？报上名来！"又惹得众人大笑。

泥鳅说："我叫泥鳅！怎么，想打架吗？"

老扁说："好，我记住你了！"

这是两个人第一次见面，他们没想到，此后会是几十年的对头。

梅云游赶忙呵斥泥鳅："滚蛋！"但他没有再追问三洞，啥时候捡了这个孩子。自己的事不也没告诉过儿子吗？他只是把目光转向小女孩，又看看三洞。

梅三洞说："这是我女儿，叫梅子。"

梅云游吃惊了，儿子成亲了？在法国？还有了这么大的孩子。这是自己的孙女啊！他心里一热，有了想抱一抱的冲动，就张开手看了看三洞。

梅三洞点点头。

梅云游上前从马车上抱起梅子，抱得紧紧的。

梅子倒也胆大，并且不嫌他脏，说："你是谁呀？"

梅云游有些激动："我是……你爷爷呀！"

梅子看向三洞，似乎在求证。

梅三洞又点点头。

梅子忽闪着一对大眼睛："爷爷，你没有干净的衣服吗？"

梅云游没有回答她的问题，因为他发现孩子的眼睛澄澈透明，漂亮极了，就是有点蓝，不是很明显，但还是和中国人的黑眼珠有明显区别，就一下全明白了。他没有再问儿子什么，却小心地把梅子重新放到马车上，说："老扁，路上慢一点儿！"

马车走远了，梅云游还站在那里看，痴痴地。

那小子赶马车有点野，不大会儿就消失了。

鱼王庄人围上来："梅先生，那个穿长袍的年轻人，是谁呀？"

"他怎么像个大爷！"

"你怎么在他面前像个老仆人？"

梅云游喃喃道：“你们不懂。那是我儿子……孙女……”

众人吃惊地看着他，却发现梅先生已是泪流满面。

梅云游连忙用双手在脸上胡噜一下，擦去泪水，不好意思道：“风吹的，风吹的。”

其实，连他自己也说不清，一向淡漠亲情的他，今天看到儿子，特别是看到孙女，怎么会突然变得这么温情和脆弱。

是自己老了吗？

第五章

浩大的芦荡中有一座孤岛。

严格来说，这是一座山丘，也是这片荒原上唯一的一座山。称它为山，又实在太小了，方圆不过三百丈，最高处叫华峰，也仅有十数丈高，其余都平坦如砥。这座山名叫栖山，意思就是它隐栖在这片大平原上，不显山不露水。

但正是这座小小的栖山，在历次黄河决口中，起着中流砥柱的作用。滔滔黄河水决堤后，在其他地方可以横冲直撞，毁灭所有的村庄，毫无阻挡地恣意横流。但到栖山这里，却被迎头撞得粉碎，只好绕山而行，在栖山周围形成凶猛的旋流，山脚的土层会被搅成泥浆随之流失。久而久之，栖山周围就成了低洼地，最终成为一片浩大的水泊沼泽。

老八决定把家安在栖山上。

这里视野开阔，可以看到很远的地方。如果有人进入这片荒原，就能很快发现。

他希望有更多的人进来。

当然包括他的儿子。

十几个儿子，总会有人能在那场洪水中逃生。

对此，他从未失去过信心。

这也是多年来，他仍在荒原一直寻找的动因。

把家安在栖山上，还有一个原因，就是安全。

这荒原上有土狼，还有野狗、狐狸等别的动物。

进入荒原后，枣儿常会惊恐不安。她很怕那些动物。老八把家安在栖山上，周围又全是沼泽水泊，那些动物进不来，就安全多了。

所谓家，就是一座庵棚，用芦苇搭建的，足够宽敞。

此外，他还搭建了一个很大的牛棚，供大黑牛和另三头母牛歇息。但大黑牛已经不习惯住牛棚，时常带着三头母牛栖息在沼泽水泊外的干燥沙滩上。它们在沙滩更自由，可以随处晃荡吃草。看起来，三头母牛情绪很好，这么无边无际的荒漠，让它们觉得新鲜而舒心。大黑牛带着它们到处走动的时候，几乎是在炫耀，仿佛这是它的领地。但大黑牛没有忘记它的任务。在老八把一切都收拾停当后，下一步就是耕翻土地了。每天一大早，只要老八站在山上往远处吆喝几声，大黑牛就会带着三头母牛，经过一片沼泽泥地进入栖山，拉上拖车犁耙，然后再出沼泽，到荒原上耕耙土地。可是从春到夏，两季播种，竟是颗粒无收！一是土地太过干旱少雨，二是风沙肆虐，三是小鸟啄食种子，竟是一粒不剩。那些鸟早就预谋好了，一定要阻止人类对荒原的侵占。耕种过的土地，几场大风就恢复了原来的面貌。别说老八，连大黑牛都有点灰心丧气了。

唯一让老八高兴的事，是枣儿和几头母牛都有了身孕。

枣儿已经怀孕六个多月，这让枣儿万分惊喜！多年的屈辱终于洗涮，自己终于可以做母亲了。可随着月份越来越大，她的担心也多起来。她十分担心在这荒原上能否让孩子顺利生下来，生下来又如何养活。其实，连她自已也觉得无法生活下去。来到荒原后，在经历过最初的放松和新奇之后，生活的清苦和寂寞已让她无法忍受。

枣儿终于向老八提出，她要离开荒原，重回界首镇。

老八早已看出枣儿心神不宁。让一个女人在这里生活确实太难了。

他没有强留她，让大黑牛拉着拖车，一块把枣儿送回界首镇去了。

他没有想到的是，枣儿重回界首镇，竟受到女王般的欢迎。

一切都是因为她的肚子。

她的隆起得十分庞大的肚子，惊动了全镇人来看热闹。听说枣儿怀孕才六个月，居然有这么大的肚子，让所有人都吃了一惊。大家纷纷猜测，肯定是双胞胎！过去骂她是不会下蛋的鸡，看来是错了，根本就是原先的男人不行。大家在赞叹枣儿的同时，都把目光投向老八，这个强壮的独臂汉子简直就是一头公牛，和他的大黑牛一样雄健，枣儿怀着的说不定就是一个牛犊子！

老八心里说，这值什么？

大黑牛冲他挤挤眼。两人都很得意。

老八趁着这趟重回界首，又和大黑牛一起干了十几天力气活，挣下一笔钱，又买了一些必需品，就重回荒原了。

三个多月后，枣儿顺利生了。更让人吃惊的是，不是双胞胎，而是一夜生下四个儿子！枣儿差点死掉，好在最后母子平安。这一下不仅轰动界首镇，而且传遍了周围各乡，还在一波波往外传。这让枣儿获得极大的满足。其实，这也是她当初坚持重回界首镇一个潜在原因。只是，她没有说出来。她要用事实回击那些骂过她的人，为自己争一口气。

现在，她做到了。

更让枣儿想不到的是，界首镇周边四个县的县令都被惊动了，全都派人为她送来钱粮米面，以示慰问。凤城县令还亲自登门道贺，自然也带来不菲的礼物。一次生四个儿子，这是从未听说过的事。所有人都认为，这是一件大吉大利的喜事，当然要来沾沾光。

曾经的弃妇枣儿，一夜之间成了界首镇最受尊敬的女人。

老八和大黑牛还在耕作，但他们已不抱什么希望。

现在他们知道了，这样干旱的荒漠，这样肆虐的风沙，什么庄稼也种不了。

但老八和大黑牛都没有说破。

他们都在小心维护着当初的诺言。再说，他们有人，有牛，有犁耙，不耕作又能干什么呢。唯一不同的是，老八不再播撒种子。撒下种子也不会发芽，只会让鸟儿吃光。

现在，他们只是装作还在耕作的样子。

天空高远而空旷。

一头大黑牛拉着一弯铁犁，在荒滩上慢慢行走。

一个独臂汉子扶犁跟随，也是无精打采。

铁犁入地并不深。独臂汉子已经完全掌握了犁地的技巧，可深可浅。还犁那么深干什么呢？反正都是干土、干沙，只能让大黑牛白费力气。大黑牛当然感觉得到，老八哥在心疼它呢。他与它每天都这么相伴着，与其说在犁地，不如说在消磨时光。

人和牛都悠悠地走。

通常，都沉默着。

但这一天，老八突然唱起来，时而像呻吟，时而像哭泣，时而像号叫：

大河来了，大河来了，
不知你从哪里来！

大河来了，大河来了，
不知流了多少年！
大河走了，大河走了，
不知你到哪里去！
大河走了，大河走了，
不知如今在哪里！
唔嗨嗨嗨嗨嗨！呜呜呜呜呜！

唱着唱着，老八哭了，哭得像个孩子。

大黑牛愣了一下，没有停下脚步。

它不知道怎么安慰老八哥，但它明白了一件事：他不属于这片荒原。他仍在想念他的黄河，尽管黄河已经走了，尽管黄水吞没了他的老婆孩子。那是祖祖辈辈留在血液里的记忆。离开黄河，他就没有了魂魄。

日子一如往常。

每天清晨，老八和大黑牛还是照样出工。

犁耙安放在一架拖车上。拖车是方形的，上头有木架子，用来安放犁耙。下头没有轮子，而是两边两根光滑的方木，方木两端略往上翘，拖行时就少了很多阻力。行走在沼泽泥地上，就像轻舟一样滑行。

从栖山脚下到水泊外，中间要经过一条沼泽泥路，这条泥路尽管难走，却是唯一的一条路。这条泥路的两边都是芦苇和水泊，里头藏着亿万只蚊虻。老八和大黑牛从旁边经过时，哪怕碰到一根芦苇，潜藏的成千上万只蚊虻就会飞出来发起攻击，密密麻麻，旋风样缠绕在老八和大黑牛身上，叮咬吸血。它们好像是这条泥路的保护者，谁敢践踏这条路，它们就会疯狂攻击，直到你落荒而逃。开始时，老八和大黑牛会暴跳挥赶，但根本没用，时间久了，就只好任其叮咬，只是加快脚步，冲过这条泥路去。

老八曾想过离开栖山，到平坦的沙滩上搭建茅棚。这里不仅蚊虻太多，而且地势高，容易招风。他的庵棚一次次被狂风连根拔起，卷向空中。但他终于没走。因为他迷上了这片几千亩的水泊。黄河走了，可这一片浩大的水泊却是黄河水的残存！那么大一条日夜奔流的大河，只剩下这一片水了。它不仅一次次勾起老八对黄河的记忆，还让他觉得十分亲切和神秘。站在栖山上，可以看到这片水荡总在雾气中摇摇晃晃。这种摇晃的感觉再熟悉不过，就像当初他的船行走在黄河里。更奇怪的是，水泊上面的雾气从来没有消散过，即使天上有太阳，水泊上依然水雾蒸腾。那时，芦苇、蒲草、水泊、鸟儿全看不清了，只有水雾一团团一簇簇一缕缕在翻滚缠绕，且不时现出粼粼金光，似虹非虹，一时有形，一时无形，变幻莫测，就像有一个强大的生命隐现其间，吞云吐雾，正经历着巨大的痛苦，日复一日，年复一年，一直在扭动挣扎，一直想挣脱什么，却总是无法挣脱。那一团团水雾也有停歇的时候，但它不会消散，只是浓浓地悬浮在水荡上空，好像遮蔽着什么，隐藏着什么，保护着什么，仿佛这水荡里藏着一个惊天秘密。但过不多久，团团水雾又动荡起来，仍旧是翻腾缠绕，好似那个强大的生命在歇息一阵后，重又开始挣扎。

老八时常站在栖山上，久久看着翻滚的水雾，感受到的不仅有依恋，还有恐惧和痛苦，就像当初黄河给他的感受是一样的。

他越来越坚定地相信，在这片浩大的水荡里，一定藏着什么秘密。

可是，这里会藏着什么呢？

他只是觉得，自己漂泊多年，最后无意间来到这个地方，一定在冥冥中肩负着某种使命。也许就是为了让自己揭开这水荡的秘密？

我不能离开！

狂风吹散他的庵棚，蚊虻咬得他血脓斑斑，但他不走。

独臂汉子站在栖山光秃秃的岩石上，面对狂风蚊虻，每每发出野狼似的长号：

“我——不——走——！”

“我——不——走——！”

“我——不——走——！”

…………

老八长发如草，满脸胡须。衣服已经烂成碎片，随风而去。他干脆赤身裸体，又丑又脏的生殖器吊在大腿间，晃来荡去。日月昭昭，高天朗朗，他一点不觉得害羞。这里早已回归原始，他失去了从文明社会带来的那块遮羞布，风雨雷电酷暑寒冬蚊虻叮咬为他再造了一张鳞甲一样的皮。这张皮已经不像人皮，但能抵御一切侵袭。没有什么人来嘲笑他指责他，也没有什么人来约束他。枣儿已经一去不返，他重又成为孤家寡人。他从界首镇带来的吃的穿的早就没有了。他懒得再去采购什么。他的皮已能抵御任何严寒酷暑，蚊虻叮咬，不需要再穿什么衣服。至于吃的，水荡里有无数鱼虾，一点都不用发愁。他有一副强健的筋骨，却有一颗破碎的心。在他深陷的眼窝里，深藏着无法确定的怨恨和无法确定的恋情。折磨他的，不是狂风沙石，不是蚊虻泥淖。那实在算不得什么。任何恶劣的环境都不能和那场毁灭性的灾难相比。真正折磨他的，只是无尽的回忆。当年波涛汹涌的大河，在大河中驾船捕鱼的冒险生涯，他的妻子，他的二十一个孩子，日夜在他脑海中闪现。可这一切都像梦一样消失了。黄河走了，把一切都带走了，连同他的一条左臂。

但他不甘心。

他要守住这片浩大的水泊，因为这里有黄河的残存的水。

他要等待。

等待一些熟悉的面孔重新出现。

那是一种十分渺茫而执着的等待。

他相信，还会有人活下来，活着就会回来。

他曾向大黑牛表现出豁达淡忘的样子，那只是欺骗自己。

他怎么能忘掉他们，他的贤惠的妻子，他的一群鲜活的儿女！

螃蟹在工地上仅干一个星期，就受不住了。

×他王孙，河工上的活恁累！

这条河叫无名河，是蓝水河的支流，全长二百多里，一直通到界首镇。蓝水河很古，从远古一直在这里流淌，比黄河在这里流淌的时间长得多。黄河老是要改道，仅在这一带流了八百多年，终于又改道走了。蓝水河没那么大脾气，一直默默地流淌在这里。每次黄河决口，洪水都会霸气地横漫蓝水河，呼啸而过。但滔滔洪水过后，蓝水河像是扎个猛子，胡噜一下脸，又从地平线上冒出来。在蓝水河看来，黄河只是客水，蓝水河才是土著。自从盘古开天地，它就在这里，亿万年了。

黄河走了。

蓝水河还是蓝水河。

河水干净澄澈，蓝天落进河里，河水就蓝莹莹的。

无名河更小，它从蓝水河逸出来，弯弯曲曲，水流不大，但它从未断流。它是两岸百姓最靠得住的救命水。

政府要把无名河挖得宽一些，让水流得更畅。

但工程量很大。二百多里河道上全是民工，据说有八十万人，是四个县动员来的。

螃蟹放眼一望，真是吓坏了。他从未见过这么多人，真像蚂蚁搬家。

车子平架在河底，四把铁锨围着装土。一锨下去，像切豆腐，端起来方方正正一大块，足有几十斤。锨把忽闪忽闪的，要坠断，一翻手腕，扔进车厢，车子便猛地一颤。车厢装平槽了，再往上垛，一块一块垛成小山，这车土就有两千斤。一人架把，两人拉梢，后头四个人推。五丈高的斜坡，抬眼看准车辙，往手心吐一口唾沫，喊一声："走!"其余人应一声："嗨!"一同发力，车子便开始往上爬。七个人踩住一个点，一步一点头，一步蹬一个坑："吭哧！吭哧！嘣!"拉梢的绳子断了，一下扑倒地上，啃了一嘴泥。车子少了一份拉力，瞬间抖了一下，就要往下滑。众人呐喊一声，慌忙顶住车子。这么重的车子滑下去，会砸死人的。螃蟹赶紧爬起来，匆匆接上绳子，更加用力往上拉，绳子勒在肩上，火辣辣疼得钻心。车子刚上坡，螃蟹就被人踹一脚："废物!"这一脚很重，半天爬不起来。

螃蟹觉得很丢人，趴在地上转头看看，发现好多人都在看他，包括那个叫长腿的少年。长腿冲他勾勾手指，一副嘲笑和幸灾乐祸的神态。螃蟹懒得理他，一个鲤鱼打挺站了起来。他不能当孬种，起码表面上不能认输。他已经看出来，在这个挖河的工地上，人和人比的就是力气，人像打了鸡血，都在拼命干。姜营长说了，完工后会评劳模，会戴大红花，还会发毛巾、脸盆和搪瓷缸子。这些东西本也不值什么，但那是脸面。

螃蟹并没有当孬种，他就是太用力才把绳子拉断的。

整条河道人声嘈杂，这里喊一阵号子，那里喊一阵号子。特别在有女人的地方，似乎情绪更高。

一匹黑马拉一座小土山样的车子，仰起头往坡上爬，一走一蹿。赶马人拿一根棍子，在马身上猛抽，同时大声吼喝："驾！驾！驾！"黑马身上直冒热汗。螃蟹看得心惊肉跳，这人也太不心疼马了。正这么想着时，只见姜营长冲过来，弯下腰帮着推车，黑马顿时觉得轻松不少，接连几个上蹿，把一车土拉上岸去。赶车人忙笑着说，姜营长多亏你……一句话还没说完，腮帮子上就重重挨了一个耳光。

"妈的有你这么使唤马的吗！"姜营长回手从肩上取下枪，哗啦把子弹推上膛，吓得赶马人赶忙蹲下双手捂住头，大喊饶命。姜营长没理他，对空放了一枪，大喊一声："好啦，都歇一会儿吧！"

所有人都松了一口气。

周围村庄的民工都往这边看，心惊肉跳，说这个姜营长够愣的。

螃蟹一下瘫在地上。

他其实还是没看懂，民工没多少人像他这么下死力。表面上生龙活虎，号子阵阵，其实多是虚张声势，叫得山响，干得并没那么卖力。即使卖力，也是紧一阵慢一阵，懂得节省体力。要么就是去喝水，要么上厕所。河滩外头有很多临时厕所，用芦苇扎成，男女分开，且相隔很远。工地上女人也不少，能干河工的当然都是年轻媳妇和姑娘。她们上厕所，爱结伙成群，去的时候嘻嘻哈哈，回来时就低了头，红着脸。原来，河堤上很多男民工正站着看她们呢，一个个饿狼似的。那时男民工在想，她们刚才解开裤子了，蹲在那里，全是白花花的屁股。现在她们又穿上了，可她们刚才确实是脱裤子了。现在穿上也没用，他们看到的仍然是下半截光身子。大姑娘小媳妇知道他们在想什么，全羞得无地自容。有个别大胆的小媳妇会红着脸，捡起一块土坷垃扔过去："看啥看？不要脸！"

这就有点调情的意思了。

男民工们就哄地笑起来：

“想看呢！”

“啥也没看见！”

“哈哈哈哈哈哈！”

到晚上，歇工。

窝棚里就热闹了，到处充满骚动的气息。打牌，下棋，喝酒，谈女人，打架，吹牛，呼喝喊叫，乱七八糟。也有人偷偷溜出去，藏在黑影里，偷看女民工的窝棚。什么也看不见，又弯腰往前挪挪，极有耐性地等待。她们总会有人出来。女民工的窝棚比男民工安静多了，但也会突然爆出一阵大笑，然后又归于安静。她们要睡觉了，睡觉前总要出来一下的。果然，有几个女人出来撒尿，不敢去厕所，走到窝棚附近就蹲下了。可是光线太暗了，啥也看不见。男人猛地叫了一声：“噢——！”女人们尖叫着，提上裤子就往回跑，接着从窝棚里出来一群女人，对着黑暗一阵叫骂。

男人早溜了。

一天晚上，大堤上传来一个小女孩的哭声。许多人打着手电跑过去看，螃蟹也挤进去了。是个十三四岁的小姑娘，裤子被褪下半边，一手抱一个白发馍，站在那里号。螃蟹认出来，白天见过她，是个要饭的小姑娘，有点傻，定是被哪个民工盯上，用两个白发馍把她作践了。

姜营长提枪赶过来，一看就知道出了啥事。他冲围观的民工大喊：“谁干的？”没人吭气。这事不会有人承认。姜营长恨恨道：“老子找出来毙了他，畜生！”

回到自己窝棚里，螃蟹光想掉泪，又想起自己在工地几次挨打，这些杂种，拿要饭的不当人！我还在这里为他们卖命，×他王孙，小爷不干啦！

他决定逃跑。

现在要跑很容易，装作撒尿，天黑没人见，撒丫子就跑了。可螃蟹有点愤然，这么空手跑了太亏，应当偷点东西。想来想去，还是去偷馍，偷几个白发馍。工地上三天吃一顿白发馍，今天晚上刚吃过，伙房里应当还有剩余。再说，自己不是要去见杨八姐吗？正好给她尝尝。他时常会想起杨八姐和猪抢食的情景，这让他心疼。自己可以吃猪食，可以去讨饭，可以忍受欺凌，但杨八姐不行。她那么善良，那么无助，那么美丽，应当享受世上最好的东西。

现在螃蟹能想到的最好的东西，就是白发馍了。

可是白发馍还会有吗？

他决定先去侦察一下。如果没有了，就再等三天，无论如何要为杨八姐偷几个白发馍。

螃蟹出了窝棚，黑暗中悄悄走向伙房。伙房有一个很大的庵棚，比一般住民工的窝棚宽敞得多。窝棚是半地下室，庵棚则全在地面上，好几口大锅，蒸笼、案板、厨具一应俱全，储藏室在最里头，是存放米面白菜的地方。螃蟹在领取民工饭菜时进来过。他刚接近庵棚，就听到里头有人说笑，好像还有姜营长。螃蟹掀开草帘一角，果然一盏汽灯下，看到姜营长和几个带工的头儿、厨师坐在案板周围喝酒，看样子已近尾声。两个酒瓶丢在地上，几个人正在吃东西。案板上放着一堆白发馍、两盆菜。菜是大瓷盆盛放的，螃蟹闻到了扑鼻的香味，一个瓷盆里是萝卜烩白菜，另一个瓷盆里是猪肉炖粉条。螃蟹舔舔嘴唇，口水都淌下来了。他听说过，干部经常会在夜晚开小灶，没想到是这个吃法，就在心里骂，看来这个姜营长也不是什么好东西。这不是多吃多占吗？不大会儿风卷残云，几个人把两盆菜吃得精光。案板上还剩七八个白发馍，一个人说："这几个馍，咱们分了吧。"伸手要拿。姜营长说："行了！别不知足，吃着再拿着，过了！"那人讪讪抽回手。姜营长又说："把馍放回囤子里。"起身就往外走。几个人也随后起身。

螃蟹赶紧放下草帘，转身藏到伙房后头的苇丛里。

螃蟹伏在苇丛里等了好一阵，听到伙房里还在叮当响，大概是伙夫们在收拾东西，觉得天还太早，就悄悄回到自己庵棚。他决定先睡一会儿，又怕睡过了头，就喝了两大碗水，肚子鼓鼓的。民工们还在笑闹，见螃蟹睡了，有人说："儿子，今晚咋睡这么早？"螃蟹没好气，说："小爷我累了！"那人对他腚上踹了一脚："叫你嘴贱！"

半夜里，螃蟹被尿憋醒了。民工们都已入睡。他悄悄爬起身，背上自己的褡裢，出了窝棚。先撒一泡大尿，然后三转两转，到了伙房外，里头的汽灯熄了，但还点着油灯。仔细听，有鼾声。极静。螃蟹悄悄掀开草帘一角，弯腰钻进庵棚。他知道东西都在庵棚内室，那也是伙夫们睡觉的地方。螃蟹怕惊动他们，放轻了脚步，一点点潜进内室。四个伙夫都睡了，看来都喝得不少，睡得死猪一样，酒气熏人。桌子上点着一盏油灯，发出幽幽的光。螃蟹左右看了一圈，发现了那个平日装馍的大草囤子。他心里直抖，怕被人发现，又怕草囤是空的。他蹑手蹑脚走过去，掀开囤盖一看，里头仍有半囤子的发馍。螃蟹高兴坏了，伸手就拿，一个一个往褡裢里放。但仅放十几个就放不下了。他有点贪心了，正好旁边有个面口袋，螃蟹抓起来就装，一气又装了二十多个，这才罢手。心里充满喜悦，忽然想搞点恶作剧，就掏出机关枪，往一个胖伙夫被子上尿了一泡。可惜刚醒时尿过了，所剩不多，但总算有尿骚味飘起来。然后系好褡裢和口袋，钻出庵棚，迅速逃去。

这里距三岔口杨八姐住处，大约有八里路，这几天已打探清楚了。螃蟹深一脚浅一脚往那个方向摸去。肩上装着几十个白发馍，让他感到自己富得流油。他一路都在想，敲开杨八姐的门，她会多么惊喜。

她会把自己搂进怀里，又是夸奖又是责怪，自己会多么享受她的疼爱。说不定，还能上她的床，和她做那种事。杨八姐早就说过的，等我长得大一点了，一定会答应我的。还说要教我，我现在还要教吗？

八里路，螃蟹几乎一直在黑暗中奔跑，尽管摔倒过三次，但白发馍没有丢失一个。赶到杨八姐卖茶的棚子前时，螃蟹已热得满头大汗。

他要歇一会儿，喘一口气。看到这个熟悉的棚子，再看看八姐的院落和屋子，螃蟹有一种回家的感觉，更有一种主人的感觉。这么长时间不见八姐，心里想得好苦。这几个月，他几乎以加倍的速度，扩张着男性的一切。他觉得自己已有足够的力量保护杨八姐了。再有哪个男人敢碰她，自己会一拳将他揍倒。

螃蟹稳好神，扭开篱笆门进入院内。屋子里黑洞洞的，显然杨八姐已经睡了。他犹豫一下，还是决定敲门。嘭嘭嘭！心里激动得乱扑腾。

没有动静。

"八姐，开门！我是螃蟹！"嘭嘭嘭！

在这个空旷的夜晚，敲门和叫声能传出很远。

屋里有动静了。灯光一闪，一盏油灯亮了。

不一时，有人拉开门栓，哗啦一声响。螃蟹背着褡裢，扛着口袋，正要高兴地叫八姐，门开处，却站着一个高大的男人。黑暗中看不清脸，却明显看到这个男人很高大。

"半夜三更乱敲门，你干什么的？"男人堵住门，厉声盘问。

螃蟹一愣："我是……你是谁？你干什么的？"螃蟹并不示弱。

"这是我的家！我是杨八姐的男人。你是谁？"

"放屁！"螃蟹勃然大怒，"这是杨八姐的家，她家从没有男人，你别唬我！你准是个野男人，来欺负八姐的吧！"他立刻断定，这家伙肯定是那些常来半夜敲门的野男人之一，而且又如此傲慢！这次终于被自己撞上了。你不是要保护杨八姐吗？这回就看你的了！

螃蟹晃了晃肩膀，大声叫道："闪开！我要找八姐！"就往前冲。

那人伸手挡住："你找杨八姐什么事？"

"什么事？你管不着！"螃蟹站到他面前时，才发觉他比自己高出太多，足有一个头。可他不能退缩，就强硬地挺直了身子。可是背上的口袋和肩上的褡裢老往下坠。他整理了一下，耸耸肩膀，重又站直了。

他要尽量站得像回事。

对方却推了他一把："哪来的野孩子？半夜三更胡闹，滚！"转身就要关门。

螃蟹急了，踉跄一步，一弯腰低头撞过去。男人猝不及防，身子一歪，屋门闪开了。螃蟹背着口袋，昂然而入："八姐！我给你报仇……"突然，他感到肩膀被一只铁钳样的手抓住了。那人似乎轻轻一提，重又把螃蟹提溜出屋门外，打个旋，扔到院子里。螃蟹咕咚一声，重重地摔到地上。

肩上的褡裢和背上的口袋掉落下去。

白发馍满院子乱滚。

螃蟹怒极。不仅因为摔倒，不仅因为他千辛万苦带来的发馍散落一地，更因为从男人那只手的力量上，螃蟹感到自己远不是他的对手。这让他十分羞愧，十分沮丧，十分懊恼。但我决不能怕了他！凶的怕横的，横的怕不要命的，小爷和你拼了！他摔倒的地方，正好有一根棍子。他迅速抓起，原来是一把铁锨，正好！螃蟹一跃而起，端起铁锨就铲过去！

不想男人早有防备，一闪身躲开，抬手一巴掌打在螃蟹脸上。这是一个耳光，啪！很疼，但螃蟹顾不上了。他扬起铁锨，对准那人脑袋，猛地砍了过去。他要杀了这个王八蛋！

正在这时，杨八姐披头散发冲了出来，她猛地抱住螃蟹，大叫一声：“不要！”螃蟹使劲挣了一下，没有挣脱，于是大叫：“八姐，你别怕，我砍死这个野男人！”杨八姐的出现，给了螃蟹更大的勇气，口气也变了，仿佛刚才摔倒的是对方，自己一锨就能砍死他。

可他此时已被杨八姐死死抱住，怎么也无法挣脱。在奋力挣扎的过程中，螃蟹渐渐感觉到，八姐的身子是光着的，只临时披了一件棉袄，并且棉袄没有来得及扣上，敞着怀就跑出来了。螃蟹能感觉到她凌乱的头发和怀里的热气，几次触碰到她两个丰满的乳房。这说明，先前八姐和这个男人是脱光了衣服睡在一起的。就是说，八姐已经被这个男人糟践了。

这让螃蟹痛苦而又愤怒！

但八姐的突然出现和温暖的怀抱，又让他感动不已。他相信八姐是为了保护他才匆匆跑出来的。那时，她已经被欺负过，这个男人已经酣然睡去，八姐却泪流满面，痛苦而绝望。她默默躺在被窝里想到了死。可她突然想到了螃蟹，想到那个被她从冬夜严寒中救起的孩子，他在哪里？他活得好吗？他肯定活得不好，她一直牵挂着他。若是自己死了，哪一天他来寻找自己却只看到一座坟丘，他会哭的。正这么想着时，有人突然敲门，螃蟹竟真的来了！她猛然坐起身，本想第一时间去开门，却被男人按住了。这个男人一定起了疑心，他要独自去会会这个深夜敲门的家伙。他在这里，就不能允许另一个男人再来。他睡了八姐，八姐就是他的了。当门外发生打斗时，八姐一定想冲出来的，因为她知道螃蟹还是个孩子，肯定会吃亏的。这个男人太过霸道，下手会很重。她怕他会伤了螃蟹。可是她又突然犹豫了。因为自己的身子已经不干净了。她曾长期守护着自己的身体，不让任何男人碰她，可现在被这个男人霸占了，她觉得羞死了，无法再面对螃蟹。但她也只是稍微犹豫了一下，终于还是冲了出来。八姐出来，只是为了保护他不受伤害。至于自己的耻辱，已经不重要了。

螃蟹在八姐温暖的怀里挣扎着，想象着，被深深感动了。他伸出一只手，为八姐披好快要滑落的棉袄，用一个真正男子汉的语气说："八姐，你回屋去，别冻着。我来收拾他。这是男人的事!"

他转脸盯向那个男人，口气异常冷静。他知道冷静下来的自己，比刚才的暴怒更为可怕。

那个男人正站在黑暗中，一动不动。这是藐视!

螃蟹猛力抽出八姐的怀抱，刚要打过去，又被八姐死死抱住。

不知是因为冷，还是因为害怕，八姐浑身都在哆嗦："兄弟，你听我说……"

"你不用说!我知道，他欺负你了，我收拾他，这个杂种!"

"不不!你不知道，他……真的是我男人。他叫田丰，前几天……刚从大牢里出来。"又对站在黑暗中的那个男人说："田丰你别误会，他……他叫螃蟹，是个……要饭的……怪可怜的……他还是个孩子……"

螃蟹的头轰的一下涨了十倍，懵懂地松开手，铁锨咣啷掉地上。真是她男人？是那个蹲大牢的家伙？他昏昏地看了看，那男人依然未动一动，仿佛正歪头嘲讽他，看他在上演一出可笑的闹剧。

螃蟹浑身抽搐了一阵，然后挣开八姐的手，歪歪斜斜走了几步，弯腰摸到他的褡裢提在手上。这时，他脚下踩到一个白发馍，软软的，本能地抬了一下脚，忽然又觉得多余了。于是低头跑出院门，很快消失在黑暗中……

不知什么时候，月亮出来了，是一弯细细的月牙，白惨惨挂在天上一角。

荒野一派朦胧，沟沟坎坎都隐约呈现出来。螃蟹昏头昏脑奔跑一阵，两腿发软，终于跌倒在一处沟坎上。今夜跑了太多的路，又和八姐的男人一阵对峙，消耗了他太多的体力和心力。这一晚的事情，让他自羞自惭，无地自容。他和杨八姐的关系将从此归零。此时此刻，那个叫田丰的男人，也许正在院子里捧腹大笑："哈哈哈哈！瞧，还带来这么多的白发馍！哈哈哈哈！太可笑了！"

从八岁外出要饭，被人骂过、训过、打过，打得头破血流，被大人们无数次捉弄、戏耍过。为了讨人喜欢，为女人抱过孩子，为婴儿洗过尿布，为老人挠过痒、掏过耳朵、擦过屁股……

但那一切都不能和今夜受到的伤害相比。

那时，他只是一个小动物，为了动物性的饥饿去乞求。而今夜，却是作为一个人，一个带着人的情感人的欲望人的自尊人的美梦的不大不小的男人而受到拒绝、嘲讽和殴打的。

是的，自己最终还是个要饭的。

杨八姐向男人的介绍，让螃蟹的心很疼。

她说我很可怜？

螃蟹在黑暗中看着月牙儿，牵动了一下嘴角，你就不可怜吗？一个人流落至此，一个人孤孤单单，搂着一个小要饭的寻找安慰，那么多男人敲门骚扰，连你的母羊也不放过，还从猪槽里捡拾吃的……八姐，你比我可怜多了！我从没有觉得自己可怜过，小爷一双腿跑遍天下，一张嘴吃遍天下，快活得很呢！真有麻烦时，我怀里揣着老扁叔开的证明信，盖着红漆大印，那就是护身符！八姐，你有吗？八姐，我不可怜。

至于你的男人田丰，我会记住他的，记住他的傲慢，记住他结结实实打我的一个耳光！

姓田的，你不应当打我的脸！

但螃蟹终于还是哭了。他哭着把手伸进破棉袄里，使劲扯出那件一直挂在脖子上的小胸衣，那是他偷拿杨八姐的。几年来，那一直是他温暖的回忆，现在也成了他的耻辱。他慢慢抬起手，轻轻松开，让一阵夜风将它带走了。

鱼王庄东头，有一横一竖两排草屋。横的是堂屋，两间。竖的是东屋，也是两间。堂屋里住着女主人，东屋里住着男主人，夫妻俩不住一屋，更不睡在一起。

他们成亲二十多年了，从没睡在一起过。

女主人已经起床，披头散发，正要梳头，忽然想撒尿，便悄悄开门，探出头，往东屋看一眼，没人注意，紧跨两步，从门外拎进一只土陶罐，闪身进屋，又返身把门闩死，这才往下褪裤子，把屁股按在土陶罐上，立刻哗哗大响，一边尿，一边从门缝里往外瞧。忽然院子里有响动，她立刻停止尿尿，猛地提着裤子站起，从门缝再看，原来是那匹瘦马在挣动，马棚被缰绳扯得直晃悠。女人松一口气，蹲下又尿。她警觉得很，尿尿停停，停停尿尿，三四次才尿完。她长舒一口气，起身提上裤子，又伸手往裆里掏了几把，放在鼻子上闻闻。满屋子臊气刺鼻。她把裤带系得很紧，长长一根布带，扎一圈又一圈，打上死结，这才开门，把尿罐拎出去，放在门口，也不泼了。接着回屋梳头，对一面破镜子，边梳边唱，咿咿呀呀的极快活。女人不丑，大眼睛，瓜子脸，腰身也苗条，浑身透着秀气。只是因为长年躲在屋里不出来，皮肤有些苍白。她眼神游移，却极警惕，不时左右瞅瞅，防止有人扑上来。

东屋烟雾缭绕，熏得人睁不开眼。老扁打灭灶火，饭已做好，是半锅面糊糊，稀稀的。这半锅面糊糊是他们一天的饭食。他先盛一碗，上头放一双树枝削成的筷子，弯腰出门，走到堂屋门口，喊一声："草儿，吃饭喽！"却并不进屋，哈着腰站在那里。好一阵，草儿才说：

“等一会儿，我梳头呢。”老扁也不急，便端着碗立等。二十多年来，他只要在家，每天都是这样伺候草儿的。草儿慢慢梳好头，这才站起，走到门口，突然很凶的样子，冲老扁叫：“你退后三步!”老扁端着碗退后三步，闪到门旁。草儿哧溜钻出屋门，站到很远的地方命令：“把碗放屋里!”她从不允许老扁和自己同处一室。

老扁乖乖地进屋，把碗放在一张小案板上，又慢慢退出来。

草儿看老扁出门走向东屋，才蹑手蹑脚回到堂屋里。刚坐下要吃饭，忽然扭头看到老扁又从东屋走回来，腾地站起身，惊慌的样子，大声说：“你别过来！我不给睡!”一边双手紧紧护在胸前。

老扁一边走来，一边说：“我没说和你睡。我给你倒尿。”

“你说瞎话！我不给你睡!”

“我没说和你睡。我给你倒尿。”

老扁走过来，捧起那只土陶尿罐，走了，像捧一罐甘露。

草儿这才坐下吃饭，端起碗喝了一口，又嘟囔说：“别想！……我不给你睡。”

老扁为草儿倒了尿，又把尿罐放到原处晒上，回东屋也盛一碗糊糊喝了。这才拍拍身子，坐在灶前，用灶底余火点一锅烟，深深吸了一口。他吸的烟一半是烟草，一半是树叶。

把树叶当烟叶抽，虽是为了节省，却也是一种享受。

毕竟，鱼王庄有树叶了。

鱼王庄已有铺天盖地的树叶。

因为鱼王庄已有铺天盖地的树。

这些树木常让他想起一个人，他是这里真正的开拓者。

这个人当然是梅云游。

事实上，梅云游只在鱼王庄干了十年，就去世了。梅云游去世第二天，他的那匹青骢马也死了。好像马是有灵性的，随主人去了。它跟主人来来回回跑了十年。

梅云游一生活得太豪华，太奢侈，也太浪费。

他并没有得什么大病，就是一生的经历让他亏空得太厉害了。他对泥鳅说过，我身上虚，大半是亏在女人身上。

那年栽树，逢一场大风沙，七天七夜，他几乎没怎么睡觉，白天带人栽树一天，晚上到处巡视检查，一棵一棵树苗检查。有埋土过松的，他就踩上几脚；有埋土太实的，他就把树苗提溜几下。有了十年栽树的经验，树苗成活率已经达到四成。整个荒滩上，已经成活上万棵树苗。现在是冬末，树叶都已枯萎，但他看到了树枝上已挂满叶蕾，再有一个月，到了初春，几乎所有的树木都会绽放新叶。最大的树已有小水桶粗。当然也有很多树长得很慢，十多年了，还像孩子的胳膊那么细，但它活着，活着就够了。急什么呢。

那晚，梅云游睡得很早。他太累了。

睡前，七月为他烧了一碗红枣汤。他喝了半碗，然后冲七月笑了笑，说："七月，谢谢你。照顾好……孩子们。"

这最后的话很像遗言，他从未对七月说过谢谢，也从未叮嘱过七月照顾好孩子。他太忙了，根本顾不上孩子。但七月没有听懂。他们已有三个可爱的孩子，老大是女儿，下面两个是儿子，分别是九岁、八岁、七岁。七月接过碗，赶忙照顾孩子去了。

梅云游一觉睡去，再没有醒来。

鱼王庄人说，梅先生是死在万木丛中的，他走得很安详。

梅云游被埋在小毛和翻译两座空坟中间，三座坟一字排开。这是他以前告诉过七月的。他要和他们在一起。他的那匹青骢马也埋上了，就在梅云游坟丘的后面。

丧事是由泥鳅一手操持的。泥鳅已经是二十几岁的壮小伙子，也早已成为梅云游最得力的助手。无论管理在界首镇租来的三百多亩地，还是带人栽树，泥鳅都是事实上的组织者、指挥者。梅云游没那么大精力了。他只是到处看看，指点一下。梅云游对他很信任。为了方便商量事情，他早就让泥鳅住到城堡里了。这样也方便指派泥鳅做这做那。泥鳅完全听命于梅云游，说一不二，而且样样事都做得很好，这让泥鳅深得信任。

住在城堡里的还有一个姓程的管账先生。程老先生原本一直住在凤城，是梅家药材店的总账房，管账管了几十年，从来没出过差错，但随着年岁渐老，精力不济，就要求辞职回家。梅云游知道他家已经没什么人，就说我找个总账房替你，你也别回家了，跟我到鱼王庄当管家吧。那里也有些账目，很简单，不费多大精力的。我领大伙栽树，你权当跟着玩，老住城里也没啥意思。程老先生想想同意了。他从跟着梅云游的爹做账，到跟着梅云游做账，亲眼看着梅家药材店一天天做大。他一直很佩服梅云游。他相信梅云游在荒漠里栽树，虽是异想天开，但和梅家开大药房一样，都是济世行善。自己回家也是孤身一人，不如就帮帮他吧，也可免除晚年寂寞。

但不知为什么，程老先生一直对泥鳅印象不好，总觉得这个年轻人过于机灵乖巧。他提醒过梅云游，不可对泥鳅过于信任。但梅云游说，他很能干，我没有理由不用他。话虽这么说，程老先生还是感觉到了，梅云游并非心里没数，干活的事都交给泥鳅，而钱粮、账目、库房等实际权力，都交给程老先生了。

办理丧事期间，梅三洞当然也来了，是老扁赶着马车，带着梅子一块来的。梅三洞几乎像个看客，一切都不用他操心。倒是老扁和泥鳅发生了一场冲突。泥鳅要把梅云游的丧事办得隆重一些，还说应当把梅云游安葬到梅家祖坟去，这是常规老礼。但老扁说还是应当遵从梅老爷的遗愿，把他安葬在鱼王庄，安葬在翻译和小毛的坟旁。泥鳅就很生气，说你怎么知道梅老爷的遗愿？老扁说，这十年我来过多次鱼王庄，听梅老爷说起过。当初他为翻译和小毛筑坟时，大伙都看到的。老扁还拉来七月作证。七月有点怕泥鳅，但吞吞吐吐还是说了。七月说老爷给我说过的，死后就葬在……这里，他要看着大伙……栽树，还说……一切从简，不要把钱花在丧事上。泥鳅痛哭流涕，说你们全都忘恩负义！这么做对得起梅老爷吗？把他埋在这荒滩上，孤坟野鬼一样。他一辈子挣了那么多钱，死了也应当风风光光的。你们倒要省钱！省了钱干啥？栽树？这么大荒滩，十辈子人也栽不满，这就是个无底洞！泥鳅看着梅三洞，梅三洞低着头不说话。老扁则用嘲讽的目光看着他，说泥鳅，你倒像个孝子贤孙。

泥鳅没理会老扁的挖苦，又转向梅子，梅子已长成十六七岁的大姑娘了。她平时极少来这里，泥鳅有几年不见她了，这一见几乎惊呆。这姑娘简直美若天仙，个头高挑，凸胸翘臀细腰，皮肤白皙娇嫩，面孔线条分明，只是表情很冷，像个冰美人。不知怎么的，泥鳅敢于欺骗梅云游，不怕梅三洞，不怕老管家程先生，也不怕老扁，却突然在这个冰美人面前心生寒意。他本想争取梅子支持的，却终于没敢搭话。

老管家程先生走过来，说泥鳅，你这番好心我们都领了。丧事该怎么办，按说应由梅家说了算，他们才是正头香主。泥鳅咂咂嘴，一时无语。这时，梅三洞说话了："就按我爹的遗愿办吧。"

但泥鳅坚持，要办三天丧席。梅老先生七十岁过世，算喜殡，应当让鱼王庄人热热闹闹送他走。梅三洞对老管家程先生说，你看着办吧。程老先生想想也有道理，梅云游一生搞出那么多动静，走时悄无声息，有点对不住他，又担心泥鳅借此煽动鱼王庄人不满，只好答应，拿出一笔钱，请来响器班，办了三天丧席，这才让梅云游入土为安。

事后，鱼王庄人嘲笑泥鳅，说你小子操心也太大了。泥鳅说你们懂个屁，我不争取，你们能大鱼大肉吃三天？梅家有的是钱，咱们为啥不吃大户？这话让鱼王庄人既舒坦又别扭。舒坦是大吃大喝三天，的确是沾了泥鳅的光；别扭是觉得泥鳅没把梅家财产当回事，有点心术不正。

其实，泥鳅真正的目的是争取以后的掌控权。他看得很清楚，梅三洞和梅云游之间缺少父子情。他只想行医济世，对栽树的事根本没任何兴趣。十年间，虽然曾多次来过鱼王庄为人治病，却只进过城堡一次，还是为了给老管家治病。七月是个女人，又是从鱼王庄出来的，胆子小得很。他曾趁梅云游不在时，多次强奸七月，或按在床上，或按在墙上，七月完全不敢抵抗，更不敢告诉梅云游。七月光滑的身子、挺拔的乳房和小巧而富有弹性的屁股让他着迷。梅云游心思都在栽树上，泥鳅平日又是如此听话，根本没觉察到什么异常。梅云游只是感到七月不快乐，胆子小得很，当梅云游晚间把她揽在怀里时会发抖会流泪。梅云游只是认为她一直不适应一个太太的生活，只是受宠若惊，于是会更加可怜这个小女人。

泥鳅知道，今后梅三洞不会插手这里的事，七月只会听他摆布，只是那个忠心耿耿的老管家有点麻烦。所有的实权都在他手里，所有库房钥匙都挂在他屁股上，一走路就叮当乱响。泥鳅一听到就烦心。程老管家还架子大得很，好像比梅云游架子还大。每次梅云游批钱批粮，泥鳅拿着条子去领取的时候，他总会打个折扣。泥鳅多次去梅云游那里告状，说他克扣钱粮，据为己有。梅云游摇摇头，说他不会据为己有的，只是知道我一辈子大手大脚，总要扣我一下。以前在大药房也是这样，已经成了习惯。

泥鳅就想不通，这老管家也太古怪，对梅家的钱财，比主人还心疼。梅云游在界首镇租下的三百多亩地，一半育树苗，一半种庄稼。树苗育成后，运来鱼王庄栽种。打下的粮食运来放在城堡里，到栽树季节发放给大伙。一年也就收两三万斤粮，这么多人根本不够。因此平日是不发粮食的，让大伙各自想办法，或去外地讨饭吃，只对不能外出的老人、病人和孩子定量放送。每次发放粮食，程老先生都会认真核对人头，逐一登记造册。称粮时不会短斤少两，但也决不会多给你一两半两。有时泥鳅掌秤，多个一斤二斤就算了，程老先生发现后，会严厉训斥他，从那人手里夺过粮食重新称量，终于差不多了，可是秤杆是扬起的，有点高，程老先生会抓出几十粒，直到秤杆平直，才算罢休。这事不仅弄得泥鳅很没面子，十分恼火，也让鱼王庄人哭笑不得，说这老头也太死心眼，一把年纪了，完全不懂人情世故。东西又不是你的，何不送个顺水人情？你看泥鳅，趁程先生去茅房，连盛几瓢粮食放鱼王庄人口袋里，说快走快走。等程老先生提着裤子一路小跑回来，泥鳅已经打发了好几家，还笑嘻嘻告诉老管家："程老，您放心，我一粒粮食也不会多给他们！"引得鱼王庄人捂嘴偷笑。

再说栽树。一百五十亩苗圃，并不是每亩每年都出树苗，一般要培育两三年，就只能轮着出苗。树苗出来也是参差不齐，有大有小。栽树时，那些太弱小的，就被泥鳅带人挑出来扔了。有些连梅云游看着也栽不活，就说算了，别让大伙白费辛苦了。可是，程老先生不同意，他要泥鳅把所有的树苗都栽上去，一棵都不能扔。他说这种地方，大树苗也不一定能栽活，小树苗也不一定栽不活，关键是要用心栽。既然这些树苗从苗圃里出来了，就要给它们一个活下去的机会。你们鱼王庄人会因为哪个孩子长得弱小，就把他扔在荒野里，让他冻死饿死吗？大家一时不知如何回答。这老头板个脸，句句话都咬人。

但泥鳅到底机灵，说听说老扁就是梅三洞先生在沙丘上捡来的。被父母扔掉的孩子多了。

老管家说，你觉得扔掉孩子对吗？

泥鳅说，这无关对错，不是因为穷家养不起嘛。

老管家突然提高嗓门说再穷也不能扔孩子！这些小树苗一棵也不

能扔，全都栽下去！

泥鳅说这里是你说了算，还是梅老先生说了算？

老管家毫不客气说，这里我说了算！

泥鳅说，要是我不听呢？

老管家说很简单，我一粒粮也不发你们！

这一招有点要命。此时还是冬末，到处冰天雪地，讨饭都没地方去。而老管家一向是按天发粮的，断了粮食就没法活下去。大伙只好服从。

事实证明，那些弱小的树木只要用心栽种，反而成活率高，因为它们对水分营养所需甚少。

但泥鳅却恨上了老管家程先生，骂他是一条看家老狗。

泥鳅并不怕他，还时常耍他。毕竟老管家年岁大了，腿脚、眼睛、耳朵都不灵便，不可能时时事事都盯着。比如，梅云游哪天回城不在时，泥鳅会半夜三更突然在城堡里喊叫："有贼！有贼进来啦！"老管家被惊醒，赶忙披衣下床，抄一根棍子踉跄出门："贼在哪里？"泥鳅说："程老，你起床太慢，贼跑了，三四个呢，我一喊叫，他们全吓跑了！"如此数次，老管家终于明白，是泥鳅在捉弄自己。

平日栽树，大多由泥鳅带领，只要梅云游和老管家不在，他总会让大伙多歇息、少干活。鱼王庄人对泥鳅这么干，也觉有些过分，太对不起梅老先生。可人都是有惰性的，不是天寒地冻，就是风沙弥漫，谁不愿闲着呢？

梅云游丧事办完后，梅三洞只说这里交给老管家，就让老扁赶上马车，带上梅子走了。

他的师傅范先生仍在凤城大药房坐堂行医，只是年岁大了，身体一年不如一年。但老先生还在坚持，一天不坐堂都会心里不安，唯恐耽误了病人。

梅三洞则四处云游行医，顺便调查各种疾病分布和成因。有时也会被邀请去大城市治病，每每手到病除，一时名声大振。连京津一带也不断来人邀请。都知这个梅先生学贯中西，医术高超。最有名的一次，是济南府一个军队师长突然昏迷，恰好梅三洞在济南行医，当地报纸都做了报道。军队很快找到他。梅三洞诊视后确认是急性脑梗，必须立即做开颅手术才能有救。军队和家属也是死马当活马医，只好签字同意。梅三洞当即手术，这个师长第二天就醒了过来。于是报纸又做了大幅报道。梅三洞一时传为神医。

老扁和梅子一直跟着，梅子给父亲做助手。老扁只是跟着拿行李，提药箱。他对医术毫无兴趣，倒是时常牵挂鱼王庄栽树的事。他有个预感，觉得梅老爷子一死，鱼王庄栽树的事要黄。老管家老了，无法掌控局面。那个泥鳅是个难缠的角色。梅老爷葬礼上，他极力主张大操大办，还哭得鼻子一把泪一把，怎么看都显得多余，就像在那里瞎搅和。

现在，泥鳅是彻底自由了，再不用在梅云游那里装孙子。

公平地说，泥鳅想掌控鱼王庄和城堡，并不是有多大的野心和私心，把一切据为己有。他只是想像梅云游那样，不受约束地活着。梅云游说，他身子虚，大半亏在女人身上。梅云游还给他详细说过到处嫖女人的事，这让泥鳅惊为天人，艳羡不已。他想这老家伙太有福气了。他知道自己没钱，可是没钱就不能找女人吗？于是他趁一次梅云游不在，夜间闯进七月的房间。那是他第一次接触女人，真是神仙一样的感觉。从此越发不可收拾。越是这样，他就越是要在梅云游那里听话卖乖，干起活来也是不惜力气。

泥鳅毕竟心虚。

他知道梅云游的厉害，当初为强迫大伙栽树，他一把火烧了鱼王庄，想想都头皮发麻。强奸七月的事如果被他发觉，肯定命都保不住。老家伙手段太黑。

梅云游死了，泥鳅的心彻底放下来，再不用担惊受怕。

老管家仍掌着实权，泥鳅也并不太在意。梅云游活着时把老管家请来，就是让他掌实权的，人家是几十年的主仆，这没说的。自己并没有得到他真正的信任，只能是个干活的命。但认命归认命，却不会有老管家那样的忠诚。所以当他一次次强奸七月时，只有害怕，却没有愧疚。至于栽树，他一直认为不过是一个富人无聊的游戏。什么防风固沙，改造荒原，做梦吧。等到你死了，你儿子都没兴趣。

泥鳅相信，栽树的事到此为止了。

自己还是找点乐子吧。忠于什么，都不如忠于自己。

泥鳅并不常住城堡。

他更喜欢住在界首镇。

界首镇有梅云游租用的三百亩田，一直全部交给他管理。住在城堡里，他只是个下人，只是个偷情者。而住在界首镇，却像个财主。不论培育树苗，还是收种庄稼，都需要雇佣大批劳工。需要多少雇工，雇工开多少工钱，雇男工还是雇女工，都由泥鳅说了算。老管家程先生很细心，每年都会来几趟，看看苗圃和庄稼，对用人用工、工钱和粮食产量及小树出苗数，都会作个大体估算。但没用。泥鳅总会多用雇工，多用女人，多开工钱。他对老管家说，你不懂，人少了干不完活，要抢收抢种，工钱少了人家不干。至于多用女人，是因为女人心细。忙完结账，老管家还只能认账。老管家曾怀疑泥鳅虚报人头和工钱，几次到界首镇调查核实，还真没有发现泥鳅弄虚作假，人头是实的，发放的工钱也是实的。泥鳅并没有从中谋利。他真是不懂这个王八羔子在干什么。

其实，泥鳅就是不把梅家的东西当回事。梅家富可敌国，穷人却吃不上饭。这不公平。泥鳅是个孤儿，自小饱受饥饿折磨。他知道那个滋味。反正不是自己的东西，何不做个顺水人情？比如每到收割季节，他和雇工故意落下很多庄稼，让穷人捡拾。泥鳅在田里值夜时，穷人们便互相邀约："走呀！今夜是泥鳅值更。"夜色中，一群群穷人潜进庄稼地，偷个够。泥鳅佯装不知，呼呼大睡。三弄两弄，收成就大大减少，明明一亩麦子可以收获一百五十斤，最后连八十斤都收不到。

泥鳅在界首镇有极好的人缘，走在镇子上，大伙见面都冲他打招呼，喊他来家喝茶，甚至留饭，热情得很。可是背后却都骂他，说他是梅家养得白白胖胖的一条蛀虫。他吃着梅家，喝着梅家，梅家的东西全让他"粪"了！骂他没人格，是个浪荡鬼，瞎包孩子，吃里扒外，吃锅里拉锅里，不仁不义。相反，对那个刻板古怪的老管家，却有很多人佩服他，说这才叫真正的管家，为人正气，做人就应当这样。

没粮吃，他们会找泥鳅。

举好人，他们会推选老管家。

这是一种令人费解的心理。

泥鳅当然也听说一些大伙对他的评价。但这重要吗？泥鳅一点也不在乎。他不是为别人活的，他要自己活得潇洒，活得自由，活得自在。奇怪的是，他并没有因为大伙的恶评而改变自己的做法。他依然超额雇工，依然多发工钱，依然在庄稼收割季节睁一只眼闭一只眼，依然佯装不知大伙的评价，依然享受着他们虚情假意的热情招待。

他因此有了鄙视他们的资本。

他们从他这里得到的是钱粮。

泥鳅得到的却是居高临下。

这时候，他觉得自己有点像财主了。

拿别人的东西当财主，享受着施舍的快意，还有比这更好的吗?

夏天酷暑时节，去高粱地打叶子，是泥鳅最快活的日子。

无名河两岸的高粱地连成一片，浩浩荡荡，密不透风。泥鳅舍得下本钱，买大粪买豆饼上到田里，几乎投二收一。老管家对此很有意见，说你这干的是亏本的事情，胡闹！泥鳅说，种庄稼不就是往好里种吗？你不懂就少说话。老管家当了一辈子账房，确实不懂种田的事，只好由他，但他真是心疼梅家的钱。

高粱地向来是乡村男女的幽会之地。泥鳅不缺女人。他在界首镇有许多相好，其中多是他的雇工，丢个眼色就去了高粱地。她们多是心甘情愿的，这家伙太壮了，而且那么年轻，有的就是为了尝个鲜。也有不情愿的，但还是相跟着去了高粱地，因为泥鳅一直雇用她。泥鳅几乎每天都在高粱地里和女人厮混，欲死欲仙。

镇上的男人都知道。但没人揭穿，也没人承认自己的女人和泥鳅相好。

这让泥鳅更瞧不起他们。他希望有人站出来和他打一架，打个头破血流。他的旺盛的精力和健壮的体魄，需要一个同样强健的对手。一次和一个女人睡过以后，他看着那个女人整理衣裳，突然说，回去告诉你男人吧，我把你睡了。女人说干啥？泥鳅说我想让他来揍我。女人说你欠揍啊？泥鳅说有点。女人说你真的以为界首镇没人敢揍你？然后扬手甩了他一巴掌："啪！"又往他脸上吐一口，起身走了，风摆杨柳似的。

到了初秋，高粱晒米前，要打三次叶子。头一次打掉根叶，二次打掉中叶，三次打掉上叶，只剩顶部二三片小叶拥着高粱穗，以便通风透光，阳光照射。经过晒米的高粱才会籽粒饱满，颜色变红。面积太大，光靠泥鳅和几个雇工忙不过来。每到这个季节，泥鳅就“放叶”了。所谓放叶，就是谁打谁要，不论界首镇还是别村的人，都能到高粱地里打叶，打回家喂牲口，当柴烧，编苫子，编蓑衣，也可以卖钱。打高粱叶看起来不太累，其实是个苦活。高粱地里叶子过于稠密，不通风不透气，人进去会闷得发慌。叶子上还会附着一层白粉，还有红蜘蛛和各种小虫子，粘在衣服上洗都洗不干净。穷人看衣服特别珍贵，一件衣服穿很多年。有的一家人就一身衣服，谁出门谁穿。天暖时光着膀子，天冷时穿一件用高粱叶编织的蓑衣。所以每到泥鳅放叶时，男人便脱得精光钻进高粱地。叶子密密匝匝，人一钻进去，就像进了蒸笼，一会儿就是一身大汗。高粱叶上的白粉、红蜘蛛和各种小虫子就会粘满全身，奇痒难挠，身上抓得一道道血痕。可大伙还是要干，打下叶子就是自己的，一年就等这一季，当然不会错过。

那时，泥鳅也干。

泥鳅并不是懒惰的人。他喜欢干活，出一身大汗。不是为了忠于梅家，也不是忠于职守，只是为了宣泄精力。干活、睡女人，都能让他获得快感。每逢为高粱打叶子，也会有不少女人来。她们一旦进入高粱地，也会把长衣脱去，小心放一旁，只留一点短衣遮住羞处。既是为了爱惜衣裳，也是为了释放自己。不管平日怎样，进了高粱地就可穿着随意一些，不会有人非议。这是规矩外的规矩。

泥鳅钻进高粱地如鱼得水，到处乱窜，把女人身体看个够。冷不防从密叶中蹿出来摸一把，招出一声尖叫一声骂：“臭泥鳅不要脸！”泥鳅并不脸红，如果看那女人并不是真的恼火，便在女人身边大献殷勤，帮着女人打叶，唰唰唰！他手法极快，不大会儿便打一堆叶子，送给女人，趁机撩一把，又转往别处。他在高粱地里像个幽灵，女人们知道泥鳅会来，但不知他什么时候出现，就有一份期待，一份提防，一份惊心。这里那里一声尖叫，就是泥鳅出现的地方。但凡泥鳅现身，却没有尖叫声，大半是泥鳅和女人正在铺地的高粱叶子上颠鸾倒凤。有时，泥鳅隔着密匝匝的高粱叶，能隐约听到男人粗重的喘息声，就笑着对女人说："你听那边！"女人躺在地上侧耳倾听，果然有异样的动静，就伸手扭泥鳅一把，压低了声音说你快点！

傍晚，收工了。男人和女人都从高粱地里钻出来，扛着背着一捆捆高粱叶，放在路边，纷纷跳进无名河。

无名河就热闹起来了。

在无名河洗澡，男女是分开的。男人在下游，女人在上游。这是传下来的规矩。女人洗澡喜欢大呼小叫，一群白鹅似的在水里扑腾，你撩我一把，我撩你一把，乱打水仗。这时，她们洗去的不仅是身上的汗水、泥虫、草屑，还有一年的辛劳和贫穷，尽情松弛着身体和神经。

下游的男人更不安分。薄暮中，上游那一片白晃晃的身子和浪叫，撩拨得他们魂魄飞荡。于是一边洗澡，一边直起脖子往上游看。看得入神了，不知不觉就靠近了。这就有了麻烦。发现有男人混进来，女人们呐一声喊团团围上："淹死他！"远处的男人听到了，也跟着起哄："淹死他！"女人们更火，揪住那男人的头发、胳膊，使劲往水里按。男人挣扎不脱，一时喝下很多水，呛得连连咳嗽着求饶。女人们毫不同情，愈是讨饶，愈是来火，于是索性将他掀翻了，仰面朝天，往他两腿间乱伸手，这个抓一下，那个拧一下，弄得那男人惨叫不止，这才松手。好半天，那男人才像条死鱼，慢慢漂回下游。

泥鳅就没那么笨了，根本不会显形就去了上游。他水性极好，具有水下换气、水下睁眼的本领。在女人们泼水乱闹的时候，他已入水无声，悄悄潜向上游，很快就混到女人们中间，把一个个光身子全看得清清楚楚，而女人们仍浑然不觉。他捡感兴趣的女人、感兴趣的部位，这里挠一下，那里摸一下，轻轻地，滑滑地，像什么掠过，又酥又痒。开始，女人们以为是鱼儿游过碰了身体，只惊惊乍乍，说："有鱼！有鱼！"一边探手往水里摸。泥鳅已闪身躲开，游向另一个女人，接着那女人也叫起来："有鱼！有鱼！"很快，女人们的注意力全被这水中的鱼吸引了。突然，一个女人尖叫一声："哎呀，有鱼抓我奶子！"另一个女人也大叫起来："哎呀老天爷，这是啥鱼？还有手指头，摸我大腿！"不一时，又有女人一声惨叫："快救我！……这条大鱼有胳膊！抱住我啦！"顿时，女人们大惊失色，乱喊着："有水妖！"纷纷往岸上逃窜。正在这时，哗啦一声大响，一颗水淋淋的人头从河里钻出来，那颗人头猛摇一阵，女人们这才看出是泥鳅！于是一阵乱骂，扑上去一阵乱打。

无名河终于静了下来。

男人们已经先上岸走了。有泥鳅在河里和女人们骚情，他们总是回避的。这时天已黑下来，女人们上了岸，赶忙擦干身体穿衣服，还在四处观望。先前在河里正在厮打的泥鳅，他却突然从水里消失了。她们并不担心他会淹死，但担心他突然又从哪里蹿出来。这家伙就是个采花大盗。

女人们结伙回家了，一路上叽叽喳喳，吃亏的说自己占了便宜，占了便宜的说自己吃了亏，还是惊魂未定的样子。

渐渐声息全无。

泥鳅赤裸着身子，躺在无名河岸边。看着满天星斗，咻咻微喘着，浑身充满快意的疲惫。

这一天，他消耗了太多的体力。他需要歇息一阵。

不大会儿，泥鳅沉沉睡去。

月亮出来了，正在缓慢移动。凉爽的夜风吹拂着无名河两岸，白天的热气已完全消散，甚至有点凉了。毕竟已是初秋。

这时，有几个人影正悄悄沿无名河走来，一人手里拿一根棍子，似乎在寻找什么。

终于，他们发现了躺在岸边睡觉的泥鳅。

泥鳅是被一阵乱棍打醒的。

那几个人一句话也没说，就是一阵猛揍，劈头盖脸，每一棍都带着风，入肉入骨。泥鳅翻滚着，一声声惨叫。后来，界首镇有人说，当时在镇子里就能听到泥鳅的惨叫。但他没有逃跑，事实上也跑不掉。他只看出是几个男人，但看不清是谁。

他不知道他们为什么要揍他。

他似乎又知道为什么揍他。

他一直以为界首镇没有人敢揍他的，看来是昏了头。

直到泥鳅昏死过去不再喊叫，几根棍子才停下来。

然后，几个男人又悄悄走了。

老扁就是在泥鳅挨打之后来到鱼王庄的。

泥鳅伤得厉害，一条腿断了，还断了三根肋骨。浑身皮开肉绽。看来，他们下手很重。泥鳅知道是界首镇的男人打的。他原以为界首镇的男人都是些软骨头，为了一点钱粮可以把自己的女人送给他。他为此鄙视过他们，还以为自己是个财主。看来都是幻觉。他们一直在忍着，几乎每一个男人都想揍他，只是在等待时机。

泥鳅挨打的这个秋天，正是梅云游租田十二年到期的时间，三百亩田要交还了。就是说，泥鳅在界首镇已没有任何利用价值。

当然，如果梅云游活着，他一定会继续租用这三百亩田，因为这可以保证树苗供应，又可以多少缓解鱼王庄人的吃粮问题。

但梅云游已死去两年。梅三洞又对此没有兴趣。老管家程先生掌握着实权，断然决定不再续约。泥鳅弄出的那些故事，早就让他烦透了。再说，梅云游的去世，对老管家打击极大。他已预感到改造荒漠的事难以为继。果然，梅云游死后第一年，泥鳅还运来树苗，带人栽了一些树，但由于栽得不认真，大部分都死掉了。第二年，干脆连一棵树也没栽。泥鳅说苗圃里树苗太小，还要再养一年。老管家明白这只是借口。叹口气没再说什么。况且说有什么用吗？他早就知道泥鳅的心思不在栽树上，而是在玩乐和女人身上。他没有梅云游的本钱，就只能利用那三百亩租来的田胡作非为。

泥鳅强奸七月的事，其实老管家早有觉察。偌大一个城堡，空空荡荡，每次七月被袭击时，都会发出一声尖叫，然后就没有声音了。可那一声尖叫，还是让他听到了。老管家第一次听到是在一个下午。当时梅云游进城几天了，还没回来。听到尖叫声，老管家以为七月遇到什么危险，赶忙跑向七月和梅云游住的房间，门敞着却没有人，连喊几声也无人应答。老管家就到处找。城堡里房间太多了，楼上楼下足有几十个。他到处张望，既不见七月，也不见泥鳅，就有点疑心出了什么事。过了好一阵，忽然发现泥鳅从一个厕所里出来，有点慌张的样子，一边急走，还在一边系裤带。老管家忙躲在一旁。又过一会儿，发现七月也从厕所方向走来，低着头脚步匆匆，还在抹着眼睛，好像是哭了。

老管家一辈子什么事没见过？一下就明白了。

这个畜生！老管家火冒三丈。这王八蛋也太胆大了，居然敢强奸主人的妻子。他的第一反应是追上泥鳅斥骂他一顿，痛打他一顿。第二反应是等梅云游回来立马告诉他！

但他冷静一想，这两个念头都打消了。

追上泥鳅，他肯定不会承认。打也不是他的对手。

告诉梅云游？就更不能。梅云游会毫不犹豫杀了他，老管家知道梅云游的性格。他一辈子不知嫖了多少女人，也勾引过许多良家女子，但他不会去强暴。如果自己的女人被强奸了，他是决不会容忍的。杀了泥鳅很简单，可梅云游的脸面挂不住。这事闹大了，一定会传出去，以梅云游的身份和名望，脸面就丢大了。老管家想来想去，这事无论如何都得捂住！

在后来的日子里，老管家曾多次听到过七月一声惊恐的尖叫，然后就没有声音了。他知道，肯定又是泥鳅捂住七月的嘴，拖到哪里强奸了。那畜生太强壮，就像老鹰抓小鸡，七月只能任他摆布。

可怜的七月一直忍着。

老管家程先生也一直忍着。

他们都知道这件事不能破皮。有一次，泥鳅又在强奸七月，老管家知道无法阻止，就躲到城堡外大门口。却突然发现梅云游从凤城回来了，这一惊非同小可，忙迎上去，说发现一片新栽的小树好像死了，拉上梅云游去了荒野，才免于事情败露。事后，老管家又深深自责，觉得自己是在为泥鳅的恶行打掩护。可他别无选择。

现在梅云游死了，泥鳅也遭到报应。老管家毅然决定结束过去的一切：界首镇三百亩租来的田不再续约，栽树的事到此为止。早在两年前梅云游去世不久，他已把七月和她的三个孩子送到凤城，为他们置买一个宅院安置下来，还安排三个孩子上了学堂。办完这些，老管家又给七月留下一笔钱，好维持她一家以后的生活。

泥鳅是被界首镇的人抬着送回来的。

这事惊动了整个鱼王庄。

界首镇的人没有为泥鳅隐瞒什么，说他在界首镇这么多年，如何调戏、糟践女人，如何不把梅云游租来的田产当回事，如何由着界首镇的穷人偷盗庄稼，如何多雇劳工、多发工钱，一一抖落出来。泥鳅躺在地上不能动弹，气得发抖，说你们这些……养不熟的狼，得了我……那么多便宜……还出卖我……

可是泥鳅的话并没有引起鱼王庄人丝毫同情，反而让大伙更加厌恶。

这么多年，泥鳅俨然是个二当家的，跟着梅老先生吃住在城堡，还在界首镇管理着三百亩田，雇工、花钱都由他说了算，还天天睡女人，心里早就不平衡。说真的，他们对梅云游是从心里感激、敬佩，对老管家程先生也同样如此。但对泥鳅却从来没有好感。现在听界首镇的人说，泥鳅一直任由穷人偷庄稼，这就大大减少了收成。怪不得这些年鱼王庄人所得粮食年年减少，原来都是这王八羔子自己做了人情。泥鳅呀泥鳅，你也是从鱼王庄出来的，咋就不替鱼王庄人着想呢？界首镇好歹还是粮区，吃不饱饭可以就近讨饭，鱼王庄可是荒漠，颗粒无收呀，外出讨饭都要跑很远的路。泥鳅你这不是吃里扒外吗？

他们看着被打得血头血脸的泥鳅，都有点幸灾乐祸，摇摇头纷纷走开了。

老管家程先生命人把泥鳅抬进城堡。刚才界首镇来人说的话，还有鱼王庄人的现场表情，他都听到了，看到了。这小子也是自作孽不可活。

那么，就让他死了吧。

按泥鳅的伤势，虽然很重，但如果及时治疗，不至于丧命。

但老管家不打算为他治伤。

他要静静地看着他流血，看着他疼痛，看着他慢慢死去。

他憎恶这个人。

他向来是眼里容不得沙子的人，却不得不被这粒沙子在眼里硌了多年，硌得眼皮都出血了。

泥鳅躺在城堡自己的房间里，哀求老管家："程先生，你快派人……找梅少爷……来给我治伤，我要死了……"

房间里有一张简陋的床，是平时泥鳅睡的。但这次，老管家没让他上床，只让人把他放在地上，身下面铺一张草苫子。

老管家提一只马扎来，坐在上头，静静地看着泥鳅，面无表情。对泥鳅的哀求无动于衷。他一双浑浊的眼睛里全是鄙视。

泥鳅又呻吟着说：“程先生……求你了……”

老管家看着他，不说话。

他觉得和这个人说任何话都多余，连斥骂都懒得斥骂。

泥鳅半裸着身体，伤痕累累，血迹斑斑。当天就引来很多绿头苍蝇，围着泥鳅嗡嗡乱飞，不大会儿全落他身上吸食血液。泥鳅浑身像针扎一样难受，身体动不了，就用两手挥赶。因为肋骨断了三根，胳膊一抬就疼，但苍蝇的叮咬同样受不了。一时赶跑了，绕一下又落他身上。

老管家看着他，一言不发，一动不动，任凭苍蝇叮他。

像一只秃鹫看着一块腐肉，全然没有胃口。

第三天，泥鳅身上已爬满蛆虫，人已经昏死过去，眼看不行了。

有蛆虫从泥鳅身上滚下来，老管家就一一捡起，重新放到他伤口上。很多蛆虫已经钻进泥鳅的烂肉里，蠕蠕而动。泥鳅在昏迷中仍在一阵阵痉挛。老管家还是不吭声，只是坐一只马扎上，专心看着，像看蚂蚁上树。那一刻，他的心比铁石还硬。

也是泥鳅命不该死。

第三天下午时，老扁突然来了。他是奉梅三洞之命来给老管家送米粮的。梅三洞并不关心栽树的事，可他关心老管家。自从梅云游去世后，他会定期让老扁为他送些细粮油盐。他知道老管家年纪大了，就让他自己单独做着吃。

老扁连夜赶着马车把泥鳅带回凤城了。

他带走泥鳅时，老管家没有阻止他，只是叹一口气，看着老扁把泥鳅抱上马车，提起小马扎回自己屋里去了。他守了泥鳅三天两夜，太累了。

他已经把泥鳅这些年的行为告诉老扁，唯独没说泥鳅强奸七月的事。他要把这件事带到棺材里去。

老扁说泥鳅还活着，我得带他回城，请梅先生救他。

老管家没有阻拦，点点头："这是他的命。"

三天后，老扁重返鱼王庄。

他对老管家说，我不走了，想带大伙栽树。

老管家看了他好一阵，说，你想好了？

老扁说，我想了十年了。我喜欢栽树。

老管家说，梅老先生放我这里的钱不多了，也没有田了，树苗咋解决？鱼王庄人吃饭咋解决？这可不是一件小事。

老扁说，我知道。

老管家长舒一口气，说，这两年我也看出来了，你每一趟来送东西，都会去荒原上看看，那些树木，你是从心里喜欢。你要接着栽树，我不拦你。我本来已心灰意冷，现在，你有这个志向，梅老先生泉下有知，也是个告慰。我也可以放心回老家了。

老扁吃惊道，程老先生，您要走？

老管家点点头，我都快八十岁了，来日无多，该走了。以后别忘了，时常给梅云游先生的坟添点土，风沙太大，会把坟一层层吹没了。

老扁说，程老先生您放心，我会看护好的。

程老先生说，这城堡里有许多空房，你自己挑吧。

老扁摇摇头，说我不住这里头，我要在鱼王庄搭个茅屋，和大伙住在一起。

老管家略显吃惊地看着他，说看来你真是下决心了。这座城堡从此要空下来了。

老扁说，真不懂梅老先生当年怎么想的，花大钱建这座城堡，本就没啥作用。

老管家说你还是年轻不懂他。梅云游一辈子像一匹狂奔的野马，没有谁能阻止他。这城堡就是他心里的拴马桩。人哪，只有自己把自己的心拴住了，才能专注干好一件事。

老扁似懂非懂，脑袋却轰地疼了一下，像天灵盖被打开了。

在以后很多年，老扁一直记得老管家程先生这句话。每当他觉得快要撑不下去想要逃离的时候，就会蹲在沙滩上，默默地注视着这个巨大的城堡，渐渐地把心收回来。当所有见过城堡的人都在嘲笑它，说它是当年一个富人的玩物，是一块天外飞来的顽石，是凤城周边几百里最荒唐的建筑时，只有老扁把它看成心中的圣殿。

老扁在鱼王庄住下了。

他为自己盖了一处和鱼王庄人一样的茅屋。

老管家在一个夜晚不辞而别。他临走前，除了留下这么多年的账本、库房钥匙和剩余资金，还留下一封信和一个很大的皮箱。信上说，皮箱里的银元银票是我一生的积蓄，都是梅家几十年给我的工钱，我没有清点过，总有几万大洋，带走无用，留下给你栽树用吧。

老扁颤抖着手打开皮箱，里头除了满满的银元，还有三张银票、一枚金戒指。老扁认得，这枚金戒指是程老先生的，他平日戴在手上从未取下过。他曾告诉老扁，这枚金戒指还是梅云游当年送他的。

老管家抖落身上所有值钱的东西，悄悄地走了。

鱼王庄所有在家的人都闻讯赶来，许多人失声痛哭，说程老先生，你总该让俺们送送你啊……他们真的很担心程老先生会踉跄着摔倒在哪里，再也爬不起来，然后被风沙埋上。

老扁含泪爬上城堡最高处，朝着远处的荒滩旷野，声音嘶哑着高声喊叫："程老先生，您走好！"

老扁很快赢得大家的信任。

梅云游去世后，鱼王庄人以为栽树的事肯定泡汤了，日子又重新回到过去。在荒原上翻捡被洪水掩埋的门板、废铁、砖块、杂物，外出逃荒要饭。这是他们曾经熟悉的生活，本也无可抱怨。但一旦真的回归过往，又觉得有很大不同。

他们忽然发现，没有了活着的心气。

那些年跟着梅云游刨地打井栽树，虽然劳累辛苦，也常有怨言，可是心里总有个念想，有个实在的东西在前头等着。梅云游描绘的荒滩远景，正在一点点实现。荒滩上成活的上万棵树木摆在眼前，让他们相信，梅云游没有欺骗大伙，他真的是抛家舍业在干这件事，只要跟着他，那个远景还真不是做梦。可是梅云游死了，情况立刻发生了变化。老管家老了，泥鳅就根本靠不上，他只顾自己浪荡享乐，压根就不是个干事的人。梅老先生去世这两年，基本就停止了栽树。于是所有人都变得灰心丧气。就是在荒原上翻捡垃圾，也是无精打采，像是丢了魂。

现在，老扁重又扛起大旗，让鱼王庄人一下又振奋起来。

这个扁头扁脑的年轻人，像个要干事的样子。

他没有住城堡，而是住在鱼王庄，住和他们一样的茅草屋，一下子拉近了他们之间的距离。此外，他像老管家程老先生一样，也捐出了自己的所有积蓄用来栽树，让大家看到了这是个实在的后生。

过去这十多年，老扁时常赶着马车或骑着马，往来于凤城和鱼王庄之间，大伙对他早就熟悉了，而且时常拿他的扁脑袋开玩笑，可他从来不恼。有时赶上刨地打井栽树，他也会跟着干上半天，然后再回城。仿佛他早就融入鱼王庄，早就是鱼王庄的一员了。这和泥鳅一直住在城堡的感觉完全不一样。泥鳅离他们越来越远，而老扁却和他们走得越来越近，终于走到他们中间。他们讨厌泥鳅，被人打个半死都没人同情，他是自作自受。他几乎死定了，可是老扁却救了他，又让鱼王庄人看到老扁的厚道。

多年来跟着梅云游先生栽树，鱼王庄人有过怀疑，有过嘲讽，有过抱怨，有过偷懒，有过为半斤粮食争抢打斗。可现在他们发现，心里最在乎的还是栽树！

老扁重新点燃了那堆快要熄灭的篝火。

但老扁也说得很明白，以后会更加艰难。做苗圃的田没有了，仅有的一点粮食来源地也没有了。更让大伙吃惊的是，老扁说以后咱们不能再去梅家要一分钱！

老扁说，梅云游先生披荆斩棘，已经为咱们开了一条道，把命都搭在这里了，咱们不能把这一切视为理所当然！

老扁说栽树是咱们自己的事，不能老是指望别人！

老扁说，咱们鱼王庄人要活得有点志气！

老扁说，我老扁没爹没娘，鱼王庄从此就是我的家，我这一辈子都会和大伙在一起。

老扁说，老扁说了很多很多……

就在村中那一堆篝火旁。

那时，他的一双小眼睛在火光中烁烁发亮。

老扁开始行动了。

老扁骑着一匹黄骠马消失在荒原上。

谁也不知他去了哪里。

八天后，老扁一脸疲惫回来了，他的马好像也瘦了不少。但他却带来一个叫人兴奋的消息。老扁说，几年前，他曾赶着马车送梅三洞去老黄河沿看病人。那是一个只有十多户人家的小村，也是由流浪难民建立的，只有七八年。这个小村有个重病人，还是在附近一个村子看病时听说的。梅三洞当即让老扁赶马车去了那个村。可惜晚了一步，那个病人是被一条荒原流浪狗咬伤得了狂犬病，刚咽气不久。梅三洞知道这个病很难治，中西医都没好办法。但他在山东搜集到一个民间药方，曾用这药方治好过两例狂犬病。梅三洞痛惜不已。当时老扁感兴趣的不是这个病人，那是梅先生的事。他感兴趣的是这个新建不久的小村。小村就建在荒原上，只是靠近荒原边缘。在老扁看来，这件事非同小可。因为这意味着人类开始陆续重返荒原，鱼王庄不再是一个孤立的存在！他深知这么大一片荒原，单靠一个鱼王庄，是无法改变它的。他想动员更多的人参与栽树，改造荒原。

这趟骑马外出，本来是凭记忆去寻找那个小村庄的，却没想到，他在黄河故道两岸，一下子发现一百单三村！有的村庄已有一二百户，有的几十户、十几户，最小的只有三户。而且村庄的选址在往荒原深处延伸！

更重要的是，这些村庄和鱼王庄有个显著的不同之处。当年鱼王庄人在荒漠深处落脚，纯粹是为了从荒原里翻捡垃圾。而那一百多个村庄的人，从一开始就是为了垦荒。他们看中的不是那些死人留下的破破烂烂，而是金子一样的土地！老扁跑遍一百多个村子，看到了他们开荒种出的庄稼、蔬菜。虽然土地贫瘠，产量还不够高，但他们种出来了。他还看到人家养的鸡鸭狗鹅和牛驴牲畜。这叫老扁大受鼓舞。

老扁回来后，把他看到的悉数告诉大家，还带来一些人家种的粮食和蔬菜，鱼王庄人也觉得兴奋。这兴奋不仅在于老扁找到了那么多村庄，鱼王庄不再孤独，更兴奋和感动的，是看到了老扁这个年轻人的心是多么大，而且他早就留心于此。联手开发荒原，甚至连梅云游都没有想到过！

老扁说，我已经算好了，界首镇的三百亩田不再续租，可那一百五十亩苗圃里，还有咱们的树苗，把大大小小的树苗全挖回来，足够今年种了。从明年开始，咱们就在鱼王庄自己育苗！不相信？咱们这里都是黄沙不能育苗？可你们想过没有？这三尺厚的黄沙下，都是肥田沃土！在黄河决口前，咱们脚下都是上好的庄稼地呀！咱们可以把下面的好地挖出来。挖几千几万亩，咱们没那个力量，挖一二百亩行不行？有一二百亩，就足够咱们育苗了！

有人高喊："老扁，你就是个人精！"

"没说的，你领着大伙干吧！"

"老扁，你狗日的咋不早点来？"

…………

老扁说，我早就想来了，可我的命是梅三洞先生救的，不然早被野狗吃了。给他赶马车，送他去治病救人，本也是好事，可我帮不上忙，心里闲得慌。从第一次来鱼王庄，看到你们栽活的那几棵小树，我就动心了。这些年，其实我的心一直在这边。梅三洞先生到底也看出来了，说你去吧，去干你喜欢的事。临来时，梅先生还给了一笔钱，说是我的工钱，我说不要。他说拿去吧，你需要这笔钱。现在，我手里确实有点钱，有原先账目上剩下的一点钱，老管家的钱加上我的钱，办不了大事，但还能买点粮食，让咱们鱼王庄的老人、孩子、病人不至于饿死。花钱的地方会很多，不能一次花完，得细水长流。大伙平时饿肚子咋办？老实说我没办法，只能去要饭。咱们还得乞讨很多年，难熬的日子还在后头。但大伙得活着，活着就得栽树！你们别看我这会儿笑嘻嘻的，日后我会成阎王爷！谁要是在栽树这件事上偷奸耍滑，三心二意，别怪我心狠手辣！说完这些，老扁的脸突然有些狰狞。

大伙一时全愣住了，心想这小子咋说着说着就变脸了呢？

第六章

日复一日，年复一年。

独臂汉子赶着牛拖车，走着同一条沼泽路。

这条路还是那么泥泞，那么狭长。但他已经习惯，也就不觉得长。只是苦了大黑牛。

在经过那片最茂密的苇丛时，小路变得幽深起来，几乎不见天日。这一段路显得有些特别。人踩上去软软的，颤颤的。那感觉就像小时候赤着小脚丫踩在母亲的肚腹上，像十七岁那年压在自己身下的那个十六岁姑娘的腰身。那个姑娘后来成了他的妻子。她的腰身一直就像她十六岁时那样软软的，颤颤的，弹动的。每天走过这一段泥泞的幽深的沼泽路，他都觉得异常舒坦，都会扯住牛绳，有意放慢脚步，缓缓地充分地体味着来自脚底的快意。他的枯燥的生活因此有了色彩，有了彩虹般的幻想。

老八喜欢这条路。他爱这条路。

这条路是他的母亲，是他的妻。

这条路时常唤醒他生命的本能。潜藏于体内的男性力量，如同多年的火山岩浆，随时准备喷发，蓬蓬勃勃，浩浩荡荡。他的身体和内心一直在等待一场生命的搏杀。

枣儿已经走了几年。他相信她会一胎生下几个孩子，他知道自己有这个本领。他有时会想起枣儿，但他明白她不会再回荒原。

她本来就不属于这里。

老八盼望的是另一些人。他们是那场洪水中幸存的人，其中包括他的妻子儿女。

他一天天盼着，这是他活下去的全部动因。

他常常站在栖山的华峰上，向遥远的地平线眺望，久久地，久久地……哦，他流泪了……

有时，他会忍不住寂寞，奋力伸开双臂，向无边的荒原，向那些并不存在的身影，声嘶力竭地呼唤：

“来呀！”

“来啊……”

所有的呼唤都是徒劳的，一次又一次，荒原上只有他自己的声音在回荡。

但忽然有一天，他似乎听到了遥远的回声：“哦……哎……呀……”

开始，他以为是幻听，是心里盼得太苦，是梦中听到的声音。

可是，当他擦擦眼睛，尽力往远处眺望时，却真的看到一些影影绰绰的黑点，仿佛是一群人，正在黎明的青白光波中向前移动。

回声正是从那里传来的！

那些黑点点真的是人吗？

老八由于太想是，而怀疑非。

这样类似的场景已经欺骗过他很多次。

也许是一群黑老鸹？这并没有什么稀奇的。荒原沼泽中常有各种颜色的鸟儿，成群结队地飞翔、起落、跳跃。但当金色霞光渐渐出现时，那些黑点点顿时变得五光十色，生动异常。

天啊，他们真的是一伙人！

那一伙人似乎还没有什么固定的方向，走走停停，并且四下观望，仿佛在寻找什么目标，什么声音。

老八激动无比，在栖山华峰上一边跳跃着，再一次大声喊叫：“来呀！来呀！”

粗犷的喊叫声，飞出栖山华峰，越过沟沟坎坎和漫漫黄沙：“来……呀！”

终于，那一伙人清晰地听到了，并且找到了这声音飞来的方向。他们愣了一下，一齐飞奔而来：“俺们……来……啦！”

独臂老八终于确定：来人了！

荒原上来人啦！

他飞奔下山，沿沼泽小路跌跌撞撞，冲出芦荡，向那一伙人狂奔而去：“哈哈哈哈哈哈哈哈！”

他太兴奋了。

日思夜盼，他等的就是这些两条腿的人呀！

终于，他们在一片沙滩上会合了！拥抱，捶打，打滚，叫骂，哭号，欢呼，跳跃，仿佛一个世纪前离别的故友、亲人。

相逢何必曾相识。

同是两脚兽，这就够了。

那时，他们还不知道，人类的这次会合，在荒原此后一百多年的历史上，具有多么重要的意义。

在这片被洪水毁灭的土地上，人类将重新繁衍、生息。

老八和这一伙人在经历一番鬼哭狼嚎的相聚后，才慢慢消停下来，开始互相打量。

这一伙人有十几个，有男有女，还有两个女人各自抱着一个婴儿。这让老八十分惊喜。人类只要还剩一口气，就忘不了性交和生育。真是的，这太好了。这荒原上需要人气啊！这十几个人中，大部分赤身裸体，几个有衣服的，也是衣衫褴褛，一片片挂在身上，随时都会被风吹走。一个高大的女人也是赤裸着，两个乳房吊在胸前，像两个装满沙土的口袋，显然太重了，已经成为她的负担，就不时用双手往上托一下，然后冲老八笑笑。她笑起来的样子有点傻。老八想起来了，先前他和每一个人都拥抱的，在和这个高大的女人拥抱时，她伸出舌头舔了他一口，舌头有点干涩，好像很久没有喝水，同时感到一只粗糙的手在他生殖器上抓了一把。当时，他只顾高兴，以为只是混乱中被谁碰了一下，现在想来就是这个女人干的。你看她冲他笑着的样子，就满是淫邪和挑逗，尽管样子有点吓人。老八像个主人一样，冲她温和地笑了笑，心想这个女人够骚。

他知道不能太急。

因为这时候，他发现了女人背后一个男人面色有点阴沉。这个男人在最初的狂欢之后，很快收敛了笑容，目光一直没离开那个高大的女人，像盯着一个猎物。这个男人几乎和老八一样雄壮，看不出多大年龄，也许三十岁，也许四十岁。赤裸的身体上沾满沙粒，面色紫红，长发披散着，在风中飘散。他偶尔看老八一眼，有些警惕的样子。

老八忽然觉得这汉子有点熟悉的味道！

不是身材，不是面容，更不是乱蓬蓬的长头发。

但好像就是身材，就是面容，让他觉得熟悉。突然心里一动！

老八冲过去，一把拉开挡在前头的女人，两个壮汉相距七八步远，赤条条相对而立。现在，他们可以全景式看到对方了。

那个汉子露出狐疑的神色，看看老八的脸，又看看他的独臂，接着往下，突然看到老八吊着的巨大棒槌，一时脸涨得更加紫红，呼吸也变得急促起来。

老八同样也看到了对方巨大的棒槌，几乎和他一模一样！

老八激动得发抖，走上一步："你是……大船？"

汉子一下流出泪来，嗫嚅着："你……"

老八冲上去，一条胳膊像一根粗大的鞭子，呼地缠向对方的脖子，哽咽着大声说："大船……我的儿子！我是你爹呀！"

大船伸开双臂，紧紧抱住老八哭着说："爹，我一直在找你啊！"

老八不停喊叫："儿子！儿子！儿子！我的孩子啊！"

众人都看得呆了。

但也只是愣了一瞬，立刻意识到发生了什么。他们全都围着这一对紧紧拥抱的父子欢呼起来："噢噢噢……噢噢！"

老八和儿子大船终于找到了对方。

大船是老八的大儿子，当年一直跟在老八身边在黄河里打鱼的，水性极好。老八后来曾无数次想象，在那场毁灭性的决堤洪水中，最有可能逃生的就是大船。现在，他终于等到大船，这让他万分惊喜。

这么多年，父子俩艰难活下来，身体容貌年龄都发生了很大变化。如果没有彼此两棒相同的生命之根，真的无法确认父子关系。

这是他们家族传宗接代的独有宝器和标识。

从此，栖山再不寂寞。他们集体动手，又在山坡上搭了几排茅草屋，分隔成若干间。一伙十几个男女自由组合住宿。他们也是不久前才聚拢在一起的，彼此并不熟悉。那个高个子女人最终选择了大船。一来因为他更年轻，二来因为老八突然对她很冷漠。

因为老八知道，他不能和儿子争夺这个女人。

一伙人在栖山定居之后，大家都很兴奋，好像有了家。

老八和大船一连几天，都下到芦荡里抓鱼。长年累月忍饥挨饿，突然每日都能吃上鱼，真像一步登上天堂。

但老八渐渐有了忧愁。没人时天天盼人来，一下子来这么多人，天天等着他和儿子抓鱼吃，啥事也不干，这样耗下去，自己也负担不起。

老八又赶着大黑牛出芦荡去沙滩了。他知道自己也是无事可做，拉着犁耙出去，无非想躲开吵闹。那伙人不是等着吃鱼，就是吵闹争抢女人，在经历一段平静的日子后，他们几乎天天打架。

大黑牛看出老八的烦恼，说老八哥，这伙人烦着呢，我都嫌吵。

老八叹口气，没有吱声。

这天清晨，独臂老八赶上大黑牛，拉上拖车犁耙，又一次走在那条沼泽小路上。这条路大约二三里长，已经走过千百遍。每当走上这条小路，望着两旁稠密的芦苇水草，他都倍感孤独。

这一次，他又哼唱起来，像是呻吟，又像哭泣：

黄河走了，黄河走了，
带走了苦难。
黄河走了，黄河走了，
带走了欢乐。
黄河干了，黄河干了，
留下这片水荡。
水荡水荡，云山雾罩，
你里头藏着啥哟……

忽然，大黑牛晃晃荡荡停下了。

这里正是那段最幽深最柔软的沼泽路。

老八不知大黑牛为什么停下，忙从后走过去，却发现泥泞中出现一片薄薄的东西，就伸手捡起来，放在泥水中洗了洗。老八忽然觉得那东西有些异样，在阳光下亮晶晶地闪着金光。

“鱼鳞！”

独臂老八一声惊叫。他立刻就认出来了。

可是这里怎么会有这么大的鱼鳞？足有碗口大小，得有多大的鱼才能有这么大的鱼鳞？老八打了半辈子鱼，就从来没见过。

可他确信这就是鱼鳞！

老八举着鱼鳞，返身回来，在刚才拖车滑过的地方用力踩一踩，又跳一跳，仍是软软的，颤颤的，弹弹的。

几年来都是这样的呀！

他从这上头，赶着大黑牛拉着拖车走过无数遍，从来没想过这下头会埋着什么。

难道泥浆下会藏着这么大的鱼？

老八浑身寒气直冒，头上都沁出了汗珠，这太叫人惊异了！

老八感到手脚都是软的，抬头向栖山上大喊：“快来人啊！大船……这里有一条大鱼！”

不大会儿，一伙人全跑来了。

大船忙问：“爹，出啥事啦？”

老八把手中的东西放他面前：“你看！这是啥？”

大船惊叫一声：“鱼鳞？”

一伙人也叫起来：“这么大鱼鳞？哪里发现的？”

老八伸手一指脚下，大声说：“扒！快扒！”

大船和一伙人迅速伏倒身，用双手在泥泞中扒起来，一块块泥团被甩出去。

老八则忙着不断从路旁的水荡里往这边用手掌泼水，一边大声催促：“扒！快扒！快快！”

又看到鱼鳞了！

一片！一片！……一片连着一片！……都有碗口大小。

金光闪闪，熠熠生辉！

终于，泥块扒开，露出一条黄河巨鲤的脊背！接着整条鱼都露了出来。

一头大鱼斜卧着，如一条搁浅的木船。

大船欣喜地大叫一声："爹！是黄河鲤鱼，这么大！"

老八弯下腰，颤抖着手摸摸它的头，又查看它的眼睛。巨鲤一动不动，像是死了。可它身上的光泽和手感告诉他，它不应当是一条死鱼。

忽然，巨鲤一直紧闭的嘴巴缓缓张合了一下。

"它还活着！"

"动了！活着！"

"天爷，它居然还活着！"

众人一阵喧哗骚动，全都兴奋无比。

老八没有喊叫，他看得很仔细，巨鲤腮边含着一汪混浊的泥水，腮片在混浊的泥水中痛苦而艰难地启动，好一阵才张合一次。那费力痛苦的样子，让人看一眼都觉得难受。

它被周围厚重的污泥重重包裹着，束缚着，动弹不得，好像随时都会窒息而死。

可是没有。它一直顽强地活着！

也许，年复一年，它曾有过无数次的扭动、挣扎，试图脱离这个困境，可是到底没能成功。这让老八蓦地想起终年笼罩在水荡上空不断翻滚搅动的云雾，事情终于有了答案。

巨鲤一直在苟延残喘中坚持着。

就靠腮边这一汪泥水，它竟然奇迹般地活了这么多年。

这头巨鲤活得痛苦，活得艰难，也活得屈辱。当年在黄河里，它一定是威风八面的，现在却被死死困在这里，动弹不得。

它身上已经伤痕累累，鳞片破损不堪，有的地方露出白生生的肉茬。也许是它在挣扎的过程中破损的，也许是在牛蹄和拖车经年不断的践踏下造成的。在它身子周围，发现了许多散落的鳞片。鲤鱼在所有鱼类中，从来都是王者，从来都是仪表堂堂，如此丢盔卸甲，你以为肯定会让它失态。

但没有。

任何伤害、孤独，都不能动摇它活下去的决心。

它依然稳稳地卧在那里，缓慢地调整气息，好像在积蓄力量，等待再一次冲刺。

这一汪浊水，维系着一个苦难、神秘而倔强的灵魂。

所有人都被这头巨鲤惊呆了。

老八和儿子大船都是眼含泪水。他们被深深地感动了。

它用巨大的身躯支撑着这条小路，也在小路下延缓着自己的生命。

“嘻嘻！这条大鱼够咱们吃半年啦！”那个傻乎乎的女人叫起来，摇着两枚乳房，以主妇的身份快活地拍着手。众人响应着，一片欢呼，黑瘦的脸上毫不掩饰地现出兽性的贪馋。

独臂老八没有欢呼，大船也没有欢呼。

父子俩对望一眼，似乎心有灵犀，同时沉默着，仿佛在艰难地回忆什么。不知是回忆那个被毁灭的遥远的年代，还是在回想关于黄河关于鲤鱼的种种记忆。

忽然，父子俩对望一眼，两张脸同时开始变紫，嘴唇都在哆嗦，现出一副诚惶诚恐的神态。显然，父子俩同时想到了什么！

女人仍在欢呼跳跃，胸脯海浪般汹涌着，面前一片欢腾，就像多日前他们突然发现独臂汉子一样疯狂。

突然，大船大吼一声：“跪下！都跪下！”

吵闹声戛然而止。这伙人被大船突如其来的吼声镇住了，一时愣在那里。大船跨前一步，掐住傻女人的脖子，猛地按倒在巨鲤旁，自己同时也跪下了。

一伙人全都张大了嘴巴，不明所以。

老八哆嗦着嘴唇泪流满面：“鱼王……鱼王……这是鱼王呀！这头巨鲤，是黄河里的鱼王！黄河走了……可是鱼王没走啊！”说着，扑通跪倒在泥水中。

一片骇然！

众人面面相觑。懵懵懂懂。似懂非懂。一种猝然而来的恐惧攫住了每一个魂魄。

接着，都跪下了。

齐刷刷跪在烂泥窝里。

当天，他们齐心协力，在沼泽小路边扒开一条很深的水道，推着巨鲤游入水荡。老八曾多次进入过水荡，最深处深不见底，像一个潭渊。他相信，鱼王虽不能像在黄河里那样舒展，但这个潭渊足够它容身了。

鱼王和他们家有缘。他仍然记得，当年他的爷爷曾在黄河里两次看到过鱼王。这一次，鱼王有难，当年随着洪水冲出黄河，最后搁浅在这里，就是等待他父子两人救援的。这让老八欣慰至极。多年来颠沛流离，最后发现这片水荡并在这里落脚，一切机缘，都是冥冥之中的安排。

不久，老八和大船在栖山上建了一座草庙，叫鱼王庙。

老八让儿子大船独自在此守庙，守护鱼王，守护这片水荡。

老八说，这是一方圣境，除了守庙人，任何人不得入荡抓鱼、取水！

其余人由老八带着，退出栖山，到远离水荡七八里外的地方定居。老八说，我已经想好了一个名字，就叫鱼王庄。这将是荒原上第一个村庄。你们说好不好？

这伙人有点蒙，被老八的神神道道吓坏了，纷纷点头说，好，好！咱们有自己的村庄了。

那个有点傻的女人想留下，和大船一起看庙，说这里有鱼吃。

大船说，你还是去鱼王庄吧，想我的时候可以来。

女人很有脾气，说不让我吃鱼，我才不想你！一气之下独自走了，谁也不知道她去了哪里。

老八对其余女人说，你们谁看中大船的棒槌，随时都可以去栖山！引得一伙人哄的一声笑起来。

在老八带人离开栖山前，大黑牛已经先行离开。老八有点难过，说黑牛兄弟，你去哪里？大黑牛说，我一大家子一直在荒原上等我呢。你不用担心。

老八知道，那三头母牛已为它繁殖了一个小牛群。他相信，在这同一片荒原上，大黑牛一定会比他快乐。而鱼王庄将会充满艰辛。可他不怕。当他在世时，和鱼王庄人说得最多的一句话是：再难，有鱼王难吗？活着，活下去！这个独臂汉子并没有意识到，他所开辟的是一个人类的新纪元。

老扁主事以后，鱼王庄发生了巨大的变化。

从前在梅云游时代，栽树只在春天，临时挖坑，临时栽树，不仅速度太慢，而且成活率太低。

老扁骑马又去了几趟一百单三村。他本想动员他们一块栽树的，他说鱼王庄从荒原里往外栽树，你们从外围往里栽树。等有一天双方汇合时，荒原上就全是树了。这主张虽然很诱人，可惜没人挑头干，大家一盘散沙，只顾眼前土里刨食，种点庄稼，活命当紧。老扁就很失望，但老扁从一些老人口中讨得一些栽树的诀窍。

栽树时，挖坑是最耽误工夫的，并且是临时挖坑，下头都是生土，土壤板结，树苗不易成活。老扁回来后，马上改了法子，就是从夏天开始挖坑，铲除地面一层厚厚的沙砾，一直挖到原始土层，把老土掏出来堆积在地面上风化。有老人告诉他，粪堆成土，土堆成粪。堆土成粪是增加肥力的好办法。经过夏秋两季暴晒风化，入冬后再把这些老土回填，同时从土井里打水浇进坑洞里，促使老土成为冻土，一来增加了坑洞里水分涵养，二来开春转暖，冻土融化，这一冻一化，土壤就疏松了，原先深埋在地下板结的死土，就变成了松软的活土。由于事前已把坑挖好，做好了前期准备，春天栽树的速度提高十倍以上，成活率也由原先的三四成，达到惊人的八成以上。

当年，梅云游带人千辛万苦栽树十年，才成活一万多棵。

老扁接手三年，鱼王庄的树木已成活八万多棵！到日本人打进中国时，鱼王庄已有几十万棵树木，很有规模了！

如果照这个速度发展下去，梅云游当年的森林计划还真能实现。

当然，这种栽树方式的改变，也大大增加了劳动量。

主要问题还是没饭吃。

老扁也尝试过用种树的方法种庄稼，结果完全失败。

种树是点穴式挖坑，种庄稼需大面积开肠破肚，挖开沙土，鱼王庄没这个力量。用点穴式也种过庄稼，苗儿倒也出来了，可是一场风沙又埋上了，根本无法成活。树苗杆子硬，抗风沙能力强得多。就是这样，老扁也要组织人经常给一棵棵树苗扒沙，否则也会被风沙埋掉。

鱼王庄人饿，就只能外出讨饭，外出一些日子，讨得一些吃的回来，再挖坑、取水、栽树……

他们自愿这么干。

他们被迫这么干。

鱼王庄男女老少，凡是走得动的，都被老扁赶到沙滩上，不论酷暑还是寒冬，没黑没白地干。那些日子，他真的像个阎王。三岁的娃娃，六七十岁的老人，都进了荒滩。三岁的娃娃能拎一棵小树苗丢到坑洞里。六七十岁的老人能爬着培土。很多人没有衣服穿，大冬天披一件蓑衣，挖土浇水。冰天雪地，冻得青肿红紫，靠近篝火一烤，肉就烂了。用手一胡噜，不是掉一块肉，就是掉一块皮。

老扁和大伙一样干，也是大冬天披一件苇叶编成的蓑衣，抱一把锨吭哧吭哧挖土，也是饿得眼冒金星。不同的只是他腰里别一根鞭子，一边喘吁吁干，一边用一双小眼四处乱瞅，看到谁偷懒，或糟蹋一棵树苗，冲上去迎头就是一鞭子。

常常可以看到这样的场景：老扁高高地站在一座沙丘上，向四野瞭望。讨饭的时间结束了，还有一些人没有按规定回来。忽然看到几簇男女，像炸了群似的从远处赶来，扛着讨饭的口袋，跌跌撞撞往鱼王庄跑。头发跑散了，一飘一飘地，草鞋跑掉了，弯腰捡起，顾不上穿，拎着鞋子又跑。这些人，有的要到吃的了，剩饭剩窝头，还有一些杂粮，收获颇丰。有的就没怎么要到，口袋瘪瘪的，只几块剩菜团。但算算时间到了，赶紧往回赶，结果还是晚了。

渐渐跑近，个个满脸虚汗，惶恐不安，像犯了什么大错。

一个女人跑得披头散发，赤着双脚，路上摔倒几次。本来就破烂的褂子，又跌破几个洞，已是袒胸露背，跑起来两个奶子货郎鼓似的乱摇。她看到老扁气势汹汹地站在沙丘上，一群人站他面前等待惩罚，就想低头绕过去。

老扁暴喝一声："站住！"

女人打个哆嗦站住了。

"找野男人去啦！"

女人忙掩怀，上气不接下气解释："我跑了几个……村子，都没要到，人家……也断炊……"

老扁听得不耐烦："空着肚子也得干！今天你要挖三十个坑，少一个我揭了你的皮！滚！"女人今天没挨鞭子，有点庆幸，连声诺诺，赶忙干活去了。

然后，老扁走下沙丘，走到那一群男女面前，一阵子没说话，只用眼睛逼视着，突然扬起鞭子，劈头盖脸打去！一群人哇哇乱叫，抱头鼠窜。

一个男人形如骷髅，摇摇晃晃跑来，面色蜡黄，虚汗珠子扑嗒扑嗒往下掉。抬头看见老扁凶神恶煞的样子，竟吓得转身就逃。他方寸全乱了。

老扁冲上去抽了一鞭子："回来！"

男人乖乖回来了，脚步晃一晃，站住了。七尺高的汉子竟像个七岁的娃娃，低了头嗫嚅："我……不是故意的，就是吃草根太多……又喝了脏水，拉肚子……误了时辰……"

老扁当然知道，到处荒村饿殍，要饭也难，许多人只好吃草根。荒原上有各种野菜野草，有些能吃，有些有毒。鱼王庄曾有人误吃被毒死。有些虽然能吃，但会拉肚子。可不吃怎么活？

这个男人就是一直吃草根的，就一直拉肚子。这趟出去，本想要点吃的，只找到半块糠菜窝头，是从路边一个倒毙的老头手里抠出来的，一口就吞吃了。饿得头晕眼花，只好去扒草根吃，太难咽了，就从旁边一个水坑里捧水喝。吃得太多了，肚子里扎得难受，咕咕乱响，不大会儿又全拉出来了，根本还没消化。

老扁盯着他看了一会儿，知道他没说谎，叹口气收起鞭子："你去干活吧。"

那人赶紧走了，摇摇摆摆，像喝醉了一样。可是刚走出十几步，一头栽到沙滩上，伸伸腿死了。

老扁走过去，弯腰试试男人的鼻息，又翻翻他的眼皮，起身朝人群喊："挖个大坑，埋了！"

老扁提一根鞭子，像驱赶牲口一样赶着人干活。

他的鞭子像一条毒蛇，咬一口就能咬出血来。

鱼王庄人也有反抗的时候，他们恨他恨得咬牙切齿。

一次，老扁又在挥着鞭子打人。突然人群呐一声喊，冲过来夺过他的鞭子，反手猛抽，用手抓，用脚踹。老扁被揍得在地上捂头打滚，身上青紫流血，可他不反抗，任凭大伙狠揍，任凭他们发泄对他的不满。他们看老扁血头血脸，躺地上不能动弹了，就呐一声喊，又去挖坑栽树了。

老扁挣扎半天，终于坐起来，往头上一摸，全是血。一双小眼睛又往周围瞅，好像在寻找什么东西，突然冲人群大叫一声："谁拿了我的鞭子？"

人群愣了一会儿，只见一个人拿着鞭子乖乖送了回来，小心放他身边。

他们只能还给他。

这根鞭子只属于老扁。

鱼王庄需要一根鞭子。

鱼王庄人知道，鱼王庄人太穷，鱼王庄人太饿。栽树是一件天大的事，几乎没有任何物质做支撑。一头牲口饿倒了，没有草料喂它，又要它干活，只好用鞭子打。否则，它再也爬不起来。

鱼王庄人只能拼命，用生命换取生命，再用生命养育生命。

这是一个漫长的过程。

树木起来，鱼王庄就得救了。

这很残忍。可他们没有别的选择。老扁的鞭子可以驱赶饥饿，可以驱赶惰性，可以驱赶动摇，可以驱赶人们为了活着而去死。

事实上，鱼王庄每年都会有几十个人死在沙滩上。饿死，冻死，累死。反正是死了。反正是个死。

老扁没有任何手软。

他把那根鞭子紧攥在手上。

奇怪的是，除了他时不时被人按在地上打一顿，鱼王庄没有发生过任何骚乱。打完老扁，他们还去栽树挖坑。死了人，就在挖树坑时顺便挖一个大坑，把人埋了。人们很平静，很淡漠，很麻木。埋一棵树苗，心里还能小激动一下，盼着它能成活、长大。埋一个人，只是可惜少了一个人手。

他们把死看得很明白。不死在沙滩上，也会死在茅草屋里，死在他乡一个破庙里，死在乞讨的路上。死在鱼王庄的坑洞里，第二年还能在上头栽一棵树，这棵树一定会茂盛生长。

事实上，很多年后，如果发现一棵树比周围的树长得特别高大、茂盛，几乎可以肯定，这棵树是栽在死人坑上的。如果扒一扒，下头一定会有一堆枯骨。

更奇怪的是，鱼王庄虽然死了那么多人，总人口却在不断增长。

一来是因为鱼王庄的女人都特别能生。老扁告诉女人们：凡是生孩子的女人，一律奖励十斤粮食；一胎生两个的，奖励三十斤粮食；

一胎生三个的，奖励六十斤粮食。女人们很受鼓舞，不仅想生，而且想多生。想多生就得去鱼王庙烧香。居然神奇得很，只要去鱼王庙拜庙，女人多数都会一胎生两个、三个。个别的还生过四个。所以，鱼王庄孩子特别多。

鱼王庄人口大幅增长的另一个原因是，自从老扁在此主事以后，大批流浪人、拾荒人、乞丐纷纷来此定居。问他们为什么来鱼王庄，他们几乎众口一词，说听说有个叫老扁的家伙在这里带着大伙栽树，所以就来了。

鱼王庄人说你们没听说老扁是个阎王吗？

他们说，听说过，他有一根鞭子，特别爱揍人。

鱼王庄人说，你们没听说鱼王庄每年都会饿死、冻死、累死几十号人吗？

他们说，听说了。嗨！死在哪里不是死？在鱼王庄死了挖个大坑埋上，第二年在这个大坑上种树，还能当肥料用呢。

鱼王庄人说，天底下就没这么狠的人。他男人女人都打，死了人眼睛都不眨。他就该遭雷劈！

他们说，就是，该遭雷劈。

他该千刀万剐！

他们说，就是，该千刀万剐！

鱼王庄人说，那你们咋还来鱼王庄？

他们说，他不是还没遭雷劈嘛。

鱼王庄人说，你们也喜欢栽树？

他们说，前人栽树，后人乘凉。总不能一辈辈都讨饭。趁老扁还没遭雷劈，跟着他栽几年树，也能让子孙后代说道说道。日后，后辈人说，我祖上是个伸手讨饭的乞丐，这话能说出口吗？假如后辈在这荒原上看到森林，给人说，我祖先是个栽树的，这林子里有我祖先栽的树，这话就说得出口。叫我说，你们也别总骂老扁，他那么坏，你们不也没走吗？

鱼王庄人说……鱼王庄人忽然哑口无言。是啊，鱼王庄人还真是没人逃走。大伙一边骂老扁，一边还是跟着他栽树。

在十几年的时间里，鱼王庄从原先的几百口人，增加到两千多人。

梅子来鱼王庄，是在日本人进凤城之后。

抗战开始前，凤城周边十几个县，爆发了一场大瘟疫。那是一场真正的灾难。这种瘟疫每隔十年八年，就会发作一次，只是这一次特别厉害。人一传上就发高烧，烧得像火炭一样，浑身出血斑，一天两天，蹬蹬腿就死了。

梅三洞早就注意到这个瘟疫，之前也做过很多寻访研究。当这场瘟疫席卷而来时，几乎猝不及防。开始，梅三洞还天天出诊，后来就根本无法出门，上门求诊的络绎不绝，在大门外排成长队。梅三洞用自己研究的方子给大家看病，还真有效，上门来的人就越来越多。梅三洞知道光靠在家看病不行，周围县乡还有更多的病人。于是，他派人骑上快马，带上方子，去各处药材分店，严令他们按方子熬药，日夜不停，免费往各乡镇派送，多处布点，用大缸盛药汤，让病人自取自救。当时，他的恩师范大夫已经去世。梅三洞就坐镇凤城，动员了梅家药材总店所有人，以及很多街坊邻居，用大锅熬药，给病人一碗碗灌下去。病人从四面八方赶来，走得快的得救了，走得慢的就死了。有的病人是爬着来的，距大药缸只差十几步，却倒头死了。就差那么一点路程。

尽管梅三洞倾尽全力，还是死人无数。村头、路边，到处是倒毙的人。那一年的野狗最肥。

在那些日子里，梅子成了爹最得力的帮手。烧柴熬药，给病人灌药，甚至掩埋死人，什么都干，而且麻利干净。连梅三洞都吃惊，这个混血女儿会这么不怕苦，不嫌脏。

梅子是梅三洞和他的老师玛丽亚的孩子。

在巴黎求学期间，梅三洞一直住在老师玛丽亚的家里。玛丽亚深深喜欢这个上进而又单纯的学生，各方面为他操持，给他帮助。每晚回来，梅三洞还要熬夜读书学习，玛丽亚就为他准备一份夜宵，送上一杯热咖啡。梅三洞从小就缺少母爱，老师的关怀让他第一次体味到母性的温暖和女人的温柔，很快对玛丽亚产生了深深的依恋。玛丽亚察觉到了，想拒绝又不忍心。也是日久生情，两人终于同居了。梅三洞说我要娶你，毕业后带你一同回中国。玛丽亚笑道，我不会嫁给你的，我就是想让你安心学习。后来，玛丽亚怀孕了。两人约定：如果生下后，孩子长得像玛丽亚，就把孩子留在法国；如果长得像梅三洞，就让梅三洞带回中国。梅子出生后，和梅三洞像极了。这让他很高兴。更让他高兴的是，梅子渐渐长大，特别爱黏着爸爸，常常像一只小猫躺在梅三洞怀里，学中国话也特别有天赋。到回国时，已经能说一口流利的中国话。临别时，玛丽亚哭得很厉害。她对梅三洞说，你们走后，我会去修道院做一名修女，从此与世事无涉。梅三洞说，等梅子长大了，我一定会带她来看你。玛丽亚摇摇头，你们平安就好。梅三洞带着梅子上船后，回头看到玛丽亚还在岸上挥手，海风吹散了她的头发，几乎站立不稳。那一刻，梅三洞难过极了。这个美丽柔弱的女人，无私、善良，给了他一切，留给自己的却是一个孤单的身影。

梅三洞再也无法兑现对玛丽亚的承诺。

在那场瘟疫生死战中，梅三洞因为过于劳累，身体虚弱，不幸也染上了瘟疫。他救了那么多人，却没能救活自己。临死前，他唯一不放心的是女儿梅子。这孩子将无依无靠。他对梅子说：“要不……你还是去法国吧，那里有你的……母亲。”

梅子流着泪，坚决地摇摇头。她对父亲说：“我会把梅家大药房办下去。”

老扁从鱼王庄赶来，操持了梅三洞的全部丧事。

在他心里，梅三洞就是亲爹，梅子就是亲妹妹。

老扁为梅三洞赶了十多年马车，到处给人治病。这一家三口曾经的亲密日子，给老扁留下无尽的回忆。老扁披麻戴孝，在梅三洞的坟前痛哭不已，哭得昏天黑地。

梅子站在一旁默默陪他，没有说什么话。

他们在一起生活了十多年。梅子在心里很亲近也很敬佩这个哥哥，觉得他很了不起。从小是一个被遗弃的孤儿，可他从来不消沉，不抱怨，踏踏实实做事。每次去外地行医，安排好食宿等一切杂事后，晚上一定会去遛马，会把马梳洗干净。还经常顺便给梅子买点当地的小吃，比如一串糖葫芦，一包芝麻糖糕，或买一只蝈蝈给她玩。梅子都很喜欢，但那只蝈蝈她会把它放了。老扁爱干净，他的衣服和梅三洞的衣服，从来都是他洗，从不让梅子沾手。他一直在对梅三洞尽孝心，也一直用行动呵护这个妹妹。梅子都感受到了，可她不会撒娇，只经常会说谢谢。这就显得有点距离。让老扁有点怕她，甚至有点自卑。

当老扁在梅三洞坟前大哭的时候，梅子一边陪着默默流泪，一边在想，父亲死了，她只有这一个亲人了，以后应当对哥哥更亲切一点。但她真的又不会说什么亲切的话。就一直陪着站在一旁。

老扁一直在哭。

这让梅子起了疑心。感到除了对父亲死去的悲伤，他自己心里似乎还深藏别的痛苦，又无法与外人说，借此发泄一通。是因为他不幸的幼年和童年？好像不是。因为他以前经常说自己是狗命，如果不是一条狗护着，等不到梅先生救他就死了。还拿自己的扁头开玩笑，说摇一摇顶一把蒲扇用。那些经历都没给他留下阴影。会是什么呢？莫非在鱼王庄有难言之痛？

老扁终于停止哭泣，抹一把脸站了起来。

梅子看着他："哥，你……没事吧？"

老扁摇头："没事，我没事。"

梅子紧追："鱼王庄那边……"

老扁一愣，赶忙说："没事没事。我在鱼王庄挺好的。"似乎在掩饰什么。

梅子没有再问下去，心中却留下一个疑团。

老扁重回鱼王庄了。让他欣慰的是，鱼王庄躲过了这场瘟疫灾难，恰恰是因为那里太偏僻，风沙太大。走前，他对梅子说，经营南北大药房不容易。这次瘟疫，梅家为救人损失很大。以后你可以把生意做小一点，也不用那么累。梅子点点头，没有吱声。

梅子心里想的是，我必须把生意做大。

但三个月后，一切都成了泡影。

日本人打进了凤城！

日本人什么也没说，就把梅家南北大药房占领没收了。店里大量的药材，对日本军队来说是急需的。梅家大药房的镇店之宝——那棵千年老参，也很快被发现，日本人真是欣喜若狂。没想到在这个偏僻的小城，还真的藏着一个大药房，真的藏有宝贝。日军事先得到情报，就是为了这个南北大药房，才抢先占凤城的。

梅子无力抗争，在伙计掩护下，趁乱逃了出来。日本人发现后紧紧追赶。梅子慌乱中逃进一条小巷躲了起来。夜深了，她在小巷子里徘徊，一时不知往哪里去。愤怒，孤独，绝望，让她第一次有了异国他乡举目无亲的感觉。也许，自己真的应当去法国？

她在影影绰绰的小巷中走走停停，不敢走出去。她能听到大街上日本兵粗重的皮靴声。突然，身后一个人一把抓住了她，低声说：“跟我走！”梅子吓了一跳，及至听出是个女人，才稍稍放心。那女人拉上梅子七拐八拐，拐进另一条小巷，打开一个院门，又迅速返身关上。

那女人把她拉进屋，灯光亮着：“你是梅子小姐吧？”

梅子看清了，这是一位中年女人，并不认识，就问：“您是谁？”

那女人说：“你不认识我，可我认识你。别害怕，我听说梅家大药房被日本人占了，就去看了看，又听说梅家小姐趁乱逃了出来，日本人在抓你，我就到处找你，怕你被日本人祸害了。听说日本人禽兽不如。不想真找到你了！”女人显然很高兴。

梅子没有追问她是谁。她知道梅家在凤城一向人望很高，梅家有难，谁都可能出手相救，就说：“谢谢您救了我！”

梅子环顾住所，一座小院，虽然简陋，却也宽敞，里外收拾得很整洁，就问：“就您一个人？”

女人说：“我有三个孩子，都成家了，平时只我一个人生活。今晚，你就和我一起住这里吧。那边一间还有一张床，是我女儿以前住过的，出嫁后就一直闲着。我去收拾一下。”

当晚，女人又为梅子做了吃的，可是梅子吃不下，早早就躺下了，只是一宿都没睡着。

第二天，那女人就出了门。好半天才转回家，说听说日本人在到处寻找梅子，让她继续主持梅家大药房的生意。女人说，梅子小姐，你千万不能出头，日本人不知安的什么心呢，还听说他们昨夜抓走好多女人。

一连数日，梅子躲在女人家里没有出门，却渐渐打定主意，不去法国了。她要留在中国，看着这些强盗是怎么失败的。她相信，这么大的中国，没有谁能灭亡它。

没想到第四天，老扁突然来了。

梅子吃一惊，说："哥！你怎么找来的?"

老扁看看那个女人："梅子，你知道她是谁吗?"

梅子摇摇头，有点疑惑地看了那女人一眼。

女人笑笑，说："梅子小姐，说起来，我也是你们梅家人呢!"

原来，这女人是七月。

当年，七月一家四口人被老管家程先生安置在凤城后，就一直默默无闻地生活，她也逐渐从那座荒原城堡的噩梦中挣脱出来。凤城没人知道她的身份。她对梅家一直怀有感恩之情，虽然老爷梅云游死了，但对梅家亲情尤在，经常会关注梅家的事。可她从来没去打搅过梅家，更没有去认亲。当初，老管家给她留下一笔钱，足够养活孩子们，还能供着孩子上学。后来三个孩子大了，相继成家，女儿嫁到杭州去了，两个儿子都有了工作，也买了自己的房子。他们有时会来看望一下。七月素来勤俭，手里钱也差不多花光了，平日给人缝洗衣服补贴家用。前几个月，梅三洞为救人染病去世，她是知道的，可她自卑，没有露面，只站在远处，看着人们抬着梅三洞的棺材走向城外的墓地。她一直在流泪，只叹息好人命短。日本人突然打进凤城，她很担心梅家树大招风，赶忙过去看，又打听到梅子慌乱中逃走，就想自己无论如何要出面了，一定要找到梅子，不能让她落到日本人手里。把梅子安置好后，第二天又去了两个儿子家，看他们是否平安，也说了找到梅小姐的事，还细心叮嘱他们不要回家探望，免得引起别人怀疑。她所做的一切，都是为保证梅子的安全。

老扁正是七月派小儿子送信才赶来的。

她不是怕伺候梅子麻烦，是怕梅子藏在家里不是长久之计，早晚会被日本人发现。鱼王庄那么远，那么偏僻，又有老扁在，梅子躲到那里才叫她放心。

老扁告诉梅子这些复杂关系后，笑道："梅子，按梅家辈分，你应叫她小奶奶呢。"

七月赶忙摆手："别别，我可当不起！"

梅子的眼睛湿润了。她没有叫"小奶奶"。突然冒出个小奶奶，她有点叫不出口，却上前和七月拥抱在一起。她真的很感动，这个从未谋过面，从未打搅过梅家的小奶奶，却在自己最艰难的时候，不顾危险，奉献了她的大爱。

老扁给梅子化了装，二人假扮夫妻混出城去。老扁的马拴在城外一片林子里。老扁带上梅子，打马直奔荒原。马跑得很快，梅子在后紧紧搂住老扁的腰，心里暖烘烘的。

这是他们一生最亲密的一次接触。

老扁一边纵马，一边大声说："梅子，你都快三十岁了，快找个男人嫁了吧！"

梅子稍顿，大声回说："你什么意思？这时候说这个！不想让我去鱼王庄吗？"

老扁赶忙否认："不不！我可没这个意思。梅子，你放心在鱼王庄住下，可以住一辈子。哥一定会保护你！"

梅子说："我可没打算在鱼王庄住一辈子！"

老扁一时无言。他一向不知道该怎样和她对话。

老扁早就知道鱼王庙求子的秘密。

当时他才只有十几岁，还在跟着梅三洞赶马车。

其时，鱼王庙已经名声远播。不仅鱼王庄的女人来鱼王庙求子求女，远到界首镇、一百单三村，乃至凤城、徐州、济南、开封等地，都有女人前来。昔日黄河鱼王落难于此，早就惊动周边府县，人们便有了各种说法。其中最盛行的说法是，黄河决口淹死太多人，鱼王没跟洪水走，而是留在这里，就是为了帮助人类重新繁衍。鱼向有多子之祥，鱼王在此镇守，必定有求必应。

鱼王庙本是一间草庙，庙里供奉着泥塑的鱼王，一直坐落在栖山上，还是当初老八和儿子大船修造的。后来修了又毁，毁了又修，一直是草庙。老八、大船和他们的后人，都没这个财力把庙修得好一点。后来，名声渐大，才有香主不断送来砖瓦木料。有的是财主，用车子拉来砖瓦木料。有的是普通百姓，用毛驴驮两袋砖送来。还有的毛驴也没有，就肩背十块八块砖送来，路途遥远，苦行僧一样。终于积少成多，建成三间砖瓦小庙。直到梅云游来到鱼王庄，建造城堡时，听说了鱼王落难的故事，大吃一惊，很快拿出一笔钱重新建庙。新庙成为一个院落，有十几间房屋。鱼王是用金丝楠木重新雕刻的，体型巨大，还按照鱼王的真身颜色贴了金箔，看上去栩栩如生。鱼王庙重新建成后，梅云游又在当初发现鱼王的日子，请来戏班，唱了七天大戏。因为事前发了告示，各地来了很多人听戏拜庙，荒原一时热闹非凡，鱼王庙更是名声大振。

这时，看守鱼王庙的人叫斧头，是大船的后人，四十多岁，一条壮汉。斧头有妻室儿女，平日住鱼王庄，他独自一人住庙，还是当年老八定下的规矩。

鱼王庙香火越来越旺。不仅逢年过节，平日里也有人来烧香。香客来自四面八方，最远的来自千里之外。传说鱼王爷很灵，能消灾免祸，保佑平安，能呼风唤雨，祈求丰年。但荒漠里从来没有丰年，因为不能种庄稼。就是黄河滩上那一百单三村，单靠开荒种田的地方，也是风沙很大，一年下不了几场雨，庄稼稀稀拉拉。一百单三村便有人怀疑鱼王爷的本领。但话一出口，立刻会挨一顿训斥，说你浑蛋！敢对鱼王爷大不敬。鱼王爷容易吗？风雨雷电都归老天爷管，鱼王爷是和老天爷较力哩！若不是鱼王爷会呼风，一口气顶在那里，风会比现在还大；若不是鱼王爷唤雨，这几场雨也下不来！那人不敢回嘴，瘟头瘟脑走了。传说，每逢下雨前，会见一条巨鲤在水荡上空翻腾，摇头摆尾，极艰难极吃力的样子。不多久，雨就来了。这时，你去鱼王庙看吧，鱼王直喘粗气，身上准有水珠子，就是鱼王发力累坏了。只是有点遗憾，鱼王爷下雨不均匀，春播时节，总共下不了几滴雨，沙土干得像被锅炒过。秋天来了，说不定会突然降一场暴雨，遍地汪洋。于是又有人说，鱼王爷不懂节气。可是鱼王爷哪能啥都懂？鱼王爷本来就是河神，没管过陆地上种庄稼的事，不管啥雨，这荒原上有雨就不错了。

鱼王庙的香火，终于还是很旺。

不少人亲眼见过鱼王在水荡潭渊里翻动浪花。甚至还有人见到过鱼王哗啦一声大响，蹿出水面，携带着瀑布样的水帘水珠，跃出几丈高，然后泼剌剌钻入水中。

那真叫惊天动地！

鱼王不是传说，不由你不信。

看客进了鱼王庙，斧头帮着点香、摆供。

香客走了，供果全归他吃。斧头不舍得吃，都是送回家给孩子们。

鱼王爷最大功德，还是管生孩子。

在所有香客中，求子求女的要占绝大多数。凡不生育的，只要到鱼王庙进香上供，几乎准生，而且常有多胞胎。区别只在于，有的只需进香一次，有的需进香多次。没有耐性不行。而且要排号来。为别的事进香祈愿，可以一拥而上，几个人同时烧香磕头。求子求女的，就必须在另一间密室单独上香，一个一个来。场面更加肃穆，不准任何人打搅观看。只准女人进去，不能有陪同。丈夫在芦荡外等候，远望庙门而不得入。女人进去，大约要一个时辰，礼仪很复杂，也很神秘。也有的快一些，半个时辰也能结束，关键看配合。女人进香出来，对进香过程不能说，男人也不能打听。否则失灵。

斧头这套礼仪，是一辈辈传下来的，一直严格遵守。他爹看庙时，也是从不让家里人来，小孩子也不让进。斧头十八岁开始进庙跟爹学习，很快就独当一面。这一坚持就是很多年。斧头每次回家，总是很累的样子，常常放下供果，倒头就睡。一觉醒来，又是精神焕发。

女人从庙里出来，大多欢天喜地，一副心满意足的样子，告诉外头的男人，鱼王爷显灵了。不过还要来两趟。那男人说行，两趟就两趟！不孝有三，无后为大，只要能生孩子，三趟五趟都行。

只有个别女人，从庙里出来时，神色慌张，满面羞愧，甚至落下泪来。男人也不敢问，心里就有了疑惑。下一趟多半就不来了。

不来就不来，碍着别人什么。

凤城一位三姨太，只有二十多岁，长得娇艳如花，来鱼王庙进香求子，十分急切，说是上两房都没生，老爷才娶了她。可是三年下来，还是肚腹空空。老爷急了，她也急了。便带个丫鬟，乘一顶小轿直奔鱼王庙来。轿夫和丫鬟在芦荡外等候，她由斧头领进庙去。当时斧头刚接手庙事不久，正是英俊少年时，浓眉大眼，虎虎实实。小路窄窄，弯弯曲曲，稍不小心，就会掉进两旁的泥潭。三姨太主动伸手牵住斧头，一路风摆杨柳没入芦荡深处，在庙里一待就是两个时辰，方才出来。丫鬟轿夫等得急了，她却如桃花绽开，春风满面，欢天喜地而去。时隔半月又来一趟，再过半月又来一趟，一连进香三次。九个月后，果然生个大胖小子，浓眉大眼，虎虎实实。老爷欢喜，长房欢喜，皆大欢喜。这位太太生子后，还是常来庙里，说是还愿，大空一月两月，小空十天半月。每次来，都带好多东西，米面点心，棉袄裤袜，什么都有。一年后，这位三姨太又生一个女儿，像她一样漂亮。

这样的例子太多了。

据说，光在凤城，就发现三十多个虎头虎脑的男孩子，模样都很像。

至于周边城乡，包括一百单三村，那就更多。

鱼王赐子，恩泽四方。

有一年，老扁赶着马车，跟着梅三洞行医归来，经过芦荡边时，看到一个男人在外立等。骄阳似火，那男人满头大汗，显然在等女人出来。

老扁就问："梅先生，传说鱼王庙求子，真有那么灵光？"

梅三洞正想休息一下，就说："你可以进去看看。"

老扁真的去了。

他像个猴子似的，沿泥泞小道迅速消失在芦荡里，不大会儿出现在栖山庙门前。老扁闪身进去，看大殿无人，又折身转向殿后，脚步轻轻靠近一座隐秘的小屋，伏在窗下，却突然听到屋内有厮打之声和女人的哭骂。但接着是女人一声异样的喉音，然后再没有挣动的声音。却隐隐听到啪啪的撞击声和女人一声接一声的呻吟。呻吟是压抑的，却是平静的，有规律的。老扁很奇怪，刚才还在厮打，怎么转眼变了声调？就慢慢站起身，从窗户往里看，就见两人都脱了衣裳，赤条条搂在一起，正在专心交媾。女人搂着男人的脖子，十分享受的样子。老扁一下全明白了。

但正在这时，突然背后一声断喝："干啥的？小杂种！"

老扁忙回头，是一个老人！正是斧头。斧头已成老斧头，正在屋里和女人亲热的是老斧头的儿子小斧头。

老扁倒也不怕："你们干的好事，我要揭穿你们！"说着就要往屋里去。

老斧头一把扯住，向老扁跪下了，说："小先生，求你了，千万不能说出去！不然鱼王爷会发怒的！"

这时，小斧头也出来了，一副凶狠的样子，盯着老扁说：“你敢说出去，我用斧子劈了你！”

女人没有说话，却头发散乱，用乞求的目光看着这个十四五岁的孩子。

老扁看看他们三人，忽然笑嘻嘻说：“你们放心，我啥都没看见！”转身回头，一溜烟跑走了。

这是老扁少年时代一次成功的恶作剧。

但回去后，除了梅三洞，他果然没告诉过任何人。

那时的老扁，已经经历很多，初识人事，虽然时有调皮，但不当说的，绝对不会说。他知道鱼王庙在鱼王庄乃至周边府县的神圣地位。那是一个被夸张演绎的神话，他绝不敢打碎它。

他还没有力量打碎它。

等他长大，成为鱼王庄的当家人后，他又不愿去打碎它了。

他渐渐明白，当初那些求子求女的男人们，其实大部分是知道怎么回事的，可他们选择了佯装不知。其间蕴藏了一个令人肃然的精神内核，就是对生命的渴望和尊重。在一个鲜活的小生命面前，所有人类的道德伦理都显得黯淡无光！

这么多年，在鱼王庄，他每年都会迎接乞讨归来的女人们，有大姑娘，也有小媳妇，还有的是十三四岁的小女孩。不少人走时好好的，却怀着身孕回来了。他能想到她们在外地所受到的屈辱、痛苦和无奈。但鱼王庄没有任何人鄙视她们，而是把她们小心领回家去，细心等到孩子的出生。而一旦婴儿呱呱坠地，一村人都会欢天喜地。大家都拥来看望，有的还带几枚鸡蛋。他们是真的高兴。

鱼王庄又添人口了！

也许，在文明世界看来，这是多么落后，多么愚昧，多么污浊，多么野蛮，多么卑琐，多么肮脏，多么不堪的一伙子人。

你尽可以捡起世上最恶毒的语言泼向他们，却不能不承认，这是多么坚韧，多么顽强的一群人！

鱼王庄有很多人，都是只知其母，不知其父。

至于那是谁的种，孩子的爹是谁，应该姓什么，在鱼王庄人看来，这根本不重要。生下来就是一条生命，就是一个活蹦乱跳的孩子，就是鱼王庄人，这就他妈的够了！

这些女人和孩子不应当受到任何责难和鄙视。

鱼王庙求子之谜，老扁会永远埋在心底。那是鱼王庄的生命宗教。

鱼王庄杂乱的血统，老扁永远会用欲哭无泪的笑容，坦然面对。

因为鱼王庄要生存，要繁衍。

这是一个生命的大题目！

那一年，草儿从城堡回来就疯了。

泥鳅按照老扁的指令，把草儿送去城堡。也是泥鳅把她从城堡里背回来的。

泥鳅平日根本就不想听老扁什么命令，可这一次，他听了。

老扁对他有救命之恩。当年，如果不是老扁赶着马车把他送到凤城，请梅三洞做了手术抢救，自己肯定死在老管家眼皮底下了。他当然很感激老扁。可他实在不喜欢老扁这个人，从小时候第一次见面就不喜欢。老扁那个长相就让他不舒服，他那个牛×哄哄的样子更让他不舒服。泥鳅经过半年多的治疗重回鱼王庄，却发现老扁已成为鱼王庄的主事人，并且已和大家勾肩搭背打成一片。自己伤愈归来，几乎没人问候一声，所有人都对他视而不见。泥鳅对梅家的糟践和不忠，已让他名声扫地。

泥鳅要重新回城堡居住。可是大门上了锁。他去找老扁要钥匙，他认定钥匙在老扁身上。老扁告诉他，老管家程先生已经走了，这座城堡关闭。你还是回鱼王庄，搭个茅屋住下吧。

泥鳅很生气，说我原先就住在城堡里呀。

老扁说，你记错了。我听说，你原先就住在鱼王庄的，和大伙没啥两样。

当时就把泥鳅憋得打嗝。

不久，老扁又召集全村人坐在城堡前的空地上，让大伙举荐村长。说咱鱼王庄是荒原第一村，一直没个村长，这不行。干啥事都得有人牵头，不然啥事也干不成。大伙一致举荐老扁当村长，气氛很热烈。他们看好这个年轻人。

只有泥鳅反对。

泥鳅说："我反对！"

就是从这次开始，泥鳅对老扁反对了一辈子。他对老扁所做的任何事都要反对一下："我反对！"

当时大伙笑起来，说泥鳅你反对啥？莫非你想当村长？

泥鳅说，刚才老扁说干啥事都得有人牵头，过去不都是我牵头的吗？

有人当即说，你过去牵头，领着大伙磨洋工，能干成事吗？

有人说，你牵头，把梅家的东西都祸害了，你能牵头吗？

有人说，你流里流气，只知调戏女人，心事全不在栽树上，你不能当村长！

泥鳅说："老扁是外来人，不是鱼王庄人！"

一个老头站起来，说放屁！来到鱼王庄落脚，就是鱼王庄人！哪个不是外来人？当初，你爹挑个担子来到鱼王庄，前头筐里坐着你妹妹，后头筐里坐着你。你妹妹三天后就死了，你爹把她埋到村东沙堆里。第四天，你爹丢下你偷偷走了。你是大伙养大的，东家省一口，西家省一口。要是把你当外来人，你狗日的早就死了！

有人说：泥鳅，你就是个白眼狼。老扁就不该救你！

泥鳅被骂得瘟头瘟脑，一时无话可说。

其实，他也并不是一定要当村长。当村长将会有多么艰难，他是知道的。那是要承担无数责任的，还是个得罪人的活。他只是心里不舒服老扁抢他风头。而且在老扁那里，自己要永远背着“救命之恩”的巨债。

但后来，泥鳅慢慢想通了。老扁当村长，会是个吃力不讨好的角色。就像是个唱戏的，又是扯嗓子，又是翻跟斗，又是哭，又是笑，折腾得七荤八素，还不落好。自己是坐在台下听戏的，看起来在乖乖听戏，其实一直在挑刺。挑刺时可以眯着眼，跷着二郎腿，还可以摇头晃脑，那感觉恣极了。演员满身大汗，正演得起劲，你忽然在台下大叫一声：“你少翻一个跟斗！”那时，大伙都会跟着起哄：“是啊，演的啥玩意！”

泥鳅就这样和老扁玩了很多年。把老扁玩得不胜其烦，耳边经常会突然出现一个声音：“我反对！”

老扁把新婚妻子送给龟田，是泥鳅多年来等到的一个最好机会。

但这次，他没有喊：“我反对！”

他上去狠狠打了老扁一拳，只是表明他是有气节的。可他还是扛起昏迷的草儿送到城堡去了。

他当然要听从老扁的指令，送草儿去城堡。

因为这件事，会给老扁留下终生的污点，会让人骂他一辈子。

这比平时出点什么差错严重多了。

那天，泥鳅背草儿回来时，草儿一路都在疯狂挣扎，大喊大叫，大哭大笑。

泥鳅把草儿背回来，什么话也没说，放下草儿，又对着老扁的屋门狠狠踹了一脚，昂然而去，留下一个鄙视的身影。

看样子，他是气坏了，起码像是气坏的样子。

当时，鱼王庄许多人都还没走，大家一直在等待草儿回来。大家担心草儿怎么受得了日本人的凌辱，人人恨不得把老扁撕碎了。

相比之下，这一次泥鳅反而赢得了大家的好感。这个平日流里流气的家伙，在这种时候，还是分得清是非的。他们唯一对他不满意的是，泥鳅为啥不背着草儿躲到荒原上去呢？也许躲过这一劫，草儿就不会有事了。难道日本人真的会砍伐鱼王庄数十万棵树木？

傍晚，泥鳅背着草儿去城堡后，老扁忍受不了众人的指责斥骂，躲出去了。

草儿刚被背回，他又回来了。也许他根本就没走远。

草儿仍在大哭大笑，几个女人也按不住。所有人都在流泪。

草儿受到的伤害太大了。她来鱼王庄总共也没有多少天。一会儿是天堂，一会儿是地狱。相依为命的爷爷死后，就在她以为再也没有依靠时，老扁却突然娶了她。虽然老扁年龄比她大了很多，还是让她深信，自己终生有了靠山。可是刚办完婚礼，还没入洞房，又被老扁当礼物立刻送给了日本人。

大家想得到，一个黄花闺女到了日本人手里，会被怎样摧残！

草儿果然疯了。

她能不疯吗？

大家的愤怒到了极点。老扁刚一进屋，众人立刻叫骂着扑上去一阵乱打，不一会儿就将老扁打倒在地。

老扁拼命爬起来，舔了舔流血的嘴角，脸色铁青，突然大吼一声："都滚！"

所有人都鸦雀无声，抹一把眼泪低头走了出去。他们知道和这个邪恶的家伙没法讲理的。

老扁把披头散发的草儿紧紧揽在怀里，慢慢用手指为她梳理头发，很久，很久，两行清泪流出来。

草儿折腾累了，已经沉沉睡去。不时惊厥一下，又再次睡去。

老扁抱着草儿，整整坐了一夜。

第二天一大早，梅子就来了，提着一个小药箱，说是要为草儿检查伤情。头天傍晚，她曾为草儿的事啐了老扁一脸，这会儿出现在门口，也没有好脸色。

老扁还在发愣。梅子冷着脸说："出去！"

老扁赶忙出屋，到门外拿一把铁锨，大踏步出门去了。

当全村人被吆喝到村外挖坑栽树的时候，大伙看老扁一直在卖力挖坑，还不时冲人吆喝几声："别偷懒！你看啥看？干活！"就像啥事也没发生。大伙就在心里骂，这个王八蛋心真硬！

龟田也像啥事都没发生。

第三天，他居然带着两个卫兵走出城堡，溜溜达达到树林子里散步去了。他在林子里转了很久，不时摸摸一些大的树木，还用手量一下尺寸。有的树木确实很粗壮了。过去，他一直瞧不起鱼王庄的树林，但一旦进去细看，才发现林子里还是很壮观的。因为树木品种杂，一部分地方反倒更像杂木林。当然，大部分地方还是稀稀拉拉。

老扁看到了，就很警惕。

龟田很少到林子里散步，主要是怕出危险。他一直很小心。今天怎么突然进了林子？老扁就一直悄悄跟踪观察。

龟田早就发现他了。林子太稀，藏不住人的。可龟田佯装不知。从林子出来后，龟田看到鱼王庄一伙人在坐地休息，更多的人还在埋头挖坑，密密麻麻足有一千多人。

这让龟田目瞪口呆。

即便现在是战争时期，也没能阻挡他们挖坑栽树！

平日，鱼王庄不大能看到人的，都外出讨饭去了。这个他是知道的。可他们总是在某一天，突然都回来了！

就像一支悄然集结的军队，准时，快速。

他们面黄肌瘦，衣衫褴褛，干起活来却毫不惜力。没有人偷懒。不时有人摇摇晃晃倒下了，不大会儿又爬起继续干。也有的倒下再没起来。旁边人也并不大惊小怪，挖个大坑埋上，还是继续干。好像死个人不是什么大事。他们沉默寡言，表情木讷，没有武器，不会对皇军构成任何威胁。可这个场景却让龟田心惊胆战。一直都说中国人心不齐，像一盘散沙。但在这一盘散沙上，却生活着一支纪律严明、破破烂烂却团结一心的别样军队！

龟田觉得这样一支军队，比那些真正的军队更可怕。因为那个真正的军队正是从这些中国人中间走出去的。

现在，龟田是非常担心了。

因为头天刚接到上级电话，鱼王庄的树木还是要全部砍掉，运送到徐州、大同煤矿做地下支架。煤炭是战略物资，日本人一向抓得很紧。一部分在中国使用，一部分运往日本。龟田这个据点，战事极少，所以一直保留着，其实是为了看住这片林子，这是资源。日本人一向重视战略物资，在中国很多地方，都会派重兵把守矿山、森林、河流，防止被中国军队占领，以备不时之需。以前，龟田的确告诉过上级，说鱼王庄的树木不成才，没有大用，试图阻止砍伐。可现在，他没有理由拒绝了。

就是说，这三十多万棵树木必须砍掉。

他能想到，一旦动手砍伐树木，老扁会发疯，鱼王庄一两千人会发疯，一场血案必将发生！

这是龟田不愿意看到的。

老扁曾不止一次给他说过，这几十年鱼王庄人是怎么把树栽起来的。

为了栽这些树，他们忍饥挨饿，前赴后继。

老扁告诉过他，鱼王庄一代代人已经形成一个规矩，任何人死了都不留坟头，不用棺木，只埋进一个土坑，第二年在上头栽一棵树。

龟田后来曾留意观看，鱼王庄前前后后，乃至整个荒滩上、树林子里，果然没见过一座坟丘。只在城堡旁边有三座坟。老扁也曾给他详细讲过梅云游的故事，讲过城堡的故事，讲过梅先生散尽家财发起栽树改造荒原的故事。龟田像听一个神话。可是看到这些稀稀拉拉的林子，又觉得是个笑话。就算有三十万棵树木，在这个荒原上，还是微不足道。改造荒原谈何容易。

但唯其不易，才让龟田知道这片林子在鱼王庄人心中的分量。

这是他们的命！

砍了林子，就是要了他们的命。

龟田走向一伙正在歇息的人，笑哈哈大声招呼："你们好啊？"

没人理他。

龟田有点尴尬，又说："挖坑栽树呢？"

还是没人理他。不是没话找话吗？

龟田的两个卫兵拿枪指向众人，哇啦哇啦说了一通，好像是嫌他们怠慢了小队长。

龟田抬手制止了卫兵。看着荒原，一脸不解道："中国有那么多好地方，你们干吗一定要在这里生活，搬走不好吗？"

有人搭腔了，说："这里好。"

龟田很高兴，终于有人说话了：“这里有什么好？到处是风沙。”

另有人说：“这里好啊！”

接着许多人说：“这里好啊！”

“这里好啊！”

龟田摇摇头，哭笑不得。他们啥也不会说，只会说这里好啊。就说：“这里连一棵庄稼都不能种，有什么好？”

这时，一个老头说话了：“听说你们日本人就住在几个岛上，巴掌大的地方，四面环海，不小心一抬脚就掉海里，有啥好？你们不也住着吗？”

众人笑起来。

有人说：“别小看这千里荒原，要是放在日本，就成宝贝了！”

有人说：“你们在这里也快八年了，是不是一直在琢磨，怎么把这块地搬到日本去？沉着呢，搬不动的！”

这时又围拢来一些人，一阵哄然大笑：“哈哈哈哈……沉着呢！”

龟田有点吃惊，本以为这是些麻木不仁、无知无觉的傻子，没想到他们有着一肚子话，句句都像钝刀。

龟田正不知如何应答，突然跑来一个日本兵，冲龟田敬个礼，又简短说了一句什么，好像很急的样子。龟田立刻转身大踏步走了。

老扁一直站在人群外，看龟田匆匆离去，有些疑惑地看着他的背影，忽然有些担心。这么多年，日本人任何风吹草动，都会让他担心和他的三十万棵树木有关。

当天下午，老扁被叫到城堡，说龟田找他有事。

一路上，老扁的腿都是软的，心怦怦乱跳。

他有个不祥的预感，而且十分强烈。

果然，龟田告诉他，头天已接到上级命令，鱼王庄的树木要砍伐，送去煤矿做支架用。上午又来电话，说明天就会来大批工兵和民工，开始砍伐树木。

老扁直直地看着龟田，那是一副绝望和愤怒至极的眼神，像在喷火。他脸上的肌肉在剧烈抖动，好半天没说一句话，突然一口鲜血喷出来！老扁明白，草儿白让龟田糟践了。

龟田转身拿一条毛巾送来，老扁猛然跃起，先是甩手一个大巴掌，接着如一头狂怒的豹子扑向龟田，二人一同摔倒在地。老扁压在他身上，挥拳就打，打得龟田鼻口出血。老扁还想再打时，龟田猛然屈身一蹬，把老扁踹出几尺远，重重地摔到地上。

龟田爬起身，大喝一声："绑了！"

一切都在电光石火之间，门外两个士兵这才冲进屋，七手八脚把老扁捆了个结结实实。

老扁破口大骂："龟田我×你八辈祖宗！你言而无信……畜生……畜生……畜生！"

龟田用毛巾擦着脸上的血，看着狂怒的老扁，一言不发，却伸手慢慢拔出手枪指向老扁。

老扁两眼喷火："开枪啊！你真的以为老子是个懦夫吗？你真的以为老子好欺吗？呸！你开枪吧，老子要眨巴一下眼就不是好汉！"

龟田到底没有开枪。

两个士兵对老扁一顿拳打脚踢。

龟田重新把枪插回腰间，挥挥手让他们出去。自己搬把椅子坐下，看着坐在地上的老扁，继续听他叫骂："龟田……你丧尽天良啊！我能做的……都做了……你还是要砍树！……这些树木……是用命……换来的……你知道鱼王庄死了多少人吗？"老扁骂着骂着，已是泣不成声。

龟田看他没力气哭了，说："老扁，实话告诉你，我能做的也都做了。这是上级命令，我必须服从。你也必须服从！”

老扁冷笑一声：“我要是不服从呢？”

龟田说：“就地枪决！”

老扁鄙视着龟田：“杀我一个有用吗？鱼王庄两千多口人会反抗到底！”

龟田说：“那就全部杀光！”

老扁摇摇头：“丧心病狂！你们作的恶还嫌少吗？”

龟田说：“现在是战争时期，什么事都可能发生。老扁，我现在是以朋友的身份劝你，不要反抗，鱼王庄人也不要反抗。没用的。你带头反抗，就是把全体鱼王庄人带入深渊，我会让你看着把鱼王庄人杀光，会血流成河。你会后悔莫及。”

老扁摇摇头，看着龟田：“我还是不相信，你会下令向鱼王庄人开枪。”

龟田面无表情：“我会下令开枪。因为我是军人。何况，明天来这里的，除了大批工兵、民工，还会增派两个中队的皇军和两个营的皇协军，前来维持秩序。他们已接到命令，凡是反抗者，格杀勿论！明天开始，我就不是这里最高指挥官了。”

老扁狠狠吐了一口血沫子：“龟田，既然这样，你把我放了，我知道该怎么做！”

龟田摇头：“你还是待在这里好！我不能放你走。今晚，我还会把鱼王庄所有青壮年都关到城堡里来。”

老扁大叫：“龟田！你别假惺惺的。你以为你是在保护鱼王庄人吗？你是怕鱼王庄人反抗，妨碍你们伐树！鱼王庄人不怕死！”

龟田说：“我相信鱼王庄人不怕死。现在，我可以给你透露一个军事秘密。我接到的命令是，今夜突袭鱼王庄，把全村有反抗能力的青壮年全部杀光，然后明天开始伐树。因为鱼王庄是唯一会阻挠伐树的村庄。我给上级说不用，我会把他们关进城堡，一个也不会跑出来。如果在城堡里暴动，我会用机枪杀得一个不留。这是我争取到的唯一权力。”

老扁一愣，哈哈大笑：“龟田，别玩假慈悲的把戏了！你糟蹋我新婚妻子那天，就已经说明你是个人面兽心的家伙！老子不领你这个情！我瞧不起你！草儿失去处子身，可妻子还是我的妻子。她疯了，我会伺候她一辈子。可你，却依仗手中有枪，以砍伐鱼王庄的树木相胁迫，欺男霸女，不仅无耻，而且胆怯！你还不如那些直接强奸女人的日本兵！他们虽然无耻，起码还有这个胆量！可是你没有，你只是一个懦夫！一个讹诈者！”

老扁骂了个痛快。

龟田脸色煞白，冲门外大叫：“来人，把他关起来！”

当天晚上，鱼王庄八百多青壮年都被骗进了城堡。

皇协军头目带人进村，传达龟田的话说，他服役期满，要回日本了，这些年多有得罪，临走前向大家赔罪、道别。有点心，还有酒水。说老扁后晌就进城堡了，和龟田一直在喝酒。喝醉了，正在等大伙呢。

大家议论纷纷，有相信的，有不相信的。有人怀疑这是个阴谋，会不会集中起来杀了大家。可他没道理杀人啊！又有人说，听说日本人常干这种集体屠杀的事，杀人从来不讲道理的。有人说怕个屌！就那几十个日本兵，他们真要杀人，咱们几百号人就夺枪，赔上百十条命，剩下的掐也把他们掐死了！再说，城堡里不还有咱们十几个鱼王庄人当皇协军吗？那是老扁早就安插好的内应。一旦有事，他们一定会动手！就问皇协军，到底啥事？你们也是中国人，可不能骗俺？皇协军说，上头就这么说的，我们就是执行命令。其实，他们真的什么也不知道。

最后，八百多青壮年，还是陆陆续续进了城堡。为防不测，不少人怀里都揣了菜刀、锤子、短棍。

城堡真大。自从当年梅云游建成后，除了泥鳅，几乎没有人再进过城堡。泥鳅这次恰恰没来。直觉告诉他，这一定不是什么好事。在大家乱纷纷往城堡走去的时候，他寻机躲了起来。

大家进了城堡，才知道受骗了，根本没有点心和酒，也没看到老扁。一进去，城堡铁门就关上了。抬头看四周，三处架着机枪，所有日本兵都站在楼上，持枪对着他们。

城堡顿时成了监狱。

正在大家惊慌之际，龟田在二楼阳台上出现了。

有人喊："龟田，你骗俺们!"

很多人喊："放俺出去!"

大家就朝大门拥去，可是没用。大门太坚固了。

龟田朝天空打了一枪："砰!"

所有人都停止了骚动，却陷入极大的恐慌之中。莫非他真要集体大屠杀?

龟田居高临下，大声说："大家别害怕！我就是让你们在城堡住几天，躲躲风沙。这几天，不管外头发生什么事，都不要过问，更不能暴乱！否则，就是机枪和你们说话了！现在，都原地坐下，不许乱动！更不要想逃跑，没人能帮你们。你们鱼王庄在这里当皇协军的十几个人，昨天夜间换防，已经调到别处去了。"

八百多人全都傻了。看来，龟田一切都安排好，没任何指望了。互相看着，只好挨挨挤挤坐下了。偌大个院子，坐得密密麻麻。现在很多人猜到，一定和他们的林子有关了。

之后的几天几夜，光听声音就证实了他们的猜测：斧头伐木的"砰砰"声，锯子刺耳的唰唰声，树木扑倒的轰轰声，人喊马嘶，汽车轰鸣，也不知有多少人马，正在他们的林子里肆意伐树，横冲直撞。

林子完了！

林子完了！

他们不止一次站起来大喊：“停止砍伐树木！”

“甭毁了俺的林子！”

“那是俺的救命树啊！”

“龟田你该死！”

…………

很多人哭了。

突然，机枪子弹一排排贴着头顶啸叫着掠过。他们的反抗被一次次弹压。更让他们担心的是，第二天深夜，远处突然传来一阵枪声。他们不知发生了什么事。村里只有老人、妇女和孩子了，他们不会和日本人对抗被杀吧？

老扁一直被关在二楼一间屋子里，捆绑着不能动弹，嘴里也被塞上毛巾，以防止他向楼下的鱼王庄人喊话鼓动。两个日本士兵看守着，每隔半天拔下毛巾给他灌点水，又马上塞进毛巾。

其实老扁已经停止挣扎反抗，即使拔下毛巾，松开绳子，他也不会再鼓动村民反抗了。因为他已经知道，龟田说得没错，任何反抗都已没有意义，只会让鱼王庄人无谓去死。

老扁已经瘫了。浑身四两力气也没有。

外头砍伐树木的声音，声声传来，特别在夜间，声声入耳。还有各种混杂的人声、汽车的轰鸣声，让他估计至少有几千人在昼夜不停地参与伐树。

老扁的泪水已经流干，愤怒加上毛巾堵嘴，几乎让他窒息。

那几天，他深深感到了自己的弱小和无助。

第二天深夜的那一阵枪声，老扁也听到了。后来还听到一些零星的枪声。

这让他非常揪心。全村青壮年都关在这里，会是老人和妇女去和日本人拼命吗？

他知道会的。

这种时候，鱼王庄没有人会无动于衷。

他猜得没错。

第二天深夜，去林子里袭击日本人的是七十多个老人，大都六七十岁以上，已算是鱼王庄仅存的精壮力量。

他们怀里揣着菜刀、斧头和棍棒，装成被招来的民工，借着夜色掩护悄悄接近日本人的帐篷，那里驻扎着一个日本小队。头天夜晚，他们就派人装作伐树民工，来此侦察过。这里距鱼王庄有十多里地，不容易引起怀疑。夜已深了，帐篷外只有两个哨兵，其余都已睡觉。这时，林子里到处还是灯笼火把，人影憧憧，人喊马嘶，砍树并没有停歇。很多民工跑来走去，扛抬树木，拉扯树枝。号子声阵阵，一派繁忙景象。不少皇协军在一旁监工，却都哈欠连天。

七十多个老人突然呐喊一声，扑向日本哨兵和帐篷，抽出家伙，一阵猛砍。两个哨兵猝不及防，立刻被砍死。帐篷里日本兵正在睡梦中，也纷纷中刀中棍。但他们到底训练有素，惊醒后很快持枪反击。一阵枪响过后，三十多个老人倒在血泊中，其余的四散奔逃，很快消失在林子里。

日本人事后清点，除两个哨兵被砍死，另有十几个日本兵受伤，其中六个伤势严重，不是脑袋被打烂，就是砍断半拉脖子，只剩一口气，很快都送到凤城去了。但看样子很难救活了。

日本人当然要追查。可是要追查并不容易。林子里有五千多民工，都是强迫来的，人人手里都有砍树的家伙。这些中国人都有可能是袭击者。他们手中的家伙，可以砍树，也可以砍人。

果然，第三天深夜，又有三个日本兵被人用斧头砍死。也是距鱼王庄很远的地方。据看到的民工说，他看到一个人，突然从灌木丛站出来，躬着腰几步蹿到一个日本哨兵背后，一斧头砍到对方头上，转身就跑，眨巴眼就不见了。那个日本兵都没来得及哼一声。

这两次袭击日本人，很快传遍了林子，所有的民工都兴奋异常。

日伪军很快加强戒备。这个无边的树林一时杀机四伏。

尽管如此，第四天、第五天夜间，又有九个日本兵和七个伪军相继被人砍了。除了第一次是群体袭击，后边几次砍杀日本人和伪军，都是单独行动。很快，民工们有了新的传说，说有人看见那个剑侠“一剑飘飘”了，说他脚步快极了，无声无息贴近日本人，突然拔剑，寒光一闪，日本兵一声不吭就倒下了。大家听了更加兴奋。这么多年没有“一剑飘飘”的信息，没想到他又突然出现了。他们还传说，有人亲眼看到那个叫“草木皇帝”的大土匪头子，带着一千多人马投奔八路军，随大部队打日本人去了。林子里一时人言汹汹。

更麻烦的是，连续几个夜晚，都有一两百头野牛闯进林子，见人就顶，凶猛异常。所到之处，人仰马翻。不少人被牛角顶在肚子上，猛地抛向空中，再摔下来时，已是穿肠破肚，倒地身亡。这群野牛实在野性十足，根本不怕枪弹，常迎着枪声呼啸而上，十几个日伪军就是这么伤亡的。民工也有不少人被野牛踩踏顶撞而死。当然，野牛也被打死十几头。

一时间林子大乱，人心惶惶。

谁也不知道这群野牛是从哪里跑来的。

只有鱼王庄人知道，这群野牛已在荒原上很多年了，一直行踪不定。它们肯定是很多年前那头大黑牛的后代，族群已经很大。上千里荒原都有它们的足迹。随着鱼王庄的林子越来越大，越来越密，它们来林子里次数也越来越多。它们在林子里吃草、避暑、越冬，已经把林子当成它们的家。鱼王庄人时常看到它们，从来不会驱赶。老扁还下过死命令：“谁敢伤害野牛，我就弄死他！”

这群野牛和鱼王庄人一直相安无事。

它们和鱼王庄人也一直保持着距离。但鱼王庄人在心里是亲近野牛的。因为他们知道，鱼王庄的先祖和野牛的先祖曾是最好的朋友。

第一天夜晚野牛伤人后，日军派伪军一个排去追杀野牛，但找了一天也没见影。可是到了夜晚，它们突然出现了，又一次在林子里横冲直撞，而且比头天还多还凶猛。直到林子被砍光，野牛也不见了。

野牛伤人的事没办法追究，有人暗杀日军的事还是要追查。

林子里有几千中国人，暗杀又是凌乱的，加上野牛的搅和，破案并不容易。

后来，日军上层终于怀疑是鱼王庄人干的。但龟田去现场看过后断然否定，说这些被打死的人，不是鱼王庄人。袭击地点距鱼王庄又很远，鱼王庄的青壮年都关着，剩余的老人因为饥饿，走路都很困难，根本不可能跑那么远的林子里去杀人。上级还是怀疑，就派人到鱼王庄调查。按照中国人的习俗，一次被打死三十多人，惊天动地，一定会去收尸、出殡、哭泣。但这一切都没有发生。整个村子死气沉沉，一点声音都没有。老人们病恹恹躺在草窝里，哼哼唧唧，仿佛坐起身都很难。

这件事终于不了了之。

其实，那天在现场，龟田很容易就认出那些被打死的老人，都是鱼王庄人。可他故作不识。因为他知道，一旦说出来，鱼王庄就会有灭顶之灾。他自己也要负极大的责任。死了那么多日本人，他承担不起。他决不能承认那是鱼王庄人。

三个半月后，忽然传来消息，日本人投降了！

但鱼王庄人却高兴不起来，只是互相说：“哦，小日本投降了。”

因为对鱼王庄人来说，日本人投降带来的快乐，无法抵消他们的伤痛。

只有泥鳅例外。

泥鳅蹦跳着到处喊：“鬼子投降了！鬼子完蛋啦！你们知道吗？他们砍林子第二天夜里，我连杀了三个小鬼子！奶奶的，真过瘾！一斧头一个，连哼一声都来不及，就让我砍了！哈哈哈哈哈！”

大伙都有点吃惊。

据头天结伙杀鬼子逃回的老人说，那天本想找泥鳅牵头组织的，可是到处不见他人影儿，都骂他胆小鬼，一定是躲起来了。只好匆忙上阵，全没个章法，结果伤亡惨重。这样一个家伙，怎么会一个人去杀鬼子呢？他有这个胆吗？

几乎没人相信他的话。

有人嘲讽：“泥鳅，这几个月咋从没听你说起过？小鬼子投降了，你说你杀了三个鬼子，谁信？”

泥鳅说：“以前我敢说吗？小鬼子还在这里，万一传过去，龟田肯定会杀了我！”

大伙还是将信将疑。

其实，第三天深夜，那三个日本兵真是泥鳅砍杀的。多年来，虽然泥鳅对栽树的事一直三心二意，但毕竟他也付出很多。在老扁来之前，一直是他带领鱼王庄人栽树，所以他一直以老资格自居，不服老扁的气。这三十万棵树也有他的心血。他当然深知栽这些树多么不易，二十多年来，他一直详细记录着每年因栽树死亡的人数。他一年年统计这些数字，本来是作为老扁的罪恶而记录的。老扁和村里一般会说，死了好几百人，可泥鳅的记录却是一千零七人，全都有名字的。日本人要砍伐林子，同样让泥鳅十分愤怒！

老人们要结伙去砍杀日本人，他是知道的。但他认为他们都太老了，而且成群结队去，容易被发现。他要单独干！他相信自己的腿脚还行，而且对林子熟悉。这么多年，因为他对栽树不热心，老扁就买了几只羊让他放羊。后来羊多了，又让梅子帮着放。泥鳅带着羊群走遍所有林子，熟悉每一处林子的稠密。老人们动手那天夜里，他单独去做了侦察。第三天深夜，泥鳅连砍三个日本士兵，然后慌慌张张逃往荒原去了，在一片沙丘里躲了几天，直到砍伐树木的队伍撤走，才敢回鱼王庄。但他一直没敢说出去，当一些老人骂他胆小如鼠的时候，他也没敢说过。

现在说出来，又没个见证人，自然不会有人相信。

鱼王庄人对泥鳅的印象已经定型。

如果有人说他干了啥好事，大伙肯定不信。

尤其像砍杀日本人这种壮士之举，根本就不像泥鳅干的事。

泥鳅知道大伙不会相信的，虽然很生气，但也没有太在意。他已经习惯了鱼王庄人不把他当回事。

他现在感兴趣的是，日本人已经宣布投降，龟田和他的士兵会怎么结局。

日本人宣布投降的第三天，一大早，龟田就派一个伪军来，请老扁去城堡一趟，说有重要的事情交待。

老扁本不想再见到他。他对龟田的仇恨和厌恶，已不能让他再和龟田面对面。一想到这么多年的屈辱和鱼王庄的林子，他的心都在滴血。同时，他也并不想看到一个失败者的难堪，因为那并不能给他任何精神的抚慰。

他被伤得太深了。

这两天，他一直在家，一时发呆，一时流泪。他知道噩梦终于结束了，屈辱的日子到头了。但草儿和鱼王庄女人所受的伤害，鱼王庄被砍伐的树木，都已无法弥补。他从墙洞里拿出那把短枪，一排子弹一直压在弹匣里。他曾给自己说过，早晚有一天，我要把这一梭子弹打出去。可是到底一颗子弹也没打出去。现在日本人投降了，你已经没有机会开枪。你不能对着投降的日本人开枪。胜利了。是的，胜利了。但老扁感到的只是羞愧，自己什么也没做，一粒子弹都没打出去。

眼下龟田请他去城堡，能有什么事呢？

但老扁几经考虑之后，还是去了。龟田也许真有什么重要的事。

老扁跟着那个伪军走出家门，引起很多人注意。大家都沉默着，没人说话，只是有点好奇。他们不知道，日本人都投降了，老扁还去干什么。

老扁走得很慢，脚步异常沉重，没有任何喜悦之情。

他没有走进城堡就愣住了。

龟田正站在城堡大门外，带着他的全体士兵列队恭候。

这让老扁略感意外。

日本人投降，鱼王庄人没怎么高兴。但看龟田的表情，他好像也没怎么沮丧。也许，他早就盼着战争结束了。八年时间，龟田寸功未立，职务也没升迁，可他手下的士兵，除了头两年和游击队打仗死了几个，其余的都能活着回国。他认为这就是最大的功德了。他看到老扁时，还微微笑了一下。

龟田看到老扁在他对面站住了，立正之后，向老扁行了一个军礼，然后把自己的军刀解下，正步走过来，双手奉上。

老扁瞬间先是蒙了，但很快就明白了。他小时候跟随梅三洞时，曾听他讲过许多故事。其中就有古代战败者投降时，向胜利者献上武器的仪式。

这当然是一件极为庄重的事！

老扁冷冷地说："你们应当向中国军队投降。"

龟田说："那是军队上层的事。龟田小队只应当向鱼王庄投降！"

龟田的话在老扁心里刹那间掀起万丈波涛，一桩桩往事闪电般浮现在眼前。老扁的身体在微微发抖。可他很快让自己冷静下来。

这是个庄严的时刻，自己必须接过这把军刀。代表鱼王庄所有的人。

于是老扁也伸出双手，接过军刀，以示庄严和对投降者的尊重。

老扁接过军刀，用手抚摸几下，突然霍地一声把刀抽出来，所有人心里都惊了一下。

老扁用手指试试刀锋，眯着眼看向龟田，缓缓说道："龟田，你知道我现在最想干什么吗？"

龟田挺直了身子，大声说："知道，你现在想一刀砍了我！"

老扁摇摇头："不。我想把刀还给你。"

龟田一愣，说："为什么？你不愿接受我们的投降？"

老扁说："其实，这个仪式并不重要，重要的是人的良善之心能不能回来。你们日本人都应当把军刀带回去，悬挂在家里最显眼的地方，向你们的父母、妻儿和子孙后代，讲述这把军刀在中国的故事。那是你们作为军人的'荣耀'。"

龟田的身体在微微发抖，脸色变得极为尴尬，嗫嚅道："也许，那些故事全是……耻辱。"

"也许？"老扁忽然哈哈大笑，以至笑出泪来，"龟田，你能这么说，我不能要求你更多了。敢不敢向你们的子孙讲述你们在中国的所作所为，是你们的事情。但我知道，你们走后，很多中国人都会讲述那些拼死抵抗、英勇杀敌的惨烈故事，会讲很多年。他们都是英雄。可我不是。我很惭愧。但我会让鱼王庄人和子孙后代永远记住，我这个村长在日本人面前曾经的软弱和耻辱！好了，今天的仪式到此结束吧！”

龟田脸色涨得紫红，躬身退回，命令全体日军士兵立正，又向老扁行了一个军礼。

此时，鱼王庄近两千人早已尾随赶来，大人孩娃，老人妇女，几乎倾巢而出。他们站在不远处，一直静静地见证了整个过程。这个简短的仪式，对他们来说意外、新奇而又快意。他们很快明白了其中的含义。直到这时，他们才真正有了日军投降带来的欢乐和激动。当老扁接过军刀时，鱼王庄人再也忍不住欢呼起来。

“噢噢噢！”

“小鬼子投降了！”

“中国！中国！中国！”

“鱼王庄！鱼王庄！鱼王庄！”

…………

接着很多人都哭了，一群女人一片号啕：“啊啊……啊……”

龟田听到了，满面都是尴尬和羞惭。他走前几步，向着鱼王庄的人群，深深鞠了三个躬。后头的士兵也跟随着鞠了三个躬。突然，一个日本士兵跪到地上，冲着那些女人重重地磕了三个头。爬起来时，两眼都是泪水。

老扁眼圈红红的，把军刀收好，转身就走。刚走几步，就听龟田在后头说：“村长，请留步，我……还有一件东西要交给你。”

老扁站住了，慢慢转回头，阴沉着脸：“啥东西？”

龟田弯腰做了一个手势：“请到里面看。”

老扁迟疑了一下，转身似乎找人，忽然发现一棵大树旁站着的泥鳅。泥鳅尾随老扁来得最早，开始是躲在一棵大树后的，他想看看会发生什么事。鱼王庄所有的大树都被砍了，唯独城堡周围十几棵大树没砍，是龟田让留下的。这十几棵大槐树，还是当年梅云游亲手栽种的，都有二人合抱粗了。但泥鳅很快发现，一村人几乎全出动了，一群群向城堡跑来。自己也就从大树后出来，靠在树上看。他没想到龟田会向鱼王庄投降，老扁似乎从没这么风光过，心里有点酸溜溜。如果自己是村长，这份荣耀应属于自己。

正在这时，老扁冲他大喊一声："泥鳅，接住!"随之把那把军刀抛过去。泥鳅猝然一惊，紧跑几步把军刀接住了。他没想到老扁会把军刀临时交给自己。这让他感到在众人面前很有面子。然后，他看到老扁跟随龟田，大踏步进了城堡。

又去干啥呢？泥鳅有些纳闷。

龟田把老扁带到二楼，进到一处大房子里。这里原是梅云游的办公室。自从被日本人占领后，就一直被龟田使用。

老扁不知道他要交给自己什么东西。

龟田从办公桌上捧起一个木制小盒子。这盒子很精美，周围有螺钿贴花。龟田把盒子捧到老扁面前："就是这个。"

老扁没接："这是啥？"

龟田说："这是我的文墨盒，平日放置毛笔、镇纸、笔架、臂隔、图章、印墨。当年家父传给我的。来中国后，我一直带在身边。"

老扁说："你是讽刺我没文化吗？"

龟田赶忙说："不不，您误会了。这里头已经没有别的东西，只有一封给您的信。"

老扁很诧异："有话不能当面吗？还要写一封信？"

龟田深吸一口气："是的。有些话……不方便说。"

老扁看他是认真的，就说："好吧。"伸手接过盒子。却发现盒子是锁着的，一把小锁挂在上头，却并没有给他钥匙，就疑惑地看着龟田。

不料，龟田突然又向老扁深鞠一躬：“拜托！这个盒子，我希望你永远不要打开，永远不要看到这封信！”

老扁一下又生气了：“你啥意思？写给我的信，又不让看，要我玩呢！”

说着走前几步，把盒子重重放他桌上，转身就走。

龟田忙拿起盒子，拉住老扁，重又把盒子放他怀里：“请您不要误会。我……没有别的意思，只是……不想制造……新的仇恨！拜托！”说着又鞠一躬。

老扁更糊涂了，说：“你别老是鞠躬……新的仇恨？啥仇恨？”

龟田说：“我真的不想说。”

老扁厉声叫道：“那你还写这封信干啥？不想说就憋在肚子里！知道吗？八年了，我把想说的话，把骂人的话都憋成了屁！”

龟田突然眼圈红了，好像受了什么委屈：“这封信里，有……一件事情的……真相。我想……也许……自己……可是……可是……真的……不是……那个……什么……这个盒子……”

“算了算了！甭说了。”老扁看他伤心又费劲的样子，有点不耐烦，也不想和他再啰唆，就说：“我答应你。这盒子里有炸弹，我也收下还不行吗？放心！中国人讲究言而有信，我永远不会打开！”说完抱起盒子就往楼下走。忽然，龟田在他身后大声说：“老扁，将来我也许……会写一本书，就写鱼王庄！”

老扁停了一下，又继续下楼，嘴里嘟哝说：“净他娘的扯淡！”

泥鳅和鱼王庄人都还等在外头，看老扁平安出来，才松一口气，又看他怀抱一只木盒子，还满脸不高兴的样子，实在猜不到他们在城堡里又发生了什么事。

当天上午，龟田和他的属下士兵，乘坐两辆军车去凤城集结。

鱼王庄人没有为难他们。

但当两辆军车走出七八里地，经过鱼王庙水荡附近时，却突然发现好大一群野牛挡住了去路！

这群野牛或站在芦荡边，或站在荒滩上，或站在沙丘上，其中十几头牛卧在那条唯一通往凤城的土路上。看到两辆军车过来，全都虎视眈眈，原本卧着的牛也都站了起来，一二百头牛齐刷刷把头朝向他们，威风凛凛，一动不动。

有士兵赶紧拿枪，推弹上膛。

龟田立刻阻止，低声命令："停车！"

两辆车先后停下了。

野牛并没有让路的意思，倒像是有意堵在这里。车子也不敢贸然硬闯。

龟田知道，此时如果硬闯，这群体型巨大的野牛会旋风般冲过来，轻易把两辆车掀翻。

现在挡在他们面前的已不是野牛，而是一群精怪。

它们真是神出鬼没。

双方一直对峙着。

野牛既没主动攻击，也没有任何撤退的意思。它们似乎在告诉龟田，这片荒原你们不能想来就来，想走就走。

龟田有点毛骨悚然。一时不知如何是好。

他环顾八荒，最后把目光停在鱼王庙上。

鱼王庙在栖山上，仍然完好无损，依然香火依旧。

龟田曾听老扁说起过鱼王遇难的故事，也曾去鱼王庙鞠躬致意。他相信这个故事的真实性，这片浩大的水域下，的确藏得下鱼王。他更感佩的是鱼王在泥浆中求生的精神。它被奉为神灵理所当然。他知道，在中国有无数寺庙道观和神龛，里头供奉着各种不同的神，每一尊神都是一种精神的承载，加在一起就是精神的海洋。也许，这就是中国永远不会被灭亡的原因。面对不同的困境，在精神的海洋里，他们总能找到一种精神做支撑，让自己活下去。他也知道，日本人在中国摧毁过无数建筑，但不敢轻率毁掉哪怕一座土地庙，因为心里虚。他们害怕那股神秘的力量。所以，龟田驻扎这里不久，就在老扁陪同下拜过鱼王庙。这么多年过去，他和他的士兵能平安回国，也许和自己拜过鱼王庙有关？现在要走了，似乎应当表示一下谢意。

于是龟田命令所有士兵下车，徒步走到水荡边，排成三排横队，向水荡里栖山上的鱼王庙脱帽致意，一连鞠了三个躬。

但这时，意想不到的事发生了。

当他们转回身时，发现那群野牛不见了！只看到不远处尘土弥漫中几根飞扬的牛尾，只听到滚雷般踏踏的蹄声。

龟田看着它们远去，内心无比悲哀。在中国，我们曾经以为征服了一切。结果，连荒原上一群野牛都没有征服！“征服”两个字，真不是可以轻易说的。

第七章

三十多万棵树木被日本人砍伐后，鱼王庄人的心冷了，冷得像冰窖。老扁的心也冷了。几十年的心血毁于一旦，昔日的林子没有了，到处空空荡荡，满目都是黄沙。林子在的时候，鱼王庄已经有了小气候，风沙没那么大了，林子上空时常飘一些雨云，下一些小雨。林子下的地面上，沙丘不再滚动，土地有些湿润了，有许多小草长出来，开着各种小花。林子里有许多小鸟飞来飞去，还有很多动物跑来跑去。空气也清新了不少。

现在一切又回到原来的样子。

一直到年底，老扁和鱼王庄人没有再做任何和栽树有关的事。

直到传统的春节到了，鱼王庄似乎还是死气沉沉。

老扁实在受不了压抑的气氛，信步走出村子，不由自主往昔日的林子走去。那完全是下意识的。

满目疮痍再次让他心痛如绞。地上到处是抛弃的已经干枯的树枝，到处是残留的树桩，到处是歪倒的幼树。

那些幼树被碰伤，被踩倒，可它们还是顽强地活了下来。很多小树歪斜着生长，它们正奋力向上，努力让自己站直了。老扁抚摸着一棵歪斜的小树，眼睛湿润了。

他站起身，忽然发现七八个老人，正在远处拉扯清理地上的树枝，正在小心培扶歪倒的幼树，其中还有梅子。他们并不是老扁组织的，只是自发在干。而且看得出，他们已经干了不止一天，很大一片地方已被清理出来，能看到一些小树已被扶正培好，迎风而立。

老扁站在那里愣了许久，泪水止不住流出来。

他急步走过去，一句话没说，也加入了他们的行列。

不久，又有很多人走出鱼王庄，陆续参加进来。他们似乎都没忘记今天是栽树的日子。

老人们看到老扁来了，也是什么话都没说。大家只是闷头干。在拉扯那些干枯的树枝时，都是分外小心，唯恐伤了杂在其间的幼树。这些幼树多是根生，常会围着大树从地下生发。

梅子根本就没看老扁一眼，只是埋头干活。

她显然知道老扁来了。

这对兄妹，多年来一直形同路人。除非不得已，几乎没说过什么话。

当年，老扁从凤城接她来鱼王庄，原本以为只是暂避风头，躲过日本人的迫害。没想到一住就是八年。梅子渐渐失去重振大药房的兴趣。她偷偷回过凤城，打听到南北大药房早已被日本人完全控制，连各地的分店也控制了。而鱼王庄人和老扁舍命栽树的过程，都被她看在眼里。她被这些最穷困的人深深感动了，也明白了老扁在父亲梅三洞坟前大哭的原因。他的确太难了。梅子决定就留在鱼王庄，凭自己的医术总能帮助他们一些，鱼王庄需要一个医生。她知道自己的医术远不能和父亲相比，但治疗一些普通疾病，还是够用。于是，在照顾老弱病残上，梅子成了老扁得力的助手。闲时，她也帮着挖坑栽树，娇嫩的双手常磨得出血，可她坚持下来了。

后来，老扁又让她帮着泥鳅放羊。这时，羊群已有上百只。老扁会不时拉几只羊去外头卖些钱，换些粮食、药品。走得动的都外出讨饭了，家里尽剩些老弱病残。他必须维持他们的最低生活需求。可是不久有人告诉老扁，说发现泥鳅在林子里烤羊肉吃。开始时他还不信，泥鳅不至于干这缺德事吧？这群羊可是鱼王庄唯一的经济来源。后来，不断有人向老扁说，林子里又飘出烤羊肉的味道，喷香喷香的。

老扁一次突然袭击，真的发现泥鳅正在林子里烤羊肉，火堆旁还丢着一张带血的羊羔皮。原来泥鳅每隔些日子，就会摔死一只出生不久的小羊羔烤着吃，羊羔肉嫩得很，用不多久就能烤熟。他一般不杀成年羊，那太大了，一次吃不完，容易被发现，而且难烤。小羊羔烤好了，外酥内软，香嫩可口，正好一顿吃一只。老扁怒不可遏，举一把铁锨就冲上去，大喝一声："泥鳅你丧天良！我铲死你！"泥鳅猛然一惊，跳起身拔腿就跑，飞一般向林子深处跑去了。

大伙听说后，个个义愤填膺，说再也不能让他放羊了，不然羊早晚会被他吃光。泥鳅躲在远处喊："我反对！你们冤枉我了！羊羔死了，我才烤着吃的。"但没人相信。

老扁有点发愁。泥鳅放羊已有多年，积累了一套经验，包括剪羊毛，为母羊接生，手法又快又利索。每日早出晚归，把羊群赶进赶出。包括夜间守夜，防止土狼侵害。老扁都看在眼里。实事求是地说，他对这群羊还是尽职尽责的。只是没有想到，他会有吃羊羔的恶习。可是换个人，未必能把这群羊管理好。如果让他参与栽树，他肯定会消极怠工，又会挑拨离间，扰乱军心。泥鳅像一个毒菌，不能让他传染，让他放羊，就是把他隔离起来。于是决定，让梅子参与放羊。梅子不必整天跟着羊群走，但要准确掌握羊群的数量，哪头母羊怀孕了，生了几只羊羔，都要记录在案，防止泥鳅搞鬼。平日还可观察羊群健康情况，有啥病及时治疗。

梅子点点头，算是同意了这个安排。

可是泥鳅大叫："我反对！"

老扁说："你反对？那好，你往后就别放羊了，回来挖坑栽树！"

泥鳅想了想，挖坑栽树太辛苦。放羊可以随处溜达，不会那么累。再说，他真的舍不得离开这群在自己手上壮大的羊群。他知道，有梅子监督，再想偷吃羊羔就难了。这个老姑娘不是好惹的。羊是吃不成了，可每天守着这么一个美人儿，也是件不错的事，说不定能上手呢。我就不信这女人刀枪不入。泥鳅想三想四，终于对老扁说："我还是放羊吧！"

本来，梅子对老扁处理驾驭事情的能力越来越佩服，感情上也亲近了许多。但自从那年老扁把草儿送给龟田糟蹋后，她对老扁的感情一下子降到冰点以下。

这件事，她永远不能原谅！

尽管后来她想过很多，想到老扁的苦衷，想到老扁的无奈，想到那三十多万株树木的生死存亡，但她仍然无法原谅他。当时，在那件事上的表现，他甚至还不如泥鳅。泥鳅的无耻几乎是公开的，是无心之耻，是不以为耻，属于厚颜无耻。而老扁的无耻却是经过算计的，用一个女人的肉体、童贞和尊严去和日本人交换，这就更加无耻。但老扁的无耻又是和无助和悲壮联系在一起的，是和鱼王庄人几十年用生命栽植的树林子联系在一起的，这又让梅子一直纠结。她有时会想，如果自己是老扁，会怎么做？毫无疑问，自己宁愿牺牲三十万棵树木，也一定不会把草儿交出去！

但这个选择真的就这么容易吗？

她发现，尽管鱼王庄人仍会因为这件事骂骂老扁，并当成对老扁日常不满的发泄，但他们并没有真的那么恨他。因为在他们看来，草儿和死在荒原上的一千多人没有什么区别。草儿只是疯了，不是还活着吗？

鱼王庄人差不多都是这么看的。

假如当初老扁为了保护草儿，宁肯放弃林子，鱼王庄人肯定会更恨老扁，说不定早就把他杀了。现在，草儿被祸害了，林子也没保住，他们更恨日本人的言而无信，对老扁的恨已经大大减弱。

梅子在鱼王庄人中间，从不提起这个话头。偶尔听他们说起这件事，也从不和他们争辩。她只是经常在心里自己和自己争辩。梅子发现，自从那件事以后，老扁的腰有点佝偻了，两个肩膀有点塌下来，脖子显得更细更长，细细的脖子几乎支撑不住那个扁扁的脑袋。可他没有倒下来，仍然迈着大大的步子，沙哑着喉咙到处吼喊，拿着鞭子到处挥舞。仍然会骑上他的那匹瘦马，在荒原上跑来跑去张罗事情。

好在草儿不乱跑，就躲在自己的屋里从不外出。

她不允许任何男人走近，却不反对女人到她屋里坐一会儿。尤其喜欢梅子来。梅子每次来，都会帮她梳头洗脸，打扫卫生。

她喜欢梅子。

终于，鱼王庄又重新开始栽树了。

但人们的热情似乎不再像以往那么高，连老扁也是。

舔干净伤口不是那么容易。

被日本人枪杀的那三十六位老人，老扁带人重新安葬了。他们被并排埋在一片空地上。老扁本不想在他们坟坑上栽树了，他敬佩这些老人，他们称得上鱼王庄的英雄。可是他们的家人不同意，说老人们是为了保树死的，还是按老规矩栽上树吧，他们会喜欢的。

老扁点点头，说那就栽吧。

于是一溜栽了三十六棵槐树。

老扁说，槐树能活一千年。

真正让鱼王庄人重燃栽树热情，是三年之后。

一九四八年底，在这一广大地区，爆发了震惊世界的淮海大战，国共双方投入上百万军队，杀得昏天黑地。三个月的战争结束，国民党大败。

凤城很快建立了人民政权。

到处千疮百孔，百废待兴。

但人民政府很快把植树造林、改造荒滩放到极为重要的位置上。荒原太大，风沙太大。治不住风沙，这一带会永远穷下去。一场大风刮过后，连百里外的凤城都落满黄沙尘土。县里派出一位叫王亮的副县长为总指挥。王亮原是部队的一个副团长，淮海大战时负伤才转到地方上来的，说话办事仍是军人作风。王亮带人经过一段时间的奔波调研，很快发现鱼王庄的老扁是个人才。二三十年来，他居然凭一己之运筹，聚一村之力，在荒原上弄出那么大动静。大片成林虽然被日本人毁了，但留下的一片片树桩和重新长起来的一片片幼林，还是令王亮惊叹不已。

这家伙简直是个鬼才！

民间藏龙卧虎啊！

他们需要的只是被发现、被重用。

王县长向县里汇报后，很快任命老扁为植树造林、防风治沙指挥部副总指挥。

这一下鱼王庄炸了锅！

这个被遗忘在荒原上百年的叫花子村，终于被发现。更让他们骄傲的是，老扁当了大官！这是他们做梦也想不到的。

老扁有点蒙圈。

这一步跨得太大了。

他直勾勾看着王亮，说："王县长，这是……真的？"

王亮从包里拿出一张纸，是任命书，下头盖着县政府的大红印。

老扁接过看了看，在上头找到"老扁"两个字，哆嗦着站起身骂了一句："娘拉个×！"眼圈却红了。

王亮吃一惊，站起身捅了他一拳头："老扁，啥情况？"

老扁突然一把抱住他，哽咽道："王县长，我……终于等到了！……我等了几十年！鱼王庄也等了几十年了！"

王亮纳闷说："等什么？"

老扁松开手，大声说："等一个好政府！"然后抹一把泪水，"过去几十年，鱼王庄在荒原上都是单打独斗，可是鱼王庄一个村庄改造不了荒原。我也曾多次去沿河一百单三村，想串联他们一起干，一起栽树，让他们从荒原边上往里栽，我们往外栽，栽到双方碰头，这荒原就有救了。可是谁听我的？我算他娘的老几？其实，老百姓没有不想改造荒原的，就是没有政府牵头！大家各顾各的，一盘散沙，成不了事啊！"

王亮笑道："现在有政府牵头，你又当了副总指挥，可以放手干了！政府会协调各乡镇，统筹人员、资金，咱们商量一下，你是内行，看看从哪里开始，尽快行动起来！"

老扁和王县长谈了三天三夜，两人激动得几乎没睡觉。

老扁把鱼王庄的前世今生都说了。王亮唏嘘不已。

老扁一高兴，让人通知泥鳅，宰一头羊招待王县长。

王亮赶忙阻止："这可使不得！今天咱们立下规矩，我来鱼王庄，永远不要有招待一说。"

老扁上任后，向王县长提出的第一个建议，就是建一个大型苗圃基地。这是当务之急，要栽树必须得有树苗。王县长经过协调，很快把整个界首镇确立为苗圃基地，称为界首苗圃场，有数千亩之多。当年梅云游曾在这里租地搞过苗圃，有一些基础。本来，老扁还想让泥鳅再去界首镇参与管理的，毕竟他有一定的管理经验，但泥鳅死活不去。那一次，他被打怕了。

王县长把老扁任职副总指挥的事，召集各有关乡镇村长开大会宣布，严令大家听从指挥。他说他只负责后勤，栽树的事一切听老扁的。

老扁在一线指挥。他首先组织各乡镇长到鱼王庄参观，讲述鱼王庄造林的惨痛历史和经验做法，大家的情绪一下都上来了。很多人都认识老扁。老扁从小赶马车，跟着梅三洞跑过无数村子。老百姓称梅三洞为神医，称老扁为小神鞭，常拿他的扁脑袋开玩笑。看了鱼王庄树木，听到鱼王庄的栽树史，个个感叹唏嘘。他们都知道老扁一直在栽树，却没想到老扁经历过这么多艰难困苦。有个老村长说："老扁，你早该叫大伙一起栽树的。"老扁说："屁话！十几年前我就找过你。你那会儿咋说的？老扁，你啥时当上县长，再来找我吧！哈哈！我现在是副总指挥，连王县长都听我的！你们敢不听？"大伙哄地笑起来。

有人说："当年苏秦背剑，也不过挂六国帅印。老扁统领一百单三村，牛×啊！"大家又笑。

老扁说："大家笑完，我要说正经的了。你们已经知道，鱼王庄这些年栽树，死了不下千人。我也用鞭子打过很多人，所有人都恨我，骂我，咒我。可我没有手软。这次栽树治沙今非昔比，是由政府组织领导的，王县长牵头，我具体干活。你们都是乡镇长、村长，对你们我可不敢用鞭子。但是，那天王县长在大会上说了，凡是不听指挥、按兵不动、消极怠工、浪费树苗、完不成任务的，就地撤职！"

众人都愣了。这小子说翻脸就翻脸。

老扁说：“我知道你们想说啥。对，我说翻脸就翻脸！我没当过这么大领导，不知道怎么当。也不会大道理。我只懂栽树，就只能按栽树成活率的办法，检查你们的工作效率。苗圃基地已经建起来了，树苗长起来得一两年、两三年，现在无树可栽。大伙回去后，可以搞到树苗的，先栽起来。没有树苗的，就组织老百姓先挖坑，挖好树坑等在那里。过几日，我挨村按人头清点树坑……”

有人看老扁有点猖狂，大声喊：“老扁，当个副指挥就了不起了？给谁说话呢！你要这么干，不会有好下场！”

老扁说：“纠正一下，我不是副指挥，是副总指挥。另外，别给我说下场的事，我从没指望日后谁给我树碑立传，想骂我的人才会给我树碑立传，我不在乎。在我这里，那不是事，栽树才是事！各位还有啥话说？有屁就放！”

老扁环顾一周，一片安静，于是抱抱拳：“对不起大伙，鱼王庄是叫花子村，没饭吃。今天就不管饭了。散会！”

事后，有几个乡镇村长向王县长反映，说：“老扁太猖狂了，他说你也要听他的。是这样吗？”

王县长说：“没错！咱们都要听他的，他是内行。他说的话都能代表我。”

尽管有王县长的全力支持，老扁真要干起来，还是困难重重，阻力重重。有的地方还是阳奉阴违，刁难老扁。直到王县长根据老扁的要求，连续撤换十一个乡镇村长，整个局面才算打开。在这期间，王县长还亲自介绍老扁加入共产党。他几乎算是火线入党。

后来，有个被撤职的村长向王县长反映，说老扁曾把新婚妻子交给日本人糟蹋，这种人咋能入党？王县长说：“哦，这事老扁给我说过。还有问题吗？”

那人说：“哦，哦。”讪讪告辞走了。

老扁马不停蹄，日夜奔忙。从这村到那村，从这滩到那滩，不仅检查植树进度、质量，而且亲自示范，人累得都脱了形，一身看哪都是骨头。他的那匹跟随多年的老马也累死了。老扁就撩开两腿，还是到处跑。但荒原太大了，仅靠两条腿太耽误事。王县长特批，又为他买了一匹小红马，方便他开展工作。

战争刚刚结束不久，仍是饥荒遍地，大批流民游荡在城乡。政府虽然也极困难，还是尽力进行救济，动员他们返乡生产。但还是有不少人不愿回家。有的出来多年，甚至已记不得还乡的路。老扁趁机收容很多人。他给难民描画了一幅鱼王庄的远景，说将来荒原会变成一片林海，鸟语花香，野兔成群什么的。一些难民就动心了。老扁又说，林海不会从天上掉下来，咱们得齐心合力栽树。老扁又说，我没有吃的给你们，鱼王庄是个叫花子村，已有上百年了，大伙一直是边讨饭边栽树。我能发给大伙的，只有一根要饭棍。有志气的跟我走，嫌苦的就别来。

老扁把话说明白，一些难民转身就走了，说这个家伙一看就不像个好人，就是个耍嘴皮子、卖老鼠药的。没饭吃，还要栽树干活，骗傻子呢。

但也有不少人被老扁的坦诚打动了。而且一个上百年的叫花子村一直在栽树，这有点传奇。他们想去看看。更重要的是，这个叫花子村让他们有一种亲近感、归属感。那就是一个叫花子的家，以前的叫花子能在这里落地生根，肯定是有原因的。为啥不去呢？

鱼王庄的人口一直在增加。

在七八年的时间里，增加到三千多人。

在七八年的时间里，整个荒原上已有几十万亩林子。

昔日黄沙滚滚的荒滩，一改旧貌。春风一吹，这里绿树一片，那里一片绿树，真的是鸟儿成群，野兔多得用脚踢。不仅鱼王庄，一百单三村也是一派鲜活景象。

王县长亲自陪省报一位姓黄的记者来到鱼王庄采访。荒滩林海，老扁的事迹和照片在省报登了整整一版。

鱼王庄和一百单三村全轰动了！

村长们拿着报纸和老扁开玩笑：“万绿丛中一老扁，你也太丑了！”

老扁哈哈大笑，夺过报纸，说：“这得珍藏起来！”

他没想到，后来这张报纸救了他一命！

他更没想到，这荒原上的一片片林子，还会遭受一次次劫难。

这天傍晚，鱼王庙升起一股炊烟。

这里已经很久没有炊烟了。

炊烟轻轻的，袅袅的，缭绕上升，一直升到很高的天空，才慢慢消散开来，和晚霞融为一体，也使殷红的晚霞蒙了一层可疑的灰色。

这股炊烟非常显眼，七八里外的鱼王庄都能看到。

鱼王庄有人惊喜地叫道：“螃蟹回来了！”

是的，螃蟹回来了。

在外游荡了大半年后，他又重回鱼王庙。在一个布满灰尘和蛛网的墙角里，铺一堆干芦苇。芦苇上有一张烂席片。席片上有一堆肮脏得发黑的铺盖。另一个墙角，有一口铁锅。铁锅用三块砖头支着。半锅清水下，正有一蓬火在烧，柴有点湿，烟就显得很大，一团团往外冒烟。

螃蟹站在屋檐下，从怀里摸出半盒价格低廉的香烟，抽出一根，点上猛吸一口，呛得一阵咳嗽。他还不怎么会吸烟。会吸不会吸是一回事，吸不吸是另一回事。吸烟有点大人的派头。他又吸一口，慢慢吐出去，然后环顾庙内，不见一个人影，院墙一角一簇荒草晃了晃，好像一只黄鼠狼跑了出来。听不到一点声音。一座院子清冷得有点凄凉。鱼王庙早就没有女人来求子了。螃蟹的爹也叫斧头，好几代人都叫斧头。他们觉得这名字很好。他们原是水上人家，现在到了岸上，斧头有披荆斩棘的意思，可以开创新的天地。但让他们没想到的是，也许因为把太多的种子播撒到别的女人肚子里，自己家族的繁衍反倒出现了危机，连续三代都是单传。斧头这名字，就有了断子绝孙的阴影。到螃蟹出生的时候，他爹决定改名字。螃蟹出生时，不知为何，水荡里爬出来很多螃蟹，在庙里乱跑，密密麻麻。于是就有了螃蟹的名字。

螃蟹的爹斧头死得有点蹊跷，当时才四十多岁，正值壮年。鱼王庄人传说，有个神秘女子一直是庙里常客，都是夜间去，也从不向鱼王爷烧香磕头，只是和斧头交媾。她从不说话，每次来都蒙着面，只露一只眼睛，另一只眼睛也是蒙上的。斧头从未见过她真面目，当然也不知道她是谁。女子敲开庙门，进到屋里，一声不响脱光衣服躺下，然后看着斧头脱衣服。她喜欢斧头一身腱子肉，一直用手抚摸，弄得斧头兴起，猛地扑上去压在身下。不管斧头怎么猛烈冲撞，她还是一声不吭。这女人有着一般女人没有的欲望，也有所有女人都没有的承受力。最让斧头着迷的是，她的身体会散发出一股奇特的香味。和别的女人在一起时，有的也有香味，但明显是涂脂抹粉的香味。但这个女人的香味是从身体里散发出来的，而且有点浓。他最初时并不适应，有几次还被熏得打了喷嚏。可是慢慢适应之后，就越来越喜欢。越是做爱激烈，那异香也越是浓烈，斧头每每被刺激得像一头发情的公牛，很快进入癫狂状态。神秘女人喜欢他这个样子，会紧紧抱住不放手。但天亮前，她一定会离开。过不了几天夜间又来。每次来，斧头都是竭尽全力。他们都喜欢对方的身体，没有任何别的目的。这让斧头轻松而愉快。虽然斧头经常和别的女人睡觉，但总觉得自己更像一头牲口，是一匹配种的骡马。对方带来一些供果，或送一点钱，你就得伺候。这是一个很廉价的买卖。而且斧头还有负担，担心对方怀不上孩子，坏了鱼王庙的名声。尽管这种情况很少发生。和这个神秘女子在一起，斧头就完全不担心什么。这女人显然不是求子来的，不仅不烧香磕头，不带供果不送钱财，每次完事后，还会蹲在地上排干净，明显是怕怀上孩子。斧头猜想，这女子一定还有别的办法不让自己怀孕。她一定懂得很多。不然，凭自己的能力，光是残余也够她怀孕一百次了。可她就是没有怀孕，一直都是那么苗条、柔软、光滑。和这样一个从没说过话、从未见过面容的神秘女子交媾，对斧头来说并不突兀。别的女人他同样是陌生的。但他相信这个女子一定美得惊人。每次见她翩然而至，斧头都会觉得是仙女下凡。那时，他会激动得发抖，搓着手迎接她的到来。不用说，这一夜又是倾情奉献的一夜。和别的女人在一起，他从来没觉得疲惫过，但每次和这个神秘女子在一起，都会虚脱了一样，满身大汗。他太投入了，因为和她在一起的美妙，和所有女人都不同。他不会描述那种美妙，但斧头曾忍不住给一个要好的朋友说起过："我早晚会死在这个女人身上。"

斧头终于精尽人亡。

那一夜，他们要了五六次。像是一次诀别。完事后，斧头气喘如牛。他太想看看这个女人的真面目，就想揭开她的面纱。可是刚一伸手，就被这女人打了一耳光。斧头赶忙把手缩了回去。神秘女子四更天离开鱼王庙，斧头天亮就死了。他到死都不知道这女人是谁。一大早赶来上香求子的女人发现了死去的斧头。当时，斧头赤裸着躺在地铺上，浑身的汗水已经冰凉，身边一片凌乱。

斧头死后，老婆在鱼王庄只待了半年不到，就丢下螃蟹偷偷走了，从此再没回来。

鱼王庄人说，都是那个神秘女子害得斧头家破人亡。那女子也许就是荡里的水妖，见庙里每日男欢女爱，动了凡心，便夜里化成蒙面女人诱惑斧头，却不懂节制，一味纵情，终于害死斧头。

老扁抱着不到两岁的螃蟹送到梅子那里。梅子没有拒绝，默默收下了。她知道老扁一定会把螃蟹送到她这里。老扁也知道梅子不会拒绝。这对兄妹平时形同路人，但他们之间似乎有一种默契。只要老扁遇到什么为难的事，梅子一定不会袖手旁观，尽管她对老扁很有成见。

螃蟹一直跟着梅子长大，直到七岁时跟人外出讨饭，才算离开。螃蟹跟人外出，还是梅子安排的。她没觉得这孩子还太小。她必须硬着心肠把他推出去。她不可能养他一辈子。养到七岁，她已经很艰难了，两人一直靠野菜活着。老扁偶尔会送来一点可怜的米面，梅子转手就送给村里老人。螃蟹必须从小就学会谋生。在鱼王庄，讨饭是一项基本的生存手段，他必须学会。推出家门，不是害他，是救他。

好在螃蟹很快就适应了这样的生活，并且很快乐。开始两年，每次回来，他还回到梅子这里住。后来，就从老扁叔那里要了钥匙，独自住鱼王庙了。他很早就知道，鱼王庙是他家祖传的庙。这里才是他真正的家。

螃蟹回到屋里，坐在席片上，靠墙一躺，悠悠地喷出一个烟圈。他抽烟有一段日子了，只是很少吸进去，喜欢喷出大大小小的烟圈，再喷出一条直线，从烟圈里穿过去。

他超脱了。想开了。

他是个小要饭的，没有权利去爱一个女人。一个乞丐的多情是滑稽可笑的。杨八姐和自己开了一个玩笑。不，是自己和自己开了一个玩笑。他不否认杨八姐的同情心，也同样不能排除对她的怨恨。虽然恨她没有什么道理，只怪自己太过投入。在男人蹲大牢期间，他填补了杨八姐的空虚生活。他既为她扮演了儿子的角色，又扮演了小男人的角色。男人从大牢里出来了，自己就成了多余。

就是这样。

螃蟹结束了自己的初恋，那种痛苦和失落是一个少年无法承受的。他失去了几乎所有美好的东西，只剩下痛苦的回忆。当他半夜里被那个男人重重摔到地上，当他喘吁吁奔跑八九里，带给杨八姐的白发馍满地滚落的时候，他觉得自己和那些白发馍都被扔进了粪坑。

就是从那天夜里，他有了新的人生经验，对社会重新有了认识：这个世界太不认真了。

再也不必那么认真。连要饭也不必那么认真。而他一向是认真要饭的。除开要饭，他并没有干过什么越轨的事。

现在，他要变一变活法了。

他不能再去帮女人洗尿布，为别人抱孩子，给人家孩子当马骑，为男人点烟袋，给人擦屁股，为老人挠痒痒……他不能再干那些事了。他不能再忍受那些戏弄和屈辱了。他有了自己的尊严。那样活得太累。他要寻找一个比较轻松的活法。

他开始偷了。

偷香烟，偷火柴，偷鸡蛋，偷糖块，偷衣裳，偷……

他抽着烟，眯眼看着门口两只绑着腿的鸡。那是两只很肥的母鸡，都是黄色，毛也很光滑。这两只鸡是从破裤子家偷来的。当初为了保护杨八姐，曾被那个叫破裤子的家伙打掉一颗牙。他一直记着仇。他说过要报复的。两只母鸡蹲在地上，正惊奇地打量这个陌生的空荡荡的院落，纳闷它们怎么会来到这里。

这很简单。螃蟹对它们说，你们正在窝里睡觉，你们的主人破裤子也在睡觉。我悄悄翻墙而过，你们家没有养狗，白天我就观察过了。我把手伸进鸡窝，摸住你们的脖子，一提就提了出来，两次抓你们两只，我想够了。破裤子会心疼得撞墙。他总共才三只鸡。我把你们塞进一只口袋里。我当时有点慌张，你们也有点慌张。我们一起慌慌张张翻墙而出，我还摔了一跤。过去，我的这只破烂口袋只装过要来的剩饭剩菜，吃不了都送给杨八姐。现在，我已经不吃那些玩意了。味道实在不好。我也无需再送给杨八姐喂猪了。杨八姐给她男人说，我是个要饭的，很可怜。好像她很富有。她忘了自己曾经怎样慌慌张张从猪槽里拣食吃。杨八姐，你小看螃蟹了。你看，我并不可怜。我的胃口很高。我要改改胃口吃鸡了。据说，鸡是很好吃的。我不记得自己吃过鸡，但闻过鸡肉的香气，是一次路过一个人家。那家人为小孩办满月，门上挂着红布帘，屋里飘出一阵阵香味。我所以知道那是鸡肉的香味，是因为门前有一片湿漉漉的鸡毛。他们正在煮一只鸡，单凭那股撩人的香味，就能知道鸡肉是多么好吃了。那时，我馋得直淌口水，可我在心里告诉自己：闭上眼走过去，你不爱吃鸡肉，那东西没啥好吃的！可现在我告诉自己，螃蟹，你别闭眼说瞎话了，鸡肉是很好吃的，你终于可以吃到鸡了。

鸡们，你们不必瞪眼。你们总归要被人吃的。人是很贪婪很嘴馋的，终有一天会把这个世界吃光，连树皮草根都吃光，然后把自己饿死。不过，那还得有些年头。就是说，我离死还远着呢。我不能老是吃些乱七八糟的东西，我要吃点鸡肉、鸡蛋、糖果什么的。啥？我不配？错！你看到这个大院子吗？这叫鱼王庙，是我祖上创建的。以前香火很旺，我祖上一辈辈都是吃供品的，鸡鱼肉蛋，糕点鲜果，都吃腻了，你说我配不配？所以就只好委屈你们了。鸡鸡，你莫怪，你是人间一道菜。听哪个老娘儿们在提刀杀鸡前这么劝过你们。我就不劝你们了。我嘴笨，不怎么会劝，这话也说不出口，假模假样的。我直来直去告诉你们，我要吃鸡！但你们别慌，我暂时还不想杀死你们。这个庙已经很久没住人，也没有人来，太冷清了。杀死你们，我就太孤单了。这个庙很大，过会儿我就放了你们，先去熟悉一下环境，看哪里适合栖息。这是一块属于我的领地，很安全的。鸡们，母鸡们，先给我做几天伴吧。哪天我再去偷一只公鸡来，就齐了。你们孵化一群小鸡，这院子大，够你们玩的。

锅里水早就开了，沸沸扬扬，咕嘟咕嘟响。螃蟹感到口渴了，想用勺子舀一碗水喝。起身走过去一看，却发现水上旋转着污浊的铁锈泡沫，是太久不用才这样的。螃蟹皱皱眉，这水不能喝。他要努力培养自己高贵的胃口。于是用两根柴片夹起滚烫的铁锅，端到门外把水泼了。螃蟹重新取水烧上，心想应当在锅里煮点什么。左瞧右瞧，意外在一堆瓦砾间发现两条正在交尾的蛇，又肥又长。哈哈！他弯腰将它们拎起，一手一条，悬空一阵猛抖，两条蛇都不动了。螃蟹快步走进屋子，心想今晚可以烧一锅鲜美的蛇汤了。

梅子帮着泥鳅把羊群赶进羊栏，天已落黑。

羊栏在村北约三里远的地方，是用芦苇编扎成的，围了一大片空地。栅栏里有很大的茅棚，作防雨防晒用，二百多只羊归栏后，便卧在茅棚下。另有两间茅屋，是泥鳅平日睡觉的地方，也是他多年来的家。一只披毛狗跑来跑去帮着赶羊，又不时跑到梅子身边，摇着尾巴献媚。看起来，它非常喜欢梅子。

梅子摸摸它的头，细心拴好羊栏，就要转身离开。泥鳅站她身后说："梅子，在我这里吃了晚饭再走吧？"好像在乞求。

"不用了。我要回家。"梅子每晚都回鱼王庄自家屋里住，傍晚时常会有人找她看病。

“昨夜羊群打架，压死一只羊羔。煮了一块吃吧！”泥鳅就要进屋去拿。

“你别给我看，我不吃！”梅子转身走了。

泥鳅有点急了，大声说：“真是压死的，不是我有意弄死的！”

梅子没有扭头，说：“我知道。”

泥鳅一直想给梅子一个好印象，想取得她的信任。他当然知道，梅子是老扁派来专门监视他的。既然反对没用，就得接受。其实，他当初反对，并不是反对梅子，只是反对有人监视自己。但梅子来到后，没有想象中那么可怕。过去和梅子没有过任何接触，只觉得她不苟言笑，冷若冰霜，有着梅家大小姐的傲慢。但在她参与管理羊群后，发现并非完全如此。她当然是来监视自己的，可她说话做事，并没有让你感到她是个监视者。好像只是来学习，来帮忙的。这让泥鳅少了敌意。她仍是很少说话，只是不停地做事。她很快就能找到要做的事情。比如放羊时等一下落后的几只羊；两只公羊打架时，赶忙抱开小羊羔；安抚一下逞能的披毛狗，不让它老是跑来跑去惊扰羊群吃草；在泥鳅剪羊毛时轻轻按住羊的身体不让它乱动，防止不小心被剪破；同时用一只手抚摸羊的脑袋不让它害怕；母羊生产时，她也完全不怕脏，迅速擦干净羊羔身上脸上的羊水胎膜，防止小羊羔窒息；天天打扫羊圈，并且把掉落的羊毛收集起来……在泥鳅面前，梅子像个勤劳而聪明的学徒，几乎一学就会。

泥鳅最爱看到这样的场景：沙丘上，梅子坐在那里，正在编织一件毛背心。她收集了不少散落的羊毛，洗干净后就用它编织一些东西，一件毛背心，一双毛袜，一双毛手套，然后送给村里老人。她在编织东西时特别专注而安静。那时，羊群也大多在休息，散卧在她的周围。她的身旁，总会卧一只两只雪白的小羊，小羊用它毛茸茸的濡湿的唇，轻轻蹭她的腿。终于把她蹭痒了，于是笑了，笑着轻轻拨开小羊的脑袋，继续编织手里的东西。泥鳅只在这时候看到过她的笑容。

泥鳅坐在不远处的另一座沙丘上，那只披毛狗坐他身旁，他就会有一种温馨的家的感觉，有一种想哭的感觉。但他不敢奢望什么，又突然觉得这女子在这里太委屈了。无论在鱼王庄还是陪自己放羊，都完全不搭。他会忍不住大声说："梅子，干吗不回凤城？"

梅子不吭声。

泥鳅说："鱼王庄又穷又脏，还整天饿肚子，回去吧！"

梅子撩一下头发，继续忙着手里的活。

泥鳅说："栽树栽树，啥时是个完？老扁也是一根筋！他还是你哥呢，为啥不把你送回凤城？"

梅子不说话。

泥鳅没指望她说话。她通常是不搭话的。

他只是自己想说话。

"梅子，回凤城吧！嫁个人，再把你们梅家南北大药房拾掇起来，那才是你应当过的日子！"

"梅子，你是不是想等草儿死了嫁给老扁？我知道你们兄妹没有血缘关系。草儿死不了，她只是疯了……"

这时，梅子会突然抬头说："闭嘴！"起身走了。

于是泥鳅就闭嘴了。

梅子给他说的最多的就是这两个字："闭嘴！"

可是过几天，泥鳅还是会和她说一些类似的话。

他闷得慌。

他相信梅子会比他更闷。

尤其每当梅子经过面前时，会忽然飘出一股异香，似有若无，更让泥鳅相信自己的判断。那异香不可言说，却极具诱惑力，常让泥鳅瞬间血脉偾张。他不相信这样一个女子会清心寡欲。

梅子的身世在鱼王庄早已不是秘密。这样一个混血女子，公主样的美人儿，落在这样一个地方，会心静如水？打死他也不相信。可是看起来，确实又是心静如水。面对贫穷、劳累，从没听她抱怨过什么。在村里捡拾垃圾，给女人接生，照顾病人、老人、孩子，照顾羊群，稍有空闲还帮着挖坑栽树，或者去挖些中草药。她总是把时间排得满满的，做着她认为应当做的一切。她每年都会去几次凤城，买些荒滩上挖不到的药物。每次还会买几本书带回来，有的还是外文书。她有时会把书带来，坐得远远的，一个人在那里念，叽里咕噜，完全听不懂。这让泥鳅相信，不定哪天，她就回法国了。可她一直没走。好像念书只是为了打发时间，让在鱼王庄粗糙的日子稍微精致一些。这女人追求精致。她一年四季，都把自己收拾得干干净净，衣服上打补丁也是恰如其分，让人感到那些补丁全是装饰品。她的略显瘦弱的身体，总像有使不完的劲。她好像从未悲观过。这需要多么强大的精神支撑？她没有流过泪？没有想过离开？没有绝望过？没有渴望过一个男人臂膀的拥抱？毕竟，她只是一个弱女子啊。泥鳅坚信，梅子一定有不为人知的另一面。人人都有阴阳两面。自己一个大男人，憋极了还会来一阵野狼嚎，难道她就不会以自己的方式发泄一通？他甚至怀疑过，她就是那个让斧头精尽人亡的神秘女人。或者，她就是个两面人，永远不会让你看到她的另一面。而阴面阳面合体，才应当是真实的她。不然怎么活得下去？

但泥鳅失望了。他一直在细心观察，还是没发现梅子的另一面。

她把自己掩藏得太深了。

这得多强大多冷血，才能做到哇！

每天傍晚，当梅子离开羊圈回鱼王庄的时候，他都会像狼一样久久盯着她的身影。她走得稳极了，只是腰肢在柔软地扭动，从不左顾右盼。如果这时候她突然回头，冷冷盯他一眼，泥鳅一点都不会意外。因为他相信，自己每次在后头偷看她，梅子都是知道的。可她从来没有揭穿过。也从来没有回过头。对别人的目光，她根本就不在意。她有一个属于自己的世界。

那天，老扁读完电报，差一点瘫倒地上。

电报是武二从中原古城打来的，说秋月杀了两个人，被公安局抓起来了，让他赶快来救人。

这简直是晴天霹雳！

很快，整个鱼王庄像开了锅。大伙纷纷聚来，打听到底出了什么事。很多女人哭起来。一时群情激愤。

有人高喊："秋月杀人？这不是胡说八道吗？"

"是武二搞鬼吧？他自己杀了人还差不多！"

"肯定是秋月受了欺负！"

"这下秋月没命了，杀人要被枪毙的！"

"可怜的孩子啊！"

"咱们都去古城，把秋月从牢里抢回来！"

…………

老扁拿着电报，看了一遍又一遍，手直发抖。他确信秋月真的出大事了。武二在村里口碑不好，但他知道武二不容易，每年带一些老弱残疾外出讨饭，是个义气汉子。他不会开这种玩笑。他和秋月三个人并不是一块出去的，他怎么会知道秋月杀了人？在古城碰上的？

他必须立即启程。

秋月父亲死得早，也是死在栽树的沙滩上。母亲常年生病，走路都困难，当然无法去。这种事去人多无用，大家七嘴八舌徒然添乱。老扁一眼瞧见螃蟹，招招手让他过来："螃蟹，你跟我去！"他知道螃蟹机灵。螃蟹像个大人样挺起胸膛："好！老扁叔，我去过那个古城，我跟你去！"

老扁向大伙挥挥手，大声说："大伙别吵吵了！现在究竟是咋回事还不清楚，我带螃蟹先去看看，你们在家等我消息！"

正在这时，梅子突然走过来，说："我跟你们一块去！"

大家愣了一瞬，突然喧哗起来："对对！梅子应当去！"

"让梅子去！"

"梅子见过世面的！"

"一定要救回秋月呀！"

…………

老扁想了想，秋月是女孩子，梅子去会更方便一些，就说："好！"

当天，三个人就连夜出发了。

那天夜晚，武二和秋月、哑巴三人一同被带回古城公安局。

七天后，公安人员问清楚情况，武二被放了出来。他和这桩案件没任何关系，只是为了寻找秋月才一路跟踪哑巴的。

这七天，冉爷爷和小菊心急如焚，秋月不见了，武二也不见了。他们不知道发生了什么事。连老和尚也是一筹莫展。但他预感到一定发生了天大的事。他心里很后悔，如果当初不收留他们，也许就不会出什么事。他们都已放弃了寻找，只能苦苦等待，却如坐针毡。

武二放出来后，一路狂奔，跌跌撞撞，直奔那座破庙。刚进庙就大喊："冉爷爷，了不得！秋月杀人啦！"

几个人听到喊声，急忙迎出来。冉爷爷差点跌倒，大惊失色："咋？咋？咋？"小菊吓得浑身哆嗦，一句话也说不出，直瞪瞪看着武二。还是老和尚沉着一些，扶着武二进了房间，小心问："阿弥陀佛，到底出了啥事?”

武二还没开口，眼泪就扑簌簌往下掉，哽咽道：“秋月妹妹……这下没命了!”接着他把这些天的经历详细说了一遍，又反复念叨：“没命了，没命了!”

小菊一直捂住嘴听，这时才放声大哭。

冉爷爷一声不吭，好一会儿才喃喃说：“秋月肯定是遭了大罪，才动手杀人的。”说着，两行混浊的泪水流出来。

老和尚说：“阿弥陀佛，此事必有因果。你们也不必太急，秋月姑娘还活着就是个好消息，还是等政府明断吧。”嘴上这么说，心里却极为懊恼，这个哑巴怎可如此伤天害理。他已猜到案情全由哑巴引起。其实这几天已有预感，问题出在哑巴身上。

武二说：“咱们不能坐等，得想办法救秋月妹妹!”起身向老和尚拱拱手，“老师傅，麻烦你这些天照顾一下冉爷爷和小菊。我得去打个电报，告诉俺们村长，让他赶快到古城来想办法!”说着匆匆走了。

数日后，老扁、梅子和螃蟹坐汽车、火车，辗转将近两千里，终于来到古城。螃蟹对古城很熟悉，按照电报上留的地址，很快就找到武二、冉爷爷和小菊。老和尚又打扫几间房，让他们住下。老扁让武二把他知道的情况仔细说了一遍，立刻判断这里面有冤情。凭秋月一个十七八岁的小姑娘，如果不是遭到难以忍受的侮辱，无论如何也不至于杀人。

第二天一早，老扁一行人就去了古城公安局，要求见见秋月。

老扁掏出介绍信递上，接待员说，案子在调查中，按规定还不能见。接待员是个三十岁左右的男性警察，一副漫不经心的样子。梅子问啥时能见?对方说要法院判决以后，才可以申请会见。老扁又要求见公安局领导，接待员说领导忙着呢，不是你们想见就见的，说完转身要走。梅子说你站住！接待员又转回身，看着这个面容清秀而又目光凌厉的女子，说你怎么可以这么和我说话。梅子说，你觉得我应当怎样和你说话？要跪着吗？接待员一愣，一脸不悦，说你这个同志咋这么说话？梅子说，你还会说别的话吗？你告诉我应当怎么和你说话！武二怕事情闹僵，一把拉过螃蟹，二人一起跪下了，说同志你别生气，我们给你赔礼了。接待员好像见惯了这种场景，说你们跪下也没用，领导不见就是不见。不料梅子愤然起身，冲武二、螃蟹厉声叫道："站起来！膝盖上没骨头吗？"转脸盯着接待员，"你刚才说，领导不见就是不见？"

接待员点点头："是我说的。领导不见就是不见。"

梅子问："你问领导了吗？"

接待员一时张口结舌："这……这还用问吗？我们有规定的。"

梅子连珠炮一样："有规定？好，你把规定拿出来，我们立马就走！"

螃蟹说："你别装模作样的，拿出来呀！"

接待员冷笑道："要看规定？你们没这资格！"

老扁突然站起身指住他："年轻人，你是不是觉得你穿上这身皮，就高人一等？别忘了你爹妈也是老百姓！老百姓要见官有这么难吗？现在是新社会！我就不信你们有这规定！如果有，就是狗屁规定！"

接待员勃然变色："你敢无理取闹，侮辱警察，信不信我把你铐起来！"

老扁把双手一伸，厉声大叫："铐呀！"

螃蟹和武二也伸出手："铐呀！"

接待员"哗"地拉开抽屉，真的拿出一副手铐。

正在这时，一个四十多岁的警察听到喊叫匆匆进来，夺过接待员手里的手铐，"咣当"扔进抽屉，又"哗"一声关上，对接待员说：

"小刘，你先出去！"

那个姓刘的接待员不甘心地横了老扁一眼，气哼哼走了。

新进来的警察换了一副脸色，微笑着说："我姓郭，你们叫我老郭就行。抱歉！刚才这位同志才调来不久，对接待工作的特殊性理解不够，有不恰当之处，我向你们道歉！"说着向老扁一行敬了一个礼，又伸手示意大家坐下，说："你们刚才的谈话，我在隔壁房间都听到了。案子没结，确实有规定不能会见。这桩血案性质很严重，轰动了全城。至于你们想见领导，我可以马上报告请示，请你们稍候一下。"说着拿上介绍信起身走了。

老郭一席话，让大家消气不少。

不到五分钟，老郭就回来了，说："你们请跟我来。杨副局长要接见你们。"

几个人跟着他，三转两转，走进一间办公室。杨副局长瘦瘦的，看上去有五十多岁，正起身迎接，微笑道："请坐吧！"待几个人坐下后，主动说："你们是为秋月的案子来的吧？哪位是村支部书记？"

老扁忙起身："我是。我叫老扁。"

杨副局长示意老扁坐下，说："哦，你就是老扁书记。你们想了解秋月的案情是吧？案情已经大体搞清楚了，有些事还需要进一步核实。这个案子进展很快，并不是太复杂，上级也要求尽快结案，因为影响太大了。但目前具体案情还不能告诉你们，不久就会移送检察院、法院。"

老扁担心地："杨局长，秋月会被枪毙吗？"

杨副局长沉吟一下，说："会判得很重。毕竟她杀了两个人，影响太大了。这要由法院来定。当然，秋月也是受害者，她杀人也是有原因的，我亲自和秋月谈过话，谈了三次。她讲述了为什么杀人的整个过程，讲述了从小讨饭的经历，还讲到你带领全村人靠讨饭栽树的事。你们都很不容易。说真的，我不能决定什么，但我们会把这些情况详细汇报上去。”

武二“扑通”跪了下去，螃蟹也跟着跪下了。武二哭着说：“杨局长，这是个苦孩子，她还这么小，请你们枪下留人！我给你磕头啦！”说罢，在地上连连磕头。

杨局长立刻说：“老郭，快把他们拉起来！不要这样，不要这样！”

老郭忙过来，拉起二人，又把他们领到座位上。

梅子已是泪流满面。

老扁咂咂嘴，哽咽道：“谢谢杨局长！这孩子这么……小，她肯定是遭了大罪……我这个村支书没本事……对不起她……请杨局长一定帮帮秋月……这孩子太可怜了。”

杨局长点点头。看得出，他的心情很沉重，说：“老扁书记，你们现在住哪里，请把地址告诉老郭同志，万一有事好找到你们。”

老扁忙说：“好好好！”

几个人重新回到庙里，冉爷爷、小菊忙打听情况，老和尚也在一旁。武二把情况简单说了一下，说看杨局长的态度，秋月也许还能留一条命。

冉爷爷突然连打自己嘴巴。老扁急忙拉住：“老冉哥，你也不必过于自责。”

冉爷爷涕泪双流：“我没有陪好孩子们啊！”

老扁说：“要说自责，还是我无能。这么多年了，还让大伙外出讨饭为生。不然，哪会出这种事！”

这时，梅子大声说：“都别自责了，鱼王庄没人该受到责备！”

老扁听了一愣。

武二愤怒得咬牙："那个哑巴，我想亲手杀了他！如果秋月妹妹被枪毙，哑巴只判三年五年，我会在古城等他出来！"

螃蟹恨恨地说："武二哥，我能打听到他家在哪儿，我这几天先去把他家房子点了！"

老和尚面色很难看，悄悄走了。

老扁说："你们别乱来！还嫌事小吗？"

螃蟹忍不住又哭了。

小菊一直忍着不敢哭，这时也哭起来。

梅子伸手把两人揽到怀里，说："都别哭。这么多年，鱼王庄人受穷、受累、受辱，都忍着。但秋月是好样的，这一次，她没有忍，她杀了两个害她的坏人，就是被枪毙，也值了！咱们应当为她骄傲！"

老扁听了这话，面色有些尴尬。梅子也许无意，他却想起妻子草儿的事。那是永不能忘记的耻辱。他知道梅子曾为此鄙视他。随着岁月的流逝，虽然梅子从来没有再喊过他一声"哥"，但他能感到梅子对自己当初痛苦的选择，有了更多的理解，并且从未放弃对鱼王庄栽树事业的支持。老扁不会因此原谅自己，但心里的压力还是小了很多。先前梅子说，鱼王庄没人该受责备。当老扁听到这句话时，就像听到一声惊雷。梅子的这句话，他仿佛已经等了很多年，心里直想哭。

但老扁忍住了。他知道眼下不是宣泄自己情感的时候。

次日，老扁安排武二带来的那几个老弱病残先回鱼王庄。因为武二要留下忙秋月的事，没工夫再照顾他们。同时让冉爷爷、小菊也一同回去，并让螃蟹带队。

冉爷爷本不想走的，说我要留下，都是我照顾不周，我要等待结果。

还是老扁劝他，说老冉哥你还是先回去吧，一有消息，我会往家里打电报。

冉爷爷想想同意了。他知道自己留在这里帮不上什么忙，还会成为累赘。

螃蟹更不愿走，哭着说我要留下救秋月姐姐。杀人放火劫狱，我都能干！

老扁训他，别胡说！你一直很懂事，这么多年南跑北奔，为我分忧，传送信息，救过鱼王庄人很多危难。这次，我把这么多老弱病残交给你，带他们平安回家，是个很重要的事。你要担起来！

螃蟹勉强同意了。

老扁掏出一些钱，说螃蟹，他们大多行动不便，你用这个钱买火车票，让他们坐一段火车，也好尽快回家。

武二忙说，村长，这个你不用管了，我这里还有些钱。我来买票送他们上车。

螃蟹说，买啥火车票？不用！我自有办法，一张票不买，我也能让他们坐上火车！

梅子说，螃蟹你别逞能，被抓到了还得拘留。

螃蟹说拘留好啊，有人管饭了！

老扁没再坚持。他知道，鱼王庄人常年在外，不少人都有些求生秘籍。他完全相信螃蟹能把他们安全带回鱼王庄。

螃蟹带人走后，只剩下老扁、梅子和武二，一下子清净不少。

老扁本想三人另找地方住的，无缘无故老是打扰老和尚不好。不料老和尚执意挽留，说小庙虽破，足够你们容身。秋月姑娘出事，皆是小庙勤杂工哑巴引起，都怪老衲有眼无珠，连日痛心不已，夜不能寐。庙里还略有一点粮食干菜，施主们尽管吃住在这里，不收任何费用，也让我尽些心力。

老和尚这么说，老扁只好谢过答应下来。真要搬出庙去，吃住都要花钱，身上哪有这么多钱。

但武二不愿住在庙里。他嫌庙里憋闷，还不如住在桥洞里自在。另外，秋月出事，虽然由哑巴引起，他对老和尚还是心有抱怨。武二不想每日看到他，更不想白吃他的东西。

老扁只好由他去了。

自此，老扁和梅子住在庙里，一天天等得心焦。每日担心秋月命运，几乎天天去公安局打听情况。接待员小刘不见了，换成一位姓冯的年轻女警察，接待时周到礼貌，很能体谅老扁和梅子的心情。言语间偶尔能听出对秋月的同情，但很快又打住。毕竟接待工作是有纪律的。

武二虽说不住庙里，每日晚上还是会来坐一阵子听听情况。三个人都觉无能为力，不知如何才能帮上秋月。只能坐等。这么等下去，又没个时日。眼看入冬，明春栽树的各项准备工作千头万绪，老扁心里更急。

他心里装着太多的事。

老扁当了八年防风治沙副总指挥，到一九五八年戛然而止。

原因是他进了监狱。

这一年是“大跃进”，举国大炼钢铁。到处土法上马，一座座炼铁炉出现在城乡。不要说矿石原料，光是烧柴就成了问题。于是从领导到群众都把目光投向荒滩几十万亩树林。

县委决定：伐树！

不料副县长王亮当即跳起来，指着县委书记说：“我看你们谁敢动一棵树！”说着做了个拔枪的动作，伸手没摸到枪，这才想起已经离开部队。

县委书记却不干了，说：“你敢对抗大炼钢铁?”

王亮吼道：“大炼钢铁就是胡闹！劳民伤财！我当然反对!”

县委书记勃然变色：“你这是反动言论!”

王亮说：“我是在说实话!”

县委书记嘲弄道：“你反对有用吗？你懂得钢铁在我们国家有多么重要吗?”

王亮冷笑一声：“对于钢铁的重要，我比你懂。我参加过十四年抗战从关外打到关内，你知道打的是啥？在某种意义上，中国和日本打的就是钢铁。因为我们钢铁少，造枪造炮都困难。因为缺少武器，武器又太差，多少次战斗，都是因为这个吃了日本人的大亏，我的战友一片片倒下去。那是血的教训！我当然知道钢铁的重要！可是这么大炼钢铁能炼出啥来？收些废钢烂铁，把老百姓的锅都炼了，炼出来一堆根本不能用的铁疙瘩，那东西能造枪造炮造飞机吗？能造机床、钢轨、火车吗？如果用这些东西造这造那，会毁了军队，毁了工厂，毁了汽车、火车！会毁了国家!”

县委书记笑道：“好嘛！你仗着打仗有功，公开反对‘大跃进’，反对大炼钢铁，反对国家，已经构成反革命罪。我会向上级汇报，立刻撤销你的副县长职务!”

果然，三天后，王亮不仅被撤职，而且被关起来，勒令深刻反省。然后视其态度，再做进一步处理。

本来有很多人反对大炼钢铁、毁坏树林的，看到副县长这个抗日英雄被撤职查办，大家都不敢吭气了。

王亮被撤职处理次日，老扁被叫到县委谈话。

按老扁的级别，本可以不理他，直接发通知，组织人马伐树就行了。但县委考虑到老扁仍是防风治沙副总指挥，更考虑到他在鱼王庄和一百单三村的影响力，很怕他聚众闹事，造成大规模群体事件，就不好收场了。于是一位县委副书记代表县委和老扁谈话，说了很多大道理，并告诉他王亮副县长因为这事已被撤职查办。老扁心里怦怦跳，知道又一场灾难来临了。这是他万万想不到的！副书记一直察言观色。既定的方案是，如果老扁像王亮那样激烈反对，就当即拿下。隔壁房间已有两个警察等着，单等一声令下。但没想到的是，老扁沉吟一阵后说，这事天大，老百姓肯定会激烈反抗。如果硬去伐树，是会出人命的。这样吧，我回去帮县委做做工作，说服大家，尽量不要出事。副书记没想到老扁如此通情达理，就大大表扬了他一通，说大炼钢铁是硬任务，必须限期完成。栽树是个长远的事，伐了还可以再栽，是不是？老扁从心里说，是你娘！老子栽了几十年树，光鱼王庄就死了一千多人。伐了可以再栽，你说得这么轻巧？可他憋住了。他知道必须憋住。如果自己激烈反对，一定会像王副县长一样被关起来，林子就没救了。于是，他深吸一口气，说是的是的，我立马回去，挨村做工作。

但当老扁出了县委大门，翻身上马后，突然冲着送他出来的副书记大声说："喂！当官的，你们是昏了头！你们不是在毁林子，你们是在毁这个国家！告诉你，老子一棵树一条命，要想伐树，拿命来换！"说完两腿一夹，飞马而去。

副书记目瞪口呆，没想到这家伙玩了个金蝉脱壳之计，他还敢自称老子！

但县委的决心不能动摇。

县委县政府以强大的组织能力，连夜组织三万多人，浩浩荡荡开向荒原树林。他们不相信以老扁一己之力，能动员鱼王庄人抵抗得这么快。同时派出精干的公安人员，连夜追捕老扁。

老扁离开县委前向副书记表明态度，其实不是失策，而是想告诉他赶快罢手，让他知难而退。他深知这件事的严重后果，假如发生大规模冲突，后果不堪设想！

但终于还是没能挡住县委的决心。

老扁的行动更快。他没回鱼王庄，连夜先去了一百单三村的五岔口村，给村长通报了县里要求伐树的紧急情况。村长一时急得六神无主。老扁说你别光转圈，赶快派人骑上马，去把各村长找来。咱们商议个对策！

到下半夜，各村长接力送信，都陆续到齐了。大家一听这消息，顿时群情激愤，说谁敢来刨树就和谁拼命！老扁说："树是一定要护的！咱们这些年千辛万苦栽的树，绝不能让他们毁了！咱们要组织老百姓阻挡这件事。但县里也会组织大批人马来，冲突起来会死伤无数。因此我要求，各村护树的老百姓不能带任何家伙，全部赤手空拳保护林子。大人孩子老人全出动！一人抱住一棵树，能护多少护多少！"

老扁一席话，说得村长们都流泪了。

老扁的眼圈也红了，突然提高了嗓门说："我现在宣布，我是这次护林的总指挥！如果这次护林出了事，所有的责任由我老扁一人承担！蹲监、坐牢、杀头，我一个人去！到时候，你们他妈的别跟我瞎搅和！"

老扁这么说，村长们不干了，纷纷站起来："老扁你少放屁！要担一起担！"

"你以为就你是英雄，俺们都是孬种？呸！"

"老扁我日你娘，官不能都让你当！这一次，咱们一百单三村的村长，都是护林副总指挥！大伙同意不同意？"

众人一片喊叫："好！好！总指挥……副总指挥……日他娘！"

那次护林异常惨烈。

老扁回鱼王庄稍事布置后，很快又返回一百单三村。

一百单三村植树造林是王县长来到后才开始的，历经艰难才把大伙动员组织起来。鱼王庄重新栽植了几十万棵树，而一百单三村却栽种了几十万亩！他们造这几十万亩林子太不容易，一百单三村也因此饿死、累死不少人。他很怕这次毁林会浇灭他们刚刚被点起来的热情。鱼王庄则不同。栽树已经植入鱼王庄人的血液中，成为他们生命的一部分，没有任何力量能摧毁鱼王庄人的意志。对鱼王庄，他一点都不担心。

这个时候，他必须在一百单三村站着。

一百单三村的百姓出乎意料地齐心，让老扁没有想到。他骑着马连跑几十个村庄，看到成千上万的百姓已经在树林边集结好。当砍树的大队人马拥来的时候，他们已迅速钻进林子，一人抱住一棵树。有七八十岁的老人，也有七八岁的孩子。

这场景让前来砍树的人也是惊诧不已，有的人当场落泪。他们毕竟也是老百姓。

可这是上级的命令，又有带队的人催促。最重要的是，砍一棵树，会有二两粮食的奖励。在这个饥饿的年代，粮食是比金子还重要的东西。饥饿能让人发疯。于是他们冲向那些没人环抱的树，扬起斧头，拉开大锯。但这时，当地百姓立刻松开刚才抱着的树，向这些将要被砍的树冲过去，又伸手抱住。村长们往来指挥，嘶哑着嗓门大喊大叫："抱住！抱住东边那一棵！不要松手！砍断胳膊也别松手！"

每个村庄的每一片树林，都在发生拉扯推搡，然后是拳打脚踢，冲突愈演愈烈……

有一个护林人的手真的被砍掉了！砍伤的就更多。

但砍伐并没有停止。

树一棵棵倒下。

人也一个个倒下。

林子里到处是哭喊声、咒骂声、愤怒的吼叫声，以及树木扑地的轰轰声。

第二天下午，公安人员就发现了老扁的身影。

老扁已经听说公安人员在抓他，这是意料中的事。可他没有隐身躲藏，一直在一线指挥，喉咙都喊破了。他只是不断快速转移，争取时间。

公安人员发现他时，老扁正在七岔口一片林子里。

当时，一个少妇正抱着一棵大树不松手，几个砍树的人正在拉扯，把她衣服都扯破了，露出半个雪白的奶子。

少妇拼命大叫："放开我！你们还是人吗？"

离少妇十几步远的一棵树下，一个婴儿正靠在树上哭叫，已是声嘶力竭。老扁忙跑过去，想把婴儿抱起，却发现婴儿是用一根绳子绑在树身上的，急忙解开抱在怀里，大步走过去，对那些拉扯少妇的人叫道："住手！放开她！"

一个戴羊皮帽子的青年人说："你是谁？"

老扁说："我是老扁！"

几个人一愣。老扁的名字早在民间如雷贯耳，没想到会让他们碰上，更没想到会是这么一个其貌不扬的人。他们都用疑惑的目光看着他。

老扁把孩子交到少妇手上，转脸看着愣在那里的几个人："不像传说中的那个魔鬼是吧？其实，人变成魔鬼是很容易的。你看，咱们都是老百姓，二两粮食就让你们变成了魔鬼。一个女人带着这么小的孩子护树，你们把女人的衣服都撕破了，孩子在那边哇哇大哭，你们也下得去手？"

几个人都低下头。唯有那个戴羊皮帽子的青年斜着眼看老扁，有些不服气的样子。

老扁指指他："你的羊皮帽子不错，就是手上太下作。先前你撕破这个女子的衣服，还在她的奶子上摸了一把，没冤枉你吧？"

青年顿时脸红，忙分辩说："我……没有……"

老扁突然暴喝一声："畜生，滚！"

几个人拿起斧头扛起大锯，灰溜溜全走了。他们被老扁的气势吓住了。

看他们走了，老扁才转脸向少妇说："对不住，刚才没吓着孩子吧？"

少妇正给孩子喂奶，忙掩掩衣襟："没，没有。"

老扁说："你也是，咋能把这么小的孩子拴树上？"

少妇嗫嚅："我……不是想多护一棵树嘛，我不是拴孩子，我……想用孩子拴一棵树。"

老扁吃惊道："咋？你是……让这个婴儿护住那棵树？"

少妇哭了。

老扁一跺脚走了。他把脸高高抬起，努力不让眼泪流出来。

此时，在不远处的几棵大树后，正站着三个公安人员。其中一人手里拎着手铐。先前的一幕，他们全看到了。如果此时动手，很容易就能抓住老扁。两个年轻的公安人员正要冲过来，可是，那个约四十多岁的公安人员却做了个向下压的手势，示意另外两个人别动，眼睁睁看着老扁匆匆离开，向另一个地方奔去。

那边也是一片喧哗，肯定又起了争执。

据事后统计，在这场数万人卷入的大规模砍树和护林对抗中，共死亡十一人，另有七百多人受伤。在死亡的十一人中，一百单三村死亡八人，砍树的死亡三人。

那一次，正当老扁仰天长啸，感到这场冲突无法控制的时候，第三天夜晚，数万砍树的人马突然潮水般从林子里退出来，几个小时就从四面八方撤走了。很多砍倒的树根本就没来得及运走。

老扁没头没脑，呆呆地站在林子边上，不知道发生了什么事。

直到这时候，三个公安才出现在老扁面前。

他们一直悄悄跟踪，也一直没有动手。

他们看到几万人忽然撤走，同样不知道发生了什么事。但抓捕老扁的任务还是要完成。

当夜，老扁就被投进了监狱。

按照这次冲突的规模和伤亡人数，老扁肯定会判死刑。

但仅仅一个月后，老扁却被无罪释放了。

县委一二把手同时被撤职，等待进一步处分。

被撤职查办的副县长王亮官复原职。

老扁云里雾里回到鱼王庄。大伙都吃了一惊，原以为老扁必死无疑，肯定回不来了，没想到除了瘦了一点，白了一点，老扁又活着回来了，而且是无罪释放！

鱼王庄顿时沸腾了，一阵欢呼雀跃之后，又是一片哭声。真叫悲喜交加。

数日后，副县长王亮带一个神秘人物来访，老扁才弄清事情原委。

一个月前，在县委决定伐树，并把王亮撤职查办时，新华社一位高级记者正在风城暗访。这位高级记者是新华社根据某中央领导指示，专门下来调查大炼钢铁的。他已经去了很多地方，给中央领导写了好多内参。到达风城时，正碰上县委决定伐树一事。当数万人的伐树队伍浩浩荡荡开向那个荒漠树林时，他惊出一身冷汗，这种准军事化行动也太快了。于是他悄悄跟着民工队伍到达了目的地。他一夜之间跑了十几片林子，所见所闻和他预见的一样。这样大规模的伐树行动，不仅毁坏了林子，严重破坏防风治沙的成果，而且已造成大规模武力冲突，任其发展，会有难以想象的后果。这位记者来不及写内参，急忙返回凤城，直奔邮局打长途电话。他刚到凤城邮局门口，又转身奔汽车站。为了保密，更为了防止阻挠，他决定去临近的县邮局打长途。但去临县的客运汽车只有一班，一早就走了。这位记者心急火燎，干脆跑向去临县的公路口，好不容易拦下一辆货车。到达临县邮局，他掏出介绍信和记者证，顺利接通了北京的电话。他向新华社领导报告了凤城正在发生的事，十万火急！他请求社领导立即向凤城所属省委报告，立即制止凤城县的伐树行动。同时，也请求向中央有关领导同志报告此事。自己会重回凤城，详细调查此事后再写内参呈上。打完电话，他松了一口气。这时才想起，他已经一天一夜没吃一口饭、没喝一滴水了。

所幸，第三天夜晚，凤城县所属省委领导亲自打电话给县委书记，严厉批评了凤城县不计后果的伐树行动，命令立即撤去所有伐树民工，才避免了事态进一步恶化。

在随后的二十多天，这位记者跑遍鱼王庄和一百单三村，拍摄了大量林木被损坏的惨景，采访了很多普通百姓，采访了一百单三村的村长。当然，他也采访了县委领导。

当这位新华社记者拿着介绍信和记者证，终于现身县委大院时，县委书记吃了一惊。这位记者首先告诉书记，这些天他一直在暗访。凤城伐树的事，就是他连夜到临县打长途电话向上级报告的。县委书记一直纳闷是谁捅了这个窟窿，也一直在追查，现在终于明白了。他先是愣了一下，忙握住记者的手，连连表示感谢，说要不是你捅上去，后果会更严重，我会犯更大的错误。这话有点言不由衷。可他只能这样说。他意识到这个新华社记者背景太大了。后来，记者又经过允许，采访了被关押的副县长王亮。所有的真相已经大白：王亮没有错。老扁没有罪。如果不是老扁要求所有护林的百姓不能携带任何家伙，死伤会更加惨重。

回到北京后，这位记者写了一份长长的内参，并找到当年省报宣传老扁防风治沙事迹的原始报纸，一并上报。终于让老扁死里逃生。

这位记者，正是当年王亮带来采访老扁的那位省报黄姓记者！

三年前，他调到北京新华社工作，并主要负责采写内参，向中央领导提供一些真实情况。

老扁听说了全部过程后，一把抓住黄记者的膀子，大叫一声："黄记者，你真厉害！"

黄记者笑了，说："不是我厉害，是真相厉害，良心厉害！你应当感谢一百单三村的各位村长和老百姓。他们在我的采访记录上，都是咬破手指，按了血手印的！"

王亮副县长吃惊道："老扁，你死党不少啊！"

三个人哈哈大笑。

为救秋月，老扁苦思冥想，自然又想起黄记者。他真的没任何办法了。黄记者给他留了地址的，在他平日携带的一个挎包里。挎包里有一个日记本，也是黄记者走前送他的。黄记者知道老扁认识不少字，还是年少时跟那个神医梅三洞学的。他让老扁平日要记一些重要的事情和重要的数据，不能光靠脑子记，还笑说下次再来采访你，就不会那么费力了。

可是，老扁按地址连发三封电报，都没有回音。

电报内容很简单，事实上他既不能多说，也无法说清，只说："我在中原古城处理要事，很麻烦，请速来古城帮我，十万火急！鱼王庄老扁。"

三封电报，内容完全一样。

黄记者为什么不回电报呢？他相信黄记者是个热心肠，即使不能来，也该回个电报的。他是调走了，还是出了什么事？

石沉大海。音讯全无。

他也想过向王县长求助，但他到底没给王县长打电报，因为他觉得这里是外省，王县长没这个力量，无法帮忙。

梅子看到老扁每日像热锅上的蚂蚁，满脸焦虑，除了不停喝水，几乎不吃东西，忽然发觉他和秋月一样可怜。这么多年，他有时像一只卑微的蚂蚁趴在地上，有时像一个残暴的国王为所欲为，有时像个威风凛凛的统帅指挥若定，有时又像一头护犊的老牛，在他身上承载了太多的东西，他活得太累太累。这正是梅子一直没有离开鱼王庄的原因。她以为总能帮他一些什么，后来发现根本没减轻他任何负担。因为事情总是层出不穷。有时，她真想喊一声："哥，你已经尽力了，咱们一块离开鱼王庄吧！"可她终于说不出口。她知道说出来也是白说。

对于秋月的命运，梅子有不祥的预感。

她所以还留在古城，就是为了陪伴老扁。当那一刻来临的时候，她怕他承受不住。

果然，案件进展很快，三十天后就宣判了。

宣判头一天晚上，杨副局长单独来到破庙里，向他们详细叙述了秋月的案情。

案发那天下午，哑巴拉着板车去郊区姐姐家送一车煤球。刚出门，正好看到正沿街乞讨的秋月。秋月走了几步，忽然弯下腰来系鞋带。她的衣服本来宽松而破旧，平时看不出形体。可在她弯腰系鞋带的时候，少女丰满的臀部凸显出来，哑巴顿时起了邪念。平日在庙里，秋月和小菊有空时就爱拿他寻开心，跟他学哑语，觉得很好玩。哑巴也不生气，反而耐心教她们，时不时瞄一眼秋月挺起的胸部，然后马上移开目光。秋月浑然不觉。冉爷爷倒是提醒过她们，不要跟他嘻嘻哈哈的。秋月不以为意，说这有啥？我们就是逗他玩。的确，生活太苦太闷了，两个小姑娘到底年轻，苦中作乐罢了。她们不是偶尔还会去看一场电影吗？

哑巴看到秋月系好鞋带又往前走，就咿唔咿唔地喊住她。秋月转头看到哑巴，赶忙笑着跑过来，说哑巴你干啥去。

哑巴就打着手势告诉她，说是要去郊区姐姐家送一车煤球，车子太重了，想请她帮忙拉过去。如果秋月肯帮忙，可以从他姐姐家拉一车山芋过来，他可以分一半给秋月。

秋月一听动心了，半车的山芋够冉爷爷他们吃好多天饱饭，就问远不远，天黑前能不能回来。哑巴说就在郊区，只有三四里路，天黑前一定能回来。就这样，哑巴拿出一根绳子拴在车子上，让秋月拉着，一直到郊区哑巴姐姐家。秋月因为卖力，又加上身体虚弱，出了满头大汗。哑巴一路都在盯着秋月的屁股看，越看越冒邪火。

哑巴姐姐看到哑巴带一个女孩子来了，又见秋月长得漂亮，就悄悄把哑巴拉到屋里，问他这女孩是谁。哑巴就告诉姐姐秋月是个要饭的乞丐，住在庙里认识的。哑巴姐姐问哑巴，你是不是看上她了？哑巴点点头，又说怕她不愿意，毕竟自己是个哑巴，又四十多岁了。姐姐高兴地一拍手，说她有啥不愿意，一个乞丐还讲条件？这年头，有口饭吃就是上天堂了。你放心，我去和她说，说不定她巴不得呢！

哑巴一直单身，娘家就这一个亲人了，老姐姐一直是个心事，没想到突然来了一个姑娘。虽说是个乞丐，但正是如花似玉的年龄，长得又好看，她决心促成这件事。为了笼住秋月的心，老姐姐暂时没给秋月说，而是杀了一只鸡，贴上一锅贴饼，做了一顿丰盛的晚饭。秋月看天色将晚，几次说回去，都被老姐姐挽留了。再说，一锅鸡肉香气扑鼻，也对秋月产生了诱惑力，就没有再坚持。她并没有意识到危险正一步步逼近，还想着这家人心眼真好。老姐姐的丈夫五十几岁，已经听妻子暗中告诉他自己的打算，自然也是欢喜，心想真是便宜了这小舅子，就忍不住偷看，发现这姑娘真的不错，如果有饱饭养几天，再换一身新衣裳，立马就水灵灵的。这么想着，忍不住流了口水。为了不让秋月怀疑什么，妻子在灶房炖鸡烧饭，他就在院子里往车上装山芋。山芋是在自家院后种的，刚刚刨出来。

秋月一天几乎没吃东西，又拉了一路重车，肚子早饿得咕咕响。她看哑巴姐夫在装车，就问，这山芋是送给哑巴的吗？男人说是啊，拉回城里，让哑巴分一半给你。这山芋可好吃了！

秋月实在饿得不行了，就说："我能……尝尝吗？"

男人知道她饿坏了，说："你尽管吃，不过尝尝就行，待会儿晚饭有好吃的呢！"

秋月拿起一块半斤重的生山芋，往身上擦了擦就咔嚓咔嚓啃起来，真叫狼吞虎咽，一时噎得挺脖子，一时汁水流嘴角，不大会儿，风卷残云一样吃光了。正要再拿第二块时，哑巴姐跑出来拦住了，说不能再吃生山芋了，锅里饭好了，咱们吃晚饭。

不用说，这顿晚饭吃得又香又饱，光鸡肉就吃了一碗，还有四个贴饼。哑巴姐姐说姑娘你不要吃太饱，饿久了肠子就细了，吃太多会撑坏的。你要是住在我这里，我天天给你饱饭吃！秋月忙谢过了，看看天已大黑，就说哑巴，咱们快走吧。

哑巴挠挠头，看向老姐姐。

老姐姐会意，起身拉过秋月，说姑娘你来，我有几句话和你说。

秋月不知是计，捂着肚子跟她进了堂屋。老姐姐就把哑巴要娶她的事说了。秋月大吃一惊，说怎么可能！我还这么小，哑巴这么大。再说这里离俺鱼王庄太远了，不行不行！说着就往外走。

老姐姐突然上前抱住秋月，说嫁给哑巴哪里就亏你了？你就是个乞丐！俺老弟虽说大几岁，可他是城里人，有城里户口，有供应粮，有布票、肉票、油票，还有现成的一个院子、五间瓦房，还不美死你？别不知好歹！

秋月一下子哭了，说俺不稀罕，放俺走！猛力一挣，就往外跑，却被哑巴姐夫冲进来，重新拖向屋内，一边训斥说，你还不稀罕？说得轻巧！你吃了俺的鸡，吃了俺的饼，不能想走就走！秋月拼命挣扎，哑巴又冲进来，扬手一巴掌打到秋月脸上，上前抱住就亲，一副饿狼扑食的样子。秋月在两个男人的挟持下，无法挣脱，只能左躲右闪，还是无法躲开哑巴臭烘烘的嘴唇。哑巴姐夫趁机在她身上乱摸。秋月像叮了一身蝎子，哭叫着大喊救命。哑巴抱着她的头又亲上去时，被秋月狠狠咬了一口，哑巴一声大叫，顿时流出血来。

哑巴姐姐慌忙扯过一条毛巾，先给哑巴嘴上擦擦血，又从门后拿过一根绳子说把她捆起来！几个人七手八脚把秋月按倒在地上捆了起来。秋月哭得撕心裂肺。但他们不为所动。哑巴姐姐拿过那条带血的毛巾，几下塞进秋月嘴里。秋月叫不出来，只能发出呜呜的声音。

这一阵折腾，全都满身大汗。

哑巴姐夫有点担心，说，这咋办？

哑巴姐姐很有主意，说，还能咋办？生米做成熟饭，她就认了！

因为秋月一直在挣扎，哑巴又从未做过这种事，一时不知如何下手。

又是哑巴姐姐对丈夫说，咱们帮帮哑巴！于是二人按住秋月，几下扒掉她的裤子，由哑巴姐姐指挥着让哑巴强奸。可是哑巴太紧张，又当着姐姐姐夫的面，有些抹不开脸，折腾半天仍不能如愿。此时秋月绝望极了，无奈双手捆着，嘴巴堵着，完全无法反抗。看哑巴强奸不成，哑巴姐姐走过去打了他一巴掌，呵斥道："废物！"指着丈夫厉声说："你来做给哑巴看看。这小妮子是个雏，你给她破了！"

秋月嘴里呜呜着极力挣扎，却叫不出声。哑巴姐夫正浑身冒火，一把推开哑巴，拉下裤子饿狼样扑了上去。秋月浑身都在颤抖，她觉得天塌地陷了。

就这样，秋月先被哑巴姐夫强奸，又被哑巴强奸。过后两人还发生了争吵，哑巴嫌姐夫睡了他的媳妇。两人扭打在一起，哑巴被姐夫一棍打到胳膊上，连棍子都打断了，哑巴才不敢吭声。

之后几天几夜，两个人又多次强奸秋月。哑巴姐姐不仅不在意，还常常在一旁协助。她说把这小妮子奸怕了，把她的自尊、脸面丢光了，她才会老老实实嫁给哑巴。果然，第三天傍晚，一直被捆住手脚的秋月，哭着哀求放开她，说愿意嫁给哑巴。哑巴姐姐说，你真的同意了？秋月点点头。她已经精疲力尽，目光散乱，几乎连说话的力气也没有，发出的声音都是嘶哑的。哑巴姐姐将信将疑，为她解开绳索，又端来可口的饭菜。秋月狼吞虎咽，一直在吃。看到她这个样子，哑巴姐姐有点相信了。看来，饥饿能让人放弃很多东西。吃完饭，哑巴姐姐又端来半盆热水，让她洗洗手洗洗脸。秋月说你们永远不许把这事说出去，要不我就没法活了。哑巴姐姐说这个你放心！以后都是一家人了，家丑哪能外扬？秋月又说，以后真的天天能吃饱饭？哑巴姐姐说肯定的，嫁给哑巴，还能给你报古城户口，以后就是城里人了。往后好好过日子，给我娘家生几个娃娃，也能接上香火。哑巴可知道疼人呢！秋月点点头，说我累了，想睡一觉。哑巴姐姐说好好，我去给你收拾床铺。东间有张床，平时闲着，每次哑巴来，都是睡那张床上。哑巴回城还没回来，今夜没人折腾你，安心睡吧。

此时，哑巴姐夫一直坐在当门小桌前独自喝酒，也不搭话，偶尔眯眼看看秋月，回味着几天来的美妙滋味。

哑巴姐姐安排秋月在东间睡下后，来到当门，指着丈夫说，你的差事办完了。从这会儿开始，这小妮子就是哑巴的媳妇了，不许你再碰她，听到没有！

哑巴姐夫连忙点头，他有点喝多了："你咋……安排……我就……咋做……"

老女人说："少喝点猴尿！我先睡了。"

这几天几夜，她也几乎无眠。虽说她是个强势的女人，种种手段都是当机立断，但也怕人发现，怕秋月逃跑，怕两个男人把秋月折腾死。现在终于把秋月治服，心里踏实多了。睡觉前，她又拿一把锁把屋门反手锁上，才彻底放下心来，在西间一张大床上和衣躺下，不大会儿就睡沉了。

哑巴姐夫竟然有点小伤感。

这么嫩的一个小妮子，刚到手就要为他人妻，况且还是那个哑巴！从此自己又将面对这个母老虎样的老婆了。越想越不痛快，于是一盅连一盅，终于酩酊大醉，心里却模糊想，说不定这小妮子天明就被哑巴带走了，今夜说啥也得再当一回神仙，这么想着，就扶桌站起身，摇摇晃晃向东间走去，可是刚扑倒床上，就沉沉睡去，不省人事了。

秋月一直没睡着。傍晚骗过那个老女人，又好好吃了一顿饭，身上有了力气，就是为了等待机会。老男人摇摇晃晃走来时，她还有点心惊，怕他再以蛮力糟践自己。但随着一股扑鼻酒气，男人咕咚一声死猪样趴到床上，才稍微放下心来。可秋月没敢轻举妄动，仍旧假装睡着，一动不动。如此足有半个小时，直到确认这个可恶的男人真的睡沉了，才悄悄爬起身。这时，西间也不断传来那个老女人的鼾声。秋月这才意识到机会来了。她没想到机会来得这么快。

她知道逃不走，那女人已把门反锁。

她也没打算逃走。

这几天几夜惨遭蹂躏侮辱，已让秋月身心俱碎，失去活下去的勇气。但在死之前，她必须杀了他们，不然死不瞑目！

她的每一个细胞、每一根头发、每一根血管里都是愤怒和仇恨。

秋月在确信他们都已熟睡之后，悄悄下床，悄悄来到当门。她在白天已经发现当门墙上挂着一根大秤，秤杆粗长，起码能称几百斤重的东西。在秤杆下方的地面上，放着一个很大的秤砣，足有二三斤重。秋月弯下腰，很容易就摸到了秤砣。她决定先杀了那个老女人。这个无耻的老女人是她最恨的人，一切主意都是她出的。

秋月双手抱着秤砣，蹑手蹑脚走向西间。老女人大概也是太累了，鼾声很重，这让秋月很容易找到她的脑袋。秋月没有丝毫犹豫，举起秤砣，恨恨地砸了下去！但这一下砸得有点偏，老女人一下就惊醒了，“哎哟”一声惨叫，本能地双手护头。秋月怕她起身反抗，更怕惊醒那个男人，抱起秤砣连续砸了十几下，她能感到有黏糊糊的东西不断喷溅到自己脸上。终于，老女人不动了。

此时，秋月的双腿有点发软。但她知道不能停手，很快抱着秤砣走向东间。她的手上、秤砣上都是湿黏的，为了防止脱手，把秤砣往身上擦了几下。男人仍在沉睡，鼾声如雷。刚才杀死老女人并没有惊动他。秋月悬着的心放下一点，她现在有点从容了，爬上床去甚至摸了摸老男人的头，防止再出差错。就是这个可恶的男人首先破了她的身子，之后又多次强奸她，而且是在老女人和哑巴的注视下。秋月举起那块铁疙瘩，用尽全力砸向他的脑袋，“嘭！”一声闷响，像砸烂了一个西瓜。老男人似乎哼了一声，鼾声骤停，就没有任何动静了。秋月没有停手，一连又砸了十几下，才丢下秤砣，瘫在床上。这时，她浑身充满虚脱的快意。这两个可恶的狗男女终于被她杀死了。

之后两三天，秋月有充分的时间逃走。可她没走。

她要等待哑巴。她知道他会来的。

一旦有了必死的决心，十八岁的少女秋月就什么也不怕了。那几天充斥脑海的就是两个字：报仇！报仇！报仇！

她完全被耻辱和仇恨燃烧了。

屋里躺着的两具尸体，不仅没让她害怕，反而像战利品那样陈列在那里，给了她足够的自信和力量。秋月不是在温室长大的孩子，从小四处流浪，时常和街头小混混打斗，无形中锻造了她的胆量和野气，而一旦注入仇恨，一定会疯狂报复。

第二天清晨，秋月就找到钥匙打开了房门。

这时，她已经精疲力尽，口干舌燥。于是走进锅屋，先从水缸里舀了半瓢生水，咕咚咕咚喝个够。又一连舀了三盆水洗头洗脸，擦洗衣服上的血迹。最后干脆脱光衣裳，赤裸着身体跳进半人高的水缸里。她觉得自己太脏了，身上到处是两个男人的污迹，两个乳房还在隐隐作痛，浑身上下，这里红肿一块，那里一道血痕，下体周围全是干了的血迹和黏状物。此时已是深秋，缸里的水冰凉冰凉的，可她没有丝毫畏惧，在水缸里发疯一样搓洗扑腾，一时水花四溅。她的皮肤是冰凉的，心里却是一团烈火。

洗完澡，秋月又啃了一阵子生山芋。然后从锅屋拿上一把菜刀，重新回到堂屋，端坐在一张凳子上，等待哑巴到来。

在等待哑巴的两天两夜，秋月也曾想到过冉爷爷、小菊、武二哥，想到过鱼王庄卧床的娘、梅子姑姑和老扁叔，可她居然没流眼泪，只有绝望而决绝的目光。她不想再见到他们了。她准备杀掉哑巴后自杀，让他们以为她只是失踪了，无论如何不能让他们看到自己现在的样子。当然，她不会在这里自杀，这个院子太肮脏。她准备逃出去，逃到一个无人的山区，那里会有清澈的山泉水，她要彻底把自己洗净，然后扔掉身上这套浸透了污秽的烂衣裳，爬上最高的山峰，一丝不挂地扑向另一个干净的世界……

破庙一间房里，老扁、梅子、武二、老和尚都沉默着，除了梅子，全都哭了。杨局长说："这个案子是我亲手办的，我很想……可是……"他摇摇头，没再说下去。

还是武二哭出来："杨局长，秋月妹妹被他们害惨了！"

杨副局长点点头："是的。"

老扁用乞求的目光看着他："杨局长……明天会咋判？"

杨副局长说："两条人命，手段残忍，是在对方停止侵害后杀人报复。你们做最坏打算吧。"然后长叹一声起身告辞走了。

老扁在后头说："杨局长，俺们想见秋月一面，成吗？"

杨局长转回头："我问过秋月，她不愿见，谁都不见！"说罢离去。

老和尚说了一句："罪过罪过。"也走了，满面都是泪水。

武二哭着问老扁："老扁叔，秋月……真的没救啦？"

老扁没吭气，脸上的肌肉一直在抖动，像在打摆子。

梅子显得格外镇定，走过来拉起武二："武二，你也别太难过了。秋月一条命换三条命，值了！"

武二说："你是说哑巴也会被枪毙？"

梅子点点头："他活不了。一切都是他引起的。"

第二天，宣判会在古城万人体育场举行。人山人海。

老扁、梅子和武二本来说好，第二天一大早在庙里集合一块去的。可是左等右等，武二没有来。老扁和梅子只好匆匆去了体育场。

两人拼命往前挤，终于在距离主席台五十多米的地方被拦住了。前面就是警戒区，任何人不能靠近。但他们已能看到主席台。

正在这时，后面忽然起了一阵骚乱。原来是武二带了一群乞丐举着牌子闯了进来，纸牌上写着：

"秋月是受害者！枪下留人！"

"枪毙恶人哑巴！"

"乞丐也是人！"

走在最前面的武二光着膀子，一把刀子深深地插在肩胛上，随着走路晃动，鲜血不断渗出来。武二面对会场，突然跪下来，大声哭喊：“老少爷们儿，我是乞丐武二，为我妹妹秋月求个情，留她一条命！她还不满十八岁啊！”

现场不少人流下泪来。

但这时又一阵骚动，冲过来一群戴袖章的纠察队队员，把武二等人全架走了。

后来，老扁和梅子看到秋月和哑巴被五花大绑着押了上来……

后来，两人都被宣判为死刑，立即执行。

在二人被押下去的瞬间，老扁突然朝台子上嘶哑着嗓子大喊：“秋月！我是你老扁叔！你梅子姑姑也在这里！孩子……别害怕……我们会带你回家！”

秋月显然听到了。她知道老扁叔会来送她，只是先前在台上没有找到。这时，她猛然转过脸，流着泪，笑了笑，使劲点点头。

当天夜晚，古城两处失火，一是城内哑巴家，二是城郊哑巴姐姐家，都被大火烧得精光。居然没有人救火。但不知道谁干的。杨局长知道，一定和白天的案子有关。哑巴一家死了三口，仍不足以平民愤。

数日后，当老扁、梅子、武二捧着秋月的骨灰盒回到家时，鱼王庄全村人迎出村外，哭声一片。

老扁回家后才知道，老冉哥也死了。

螃蟹告诉他，那天，他带大伙快到鱼王庄时，冉爷爷走不动了，他说要歇一会儿，让他们先回家。冉爷爷一夜没有回家，没有人注意。直到第二天才有人发现，冉爷爷在林子里上吊自杀了。

螃蟹告诉老扁说：“我昨天也刚从古城回来。”

老扁吃一惊：“你又去古城了？咋没见你？”

螃蟹恨恨地说：“我去放了两把火！”

老扁赶忙捂住他的嘴，低声说：“别胡说!”

老日升的杂货店，生意并不景气。虽然它是鱼王庄唯一的商业。

两间茅草房，里间是老日升睡觉的地方。没有床，只是一个用干芦苇和茅草垫起的地铺，上头堆一卷破棉絮。当门亮处就是杂货店了。迎门垒一道二尺高的柜台，柜台上放一杆断了一截的盘子秤。这杆秤多数时候只是一个摆设，它是商业交易的象征，但平时很少用得着。柜台里放一坛醋、一坛酒、半缸黑乎乎的盐。临墙的土坯货架上有火柴、烟卷和一些针头线脑。隔两个月，老日升就去凤城进一趟货，用独轮车推回来，来回要四天。

所有这些东西都蒙着一层沙灰。

鱼王庄平日是寂静的，年轻力壮走得动的都外出讨饭了，老弱病残又很少出门，不大有人买东西。

老日升没事干，就在门口劈柴。

“嘭!”

“嘭!”

“嘭!”

…………

这声音已经响了几十年了。

日升是小名。喊了一辈子仍叫日升。日升老了，人们便叫他老日升。晚辈则尊一声日升爷。据说，日升是在日头升起时生下的，但一生的运气并未蒸蒸日上。他苦了一辈子，连个女人也没有。年轻时的日升，曾是鱼王庄力气最大的人，靠在沙滩里拉旱纤为生，在往来推车做生意的人中很有名气。年纪大拉不动了，就开了一个杂货店。这也是受那些往来客商启发。虽说生意不好，他也没啥花销，关键是鱼王庄需要一个杂货店。开店后，主要是以劈柴为生。

从几十年前日本人第一次毁林，到大炼钢铁第二次毁林，荒原上就留下无数树桩。把树桩刨出来劈成片，可以运到凤城卖劈柴。泥鳅曾向老扁提意见，说这些树桩也能固沙的，刨出来就是一窝沙土。这话也对。但老扁说，日升哥闲着没事，就让他刨吧。遍地都是树疙瘩，起码几十万个，一个人也刨不了多少。再说，你也看到了，他每刨一个树疙瘩，都会在树坑里栽一棵小树。泥鳅说我反对！老扁说你反对没用，这里我说了算。

日升长年累月劈柴，已经极有窍门。

先把树疙瘩搬到门前的空地上，并不急于动手，而是背着手绕几圈，然后蹲下翻弄一阵，看准哪里是旋，哪里是茬，找准纹路，这才操起锛或斧头，该砍的地方砍，该剥的地方剥，如庖丁解牛，一层层一片片把柴片剥落下来。多数时候，是他一个人孤零零地劈柴。有时也会有三五个老人或孩子围着看。逢腊月鱼王庄人陆续回家后，竟会有很多人围拢来看。鱼王庄实在没啥热闹去处，看老日升劈柴就成了一种娱乐。这里是一个人场，大家聚在这里，也会交流一年来在外的经历和见闻。

一圈人围着，有蹲，有站，有袖着手，有抽着烟。看得津津有味。看一个树疙瘩怎么在日升手下一点点变小，一爿爿变成木柴的。这个过程有担心，有期待，有悬念。有时，看到一个难弄的树疙瘩被日升一锛劈开时，大伙会鼓掌喊好！

一个树疙瘩劈完了，就像看完一出折子戏。有人就磕磕烟灰，心满意足离开了。但不大会儿，又有新的人过来围观。

老日升七十岁的时候，雄风尚存。能抡一把锋利的锛，高高扬起，“哇!”的一声砍下去，关键地方，只这一锛，就开了。再难解的树疙瘩，他都能解得开。他叫“解”，不叫“劈”。解和劈不一样。解需窍门，劈用蛮力。他越来越多的时候是在解树疙瘩，毕竟年岁大了。偶尔用劈，带有一点炫耀的成分，证明他还很有力气，这时多半会赢得掌声。他不说，但大伙知道老日升需要掌声。

现在，他已经更老了，抡不动锛了。改用一把斧子、一根凿子、两根钢钎。坐在一个木墩上，慢慢消解一个树疙瘩。旋口处最难弄，他看准纹路，搭上凿子，用斧头一下一下砸：“嘭！嘭！嘭!”凿子终于深入旋口，拿一根钢钎垫进缝隙，抽出凿子，又从旁边往里冲砸。如此循环挪动，一个树疙瘩完全解开需要一天。他喘得厉害。而过去，他一天能解七八个树疙瘩。

屋后的空地上，一堆一座小山样的树疙瘩，好像永远也劈不完。垛上的树疙瘩，有的已长出木耳。木耳干了，生一层黑锈。看了叫人发愁。

但老日升极有耐性，一点也不着急。

现在，看他劈柴的人越来越少了。倒是每天都会有几只麻雀落在周围，小脑袋一动一动的。等日升扔出一爿柴，从上面找虫子吃，也不害怕。有时会在老日升脚前脚后跳来跳去。老日升从不轰赶。发现几条虫子，还专门捉来丢给它们。麻雀便抢着吃。虫子吃完了，就歪头瞅着他，等他再丢虫子。

老日升跑不动腿了，劈出的柴都是由邻家一个瘸腿中年人替他推到凤城去卖。大概半月二十天去一趟，卖来的钱交给老日升。老日升收下钱藏好，并不会付辛苦费，只让中年瘸子自己抓两把盐，或者倒一碗醋带回家，就算报酬了。鱼王庄人都知道老日升抠门。但瘸子乐意帮他。

老日升一天到晚坐在木墩上劈柴，外头发生什么事都和他无关。累了，就坐那里喘口气，呼噜呼噜的。拎起一只断嘴壶喝几口水，接着又劈。

“日升爷，买盐。”轻盈盈走来一个姑娘。

“日升，打醋！”踢里趿拉过来一条汉子。

“老日升，买盒洋火！”走过来一个自己聋也以为别人聋的老头子，躬着腰在那里喊。

老日升理也不理，只专心劈柴。他已经耳目不灵。

“嘭！”

“嘭！”

“嘭！”

…………

长了，便不再有人喊。他的杂货店永远敞着门，半夜三更也敞着门。买东西都是自己取，自己付钱。但如果有谁少付了钱，多拿了东西，他都会知道，下趟来买会让你补上钱。

老扁迈着仙鹤样的长腿，慢慢离开家，往老日升那里走去。只要有空，他都会来。

他爱默默看老日升劈柴，蹲在一旁，吸一锅烟。突然飞来一爿柴，是老日升劈飞的。他捡起来扔回堆上。仍是老样子蹲着，眯着眼看。

荒原上遍地留下的树桩，是老扁心中永远的痛。

看老日升劈树疙瘩，老扁有着复杂的心态。老日升每一斧子都像劈他心上，但他还是要看。就像自虐，又像宣泄，看着看着，会大汗淋漓，面色苍白，像犯心绞痛。

“嘭！嘭！嘭！”不紧不慢。

这声音满村都能听到。

这声音已经响了几十年了。

老日升像一个无知无觉的人，似乎在做一件毫无意义的事。

他几乎没和谁说过话，连老扁蹲在一旁也是视若无物，眼里只有那个树疙瘩。

只有一次例外。

那是好多年前的一个冬天，一个因要饭结缘远嫁黑龙江的姑娘，一入腊月，就跟丈夫要了钱往家赶，又是步行，又是火车，又是汽车，数千里路赶到凤城时正下大雪。积雪把路都埋上了。姑娘没有停留，凭记忆出了城，前程迷茫，雪花飞舞，一个人也看不到。她在冰天雪地跋涉了一天一夜，看到鱼王庄时，终于走不动了，就爬着进了村，身后拖了一道长长的雪沟。这时天刚亮，住在村头的老日升正在打扫门前的雪，准备劈柴。那时的老日升才六十多岁。他每天都是早起的。老日升一转头，看到了正在爬进村的姑娘，忙上前抱起并认出了她，急急问：“妮！恁远的路，你咋回来啦？人家不要你啦？”姑娘摇摇头：“我回来……栽树的……”

日升当时没说什么。他本来就不会说什么。可他流泪了。

消息传开，鱼王庄很多人都哭了。

栽树栽树栽树栽树栽树栽树！

鱼王庄人走遍天涯海角，到了栽树的季节，哪怕嫁走的姑娘，也一定会像候鸟一样归来。

从那以后，老日升变得更加沉默寡言。

“嘭！嘭！嘭！……”

老日升只用斧头说话。

这声音传遍全村。

这声音响了几十年了：

“嘭——！”

“嘭——！”

“嘭——！”

…………

第八章

秋月的事处理完毕，已是腊月中旬。

老扁的心情渐渐好了一些。他不能老是沉浸在悲痛中。

这些日子，天天都有人回来。他不断去村口，去荒滩路上接人。有的三五成群，有的一个两个，背着大包小包，虽然破破烂烂，似乎都满载而归。包袱里装着吃的用的，捡来的旧衣裳、旧鞋子。还有人拎一条板凳、一把旧椅子，扛着一张破桌子。甚至有人扛着一张小床，兴冲冲而来。显然，这些都是捡来的破烂，没舍得卖带回家来。大家见村长来迎接，都很高兴，加快脚步跑上来一阵寒暄亲热。

老扁迎来一拨又一拨人，腿都站麻了，还是舍不得回去，只觉心里热乎乎的，又有些酸楚。自从春末誓师大会以后，大伙离开鱼王庄已经大半年了，他一直很想念大家，也挂念大家。他知道每个人在外的艰辛。他帮不上什么。能在第一时间迎接他们，心里会踏实一些。他能从每一个人的脸上看到他们的心情，了解到他们的遭遇。

忽然看到一个人赶着一头毛驴快步走来，驴身上好像还驮着什么东西。他就有些奇怪，忙迎上去，却认出是牛老四。待牛老四走近了，大声说："老四，你咋弄一头毛驴回来啦？"

牛老四高兴地说："村长，你看，我捡了一头毛驴！"

老扁疑心道："胡扯！还能捡一头毛驴？不是偷人家的吧！"他知道牛老四向来小心眼多，爱贪便宜。

牛老四说："村长，我对天发誓！这是三个月前，我在一条山道上捡的。这头驴不知从哪儿来的，一直沿山道跑。我看着前后没有人，就追了上去。它跑跑停停，停停又跑，跑了足有七八里，我才追上抓住它。我猜想它肯定是迷路了，就在山道上等，看看是不是有人来找。从上午一直到天黑，也没见有人来。我就把它带上了，带着它到处去。有时帮人拉磨，有时帮人拉帮套、拉煤、拉砖，有啥拉啥。幸亏这头驴有力气！还真挣了不少钱。你看看！"说着就要从怀里掏钱。

老扁松一口气，说："别掏了。我不看。驴身上驮的是啥？怪沉的。"

牛老四笑笑："村长，不瞒你说，我挣了钱了，买了一百多斤粮食，过年给几个孩子吃顿饱饭。"

老扁笑道："你这家伙有福气，居然捡一头驴！快回家吧。"

牛老四高兴地应一声，正要牵驴回家，老扁突然叫道："你站住！"

牛老四一愣："村长，还有啥事？"

老扁走到他跟前，疑惑道："我记得出去时，你带了花花的，花花呢？"

牛老四瞬间脸色尴尬起来。

老扁一把抓住他脖子，厉声喝问："快说！花花呢？"

牛老四眨巴眨巴眼，喘不过气。老扁放开手："快说！"

牛老四这才吞吞吐吐说："花花跟我出去，刚……一个月，就丢了……"

“丢啦！咋丢的？丢哪啦？”老扁厉声喝问。

牛老四说：“一天，我们在一个镇子上要饭。那天是个集，人不少。我让花花在原地等我，我上了一趟茅房，拉肚子，时间长了点，回来就不见了。”

“你咋不找找？”老扁急了。

“我找的，一直找，到处喊，见人就问。我在那个镇子上待了七八天，啥也没打听到。后来……我只好走了。”

“嗨！”老扁猛跺一脚，指着牛老四说，“我真想弄死你！”接着又原地转了几圈，忽然想到说：“那个镇子是哪个省哪个县，叫啥镇子？”

牛老四想了一阵，说出县名、镇名，却不知道是哪个省。

老扁气得摆摆手：“滚吧滚吧！”

牛老四赶紧牵着毛驴回鱼王庄了。

当天晚上，花花娘得知消息后，找到牛老四大哭大闹。花花娘也是命苦，丈夫卧病在床，家里还有年迈的公公，离不开才让花花跟牛老四出去的。之前，牛老四曾带花花出去过一年，没出啥事，才放心把花花交给他的。牛老四很自责，又有些委屈。老扁赶到，把花花娘拉回家，说咱们再等几天，再有十几天就过年了，如果花花回不来，过了年安排好栽树的事，我亲自去找！

没想到，花花第二天也回来了！

但十五岁的花花怀孕了。

花花娘抱着花花痛哭不止。花花默不作声，有些木呆呆的。

梅子赶来劝解：“花花能活着回家就是万幸了，你看秋月……不说了。来！花花，姑姑给你检查一下！”说着把花花拉到内间，让她脱了裤子，发现肚皮青亮，已鼓起老高。花花眼睛紧闭，眼角含着泪花，还是不作声。经过检查，花花怀孕七个月了。花花娘又哭起来，说：

“这咋办？花花还这么小！”

梅子说：“没办法，只有生下来了。女孩子能怀孕就能生。放心，在鱼王庄，没人笑话。到时候，我来接生。”这么多年，梅子接生过很多这样的孩子了。

第二天，老扁又去荒原上接人。

这一次，让他开心了。

是抗战带着二十多个年轻人回来了！老扁从远处一看阵势，像起了一片小小的沙尘暴，就知道是他们！这帮年轻人几年来形影不离，走南闯北，像一群小老虎，是鱼王庄最有生气最有志气的一帮人。他们出外从不乞讨，总是到处找活干，哪怕再脏再累的活。他们曾在北京掏过下水道，在西安拉过粪便车，在山区干过采石工。这些年，他们从未低三下四，而是昂头挺胸走遍全国各地。开始一两年，老扁在他们的背包里发现了小学课本和《新华字典》。后来，又相继在他们背包里发现了中学课本。他问抗战：“你们在外头搞啥名堂？”抗战笑笑说：“就是想识几个字，不然把人家饭店当茅房，就丢人了。”老扁说：“你们跟谁学？”抗战说：“都在一起干活，里头识字的人可多了，只要求教，人家就肯教，大不了把他的活干了。”

老扁真是从心里喜欢他们。他们在外遇到过无数困难，可从没听他们抱怨过什么，更不悲悲戚戚。就像一群白袍小将，挺枪跃马，纵横驰骋。老扁尤其喜欢抗战，这小子天生就是个领袖人才。他早已在心里盘算好，等自己老了，就把鱼王庄交给他，他会比自己干得更好。

果然是他们回来了！

当看到老扁正在迎接时，这群年轻人立刻疯了似的飞奔而来，乱哄哄地欢呼：

“村长！俺们回来啦——！”

“老扁叔——！”

“到家喽——！”

老扁紧走几步，站住了。眼眶子一热，差点掉出泪来。这群小子，没忘记鱼王庄，又回来啦！

转眼间，他们已冲到面前，将老扁团团围住，乱呼乱叫，忙不迭从怀里，从背包里往外掏烟摸糖，送到他面前。老扁招架不及，笑着接过一支烟，刚要张嘴叼上，一颗糖已塞他嘴里。他咂咂嘴，真甜！一群小伙子围着他憨笑。老扁挨个看看，大半年不见，居然都变得又黑又结实。只有抗战还是那副清瘦的样子，但也精神十足。抗战一直都是这样。再看，除了背后的行李卷，所有人肩上还挎着一个鼓鼓囊囊的帆布包。

“发财了吗？小子们！”

“发财啦！哈哈哈哈！”

“吃罢喝罢，每人还净落一百多块钱呢！”一百多块钱，能买几千个鸡蛋，在鱼王庄人眼里，是很大一笔钱了。

“俺还买了火车票，是客车票！”

“咋？还买了客车票！你们以前不都是扒货车的吗？”

年轻人全都笑起来。

的确，过去外出，他们从来都是扒货车。容易得很，先是悄悄潜进火车站。不论客车还是货车，过站时都会慢下来，叫游站。这时，抗战一挥手，二十多个矫健的身影便蹿了上去，像铁道游击队。当然，他们也时常被抓，时常被赶下货车。没关系，那就等待下一列货车。那时他们想不通，既然国家是穷人的，货车当然也是穷人的，为啥不能扒！就和货车较劲，越不让扒越要扒。干脆就是恶作剧，和押车人捉迷藏、打游击，其乐无穷。

后来见的世面多了，开始觉得这不是一件体面的事。无奈兜里钱少，还是舍不得买票，还得扒货车。以致有一次又被赶下货车时，一个后生踉跄跳下车，恶狠狠地说：“娘的！老子这辈子早晚要干两件大事！”抗战看他急赤白脸，忙说：“你要干啥？”后生说：“第一件事，我要一次吃十个鸡蛋！第二件事，我要买一张客车票！”一群年轻人哄然大笑。抗战也笑了，说：“我还以为你要造一列火车呢，自己开着，想去哪儿去哪儿。”

这一次回家，他们终于都买了客车票。

老扁不大相信：“你们真是坐了客车啦？”

“那还有假？”说着，都从兜里或包里往外掏，用废报纸包着，里三层外三层，最后展现在老扁面前：“村长，你看！”“老扁叔，你看我的！”

老扁看他们都有几张火车票：“咋这么多？”

抗战说：“不是得转车吗？换一次车就得买一次票。”

老扁小心捏起一张，仔细看着，像欣赏宝贝：“你们去青海啦？回来一趟得花多少钱？”

一个年轻人说：“路程太远，每人要花二三十块呢！”

老扁说：“狗日的，你们也舍得！”

“舍得！人家买得，咱也买得！”一群年轻人自豪地说，完全不觉得这钱花冤了。

忽然，老扁又有了新的发现。在这群乱哄哄的小子后头，怯生生藏着一个扎长辫的姑娘，白净，鸭蛋脸型，很俊俏，正低了头用脚搓地。老扁不认识，诧异道：“这姑娘……哪来的？”

“捡的！”

一阵大笑。姑娘的脸一下红了。

老扁更觉奇怪：“别闹！究竟咋回事？”

小伙子们不吱声了，显得有些局促。

老扁把目光转向抗战，目光有些严厉。抗战红着脸说：“老扁叔，你别疑心，俺们可没干坏事。这姑娘叫竹子，是在青海一个小火车站碰上的。当时俺们在等车。这姑娘忽然披头散发跑来求救，后头几个男人追。俺们就拦住了问。原来这姑娘和爹从河南一块讨饭到青海，爹病死了，这几个男人主动过来帮忙，弄了一副薄棺帮助埋了。谁知这是几个流氓，乘人之危，事后要她以身还债，伺候他们头儿。姑娘挣扎着逃出来，衣裳都撕破了。问清情况，俺们看竹子可怜，就要帮她还债。谁知那个头儿不肯，就是要竹子陪他睡三个晚上。不讲理，就只好动手了。俺们把几个流氓暴打一顿，特别是那个头儿，被打趴下了，几个人背走的。竹子说，河南老家娘已经饿死，没亲人了，没地方去。就跟着……来了。”

老扁“哦”了一声，连说揍得好揍得好！又笑着冲那姑娘说：“姑娘，你也看到了，这里遍地黄沙，俺鱼王庄穷哟！”

竹子环顾一圈，说：“大叔，我看到了。这里是黄泛区吧？俺老家也是，上下千里，其实是同一片荒原，俺老家在上头，你们在下头。”

抗战忽然一抬手，拖长音调，大声吟道：“我住长江头，君住长江尾……”

二十几个年轻人立即接上：“日日思君不见君，共饮长江水。此水几时休？此恨何时已？只愿君心似我心，定不负相思意！”

竹子捂住嘴，哧哧笑起来。

老扁蒙了，没头没脑地说：“你们……这是说话吗？啥东西？”

所有年轻人包括竹子都大笑起来：

“哈哈哈哈哈哈！”

“哧哧哧哧！”

老扁更晕了，像个无知少年，很无辜地看着他们。

抗战看他实在可怜，忙止住大家笑声，说：“老扁叔，你都听出来了，这确实不是说话，是吟诗。”

“吟……诗？”老扁很吃惊，“你们有这学问？都会吟诗了！”

一个年轻人说：“可不，是古诗呢！”

老扁不相信：“你们才识几个字，就会吟诗？”

竹子又笑。

老扁忙说：“姑娘，让你笑话了。这帮小子整天糊弄我，他们就是胡诌八扯……八扯！”

抗战笑道：“老扁叔，你不知道吧，这诗正是竹子在火车上教俺们的！”

老扁说：“当真？”又看向竹子。

竹子点点头，含笑不语。

抗战说：“竹子上过高中，没毕业就跟着爹去讨饭了。可她自小就喜欢古诗词，外出讨饭，包里还装着一本唐诗、一本宋词。这一路上教俺们好多呢。”

有人喊：“教你最多！你和竹子坐一起，占大便宜了，别当俺们不知道！”

又引来一片笑声。

竹子有点害羞地看向抗战。抗战接过目光，冲竹子做个鬼脸，才转向大伙说：“你们也是些没良心的家伙，老是在车上睡觉。竹子就一个一个拍醒你们，在车厢里集体教诗，一车厢天南海北的旅客被感染了，都跟着朗诵。乘务员都来看热闹，列车长还拍了照片。你们那会儿没学吗？”

“谁说没学？我起码会背十首！”

“我会背二十首！”

他们乱成一团。老扁却在愣神，忽然说：“不对呀。刚才你们念那诗，是说长江吧？咱们是黄河，也不搭界呀！”

众人又笑，一个后生说："老扁叔，你也太无趣了，长江、黄河没啥区别，就是个心情，意思是一样的。"

老扁较起真来："这话不对！长江是长江，黄河是黄河。咋能说没区别?"

竹子笑道："村长大叔说得对，咱们就换一首诗：君不见黄河之水天上来，奔流到海不复回。君不见……"大家又跟着朗诵。

老扁突然大叫："停！这诗好。黄河……之水……天上来！可不是天上来的？决口的时候是天河倾倒啊！可是……天河咋会有那么多沙子呢？你们看这遍地黄沙，东西上千里，连竹子老家都是。"

抗战笑道："河是天河，沙是天沙，都是上天施舍呗!"

二十多个年轻人急于回家，七嘴八舌说："对对，天沙天沙!"一窝蜂走了。

老扁却愣在那里，抬头看着眼前的荒漠，摇摇头，自言自语："天沙，天沙……还上天施舍？施舍点啥不好?"

老扁迎来的最后一个人是鲁明。这让他一块石头落地了。

鲁明一向独来独往，每年栽完树，转脸就走。谁也不知他去了哪里，他也从来不说。平时话就很少，只是埋头干活。

老扁也是格外心疼他。

因为鱼王庄人都知道，他是日本种。当年日本人驻扎在城堡里，每次来鱼王庄找女人，都是采取了严格避孕措施的。这是军方上层要求的。曾有不少地方的日军，染上梅毒之类的性病，丧失了战斗力。他们怕传染疾病，又怕留下孩子。因为孩子是罪恶的证明。他们只想痛快过后拍屁股走人，不留任何证据。鲁明是日本人一次疏忽怀上的。鲁明的娘是个寡妇，日本人发现时，她已怀孕八个月。龟田大怒，严令那个日本兵立刻把孩子处理了。日本兵摸黑去了寡妇住处，只要上去踹一脚就解决了。可他犹豫了，这个女人已伺候了他一年多，怀的是他的骨肉，他有点下不去脚。但他又很生气，你怎么能怀孕呢？寡妇小声说了一句，应该问你自己。不想日本兵大怒，甩手一巴掌，寡妇愣了愣，转身摸起一把菜刀，大喊大叫，我砍死你个畜生！一阵乱砍，日本兵连中两刀，吓得抱头鼠窜。老扁闻讯，当夜派人把寡妇送去三岔口躲了起来。鲁明第三天就出生了。生下鲁明后，寡妇一直带着他在外讨饭，不敢回来。在鲁明五岁那年，寡妇在郑州郊外被火车轧死了，是老扁把鲁明接回来，临时让梅子带着。梅子知道鲁明是谁，没有说什么就收下了。她知道鲁明的身份必须保密，不然会被日本人害死。

在日本人占领时期，梅子一直没有受到任何侵犯。

这缘于龟田的一道命令。

龟田带领士兵住下第二天，就把村长老扁找来。他很奇怪在中国的这片荒漠上，怎么会孤零零矗立着一座雄伟的欧式城堡。当时，老扁就给龟田讲了梅云游和他在凤城的南北大药房，讲了梅家大药房的善行，讲了梅云游周游欧非大陆和在撒哈拉大沙漠死里逃生的故事，讲了梅云游如何浪子回头，为何建了这座城堡，如何在这里栽下第一棵树，讲了梅云游的儿子梅三洞如何救了他这个弃儿，如何在法国留学和女老师相恋生下一个女儿，回国后如何救助病人，如何被民间称为神医，并在一场大瘟疫中染病而亡。这让龟田像在听天方夜谭，但他显然被这些故事迷住了。后来一有空闲就把老扁喊来讲故事。他们第一次喝酒还是龟田拿出一瓶清酒。龟田如痴如醉，又将信将疑，说，老扁，你是瞎编的吧？老扁说，这城堡能编出来吗？龟田信了。自此，梅云游和梅三洞在他心里就成了神一样的人物，甚至在心里留下了阴影。他想不到在中国还会有这样的人物和故事。数日后，龟田偶然在村头看到一个天仙样的女子翩然而过，顿时灵魂出窍，看着女子的背影呆了。他很惊诧和纳闷，在这个破破烂烂的地方，怎么会有这样一位美丽干净的女子？恰好老扁寻他有事，急急出现在他面前。龟田忙问，那个女子是谁？老扁告诉他，她叫梅子，就是梅三洞和他的法国女老师相恋生下的女儿。那一瞬，龟田突然感到自惭形秽，觉得自己矮了半截。

当天晚上，他就对自己的士兵下令，对梅子不得有任何骚扰，违者枪毙！在他看来，这是一个高贵的家族，任何不敬都要遭天谴的。这是龟田从小接受的日本教育中不可逾越的红线。这种敬畏是很虔诚的，就像普通日本人对天皇家族一样，不会有任何不敬。他以为只要守住这条红线，士兵对鱼王庄普通家庭和女人的侵犯就算不上什么了。很多日本女人不也在随军服务吗？

后来，鲁明在梅子那里只住了两年多，就跟人跑出去要饭了。鱼王庄并没有歧视他，只觉得他更加不幸。鲁明却有很强的自卑感。他很早就知道自己是个孽种，父亲是日本人。平时也不和人来往，形单影孤，只在栽树时拼命干活。栽完树就走，离群索居。

这两三年，他一直去东北黑龙江，让老扁觉得有点奇怪。他曾听说黑龙江离日本很近，就担心鲁明会不会偷渡去日本，那问题就大了。去日本当然是找爹，可他哪儿找去？叫啥名都不知道，怎么找？就是找到了又能怎样？他是去认爹，还是去杀爹？老扁想来想去，鲁明去杀爹的可能性更大。这些年不哼不哈的，他一定是恨死了那个男人了。老扁越想越担心。每年这个时候，他都会担心鲁明不回来。不回来就一定是出事了。

腊月二十三小年这天，鲁明不仅回来了，还用一根扁担挑来什么东西，好像很重。老扁在村头看到了，真是高兴坏了。

老扁大步迎上去，看他满头大汗，忙让他放下歇歇，说：“鲁明，啥东西这么重？”

鲁明没马上回答，用袖口在脸上擦一把汗，说：“叔，这里太冷了！你不用等我的。走！咱们回家说话。”

老扁心里一热。这些天北风呼啸，冷得刺骨，在村口接人，一拨又一拨，都光顾着高兴，但只有鲁明心疼他了。别的年轻人都叫他“老扁叔”，当然也很亲切。但鲁明却从来都是叫他一个字：“叔。”这就更亲切。老扁还从这一个字的称呼中，体味出鲁明内心的孤单和对自己感情上的依赖。

二人相跟着到了鲁明家。鲁明放下担子，这才说：“叔，你摸摸是啥东西。”

老扁弯腰摸了摸袋子，吃惊道：“是黄豆啊！乖乖，这得多重，你几千里路从黑龙江挑来的？”

鲁明憨憨地笑笑：“我坐了一段火车，又搭人家一段货车，从凤城挑来的。全是黄豆，有二百斤。叔，这都是我自己种的。”

老扁吃一惊：“你种的？你哪来的地呀？”

鲁明说：“我在北大荒开垦的，没人管。那里全是黑土地，肥得流油。不少外地人都在偷偷开荒。我从去年就开始了，一共开了有四十多亩，今年全部种了黄豆，收了一万六千多斤！”

老扁惊得张开嘴巴：“我的乖，一万六千斤！”

鲁明解开一个口袋，从中掏出一把：“叔，你看看，全像金豆子，饱满得很！”

老扁接过，捏一粒放嘴里嚼了几下，连连称赞：“好好！没见过这么好的黄豆！哎，那一万多斤黄豆呢？”一边把黄豆又小心放进口袋，替他扎好。

鲁明说：“别提，差点出了事。这么多黄豆，我没办法运回来，就带了些样品，去七十多里外的一个公社粮管所，问他们能不能收购。他们问我哪来的黄豆，我说了实话。不料他们说我偷地搞资本主义，所有黄豆要没收，还要把我送公安局。不由分说，几个人就把我按倒上了绳子。当时我吓坏了。正在这时候，粮管所所长回来了，问他们为啥捆我，又问我哪里人，怎么回事。我就把咱们鱼王庄讨饭栽树的事简单说了。所长真是好人，他亲手为我解了绳子，说你别怕，我派车去拉你的黄豆，全收了！还问有没有别人开荒种粮，我说有好多呢。他说，你告诉他们，只要愿意卖，我全收。我当时真想给他磕头。那些人不高兴了，说这人偷地搞资本主义，所长你不能放了他。所长大怒，说混蛋！北大荒弃置千百年，人家流血流汗刨出来种点粮食，咋就是资本主义？谁给你们权力捆人的！那几个人不吭声了。所长又说，人心都是肉长的，正是国家困难时期，老百姓都在挨饿。种出粮食来就是好主意！他们都是关内来的饥民，咱们的祖上，当年也是从关内来这里谋生的。现在他们有难了，能帮就帮一下。你们良心让狗吃啦？快去备车，你们几个跟我一块去北大荒收购粮食！”

老扁点头感叹：“哪里都有好人啊！”

鲁明从怀里掏出一个鼓囊囊的布包，一把交给老扁，说：“叔，这是我卖黄豆的钱。他们还给开了一个票据，说是能当一万六千斤粮票用，在哪里都能从公家粮管所买便宜粮食。这些都交给你了。”

老扁接过来，激动得手有点抖。他不知道该说什么，直后悔误解了这个可怜的孩子。这孩子懂得感恩，他一天也没有忘记鱼王庄，一个人独闯黑龙江，种出这么多粮食奉献给乡亲们，得付出多少辛苦和劳累。

老扁把钱和票据收好，拍拍他的肩：“鲁明……”

鲁明憨厚地笑笑，说：“叔，我挑回这二百斤黄豆，就是让大伙亲口尝尝。我歇两天就挨家送过去。在北大荒听人说，一个人一天吃十粒黄豆，就不会饿死。”

老扁点点头，向门外走去，眼睛里却湿润了。

竹子跟爹逃荒要饭，也是见过世面的，来到鱼王庄完全不拘谨。晚上和抗战娘睡一个被窝，叽叽咕咕说了半夜话。最后躺在抗战娘的怀里睡着了。抗战娘心疼得不行，心想这孩子是想她娘了。要是能嫁给抗战，以后就当闺女疼。

竹子勤快，早上起来就摸一把扫帚，把里里外外都打扫干净，把羊圈也打扫一遍，完全不嫌脏。羊圈里拴着两头山羊，竹子喜欢得什么似的，摸来摸去。看抗战也起床了，高兴地叫起来："抗战哥，过会儿咱们去放羊吧！"抗战抬头看看天，说："要下雪了，外头太冷，还是别去了。圈里还有干草。这几天都在路上奔波，好好歇几天吧。"

竹子说："我不累哎。"

抗战笑道："那行。吃点东西，过会儿我带你去看看鱼王庄的林子。"

竹子高兴道："太好了！"

两人正说着话，忽然门外拥进一群男男女女，吵着说抗战从外头领来个俊闺女，这在鱼王庄是个稀罕事，都要来看看。

抗战忙迎上去，大半年不见，都打了招呼。然后又把竹子介绍给大伙。众人围着看，有女人拉着竹子的手，问这问那，连连夸赞，还问和抗战啥时成亲，弄得竹子脸都红了。

抗战娘烧好早饭走出来，笑道："看你们说的，人家姑娘能看上抗战？"

大伙说笑一阵都散了。

早饭后，抗战和竹子一同出门时，天已下起雪来。抗战娘喊不住，两人已走远了。

抗战带竹子在附近林子转着，说了很多鱼王庄的过往，又到城堡前看了一阵，介绍了城堡的来历。竹子一脸惊奇，说太了不起了。你们鱼王庄人太了不起了！

抗战说，梅云游先生是开创者，很了不起。可他有钱，困难就小一些。老扁叔没钱，经历的艰难更多。这么多年，大伙恨他怨他骂他咒他，但终究还是服他。每次外出回来，看他都是一脸疲惫，一年比一年老，真怕有一天回家，突然就见不着他了。昨天咱们回来，天寒地冻的，看到他在村口迎接，呆呆的，那一刻我光想哭。如果哪一天他不在了，鱼王庄咋办？不敢想。

竹子说："以后，你就不要出去了，留在村里，也能帮帮他。"

抗战长出一口气："是啊，我在青海时就想过这事。回来起码能帮他跑跑腿，你看他走路有点拐，比过去慢多了。你没见过，他过去走路都是一阵风。"

竹子拍拍这棵树，靠靠那棵树，又看远处一片片树林，十分兴奋："俺老家要是像你们一样栽树就好了。"

抗战笑道："你们那里就缺个老扁叔。"

竹子说："还缺个鱼王庙！"

抗战吃一惊："你咋知道鱼王庙？"

竹子说："鱼王困在泥潭的故事，早就传到俺们那里了。还说有个鱼王庙，求子最灵。听说，过去俺们那里也有人来鱼王庙求子呢。同一条废黄河，同一片荒原，不过千里之遥，一阵风就刮过去了。"

抗战笑道："看来，你也是被一阵风刮过来的。"

竹子也笑了："可不。以前听说鱼王的故事，也就当个传说，将信将疑的，半路上听你说家在鱼王庄，我就心里一动，这个村庄会不会和那个传说有关，还真是。可是心里又犯嘀咕，真有鱼王吗？就下决心来看看。"

抗战故作生气道："你不是奔我来的呀？"

竹子笑了："你还没成为传奇！"

抗战说："成为传奇可不容易。在鱼王庄，除了鱼王，只老扁叔够格。噢！还有梅云游老先生，他也是真正的传奇人物。”

竹子说：“其实在我看来，你们鱼王庄每个人都是传奇。不过，我现在最想见的是鱼王！”

抗战说：“见到鱼王很难的。”

竹子说：“你见过吗？”

抗战说：“鱼王潜在一大片深水潭里，很少露面。鱼王庄见过鱼王出水的不到十个人。我没见过。可是老扁叔见过。”

竹子说：“他是最应当见到的。”

抗战说：“哪天我带你去，说不定你也能见到，我也跟着沾光。”

竹子说：“为啥？”

抗战说：“你是远路来的呀，心诚则灵。”

竹子大叫一声：“我现在就想去！”

抗战看看天：“这么大的雪，有七八里路呢。”

竹子说：“多难得，就是要踏雪而行呀！”

抗战二话不说，拉起竹子的手就跑。两人一边笑，一边跑，跑跑走走，手一直没有松开。漫天的雪花飘飘摇摇，围绕着他们上下翻飞，却又阒寂无声，空气从来没有这么清新滋润过。抗战一路不停地大声吼喊：“噢——！噢——！”

七八里路，很快就到了。

眼前是一片浩大的水域。水沼的芦苇、蒲草都枯死了，更显得水面辽阔，却也透着一股苍凉肃杀之气。竹子非常震惊。她没想到这片干旱的荒原里，会有这么大一片水，像一个海子。这个海子绕着一座小山，像诗意中的蓬莱仙岛。那座鱼王庙在飞舞的雪花中若隐若现，似乎悬在空中，浮浮沉沉，朦胧而诡异。

竹子突然捂住脸哭了。

抗战慌忙上前拉住她：“竹子，你怎么啦？”

竹子一下趴在他的肩上，摇摇头："我……不知道，我只觉得这地方太神秘了……我有点害怕。"

抗战揽住她："别怕。你看俺们世世代代都在这里生活，很平常的。"

竹子喃喃道："不，这里一切都不一样。鱼王庄人像一群天外来客，在这里繁衍生息，做着一件让世人难以想象的事……"

抗战紧紧抱住她："竹子，加入我们吧！"

竹子一头扎进他怀里，使劲点点头。

此时，纷飞的大雪悄无声息，一直在下。两人身上已落了厚厚的积雪，他们谁也没去拍打，两个雪人只是静静地抱在一起，互相融化着对方。风早已停了，万籁俱寂。这是很少见的一场大雪，远处的荒原已成银色的世界，无边无际，安静而圣洁。

竹子在抗战带领下来到老扁家。竹子说，她想看看那个可怜的女人，更想为她做点事。

老扁不在家，只草儿在屋里。她的长长的头发披散到腰际。梅子每次来，都会为她梳好头盘起来，梅子一走，她就会把头发抓散，遮住半个脸。仿佛这样才够安全。草儿经常处在惊恐之中。

抗战使个眼色，竹子独自慢慢向屋里走去，心里也有点害怕。她不知道这个精神失常的可怜女人会不会欢迎她。还好。草儿正把一个盒子搂在怀里，像玩具一样摆弄。抬头看见竹子进来，似乎笑了一下，又低头摆弄那个盒子。竹子松一口气，悄悄走到她跟前说："你好！"草儿又冲她笑笑。好像对这个陌生的女孩很有好感，这让竹子放下心来。竹子环顾她的屋子，到处干干净净的，只是有一股难闻的霉臊味。可她没有嫌弃，笑着对草儿说，我来帮你梳梳头好吗？草儿点点头。她喜欢梳头，梳头就像挠痒，全身都麻酥酥的。竹子在一张破桌上找到一把梳子，站在身后慢慢为她梳理。草儿把盒子抱在怀里，眯着眼一动不动，很享受的样子。

正在这时，梅子也来了。可她没有进屋。抗战忙向她打了招呼。梅子说，听说你带来一个姑娘，就是她吧？看样子，草儿和她有缘。抗战说梅子姑姑，以后就让竹子多照顾她一些，你的事情太多了。他知道这么多年，都是梅子常来照顾草儿的。梅子一怔，犹豫了一下，点点头，说你告诉竹子，千万不要动她手里那个盒子。抗战惊奇道："她手里就是……那个……盒子吗？"梅子说是的，那个盒子已在她怀里二十多年了。

鱼王庄人都知道这个盒子，就是日本人投降时龟田交给老扁的那个盒子。龟田的那把军刀，后来被老扁埋到村外的林子里了。他不想再看到它。当年，老扁像拿一个定时炸弹把盒子拿回家中，还没想好怎么处理时，却被草儿看到了，冲出来一把抢过返回屋里，立即把门关上。老扁吃一惊，他不明白草儿怎么会对这个盒子感兴趣。也好，就让她拿着吧。草儿难得对什么东西感兴趣，手上有个她喜欢的东西也能解解闷。

而关键是，老扁不喜欢这个盒子。

当年龟田交给他时，就觉怪怪的。说是里头有一封信，是什么……一件事的真相，是个秘密。还说不想制造新的仇恨，更说不要让他打开。龟田语无伦次的样子让他恶心，也让他起疑。这个盒子村里人都看到了，开始几年还常常有人议论猜测，后来就渐渐淡忘了。但老扁却无法忘记。他每天为草儿清理屎尿，给草儿送饭时，几乎都会看到。草儿大部分时间都是抱在怀里的，有时也会放到那张破桌子上，然后退后几步呆呆地看着它，突然又扑上去抓在手里，仿佛有人和她争抢，又像是在做猫抓老鼠的游戏，然后自己咯咯笑，又突然一把打翻盒子，呜呜哭起来。

盒子里究竟藏着什么真相?

老扁有过无数猜测。这件事对龟田来说，一定很重要。和林子被毁有关?和他的士兵来村里祸害女人有关?好像又不是，那都是公开的勾当，没啥隐藏的。但忽然有一天，老扁灵光一现，这事会不会和草儿有关?她和这个盒子似乎有一种说不清的联系。如果和草儿有关，会是什么事?只有那次龟田对草儿的强奸!除此以外，草儿和龟田没有任何交集。如果就是这件事，龟田在信里想说什么呢?那天他吞吞吐吐半天，也没说清楚，是忏悔吗?不像。他说不想制造新的仇恨，莫非暗示是别人强奸了草儿?他是想替自己洗白，说明这件和他有关的事，其实和他无关?

就是说，龟田信的内容和他吞吞吐吐的表达，都是为了告诉老扁，他没有强奸草儿!

假如真是这样，龟田这件事就做得太虚伪太不男人了。做了还不愿承认。老扁在心里说，不是你难道还会是别人吗?退一步，不管是谁祸害了草儿，一切都是因你而起。如果不是你以毁林胁迫，怎会把草儿送去城堡?怎么发生后来的事?不管你有没有祸害草儿，你的目的和那个强奸者并没有什么两样!你能洗白自己吗?

老扁和龟田打过七年交道，后来也曾多次回想那些不堪回首的岁月。除了草儿这件事，老扁对龟田的印象并不那么坏。他没有在鱼王庄杀人，没有进村找过女人。在日本人大规模毁林时，他把老扁和全村青壮年关进城堡，避免了一场杀戮灾难。这些都让老扁有理由认为他良心未泯。至于为老扁留下这个盒子和一封信，说明这个原本做过老师的人，还是很爱惜自己的羽毛。即使回到日本，他也不想让老扁和鱼王庄人在千万里之外诅咒自己。他甚至可以不无骄傲地告诉他母亲和妻子，他为日本人在中国保留了最后一点体面。

如果龟田没有祸害草儿，那么是谁?

是他的士兵吗？不太可能。他当时以戏言的方式表达的，其实是真实的欲望。他不会把好不容易用无耻手段胁迫来的女子交给他的士兵享用。

会是……泥鳅？

老扁的脑袋轰的一下，好像要炸裂了！

如果龟田真的没有强奸草儿，就只能是泥鳅！

只能是他！

老扁回想，当时草儿撞墙昏迷，泥鳅扛着她去了城堡。半路上，他完全有机会，也完全干得出来，强奸后再送到龟田那里。那时草儿已经惊醒吓疯了。龟田没再下手，不会是最后一刻良心发现吧？还是因为发现草儿已经破了身子，不再是处女？就是说，只是一次意外成全了龟田的清白。但草儿的确被强奸了。第二天，梅子为她检查时，发现草儿下体撕裂，全是血斑。梅子告诉他时，曾鄙视着老扁说，你会一辈子良心不安！

差不多就是这样。是泥鳅强奸了草儿！

老扁想到这一层时，他真想立刻拿刀宰了这个畜生！可他终于放下刀子。宰了泥鳅又能怎样？草儿已经疯了。何况这一切都是推测，并无真凭实据。泥鳅自己也绝不会承认。尽管老扁已确信是他干的。只有他能干出这种事！

但老扁还是去了，拎着那根鞭子。

当时，泥鳅正在老日升门前看劈柴，还有一些别的人。

老扁一句话没说，对着泥鳅劈头盖脸一顿猛抽。泥鳅捂着头大叫："为啥打我！"

老扁铁青着脸，一句话没说，转身就走了。

所有人都不知道老扁为什么抽他。连泥鳅自己也不知道，老扁是因为哪一件事抽他。

大伙就取笑他，说泥鳅你又干坏事了吧？

泥鳅一脸蒙："哪一件事？"

离过年还有三天，梅子突然离开鱼王庄，悄悄走了！

这一消息震惊全村。事前没有一点征兆，咋就突然走了呢？二十多年来，梅子在人们心目中是女神一样的存在，救苦救难，治病干活，默默无闻。她早就可以一走了之，可她却陪着大伙渡过一道道难关。许多人闻讯赶来，围在她的茅草屋外，久久不肯散去。

梅子把自己屋子打扫得干干净净，给老扁留下一封信。信上说，她要回法国看望母亲，也许永远不回来了。她说，这些年在鱼王庄活得很有意义，也很精彩。虽然吃了很多苦，但从没有看成是苦难。不然，我不会在鱼王庄住这么久。这些年，你一直用鞭子抽打别人，也在抽打自己。信的最后说："哥，人一辈子很快，你已经老了。放下鞭子，歇歇吧。你做的已经够多。"

老扁拿着信环顾梅子的房间，空空荡荡，颓然跌坐在地上。

这是梅子来鱼王庄二十多年，第一次叫他哥，也是最后一次叫他哥。他知道，为了草儿的事，她一直恨他，瞧不起他。可她又一直在默默帮他。老扁现在才突然意识到，梅子一直以来都是自己精神的支撑，不管她怎么冷若冰霜，始终还是他最亲的人。梅子走了，从此将天各一方。

老扁坐在地上，低着头默然无语。两滴泪水滚落下来。

他觉得自己的心一下被抽空了。

更让他想不到的是，就在梅子离开鱼王庄当夜，草儿也不见了！

几乎全村人都帮着寻找，还是没有找到。直到第四天下午，才有人发现在栖山下的水荡上漂浮着一个盒子。抗战等几个年轻人要下水去捞，老扁制止了。老扁痴痴地坐在岸边的雪地上，望着那个漂漂荡荡的盒子，心里想，那个盒子里有一件事情的真相，也许和她有关，还是让草儿带走吧。

事后，螃蟹给人说："那天清晨，我在庙门前扫雪，看见草儿抱着一个盒子，慢慢走进水荡深处的。"螃蟹回来后，一直独自住在鱼王庙。他一直在盘算，怎么才能恢复鱼王庙昔日的繁闹景象。

那人听螃蟹说是看着草儿走进水荡的，非常生气："你小子真浑！为啥不去拦住她？"

螃蟹说："你才浑！我为啥拦住她？"

他心疼老扁叔，觉得这件事应该结束了。他更可怜草儿，这么活着还不如死了。

其实，他还看到，是梅子把草儿领到水荡边的。当时，梅子还挎着一个包，指着水荡，对草儿说了几句话，然后松开手，看着草儿走进水荡深处，直至淹没，才转身离开。

但螃蟹没告诉任何人。他打算永远保守这个秘密。

当时的场景曾让他万分惊悚，因为这等于梅子姑姑亲手杀了草儿。那时，她站在雪花飘舞的岸边，看着草儿一步步走向死亡，竟是那么淡定。她的淡定让他恐惧。他不敢说出去，这事儿太大了。当时他并不知道，这是梅子在鱼王庄做的最后一件事。

时光像当年荒原上的那头大黑牛，一直在低头猛跑。

抗战和竹子的双胞胎儿子已经十岁，在鱼王庄小学读书。

竹子创办了一所民办小学，鱼王庄的适龄儿童都在学校念书。

抗战接替老扁当村长已经多年。老扁承认，抗战比自己有办法。抗战往县里跑了很多趟，争取到一个林区政策，就是由国家供应粮食，可以低价购买。买粮的钱不难筹集，有选择地砍伐一些大树卖掉，就是一笔可观的收入。此外，他还带着大伙在林间种了很多花生，又扩大了羊群，办了养鸡场，不仅解决了买粮的问题，剩余的钱还可以办很多事。

最重要的是，鱼王庄人虽然仍然贫穷，但不用再外出乞讨了！

这是一百多年来鱼王庄人做梦都在想的事。

抗战调整了栽树的思路，不光继续栽种杂木林，前两年已开始种苹果、梨、葡萄等果树，这些果树不仅一样防风固沙，还能很快收益。

鱼王庄人真的看到了希望！

但老扁心里越来越不踏实。

十几年一个轮回。算算时间，差不多又到了。他怕林子再一次被毁。如果再有一次毁林，自己就没有心劲再护林了。

老扁吃不下饭，睡不着觉，焦虑不安。有时半夜惊醒，会爬起身快步出村，直到看见林子还在，才长舒一口气。那时，繁星满天，夜风习习，他把已经佝偻的身体挺了挺，慢慢走回家去。

但他终是放心不下。即使睡着了，也是噩梦连连。

老扁做了一个梦……一个很长很长的梦……

一天清晨，不知从哪里又冒出成千上万的百姓……哇！真多……男女老少，带着大锯、斧头、菜刀、锛、铁锨……拉着牛车，推着土车，带着绳子……疯一样冲进林子，喊着口号……砍掉……资本主义尾巴！说是伐十棵树奖励一棵作为报酬……伐啊砍啊……豁豁豁……嘭嘭嘭……这些农民兄弟真是听话，真是可爱，真是卖力气……老扁真是佩服。鱼王庄人拥出来看着，都木木的，没人动弹。他们和老扁一样，都没力气对抗了。没完没了的，有意思吗？只有抗战带领几十个年轻人冲进林子，和那些砍树的农民打了起来，打得头破血流……一个领导模样的人带人跑来，大声训斥，不准打架！不准鱼王庄人无理取闹！但光喊没用，还是老扁上前喝住了抗战，说回去回去！抗战拧着脖子不回，老扁就劝说，你看这些老百姓都怪可怜的，都穷得很，伐十棵树奖一棵呢，咱不能断了人家财路……再说，上级让伐树，他们能不来吗？不怪他们，谁也不怪……你们别打了，也别拦了，拦也拦不住，成千上万人，你们能拦几个？打死人要坐牢的……蹲大牢的滋味可不好受。我蹲过，可不能让你们再蹲了。没听说吗？五岔口的姜冬生，就是那个爱揍人的姜营长，因为阻挠伐树，开枪打死了人，被五花大绑抓起来了……你们不能再干傻事！不就是砍树吗？啥大不了的事？一百年都等了，不能再等十年吗？这会儿树木都是资本……主义尾巴，我看就该伐！等有一天树木不是资本主义……尾巴了，树木就又长起来了。会有那一天的……你们回吧回吧……那个领导就当场表扬，说还是老村长觉悟高。老扁说是的是的，我觉悟高着呢，还得继续向你们学习……抗战他们年轻，领导别和他们一般见识。回吧回吧。抗战就哭了，几十个年轻人看着不断倒下的树木，都哭了。老扁突然挺直佝偻的腰，厉声呵斥：滚！都滚回家去！不能哭！都不能哭！这一回鱼王庄人就是不能哭！终于，抗战带人回去了。领导就拍拍老扁的肩，表示赞赏，转头大声吆喝："砍树！接着砍……"

鱼王庄人都走光了，只剩老扁一个人。他背起手，在林子里转悠起来，像个悠闲的老汉。一些农民知道他是老村长，都朝他抱歉地笑笑。有的还送上一支烟，向他抱不平，说你看，这算咋回事？上级叫来的，又不能不来，咱本不想来的……老扁就很理解地点点头，就是就是，砍吧砍吧，别耽误工夫。老扁又转悠起来……忽然看到一个病恹恹的妇女，带着两个不满十岁的孩子，也在那里砍树。旁边放一辆平板车，小一点的女孩正坐在车把上玩跷跷板。大一点的男孩子不过八九岁，还抡不动斧头，正跪在地上用一把菜刀砍树。一刀砍下去，只砍一道白茬，刀刃也卷了。病恹恹的妇女站着用一把斧头砍树，既没有力气，也不得法。她很着急，不时看看周围轰隆隆倒下的树，羡慕得要命，急得满头大汗。老扁也替她着急，便走过去问，男人咋不来呢？女人说男人死了，俺娘儿仨苦啊！老扁同情地点点头，说你这砍树的姿势不对，要把腿叉开，把腚抬起来，弯倒腰，斜着砍，这样——说着要过斧头，做了一个示范动作，嘭嘭嘭！连砍几斧，果然入木三分，木片不断飞出来。女人接过斧头，弯下腰照样子砍了几下，就笑了，说你老人家心眼真好！老扁说就是就是，别急，树多着呢。又走到男孩子跟前，摸摸他的头，说孩子，要当心手哟……老扁又转到别处去了……林子里除了伐木声和树木倒下的声音，几乎没人说话。谁也不想瞎耽误工夫。一个已经累得气喘吁吁的老汉，指指老扁给儿子说，你看那个老东西，背着手瞎转，一看就知道不会过日子。趁这机会，还不赶快帮儿子多砍几棵树，转来转去，转个熊味！儿子不耐烦，大声说，你还说人家！你砍了几棵树？老是坐那里喘！老汉踉跄着站起身，又吃力地提起斧头……

伐得真快！

伐十棵树奖一棵，伐得真快！

老扁在林子里走了一天一夜，累极了。终于回到村头。蓦然回首，靠村子最近的那片树林不见了，遍地都是树疙瘩！他想，剩下的就是老日升的事了。可是老日升呢？劈柴的声音也听不到了……哦，老日升太累了，他要歇一会儿。他只要还有一口气，就会不断劈这些树疙瘩，树疙瘩太多了……老扁走到老日升门前，半个树疙瘩和一些家伙丢在地上，屋里传出说话声，颠三倒四的。老扁看了看，居然是泥鳅在和老日升喝酒！一人端一个酒碗……老扁退了回来。他知道老日升一辈子都不喜欢泥鳅，没人喜欢泥鳅。他和老日升喝哪门子酒？老日升从不喝酒的……老日升在哭，哭得像牛叫……泥鳅说你个老东西哭啥？一辈子没吃过啥好东西，一辈子没睡过女人……就知道干活……年轻时拉旱纤……老了劈树疙瘩……光知道干活……你活着干啥？活得没趣！我看你死了……算啦，你就是一条狗……一头猪……一匹骡子……你还是死了吧……我陪你死……你是……活得没趣……该死！……我是活得腻了……想死！……我吃过……羊羔肉……从老扁来后……我就没怎么干过重活……没去讨过饭……我睡过无数女人，界首镇的女人都骚……哈哈哈……还有梅云游的女人……七月……老扁的女人……小草儿……龟田想睡草儿，想得……美！我很生气……不能便宜了日本人……对吧？扛到半路……草儿还是不省人事……我就把她放到地上，扒下她的……裤子……还是我先给她破了再说……谁知她疯了……疯了……老日升一直在低头哭泣，忽然抬头含糊不清地说……泥鳅……你就是个牲口……你真该死！拿起酒碗，砸到泥鳅头上。“砰”一声，酒碗碎了一地。头上流出血来。泥鳅没生气，说我也这么……想的……你掐死……我吧……老日升说……好，我还有半个树疙瘩……没劈完……过会再掐你……说着就要起身，被泥鳅伸手按住，说你劈了几十年……树疙瘩……图个啥啊……老日升说……我攒……钱……泥鳅哈哈大笑说你真是个……守财奴……老日升说，你懂个……屁！……我攒钱……等有一天鱼王庄……过不去了……一把交给老扁……买树苗！泥鳅愣愣地看着他……老家伙……你还留了这一手？

老扁听了一阵，对泥鳅说的话，他并没有太吃惊，因为他早就猜到是他强奸了草儿。只是不知道他还强奸过七月……可恶，太可恶了……他干任何坏事，都不应该意外。但老日升的话却叫他心里一热。伸头看一眼老日升。老日升一脸皱纹，千沟万壑，像八卦图，那上头仿佛有生死，有阴阳，有古今，有轮回……一次又一次，他等很多年了，一直深藏不露……只有“嘭嘭”的劈柴声一直在村里回响，一直在预示着什么。只是从没有人懂得。

老扁回家去了。像梦游……

事后公安来查看，说泥鳅确定是被掐死的，喉管都被掐断了，可见下手之重。嫌犯是老日升。但老日升也死了，他喝了一包老鼠药。死前，他把门前的半拉树疙瘩全解开了，一片一片堆放在一旁。从老日升的屋里，翻出一缸钱，有银元，也有纸币。公安问咋处理，老扁说交给抗战吧……

老扁吃点东西，拎一只破包刚出门，就被抗战拦住了。抗战说，老扁叔你去哪？老扁说，我溜达溜达……我老了，没时间了，我到外头看看……溜达几年回来，就差不多了。抗战就哭了，说老扁叔你一个人出去咋行，我派个人跟着你。老扁说不用……我记得路，我想一个人清静清静。抗战说，你走了鱼王庄咋办？老扁笑了，说傻小子，你干得比我好多了。我出去溜达溜达……

老扁终于走了……

老扁在外头走了很多年，都是以要饭为生。他到底知道这么多年鱼王庄人在外活得多难了。回到家栽树还要挨他的鞭子。这让他非常后悔，非常难过。

一切都似梦非梦……

老扁终于想回家了。可他忘了回家的路。就在他有些着急的时候，忽然耳边传来一个声音：

“嘭——！”

“嘭——！”

“嘭——！”

…………

这声音有点缥缈，隐隐约约的，似乎来自一个遥远的地方，但声声入耳。

老扁就咧嘴笑了。他听出来了，是老日升劈柴的声音。他知道老日升早已死了，但老日升劈柴的声音并没有消失，此时正在召唤他，在为他引路。老日升一辈子不会说什么，只能用这个劈柴的声音说……跟着我走……该回家了。

“嘭！……嘭！……嘭！……”

老扁跟着这个声音，历经艰辛跋涉……终于回到鱼王庄……

一村人都来看他，欢呼声、哭叫声响成一片。这么多年了，他们都以为再也见不到老扁了，没想到他竟然回来了！

但老扁依然认为这是在梦中……是一个很长很长的梦……

因为他看到鱼王庄的树木又起来了，而且和一百单三村的林子连成一片，已经成为一片无边无际的森林！他还看到几只兔子在逃窜，后头一只狐狸在追赶……看到一群白鹭轻轻落下……那片浩大的水荡上，有成群的野鸭、大雁，还有一群天鹅……有鱼儿在跃动，一群群的，只是没看到鱼王，鱼王也老了吗？它大概正潜藏在潭渊里……再也跃不动了……

老扁问抗战，这一切都是真的？我就说嘛！会有这一天的。

抗战笑道，当然是真的！老扁叔，你摸摸你的肚子，那上头也栽了一棵树呢！

老扁摸了摸，果然有很大一棵树，还结了果，竟然是一棵核桃树！

老扁道：“你种的？”

抗战点点头，老扁叔，我亲手种的！

老扁诧异道，你小子咋在我肚子上种一棵核桃？我没牙了，吃得动吗？

众人哈哈大笑。

抗战说，老扁叔，不是你定下的规矩吗？鱼王庄人死后不筑坟，就地深埋，化为肥料，然后在上头栽一棵树！

老扁一惊，我……死了？我咋死的？

抗战说：“老扁叔，你死了好多年了。你是自杀的，用一块破瓦片割了喉管。就在鱼王庙前深水潭岸边。螃蟹发现时，你已经快不行了。脖子上血肉模糊。螃蟹抱着你大哭，说老扁叔你为啥要自杀！你不是一直说鱼王庄人最重要的事是活下去吗？你说你要去找草儿……你说草儿不会做饭，不会洗衣裳……”抗战说着说着哽咽了。

老扁突然哈哈大笑，直到笑出泪来，说我不信，我会干这种傻事吗？说着呜呜哭起来。

抗战说，老扁叔，螃蟹说你真是这么说的。当时，你身边还放着一把短枪，锈成铁疙瘩了，枪栓根本拉不开。好了，你别难过了，我也会死的。转身从人群里拉出两个浓眉大眼的壮小伙子，老扁叔，你看他们是谁？

老扁看了看，摇摇头。

抗战说，他们是我和竹子的双胞胎儿子，他们都长大成人了！鱼王庄一茬一茬的，该生的生，该死的死。没啥。

老扁这才注意到，抗战已经胡子拉碴。真是的，眨巴眨巴眼，多少年过去了。

老扁点点头，又点点头，忽然像个孩子似的又哭起来。他不知道自己怎么变得这么脆弱。

抗战忙说，老扁叔你别光哭，还有个消息要告诉你！

老扁一惊，忙擦擦泪，还有啥消息？不会又要砍树吧？他真是吓破了胆。

抗战转身拿出一本书给他，你看，这是从日本寄来的一本书！

老扁有点奇怪，“哦”了一声，接过来，看看书皮，又翻开看了看。认得几个字，大部分都不认得，好多半个半个的中国字，说这是……咋回事？全是错字？

抗战说，这是一个叫龟田的日本人寄来的，他还同时寄来一封信，说这本书的名字叫《中国·一个荒漠乞丐村的史诗》。他在信上说，他已经老得走不动了，可他想来中国看你，还有话对你说，问你愿不愿意见他？

噢……老扁记起来了……是他……是那个龟田小队长……他走时好像说过，也许会写一本书，没想到……他真的写了……史诗？……史诗是啥玩意儿？不会是……那个啥……立传吧？这个老鬼子……又恶心我……

老扁摇摇头，在书上抚摸了一阵，努力睁开混浊的眼睛，用微弱的声音说，你写信……告诉他……我已经……死了多年了……见不着了……

黄昏，夜幕渐渐降临。晚风吹来，空气清新而凉爽。

随后，林子里不断亮起一点点灯光，间或传来一两声狗叫。所有的村庄都被林子包围了。此时，万鸟归林，不时有乌鸦争巢的打斗声，也许是鸠占鹊巢？闹腾着呢。浩大的树林里，发出阵阵簌簌的声响，像大海的波涛，在千里荒原上一波一波推进。而荒原像大海波涛中的一艘巨轮，正载着它的陈年故事，缓缓驶向无尽的岁月……